读客

读客三个圈经典文库

经典就读三个圈　导读解读样样全

DER STEPPENWOLF

荒原狼

[德]赫尔曼·黑塞 著
(1877—1962)
文泽尔 译

读客三个圈经典文库

经典就读三个圈　导读解读样样全

江苏凤凰文艺出版社
JIANGSU PHOENIX LITERATURE AND ART PUBLISHING

图书在版编目（CIP）数据

荒原狼 /（德）赫尔曼·黑塞著；文泽尔译．-- 南京：江苏凤凰文艺出版社，2022.5（2025.8 重印）
（三个圈经典文库）
ISBN 978-7-5594-6437-8

Ⅰ．①荒… Ⅱ．①赫… ②文… Ⅲ．①长篇小说 - 德国 - 现代 Ⅳ．① I516.45

中国版本图书馆 CIP 数据核字 (2022) 第 004193 号

荒原狼

［德］赫尔曼·黑塞　著　　文泽尔　译

责任编辑　王昕宁
特约编辑　张楚悦　　李颖荷
封面设计　汪　芳
责任印制　刘　巍
出版发行　江苏凤凰文艺出版社
　　　　　南京市中央路 165 号，邮编：210009
网　　址　http://www.jswenyi.com
印　　刷　天津联城印刷有限公司
开　　本　880 毫米 ×1230 毫米 1/32
印　　张　11
字　　数　244 千字
版　　次　2022 年 5 月第 1 版
印　　次　2025 年 8 月第 7 次印刷
标准书号　ISBN 978-7-5594-6437-8
定　　价　59.90 元

要知道，在这个世界里，我将永远是个陌生人，

我身上最好的东西正在消逝，情势危急！

诺贝尔文学奖授奖词（1946年）

瑞典学院常务秘书
安德斯·厄斯特林格

今年的诺贝尔文学奖颁发给一位德裔作家，他广受赞誉，在创作中不以获得公众青睐为目的。现年69岁的赫尔曼·黑塞成就卓著，他的作品包括长篇小说、短篇小说和诗歌，部分已译成瑞典语。

相比其他的德国作家，他更早地摆脱了政治压迫，在第一次世界大战期间，他定居瑞士，并于1923年获得瑞士公民身份。但不应忽视，因为出身以及个人关系，黑塞有理由认为自己既是瑞士人，又是德国人。战争期间，他在一个中立国避难，因此能够在相对平静的环境中继续从事重要的文学创作，如今，黑塞与托马斯·曼[1]一并成为了当代文坛上德国文化传统的最佳代表。

比起大多数作家，对于黑塞，人们更需要了解他的个人背景，才能理解他个性中那些相当令人惊讶的部分。他生于施瓦本[2]一个极为虔诚的家庭，父亲是著名的教会史学家，母亲是一位传教士之女，有法国血统，在印度接受过教育。赫尔曼当牧师是理所当然的，家里因此把他送到毛尔布隆修道院念高中。他逃离了学校，跟一个钟表匠当了学徒，后来又在图宾根和巴塞尔的书店工作。

虽然家庭传统中的虔诚始终留在他的内心深处，但这次少年时期的叛逆也在一次痛苦的精神危机中再次出现，1914年，黑塞已经享有盛誉，是

1 托马斯·曼是1929年诺贝尔文学奖获得者。——译者注（如无特别说明，本书注释均为译者注）

2 施瓦本，德国南部地区。

当地文坛公认的大师，但他另辟蹊径，与之前田园诗般的道路相去甚远。简而言之，黑塞的作品发生这种深刻变化有两个原因。

首先当然是世界大战。战争开始时，他想对激动的同僚发表一些安慰和反思的话语，于是在文章中引用了贝多芬的箴言："啊！朋友，何必老调重弹！"引得一片哗然[1]。他遭到德国舆论界的猛烈攻击，这次经历让他深感震惊。同时，他认为这证明了自己长期以来的想法，即整个欧洲文明身患重病，行将衰败。救赎必须来自公认的准则之外，也许是东方之光，也许是隐藏在无政府主义理论中的核心，在更高的统一中解决善与恶的对立。他身患疾病，疑虑重重，于是在当时盛行的弗洛伊德精神分析中寻找治疗办法[2]。这段经历在黑塞这一时期越发大胆的创作中始终留有痕迹。

这种个人危机在充满奇思妙想的小说《荒原狼》（1927）中表达得淋漓尽致，这部灵感迸发的小说描述了人性的分裂，故事的主人公脱离日常生活中的社会和道德观念，在欲望和理性之间挣扎。在这个怪诞的寓言中，一个无家可归的人，像狼一样被猎杀，又被神经症困扰。这是一本无与伦比的爆炸性作品，也许让人感到危险、不祥，但作者在处理主题时融入了辛辣的幽默和诗意，因此也能令人获得解脱之感。尽管这部作品突出地反映了现代性问题，但黑塞仍在其中延续了德国的优良传统；这个饱含寓意的故事很容易让人想起E. T. A. 霍夫曼，也就是创作出《魔鬼的万灵药》的大师[3]。

第二个原因和黑塞的外祖父有关。他的外祖父是著名的印度学家古德特，因此，早在童年时期，作家就被印度智慧吸引。成年后，他曾前往自己所向往的国度[4]，但并未解开生命之谜；尽管如此，他的思想很快就受到佛教的影响，这种影响绝不仅限于《悉达多》（1922）；这部作品讲述了一位婆罗门青年在世间寻找生命意义的动人故事。

---

1 文章于1914年11月发表在《新苏黎世报》上，题目*O Freunde, nicht diese Töne*是《欢乐颂》的首句歌词。

2 黑塞曾接受荣格学生朗医生的心理治疗，并由此创作了《德米安》（1919）。

3 霍夫曼（1776—1822），德国作家、作曲家，代表作有《公猫穆尔的生活观》；《魔鬼的万灵药》（1815）讲述一位僧侣被魔鬼诱惑，同自己的"分身"斗争的故事。

4 黑塞于1911年到印度旅行，1913年出版了《印度札记》。

黑塞的作品融合了许多思想，从佛陀、圣方济各到尼采和陀思妥耶夫斯基，都在他的作品中有所体现，因此有人认为他首先是一个不同哲学流派的折中派实验者。但这种看法大错特错。真诚和严肃是他作品的基础，即便是最庞杂的主题，他也把握得当。

在他最成熟的中篇小说中，我们可以直接或间接地了解他的个性。他的风格永远令人钦佩，无论是着魔般的叛逆和狂喜还是冷静的哲思，都完美无缺。他讲述走投无路的贪污犯克莱因逃到意大利寻找最后的机会，在《纪念册》（1937）中以不可思议的冷静口吻回忆已故的弟弟汉斯[1]，这两部佳作说明他能出色地驾驭不同的创作领域。

在黑塞近期的作品中，巨著《玻璃球游戏》（1943）占据着特殊地位。小说幻想了一个神秘的学者教团，践行类似耶稣会的英雄式苦行主义，并以静观冥想作为治疗手段。小说的构架尤其值得关注，其中游戏的概念及其在文明中的作用与荷兰学者赫伊津哈对"游戏的人"的深刻研究有惊人的相似之处[2]。黑塞的态度是暧昧的。在分崩离析的时代，保留文化传统是一项崇高的任务。但是，文明不能通过变成少数人的宗教来永久地保持活力。如果可以将各种知识简化为一个抽象的公式系统，那么一方面能证明文明建立在一个有机系统之上；另一方面，这种高级知识就不能被视为永恒不朽。文明就像玻璃球一样脆弱易碎，一个孩子在废墟中发现了闪闪发光的珠子，但已无从知晓其中的意义。这类哲学小说很容易获得晦涩难懂的评价，但黑塞在本书开篇用几句温和的文字为自己辩护："……那么，在某些情况下，对于不负责任的人来说，用文字描述不存在的事物可能比描述存在的事物更容易，责任也更小，因此，对于虔诚的历史学家来说，情况恰恰相反；因为没有什么比文字更能破坏描述，然而，没有什么比把某些既不能证明也不可能存在的事物摆在人们眼前更有必要，但正是由于这个原因，虔诚的学者在某种程度上把它们当作存在的事物，以便引导它们向存在和变化更近一步。"

1　克莱因是小说《克莱因与瓦格纳》（1919）的主人公；汉斯是黑塞的弟弟，于1935年11月自杀。

2　赫伊津哈（1872—1945），荷兰文化史学家、语言学家，《游戏的人》出版于1938年。

也许黑塞作为散文作家的声誉有所变化，但他作为诗人的地位却从来不容置疑。里尔克和格奥尔格〔里尔克（1875—1926）是奥地利人，用德语和法语创作；格奥尔格（1868—1933），德国象征主义诗人。〕去世后，他就是当代首屈一指的德语诗人。他将细腻纯粹的风格与动人心弦的温情融为一体，音乐性的形式在当代无人能及。他继承了歌德、艾兴多夫和莫里克的传统[1]，并用自己特有的色彩重现诗歌的魅力。诗集《夜之慰藉》（1929）不仅异常清晰地反映了他内心的戏剧性变化、健康和生病的时光以及强烈的自省，也反映了他对生命的奉献、对绘画的享受以及对自然的崇拜。之后出版的《新诗集》（1937）充满成熟的智慧和忧郁的体验，表现出对意象、情绪和韵律的高度敏感。

总结性的介绍无法充分说明这位作家在各类题材中的诸多品质，这些品质吸引着我们，也为他赢得了一批忠实的追随者。他是一位偏好问题和忏悔的诗人，继承了德国南部宝贵的思想财富，并以一种兼具自由和虔诚的极具个性化的方式加以表达。如果忽略了他热烈的反抗倾向，忽略了那永不熄灭的火焰——一旦他视为神圣的东西岌岌可危，他就会从梦想家变成斗士——也许会称他为浪漫主义诗人。黑塞曾经这样写道，人决不能满足于仰慕和崇拜现实，因为这种现实低俗浅薄、永远令人失望、荒凉枯燥，除非证明我们拥有更高的能力来加以否定，否则就无法改变现实。

这个奖项不仅仅是对黑塞声望的肯定，更表彰了一项诗性的成就，他的作品自始至终呈现了一个高尚之人的形象，他在斗争中以难得的信念遵循自己的使命，在一个充满悲剧的时代成功地代表了真正的人文主义。

遗憾的是，诗人由于健康原因无法亲临斯德哥尔摩，因此由瑞士联邦公使代为领奖。

阁下，我现在请您从国王陛下手中接过瑞典学院授予贵国同胞赫尔曼·黑塞的奖项。

（王林园　译）

1　艾兴多夫（1788—1857），德国诗人、小说家，重要的浪漫主义作家兼批评家；默里克（1804—1875），德国路德宗牧师、浪漫主义诗人。

荒原狼

[德]赫尔曼·黑塞　著

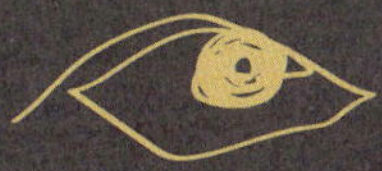

DER STEPPENWOLF

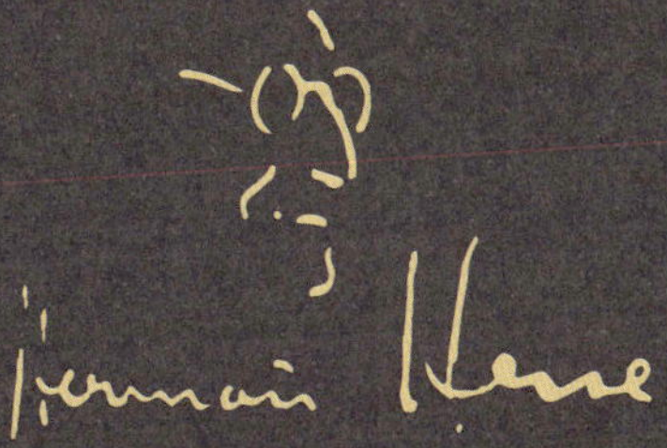

荣格心理分析法解读本书角色

黑塞曾在一封信里写过：“告诉荣格，‘荒原狼’向他问好。”

这暗示了荣格心理学对《荒原狼》这本书的深刻影响。虽然荣格心理学中的一些概念不能用科学方法来证明，其科学性也长久地受到质疑，但荣格精神分析的理论在文学艺术等领域产生了巨大的影响，黑塞的许多作品正是在荣格心理学说的影响下创作的。

这张人物关系图试图通过荣格心理分析学来解读书中出现的主要人物，让读者了解哈利如何从分裂与挣扎中重建自我价值，完成对自我的拯救。

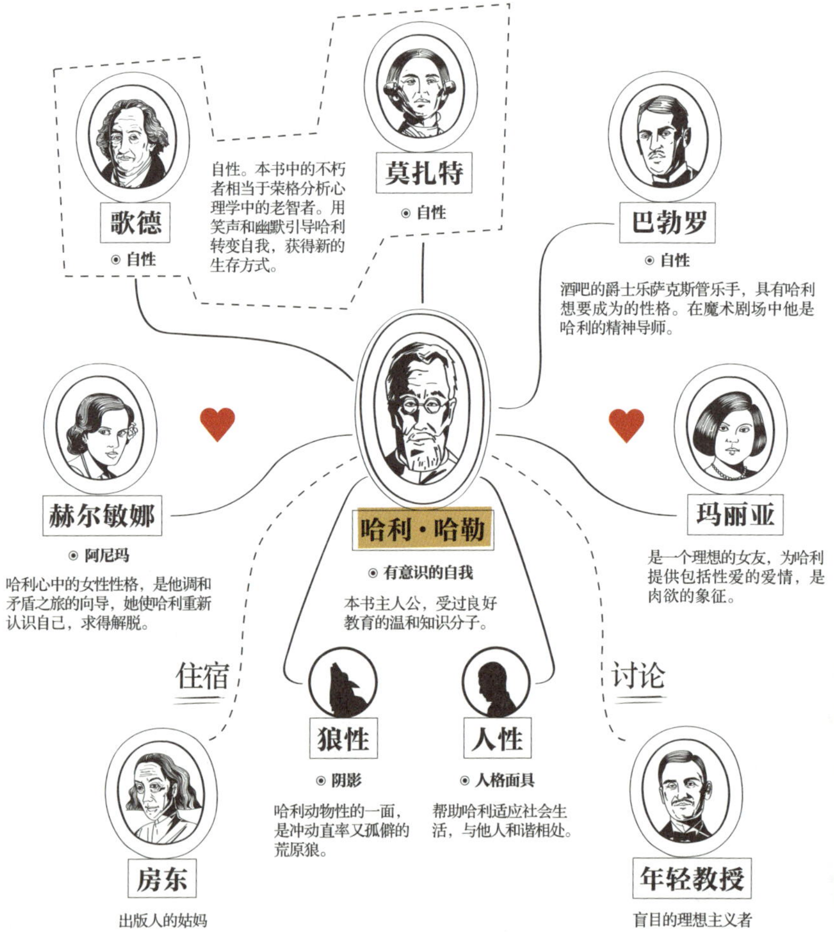

荣格的人格结构

自我：

意识的中心，是我们知觉经验的工具。

情结：

一群无意识感觉与信念聚集形成的心理丛。个体无意识由情结构成。

集体无意识及原型：

集体无意识是人格中最深刻、最有力的部分，它是几千年来人类祖先经验的积累所形成的一种原始意象。集体无意识的内容被称为原型。

四种原型

人格面具：

人在公共场合中表现出来的人格方面，其目的在于表现出一种对自己有利的良好形象以便得到社会的认可。与自己的人格面具良好沟通能降低社会性焦虑的强度。

阿尼玛和阿尼姆斯：

阿尼玛指男性心灵中的女性成分或意象；阿尼姆斯指女性心灵中的男性成分或意象。阿尼玛为男性提供了心目中理想的女性，阿尼姆斯为女性塑造了心目中理想的男性。

阴影：

人的心灵中遗传下来的最黑暗隐密、最深层的邪恶倾向。容纳着人最基本的动物性的一面。

自性：

集体无意识的核心。其作用是协调人格的各组成部分，使之达到整合、统一，即自我实现。荣格认为这是人性所要达到的最高目标。常以老智者或是助人动物的形象出现，具有神性。

陷入精神危机的哈利在绝望之际遇见了向导赫尔敏娜和巴勃罗，他们引导哈利正视自己的内心世界，勇敢接受不完美的自我，学会生活、学会笑、学会爱。在梦境与幻境中不朽者歌德和莫扎特用笑声与幽默使哈利调和内心矛盾，找到生命新的价值。

哈利在对永恒和不朽的追求中最终完成了自我超越与救赎，而这也是黑塞为自我精神危机找到的一条出路。

目　录

出版者序

本书内容是由那个男人留给我们的手稿整理而成的。我们总是用一个绰号来称呼他，那绰号就连他自己也曾多次使用，即“荒原狼”。他的手稿在出版时是否需要额外附上一篇介绍性质的序言，这个问题我们暂且不论。不过，我个人倒觉得，在荒原狼这摞手稿中再添上几页确实是很有必要的：我打算在这几页纸上认真记录自己对他的回忆。实际上，我对他知之甚少，时至今日，我甚至连他过去的经历、他的出身背景都一无所知。尽管如此，他的性格却给我留下了深刻的印象，还是充满好感的印象——这点我无论如何都必须讲出来。

荒原狼是位年近五十的男士。几年前的某天，他拜访我姑妈家，想要找个带家具的房间来租住，最终租下了阁楼，还有阁楼旁边的小卧室。几天过后，他带着两只行李箱和一大箱书回到这里，跟我们一起生活了九到十个月。他的日子过得非常安静，总是独自一人，如果不是因为我跟他睡觉的房间恰好相邻，经常在楼梯和走廊上偶遇的话，我们可能根本就不会认识对方。毕竟他这个人不擅交际——他不擅交际的程度非常严重，我以前还从未在任何人身上看到过类似的情况；他恐怕真的像他有时自称的那样，是一头荒原狼，与周遭一切格格不入，狂野，同时也很羞怯——甚至可以说是极度羞怯——的一条生命，来自与我截然不同的世界。而我呢，仅仅是从他在此地遗留下来的手稿中了解到，他因为自己的天性与命运，陷入了多么深重的孤独，以及他是多么自发自觉地认识到，原来这种孤独就是他的命运本身；不过，在此之前，我也已经通过现实生活中许多细碎的接触与交谈，在一定程度上了解了他。我发现，自他手稿中所获知的关于他的印象，与通过我们日常交往了解到的、显然更浮于表面也更不完整的印象，这两者之间基本上是一致的。

也是机缘巧合，当荒原狼第一次踏进我们那栋房子的大门，向我姑妈请求租房时，我刚好在场。他是在午餐时间来的，盘子还摆在餐桌上，在我不得不返回办公室上班之前，尚有半小时的午休闲暇。初次见面时，他给我留下了古怪的、极为矛盾的印象，令我至今无法忘怀。还记得当时，他从那道玻璃门走进来——此前他已经拉过铃了——姑妈站在半暗不暗的门廊里，问他有何贵干。可是他呢，这位荒原狼先生，竟然将自己头发剪得极短的脑袋高高仰起，并且像野兽那样，用鼻子左嗅嗅、右嗅嗅，鼻翼翕动不停，在回答问话或者报出自己名字之前，已经先讲了一句："噢，这里闻起来还不错。"脸上随即露出笑容，我的好姑妈也跟着笑了，可我却觉得这番寒暄颇为无稽，对他这个人也生出了些许反感。

"噢，对了。"他说，"我是为了您对外出租的房间而来的。"

直到我们三人都已经踏上通往阁楼的楼梯时，我才找到机会，仔细打量了一下眼前这个男人。他称不上特别高大，但走路时的步态和挺胸昂头的姿势，完全是魁梧身材的人所独有的；身上穿的是一件风格现代、舒适得体的冬装大衣，其他衣物也很体面，但搭配上有些随性，显得不拘小节；胡子刮得颇为干净，头发短得不能再短，间或闪现出少许花白。起初，我完全不喜欢他走路时的模样：费力难挨之中夹杂着犹疑不定，不仅有碍于他那干脆利落、豪爽大气的形象，也不符合他讲话时的语气和激昂语调。后来我才注意并了解到，他生病了，甚至连正常行走都有困难。

他打量着楼梯、墙壁和窗户，以及楼梯间里摆放着的那些既旧且高的橱柜，脸上挂着一抹古怪的微笑——这在当时同样使我感到不快；此处的一切似乎都令他满意，但同时又令他觉得多少有些好笑。总的来说，这位男士给人带来的整体印象，就仿佛他是从某个陌生的世界突然跑到我们这里来的。比方说，从那些遥远的海外国家，远渡重洋来到了这里，发现此地的一切都很美好，但同时也有点儿滑稽可笑。他啊，我也没什么别的话好说，总之他很有礼貌，甚至可以说非常友好。他确实马上认可了这栋房子和房间，也立即同意了租金和早餐的报价，没有任何异议。尽管如此，他整个人周围却始终弥漫着一种怪异的、至少在我眼中看来是不愉快或者说是敌对的气息。他租下了对外出租的那个房间，并且还额外租了一间小卧房，熟悉了关于暖气、供水、房东服务和租客要求等规则，认真而友好地听取了一切、同意了一切，并立即提出预付租金。然而，他似乎并没有真正接受这一切，似乎觉得自己的行为很有趣，并没有认真对待。情况就是如此，仿佛对他这个人而言，租个房间和跟人讲德语都是少见且新鲜的经历，可实际上，在他内心深处，正忙于处理一些完全不相干的事务。以上就是当时我对他的印象，不得不说，如果这一印象没有被其他各种小细节干扰、没有被及时纠正过来的话，那它可不算是个好印象。所有这些拨乱反正的小细节当中，最重要的一点是：我从初次见面时开始，就很喜欢这位男士的长相。尽管他脸上浮现出来的表情总是很奇怪，可我还是很喜欢这张脸。人们或许会认为，这是一副乍看起来颇有些怪异、夹藏着些许悲戚的面容，但它同时也是一副时刻保持着警醒、思想深刻、思维缜密、神采奕奕的面容。除此之外，还有一点也很重要：为了跟我相处得更融洽些，他在同我交流的时候，始终保持着礼貌又友好的态度。尽管保持这种态度对他而言颇有些困难，需要付出不少心力，但他也并没有因此而表现出哪怕一丁点儿的傲慢——恰恰相反，他的态度中包含着一些几乎令人深受感动的东西、一些类似于恳求的东西。关于这些东西，我很久之后才找到具体的解释，但在当时，它们立刻就令我对他产生了些许好感。

还没来得及将两个房间看完，相关细节的讨论也没有结束，但我的午餐休息时间已所剩无几——我必须回去上班了。于是，我匆匆道别，将他交给姑妈继续接待。晚上回家的时候，姑妈告诉我，那位陌生人已经租好了房间，将在接下来的几天里搬进来。他没有提什么特殊要求，只是请求我们不要将他的迁入上报给警察，不要让他去警察局登记，因为他是个体弱多病的人，觉得相关手续很烦琐，需要在警察局里站着等很长时间，他这个病人无法承受。时至今日，我仍然清楚地记得，当时他的这个要求令我颇感惊疑，我警告姑妈，最好不要接受这种条件。因为在我看来，这种对警察的回避行为，完全符合此人身上所散发出来的疏离和陌生感。他之所以要回避警察，就是为了避免在警察面前暴露出自己的可疑之处。我耐心地向姑妈解释，说我们无论如何都不应该答应这个光是听起来就让人觉得十分古怪的要求，如果这个要求真的实现了，可能会给她带来相当糟糕的后果。毕竟他是个完全陌生的人，还是谨慎些为好。哪里知道，这时我才发现，姑妈其实早就答应了他，甚至也乐于实现他的这一请求。眼下，她完全信任这位陌生男士，并且深深地被他给迷住了；实际上，这个结果不难预料，因为凡是确定要收留的房客，她都会迅速与之建立起某种亲密友好的人际关系，不能建立这种关系的人，她是肯定不会收留的。这是一种将自己类比为别人的亲姑妈，或者干脆类比为对方亲生母亲的密切关系，总是完完全全地为对方着想，这一点已经被许多以前的房客毫不留情地利用过了。如此这般，当他终于搬进来之后，最初几个星期里，情况相比一开始时而言仍旧没什么改变：我毫不留情地指出这位新房客方方面面的缺点，而我的姑妈总是热情地维护他。

话说回来，在得知姑妈已经答应了他的要求之后，对于这种不向警察报告房客迁入的做法，我还是感到很介意，因此我认为，至少也要询问一下姑妈，问问她到底对这个陌生人了解多少，是否清楚他的来历，以及他搬到这里来的具体目的。问过之后我才发现，虽然他在我中午离开之后只逗留了很短时间，但她确实已经了解到了这样那样的一些情况。他告诉她，他打算在我们这座城市里住上几个月，好好利用这里的图书馆系统，看看城市里的名胜古迹。姑妈不太喜欢他只租这么短的时间，但他显然已经赢得了她的青睐，也就听之任之了——尽管他的外表看起来有些奇怪。总之，房间已经租出，我的反对意见来得太晚了。

“他为什么会说那样的话，说这里闻起来还不错？”我问道。

我姑妈的直觉，有时候是相当厉害的，她说：“关于这点，我可是知道得一清二楚。因为我们这里散发出整洁与秩序的气味，散发出友好态度与体面生活的气味，他喜欢的正是这样的气味。而且，他看起来好像已经不太适应这种气味了，仿佛有人将这种气味从他身边给剥夺掉了一样。”

好吧，我暗自思忖着，怎样都好。“不过，”我又说，“如果他不习惯过整洁体面的生活，那他真正的生活会是什么样子的呢？假设他不爱干净，弄脏了这里所有的东西，又或者他在晚上总是喝得酩酊大醉才回家，你会怎么做？”

“我们拭目以待。”她一边说着，一边笑了起来。既然如此，我也就随它去了。

事实证明，我的担心其实是没什么来由的。这位房客虽然并没有去过那种循规蹈矩、规律作息的生活，可他既没有打扰到我们，也没有给我们添什么麻烦。时至今日，我们仍然心心念念地牵挂着他。然而，在内心深处，在我们的灵魂深处，这位男士对我们两个人，即姑妈和我，都造成了很大的触动，产生了难以摆脱的影响。坦率地讲，他对我所施加的影响，恐怕还远远没有结束。有时候，我会在夜里梦见他，虽然他在我心中的形象已变得颇为可亲，然而，只要一想起他，哪怕只是想起世界上还有这样一个生灵存在，都会令我感到由衷的不安，心绪难平。

两天过后，一名受雇的车夫送来了这位男士的行李：陌生男士的名字，叫作哈利·哈勒[1]。这些行李当中，有一只非常漂亮的真皮手提箱，给我留下了很好的印象。还有一只体积颇大的扁平拉杆箱，似乎暗示其主人曾进行过多次长途旅行：至少从箱体上贴着的大量早已泛黄的各国酒店和运输公司标签来看，情况确实是这样的。单从标签来看，去过的不止欧洲国家，也包括其他地方。

随后，他本人也现身了，我与这位与众不同的男士从陌生到逐渐熟识的这一小段时间，就此拉开了序幕。起初，单就我这方面而言，我并没有在两人沟通上做任何事情——虽然我从看到哈勒的第一眼起就对他很感兴趣，但在他刚来的那几个星期里，我没有采取任何主动措施，没有到他房间去找他，也没有与他攀谈。不过，我也必须承认，打从一开始，我就对这位男士进行了一些客观上的观察，甚至当他不在家时，还会偶尔进到他房间里去：像这样偷偷摸摸地搞些小小的间谍活动，没有别的原因，完全是出于好奇。

在此之前，我已经给出了一些关于荒原狼其人的外貌描绘。无论什么人，第一眼看到他时都会发现，他确实是一位举足轻重、世所罕见、天赋异禀的人物，他的脸上永远神采飞扬，他的五官格外分明，配合他生动又敏锐的表情，活灵活现地反映出了他所拥有的那个妙趣横生、激动人心、无比温柔又无比敏感的内心世界。当人们与他交谈时，一旦气氛变得热络起来，超越了他性格上拘谨的限制——顺带一提，情况并不总是如此——他就开始显露出自己的与众不同之处，讲出一些独一无二、特立独行的话语。每当他这样做

1 Harry Haller，该名字与作家名字Hermann Hesse之间显然是有对应关系的。

时，我们便不由自主地感到佩服，继而认同他的主张，不再多争辩些什么了。他总是比其他人想得更深，在各类哲思问题上都表现出一种近乎冷酷的客观性、一种不容置喙的深思熟虑与博学多闻，只有内心真正丰富的人们才办得到。这类人在任何事情上都没什么争强好胜之心，从来不想崭露头角，从不试图说服别人改变什么，从不打算证明自己是对的。

我至今还记得他的一句格言，是他在我们这里逗留的那段日子快要结束时留下的——甚至都称不上是一句格言，只是一个眼神而已。在当时，有一位著名的历史哲学家兼文艺评论家，一位在全欧洲都享誉盛名的杰出人士，宣布要在我们这里的礼堂举办一场演讲。我成功说服了一开始并不打算参加的荒原狼跟我一起去听这场演讲。到了那天，我们结伴同行，在礼堂里也是挨着坐的。然而，当演讲者终于登上讲台，开始演讲时，其表现却颇有些矫揉造作、自以为是，令一些原本期待很高的听众大失所望：在来之前，他们还以为他是那种预言家式的大人物，真能够讲出什么金玉良言呢。总之，当此人正式开讲，且甫一开始就选择奉承听众，以感谢现场来了这么多人、竟然如此捧场云云作为开场白时，荒原狼向我投来了匆匆一瞥，那眼神可谓一针见血，对演讲者讲出来的这些话语以及演讲者其人都给予了深刻的批评。噢，那可真是个令人倍感难忘的恐怖眼神，关于那个眼神的具体含义，人们甚至可以写出一整本书来探讨！那眼神不仅是在批评演讲者，同时也透过令人不得不信服的讽刺在摧毁这个名人——尽管态度上相当温和。这还只是所有含义当中最次要的。实际上，相比较于讽刺，眼神中蕴藏的悲伤要多得多，那甚至都不是普通的悲伤，而是一种深不见底、彻底无望的悲凉；一种沉静如水、确凿无疑的绝望，早已成为生命中的习惯与范式——这些才是那眼神的关键之处。辉煌璀璨的绝望之光，不仅照彻了虚荣心强的演讲者，照彻了他的为人，讽刺并解疑了当下的情境、听众们的期许与情绪、公之于众的演讲那颇有些自命不凡的大标题——不，不止这些，荒原狼的眼神洞察了我们这整个时代，洞察了全部的喧嚣嘈杂、全部的不遗余力、全部的虚荣算计，以及大众虚妄、浅薄的精神世界里浮于表面的全部伎俩——哎呀呀，不幸的是，那个眼神的含义，甚至比以上所讲的这些还要深远得多，远远超出了对我们这个时代、我们的精神世界、我们文化上的缺点与无望的关注。那眼神直指人性的核心，在短暂的一秒钟时间内，雄辩般地道出了一名思想家、一位可能的智者对人类生活尊严与意义的全部质问。那眼神说："瞧呀，我们是群怎样的猴子！瞧呀，这就是人类的样子！"如此这般，人类文明范畴下所有的名声，所有聪明才智，所有思想上的成就，所有关于崇高、伟大和永恒的尝试，瞬间土崩瓦解，统统是在耍猴戏！

既然写出了这些，证明我在行文上已经走得太远了，不仅如此，这些内容实际上也已违背了我原本的计划与意愿——大体上说清楚了关于哈勒的基本情况。要知道，我原本是打算在讲述我与他逐渐相识的过程中，再来逐步揭晓他的形象的。

那么，我都已经这样做了，恐怕也没有必要再去深入探讨哈勒身上那神秘莫测的"疏离感"，没有必要再去详细论述我是如何逐渐感知并认识到这种疏离感——这种非同寻常又极为可怕的孤独感的起因及其内在意义的了。实话实说，这样反倒更好，因为我希望尽可能地将自己的身影隐藏在幕后。我既不打算进行所谓的自我剖白，也不想写小说或者做心理分析，只是希望单纯以一名目击者的身份，贡献出自己的一份力量，将留下这摞荒原狼手稿的怪人形象公之于众。

从我第一眼见到他时起，也就是当他从姑妈家那道玻璃门走进来的那个时间点开始算起，我就莫名其妙地被这位男士的古怪给打动了。当时，他像鸟儿似的伸着脑袋，赞美屋子里的气味，我对他的第一个本能的反应就是厌恶。我感觉到（至于我的姑妈，她虽然与我不同，跟知识分子这种身份完全扯不上任何关系，也感觉到了差不多的东西）——我感觉到[1]，这男人恐怕是有点儿什么毛病，要么是在精神上，要么就是在情感上，或者性格上暗藏着某种隐疾，我之所以会处处提防着他，完全是出于身心健康的人类的本能。随着时间的推移，这种提防态度逐渐被同情所取代，因为我切切实实地见识到了他所面对的孤独，见识到了他内心世界的凋零，有鉴于此，我开始慢慢对这位泥足深陷、长久受苦的男士生出了巨大的同情。在此期间，我越来越清醒地意识到，这位受难者之所以显得不太对劲，并不是由于他天性中存在什么缺陷，恰恰相反，只是因为他巨大的天赋才能与力量尚没有达到和谐圆满的境界。我认识到，哈勒是一位痛苦的天才，根据尼采所提出的部分主张，他在自己内心深处发展出了一种天赋，一种能够无休无止地承受可怕痛苦的能力。与此同时，我也意识到，他所呈现出来的那种悲观主义态度的根基，并不是对世界的蔑视，而是对自身的蔑视，道理很简单：尽管他可以不留情面地讽刺大大小小的机构或个人，但他在讽刺的时

1 原文如此，重复了一遍。括号、破折号均依照原文。

候，从来都不会将自己排除在外。实际上，他本人永远都是第一个被瞄准的开炮对象，他本人永远都是第一个被他自己憎恶和否定的个体……

在此，我必须补充少许心理学方面的说明文字。虽然我对荒原狼其人的过往经历知之甚少，但我完全有理由相信，他曾经长期接受慈爱且严格，同时也非常虔诚的父母及老师们的抚养教育，是在此基础上长大成人的，对于这样一种成长路径而言，“打破个人意志”是施行教育的基础。哪里知道，这种对个体人格的破坏，以及对个人意志的摧残，在这名学生身上并没有如预期般获得成功，他实在是太强硬、太骄傲、太具有反叛精神了。到了最后，这种教育方式没能摧毁他的人格，唯独成功地教会了他如何去憎恨自己。终其一生，他都在将自己全部的想象力和全部思维力量用来针对自己、反对自己，反对他这个无辜又高尚的目标。唯独在这样一件事上，他可以做到不顾一切，完完全全地化身为一名虔诚的基督徒、一位彻底的殉道者。只要是在力所能及的情况下，他都首先将自己的每一份辛辣讽刺、每一次深刻批评、每一种恶意、每一缕仇恨释放到自己身上。对于其他人、对于自己周遭的一切，他又持之以恒地进行最英勇、最认真的尝试，试着去爱他们，去为他们主持公道，避免伤害到他们。之所以会如此，是因为“爱你的邻舍”[1]这一观念在他身上同样扎了根，就跟“憎恨自己”的观念一样根深蒂固。因此，他的整个人生充满了矛盾，成了一个活生生的心理学经典案例：倘若缺乏对自己的爱，对邻舍的爱也是不可能存在的；自

1 原文为Liebe deinen Nächsten，语出《圣经·马太福音》第五章。

我憎恨也一样，不可能在缺乏对别人恨意的前提下独善其身。无法调和的矛盾，最终都会造成可怕的孤立与绝望，就跟那些明目张胆的利己主义者所遭遇的情况一样。

无论如何，眼下是时候将我自己的想法搁置一旁，来谈谈现实中的种种了。我所发现的关于哈勒先生的初步情况——部分是通过我的“间谍活动”，部分是来自我姑妈的讲述——主要还是与他的生活方式有关。他是个热爱思考、热衷书本的人，没有从事什么具体的工作，这些情况别人很快就能发现。他总是在床上躺很久，往往要躺到临近中午才起床，身上穿着睡袍，从卧室走几步路来到客厅里。客厅正是那间阁楼房，有两扇窗户，面积很大，也很舒适，他搬进来不过几天，看起来已经跟刚换了房客的那时候截然不同了。阁楼里的东西放得满满当当的，随着时间的推移，房间里也变得越来越拥挤。他的墙上挂着各种各样的画片，钉着各种各样的素描图，有些画片是直接从杂志上剪下来的，图与画都经常更换。墙上还能看到些许来自南方的风景——那些是德国乡村小镇的照片，显然是哈勒的故乡，高高悬挂在那里。风景与风景之间，是一些色彩鲜明亮丽的水彩画。我们后来才知道，这些水彩画都是他亲手绘制的。除了这些之外，还有一位年轻漂亮的女人——或者说是女孩的照片。曾经有一段时间，墙上还挂了一尊暹罗佛像，但它稍后就被米开朗琪罗名作《夜》[1]的复制品给取代了，再后来又换成了圣雄甘地的画像。他的藏书不仅塞满了大书柜，桌子上、漂亮的老式写字台上、长沙发上、座椅上、地板上，到处都横七竖八地散放着

1 米开朗琪罗雕塑作品，是一位身材优美、正在沉睡中的女性形象，其脚下的猫头鹰象征着黑夜，枕后面具象征噩梦。文中“复制品”指雕塑复制品。

各类书籍，很多书的书页之间夹着书签，且这些书签夹放的位置也在不断变化着。藏书的数量持续不断地增加，因为他不仅会从图书馆带回整包整包的书，还经常收到邮局寄来的包裹，里面同样全是书。任谁看到都会认为：住在这房间里的男士，很可能是位学者。房间里永远萦绕着雪茄烟气，随处可见雪茄残渣和烟灰碟，这些也跟他学者的身份猜测相匹配。可是实际上，这些书籍当中的很大一部分，跟学术研究之间并没有任何联系；它们绝大多数是来自不同年代、不同国家的文学作品。有一段时间，在他经常整日躺着的那张长沙发上，长期摆放着18世纪末一部名为《苏菲从梅美尔到萨克森的旅行》[1]的小说——全套六卷本的厚书。一部《歌德全集》和一本让·保尔[2]的作品似乎被翻阅得十分频繁，此外，他经常阅读的还有诺瓦利斯[3]的作品，以及莱辛[4]、雅科比[5]和利希滕贝格[6]的作品。陀思妥耶夫斯基的几本书里面密密麻麻插满了写有笔记的便笺纸。在堆放了众多书籍和小册子的那张大桌上，经常放有一束鲜花，以及一只水彩画盒，但画盒上总是落满了灰尘，画盒旁边是烟灰缸，同样落满了灰尘。除了上述这些物什之外，还有装了各种饮料的瓶子。其中一只用草编网兜包裹的瓶子里通常装着意大利红酒，那是

1 赫尔梅斯创作的感伤小说，情节生动通俗，一度十分畅销，是哲学家黑格尔最喜爱的小说之一，叔本华曾因此而嘲笑黑格尔。

2 让·保尔（1763—1825），德国著名幽默叙事大师，代表作有《美学预备学校》等。

3 诺瓦利斯（1772—1801），德国浪漫主义诗人，代表作有《夜颂》《圣歌》等。

4 莱辛（1729—1781），德国剧作家，代表作有《拉奥孔》等。

5 雅科比（1743—1819），德国唯心主义哲学家，代表作有《致摩西·门德松的书信》《休谟论信仰》等。

6 利希滕贝格（1742—1799），德国作家，代表作有《格言集》等，其作品深受康德、歌德、尼采、托尔斯泰等大师的推崇。

他从附近一间小店里打来的，有时可以看到一瓶勃艮第红酒，或是马拉加酒[1]。我曾经在这里见到过一只体积很大的玻璃酒瓶，里面装满了樱桃白兰地[2]，在相当短的时间内，它几乎就变成了空瓶，随后便被遗弃在房间的一个角落里。过了很长一段时间，里面剩余的少许白兰地都没有进一步减少，瓶身上也落满了灰尘。我并不想为自己的间谍活动辩解些什么，而且，我也愿意公开坦承自己对这些发现的看法：起初，所有这些尽管充满精神生活志趣，但又饱含虚无逃避心理的生活迹象，不仅无法赢得我的尊重，反而还引起了我的厌恶与不信任。我不仅是个崇尚规律生活的中产阶级[3]普通人，习惯于按时作息与精准的时间管理，同时也是个完全不喝酒、不吸烟的男人，因此，哈勒房间里的酒瓶，甚至比他那和胡乱涂抹出来的画作一样混乱的房间更令我感到讨厌。

跟睡觉和做事一样，这位陌生人在吃喝方面也极度没有规律，简直可以说是任性妄为了。有时候，他根本就不出门，除了早晨的咖啡外，任何东西都不入口。有时候，姑妈会发现一小截香蕉皮，这就是他在用餐时间里确实吃过一点儿东西的唯一证据。但是，在其他一些日子里，他又会到餐馆大吃大喝：有时选在那些体面而优雅的高级餐厅，有时选在郊区的小饭馆。他的健康状况恐怕也并不怎么好；除了腿脚不便令他在爬楼梯时经常会有些困难之外，他似乎还受到其他一些疾病的困扰。有一次，他在谈其他事情的时候顺

---

1 产于西班牙安达卢西亚马拉加地区的一种补酒，酿造方法颇似波尔图酒，因其具有强补作用，常被推荐给病人和疗养者饮用。

2 以樱桃为原料酿制而成的白兰地，度数较高，属于蒸馏烈酒。

3 此处原文为Bürgertum，直译为市民阶层，既可以指中产阶级，也可指代小市民，其根本意思是基本一致的。本书中根据前后文关系及语境进行了区分。

口一提，说自己已经有很多年没有正常吃东西和睡觉了。照我看来，这主要还是得归因于他那长期酗酒的坏毛病。后来，我间或会陪他去一下他常去的一间酒馆，在那里，我亲眼看到他是如何快速且情绪化地给自己一杯一杯灌酒的。不过，我和其他人倒也从来没有看见他真的喝醉过。

我永远都不会忘记我们两人之间的第一次私人接触。在此之前，我们之间的关系，就跟公寓楼里的租户邻居们差不多，不过点头之交而已。那是在某一天的晚上，我下班回家，惊讶地发现哈勒先生竟然坐在二楼跟三楼之间的楼梯过道处。他当时就坐在最上面一级台阶上，看到我之后，主动挪到一边让我通过。我问他是否不舒服，并且提出要陪他一起上楼。

哈勒一言不发地注视着我，这时我突然意识到，自己刚刚的那番举动，恐怕是一不小心将他从某种梦境当中给唤醒了。慢慢地，他的脸上开始浮现出微笑，那漂亮得体却又可怜兮兮的笑容，时常会令我感到心情沉重。笑着笑着，他邀请我坐到他旁边。我向他表示感谢，婉拒了他的邀请，说我不习惯在别人家公寓前面的台阶上坐着。

“噢，是啊，”他回应道，脸上的笑容更显夸张，“您是对的。不过还是请稍微等一下，我必须让您知道，为什么我必须在这里坐上一会儿。”

说罢，他指了指二楼公寓门前的小庭院[1]——那里住着一位寡妇。在楼梯、窗户和玻璃门之间铺设着镶木地板的小空间里，靠墙

1 因为门口空间较大且相对私密，德奥公寓的住户通常都会精心布置，有时会垫高做成这种小庭院。

位置摆了一只高大的红木柜子，里面放着些古旧的白铁皮园艺用具，红木柜子前面的地板上，两个小矮架上放着两盆高大的植物，一盆是杜鹃花，还有一盆是南洋杉。植物看起来都很漂亮，而且总是打理得非常干净，没有什么可以挑剔的地方，我之前也很愉快地注意到了它们。

“您看看，”哈勒继续说道，“这是个有南洋杉生长的小庭院，气味闻起来非常美妙，每当我经过这里时，总是会不由自主地停下来休息一小会儿。虽然您姑妈家气味也很芬芳，而且收拾得井井有条，相当整洁，但这里的南洋杉小庭院还要更加出彩。这里打扫得如此干净，除尘、擦拭和清洗——每一样都做得一丝不苟，它干净的程度超出常人想象，给人一种不可触碰的神圣感，简直像是在对外徐徐散发出光芒。我总是会在这里深深吸上一口清香的空气——您难道不打算也这样闻闻看吗？地板蜡的香味、松节油的余韵，配合红木的气味、洗得干干净净的植物叶子气味，以及周遭的一切气味，将这些气味全部混合起来，就创造出了这样一种独特的香气，一种独属于中产阶级的纯净、审慎与精确，在微不足道的小事上尽忠职守，乃至达到近乎超然的奇妙境界。我不知道谁住在那里面，但是，在这扇玻璃门背后，必定驻扎着一处追求整洁干净与中产阶级大扫除志趣的小天堂，一处秩序井然的小天堂，充斥着对小习惯和小义务的焦急奉献。”

见我沉默不语，他又继续说了下去：“请不要认为我是在讥讽些什么！亲爱的先生，我丝毫没有嘲笑这种中产阶级志趣与井井有条秩序的想法。诚然，我本人确实是生活在一个完全不同的‘世界’里，不在眼前这个世界——或许我这辈子都无法在一套拥有像这种南洋杉的公寓里生活哪怕一天。但是，即便我是这样一只又老又粗鄙的荒原狼，我也是由一位母亲诞下的孩子，我母亲也是一位中产阶级妇女，她同样会精心打理花草，一丝不苟地照顾客厅和楼梯、家具与窗帘，努力让她的居所和她的生活都尽可能卫生、纯粹又整洁。松节油的气味使我想起了这些，南洋杉令我想到了这些，我时不时地坐在这里，注视着这座秩序井然的安静小花园，为它依然存在而倍感欣喜。”

说罢，他想要站起身来，但仅凭自己的力量却很难做到，我稍微帮了他一下，他也并没有拒绝我的好意。整个过程中，我一直沉默不语，仿佛被施了某种咒语似的，多少有些魂不守舍：这种情况就跟我姑妈之前遇到过的一样，因为眼前这位神秘人有时就是能够让人们产生这种感觉。我们一起慢慢地走上楼梯，一直走到他家门口，他也已经将开门的钥匙拿在手中了。这时，他又看了我一眼，脸上写满了友好，开口说道：“您是刚刚下班回家的，对吧？唔，好吧，我对这类事情可以说是一无所知，我的生活方式，多少有些特立独行，有点儿边缘化，您是知道的。不过，我认为您对书籍之类的东西也是很感兴趣的，您的姑妈之前曾经告诉过我，说您是从高级文理中学毕业的，希腊语学得非常不错。是这样，我今天早上在诺瓦利斯的书里发现了一个句子，我可以给您看看吗？您应该也会喜欢它的。”

就这样，他把我带到了他的房间里，那里弥漫着一股刺鼻的烟草味道。他从其中的一个书堆中抽出一本书来，一页一页地翻阅，正式开始了搜寻……

“这句也很好，非常好，”他说，“您不妨听听这一句：‘人应该以痛苦为荣——每份痛苦都是对我们崇高精神的警醒。’绝妙！比尼采早了八十年！但这并不是我现在想找的那句至理名言——等等——我找到这句话了。这句话是这样说的：‘大多数人在学会游泳之前都不想游泳。’这难道不是很有趣吗？他们当然不想游泳！他们生来就是要在陆地上生存的，又不是要在水里生存的。当然，以此类推，他们也不想思考，毕竟他们是为活着而生的，又不是为了思考而生的。没错，谁想思考，谁打算将思考作为活着的主要目的，谁就能在思考的世界中走得很远，但他其实只是将陆地换成了水而已，终有一天，他还是会被淹死的。”

好吧，他所讲的这些内容，成功地勾起了我的兴趣，就这样，我在他那里待了好一会儿。自那时起，每当我们在楼梯或者街道上相遇时，多多少少都会聊上几句。刚开始时，就跟当初望着南洋杉闲聊时曾经出现过的情况一样，我心中总是隐隐约约地有一种感觉，觉得他讲的话其实是在讽刺我。但事实并非如此。实际上，他是如此自觉自愿地坚信自己的孤僻，仿佛他在水中游泳时一定会溺水，他扎根的土壤一定会被破坏，自己也将被人连根拔起似的。如此这般，每当他看到一个普通人在日常生活中做了什么循规蹈矩的事情，比方说，当他看到我每天准时准点去上班，或者听到哪位勤杂工、哪位电车售票员正常工作时讲的那些话语，都能激发出他的兴奋情绪，可他无论因此说了些什么或者做过些什么，其中都没有任何嘲弄别人的意思。起初，他所表现出来的这种兼具绅士品格与波希米亚风情的怪情绪，这种俏皮中夹杂了感伤的怪性格，在我看来是相当可笑且夸张的。不过，后来我却越来越清楚地认识到，相比于我们这个俗世凡尘小世界，他确实可以说是生活在真空之中，可即便如此，他也依旧从自己所独具的疏离感、从那荒原狼的天性中欣赏并热爱着我们这个坚实又安全的小世界。他真诚地将这个小世界视为离自己极度遥远乃至不可触及的一方天地，视作一处没有为他敞开怀抱的家园、一片没有为他铺设道路的净土。他总是带着真正的敬意，向我们公寓门口的接待员——向那位正直的好女人脱帽致意。每当我姑妈跟他随口讲几句话，要么就是提醒他注意，说他的衣服需要修补，小心留意大衣上的扣子，它垂在那里已经快掉了时，他都会集中注意力，用一种全力以赴的专注态度仔细聆听，模样看起来颇有些怪异，仿佛他正在付出一种难以言喻且毫无希望的努力，尝试通过真空中存在着的某种缝隙，渗透到这个渺小而平静的世界，在这里安个家，哪怕只有区区一个小时。

早在我们之间进行第一次谈话时，在那株南洋杉的前面，他就已经自称为荒原狼了，这在当时同样令我感到些许疏远与不安。那究竟算是怎样的一种表述？怎么可以那样称呼自己呢？可我后来还是接受了这种叫法，不仅是习惯使然，而且也是因为“荒原狼”这种叫法实在是再适合不过了。很快，在我脑海中就只剩下“荒原狼”这个名字，从此以后，我再也没有用除“荒原狼”之外的任何其他名字称呼过这位男士。即便到了今天，我也不知道有什么更合适的词可以拿来形容他身上出现的这种现象：仿佛是一头迷失在我们这些人类身边、迷失在城市与群居生活中的荒原狼——再没有任何其他形象可以更鲜明地概括他了，他那羞涩又胆怯的孤独感，他狂放的野性，他焦躁不安的心情，他满溢的思乡之情与无家可归的现状，统统囊括其中。

还记得有一次，我在一场交响音乐会上偷偷观察了他一整晚。

当时我惊讶地发现他就坐在我附近，但他却没有注意到我。首先演奏的是亨德尔的作品，那是一首高雅而优美的乐曲，可是，荒原狼虽然坐在那里，却全神贯注地沉浸在自己的世界里，与现场演奏的音乐和周遭环境之间都没有建立起任何联系。他长久维持着一种事不关己、孤僻怪异的坐姿，脸朝着下方，面色冷酷而忧郁。然后又是另一首曲子，是弗里德曼·巴赫[1]写的一首小交响曲[2]。我惊讶地看到，演奏开始几个小节之后，我这位陌生朋友的脸上浮现出了笑容，随即放心地将自己交给了音乐，如痴如醉地享受起来，那忘我的模样看起来是如此快乐，仿佛沉浸在一场美梦之中。前后大概有十分钟，我对他的关注超过了对音乐本身的关注。这首曲子结束之后，他宛如大梦初醒，坐直了身体，做出要起身的样子，似乎打算直接离开，但后来还是坐着听完了现场演奏的最后一首乐曲，即雷格[3]的变奏曲。很多人都觉得这首变奏曲稍微有些冗长，听起来有点儿累人。荒原狼刚开始时听得还是很认真的，似乎也很愿意听下去，可是听着听着，他很快便缴械投降了，将双手插进口袋，再一次沉入了自己的内心世界。可是这一次，他脸上浮现出来的表情，却不再是刚才听小交响曲时的快乐与梦幻，而是很明显的悲伤，最后出现的表情甚至是愤怒。他的那张脸仿佛再一次变得遥不可及，脸色变得灰暗，脸上飞扬的神采也熄灭了。如今的他看起来衰老又多病，像对什么都不满意。

---

1 弗里德曼·巴赫（1710—1784），德国作曲家，管风琴家，“西方音乐之父”约翰·塞巴斯蒂安·巴赫的长子。

2 指篇幅相对短小的交响曲。

3 雷格（1873—1916），德国作曲家，被誉为继巴赫、勃拉姆斯之后，纯正的德国键盘乐器变奏曲主线上的继承者。

音乐会结束后，我又在街上看到了他，便马上追了上去。他整个人蜷缩在大衣里，闷闷不乐、疲惫不堪地朝我们公寓所在的方向走去。走到一间老式小餐厅前面时，他停了下来，犹豫不决地看了看表，然后便走进去了。在那个瞬间，我一时冲动，也跟着他走了进去。餐厅里，他坐在一张很有小市民情调的餐桌旁，看老板娘和女服务员同他打招呼的方式，很明显是这里的熟客。我也过去同他打过招呼，在他旁边坐下了。我们两个在那里坐了一个小时。其间，我喝了两杯矿泉水，他先是要了半升、然后又要了四分之一升红葡萄酒。我告诉他，我刚才也去了音乐会，但他并没有深入了解这件事的打算。他看了看我矿泉水瓶上贴着的标签，问我，难道不想来点儿酒，他愿意请我喝。当他听到我说自己从不饮酒时，他又做出无奈的表情，说道："确实，您是对的。我也曾经过过许多年的节制生活，也曾长期节食，不过，眼下我的命主星刚好运行在水瓶座，这可是个阴暗又潮湿的星座。"

当我以半开玩笑半认真的态度回应这个隐晦的譬喻，并提出在我看来他是多么不可能相信占星术的时候，他又用那种因为太过礼貌而经常被我认为是一种冒犯的语气说道："完全正确，不幸的是，我自己也并不相信这门科学。"

我起身告辞，他后来直到很晚才回家，但他的脚步声所呈现出来的规律还是跟往常一样，并没有立即上床睡觉（作为他所租住房间的邻居，我听得很清楚），他又在自己的客厅里开着灯待了一个小时左右。

还有另外一个夜晚，我也不曾忘记。当时我一个人在家，姑妈不在，门铃响了，我过去打开门，发现有一位年轻的、非常漂亮的女士站在那里，当她问起哈勒先生时，我认出了她：正是他房间里照片上的那位。我引着她来到他房间门口，然后就回自己房间去了，她在房里待了一会儿，不过，很快我就听到他们结伴下楼出去了，两人之间气氛非常融洽，有说有笑，十分开心。对于这件事，我感到非常惊讶：这位隐士居然有爱人，还是一位如此年轻、漂亮又优雅的爱人。此事发生之后，我对他本人以及他所过生活的全部假设又变得不太确定了。然而，不到一个小时之后，他又独自一人回家了。迈着沉重而悲伤的步伐，艰难地走上楼梯，进了房间之后，在他自己的客厅里来回踱步，脚步声很轻，一连走了好几个小时，就跟笼子里关着的狼一样。整整一夜无眠，直到快天亮时，他的房间里仍有灯光。

我对他们两人之间的这种爱人关系一无所知，只想补充一点：后来我又一次见到他跟那位女士在一起，是在城里的大街上。两人手拉手走在一起，他看起来十分开心。于是，我又一次感觉到讶异——他那张仿佛恒久孤独的脸，偶尔竟也会有如此天真甚至于如此孩子气的时刻。彼时彼刻，我想我终于理解这位女士为什么会喜欢他，也理解我姑妈当初为什么会对这位陌生人抱以同情了。可是，那天傍晚他回家时的情况也几无二致，依旧是愁眉苦脸、伤心难过；我碰巧在公寓门口遇见了他，他将意大利红酒瓶藏在自己大衣下面，然后——就像他经常会做的那样——拿着酒瓶，在楼上孤独的兽洞里安静坐下，埋头苦喝，消磨掉大半个晚上。我为他感到难过，他所过的是一种多么蛮荒、失落、无助的生活啊。

那么，这方面的内容已经讲得足够多。没有必要通过进一步的事实汇报和情境描绘来说明荒原狼过的是怎样的一种自杀式生活的了。尽管如此，我还是不相信他在离开我们之后真的自杀了——他是不辞而别的，彻底离开了我们所居住的这座小城镇，他的离开是如此突然，某天支付了所有欠款之后就消失了。自那以后，我们再也没有听到任何关于他的消息，直到现在，我们还保留着一些送过来给他的信件。他什么都没留下，只留下了这摞手稿，这是他在此地逗留期间写好的。他将手稿交给了我，并且单独加注了几句话，说我可以任意处置它们。

我当然不可能逐一核查哈勒手稿所叙述的情况是否属实。即便如此，我仍然毫不怀疑地认为，其中大多数内容都是虚构的。当然，我所讲的虚构，并非随心所欲杜撰意义上的虚构，而是试图以亲身经历过的事件为蓝本、用虚构的方式来表达自己深刻体验过的心路历程。在我看来，哈勒手稿中内容颇为奇幻怪异的那部分经历，其原型恐怕是源自他在我们这里旅居的最后那段日子；至于手稿中描绘的心理活动，显然也是基于外部世界得来的真实经验——对于这一点，我同样毫不怀疑。在那段时间里，我们这位房客在日常行为与外表上确实发生了不小的变化：他经常不在家，有时甚至一整晚都不在家，他那些藏书也很长时间没碰过了。彼时我见到他的次数很有限，每一次见面时，他都表现出异乎寻常的活力，仿佛整个人都恢复了青春，其中有几次，我们简直可以认为他是个快活的正常人。然而，紧接着在他身上又出现了新一轮的严重抑郁状况：他足不出户，在床上连着躺了好几天，什么都不想吃。在此期间，他还同自己那位再度出现的爱人发生了异常激烈甚至可以说是残酷暴烈的争吵，这件事令整栋房子里的人们都觉得很不安，为此，哈勒隔天还专门向我姑妈道了歉，请求她的原谅。

不，我确信他还活着，此时此刻，他正拖着自己疲惫的双腿，在某处人家的楼梯上行走，正在上楼或者下楼；此时此刻，他正在某处盯着擦得锃亮的镶木地板、打理得整整齐齐的南洋杉；白天，他选择坐在图书馆里，晚上则坐在小餐厅里，要么就是躺在哪张租来的长沙发上，在窗户后面安安静静地聆听世界发出的声音，聆听普罗大众的平凡生活。他清楚地知道，自己早已被这一切给排除在外了，但他残存的信仰告诉他，他必须承受这种苦果，承受自己内心深埋着的邪魅苦楚，直到自己生命的最后时刻——他必须承受这种痛苦至死，不允许以自杀来解脱。他离开之后，我经常想起他，他没有令我的生活变得更容易些，他没有那种支持并促进我自强自足之心的天赋，噢，岂止如此，他做的事情完全就是背道而驰！但我不是他，我也没有过过他那种生活，而是过我自己的生活，一种平凡小市民的生活，安全又保险，充斥着各种应尽的责任和义务。正因为如此，我们——我和我的姑妈——才能够以一种平静友好的心情来怀念他。实际上，她比我更了解他，但她却选择将那份了解深埋在了自己善良的心中。

还是说回到哈勒的手稿本身吧。这些异想天开的虚构内容，其中一部分无疑是病态的，但也有一部分极为优美，一部分思想很深刻。我必须承认，如果它们偶然落入我手中，其作者又不为我所知，那我肯定会愤然将它们给扔掉。可是，借由我与哈勒的相识相知，我已经获得了至少部分理解它们的可能性，不只理解，我甚至还会对这些东西表示赞许。如果我在其中读到的，仅仅是一个单独的人类个体滋生的病态幻想，其作者只是个可怜的精神病人，那么，我当然会对与他人分享这些内容感到犹疑不决。可是实际上，我在其中读到了更多的东西，这是一份货真价实的时代记录，因为哈勒罹患的心理疾病——我如今总算搞清楚了——它并非仅属于一个人的怪癖，而是时代本身的顽疾，是哈勒所属的那一代人共有的神经症。这种疾病似乎绝不仅仅倾向于折磨弱者和低端人群，恰恰是那些顽强坚韧、最富灵性、最有天赋的人，反而最容易受它侵蚀。

像这样的一摞手稿——无论其中有多少内容可能是基于现实的经验——光是其存在本身，就已经是在试图克服我们这个时代的巨大顽疾了。从方法论上看，它没有通过回避与掩饰来逃避问题，而是试图使疾病本身成为被表述的对象。这份手稿的意义，就是在地狱中行走——完全是字面上的意思：身陷暗淡无光的精神世界混沌当中，时而恐惧畏缩，时而带着穿越地狱的意志勇敢前行，藐视混沌，直面邪恶，战斗到最后一刻。

我之所以能够达成上述理解，关键是因为哈勒曾经说过的一番话。有一次，当我们探讨了中世纪出现的各种残酷暴行之后，他对我说：“这些所谓的残酷暴行，都是以当下人们的看法来界定的，当时的人们其实并不认同。假设真有一个来自中世纪的人现身于当下，此人仍然会对我们现在的整个生活方式感到厌恶，认为它是残忍、可怕且野蛮的！每一个时代、每一类文化、每一种习俗与传统都有其独特的风格，各有各的温柔与冷峻、温馨与残酷，都会将某些苦难视作理所当然，都会耐着性子去容忍某几样邪恶罪行。个体的生活唯有处在两个不同时代、两类不同文化、两种不同宗教彼此交错的地方，才会发展为真正的痛苦，犹如置身地狱一般痛苦难挨。古希腊时期的人，如果不得不生活在中世纪，简直会悲惨到窒息，这就好比野蛮人生活在我们当下的文明世界里，同样会感到窒息一样。人类历史上，时常会出现这样的时期，在这个时期里，整个一代人刚好被裹挟在两个时代之间，裹挟在两种截然不同的生活方式之间，乃至失去了全部常识、全部伦理、全部安全感与率真之心。当然，不是每个人都能在同等程度上感受到这一点的，很多人即便感受到了，感觉也没那么强烈。像尼采这种天赋异禀之人，明明身在我们前面一辈人当中，却不得不去忍受今日这一辈人的苦难——他当年顶着大多数人的误解，不得不独自去承受的痛苦，如今成千上万人都在承受着。”

我在阅读这摞手稿时，时常会想起他曾经说过的这番话。哈勒恰恰就是被裹挟在两个时代之间的那一类人，他们已经失去了全部的安全感与率真之心，他们的命运就是去质疑人类生活中一切可质疑之处，将之拔升到对他们的个体加以折磨、形如他们个人之地狱的高度，并因此而饱受摧残。

在我看来，以上就是他的手稿对我们这一代人的意义之所在，这也正是我决定向众人分享这摞手稿的原因。至于其他的一切，我既不打算为之辩护，也不打算妄加评判，就请每位读者依照自己的本心来决断吧！

哈利·哈勒的手稿
——仅供狂人

这一日已逝去，诚如每一日之所往。我将这一日引到身边，用我那简单而原始、畏畏缩缩的生活方式，温柔地扼杀掉了它。我工作了几小时，翻了翻旧书。疼痛折磨了我两小时，疼痛是上了年纪的人难以避免的状况，我吃了药，为疼痛可以被智取而倍感欣喜。我洗澡了，躺在热水里，全身浸泡在舒服的暖意中。我收了三次邮件，逐一翻阅，所有这些可有可无的信件与印刷品。我循例做了呼吸训练[1]，但为了舒服图省事，今天省略了思维训练。我去散了一小时步，发现天空中涂抹着美丽、精致、稀罕的羽毛，那是浮云呈现出来的纹路。非常美好，跟翻阅旧书、躺在温暖的浴缸里一样，一切都很美好，但是——从整体上而言——并不能算是个引人入胜的好日子，更称不上是个光芒四射、幸福又快乐的日子。实际上，这只是我所经历的诸多日子当中的一个，就我个人看来，类似这样的

1 指有意识地控制自己的呼吸。与后文中的思维训练相对应，为每日进行的瑜伽练习。

日子，我已经安安稳稳地过了很久，全部都是些正常、寻常的平凡日子：一个总是这也不满意、那也不满意的老家伙，拥有恰如其分的舒适与惬意，过着得过且过、不温不火的生活，没有任何特别难挨的苦痛，没有任何值得一提的忧虑，没有任何实实在在的悲伤，同样也没有绝望——这样的日子完全可以持久忍受下去。在这些日子里，甚至连是否应该效仿阿达尔贝特·施蒂弗特[1]以剃刀自刎这个问题，我都客观、冷静地考虑过，甚至在考虑的时候，也并没有什么兴奋或不安的感觉，心情非常平静。

谁又曾品尝过另外一类日子的滋味呢？那些糟糕透顶的日子，要么痛风发作，要么头痛难忍——像这样的一种剧痛，牢牢扎根在眼球后方，魔鬼般地牵扯着眼睛和耳朵的每一次动作，将原本的快乐统统变成了折磨。抑或是那些灵魂处于死亡边缘的日子、那些内心空虚又绝望的日子。这样那样的凄惨日子，在这颗持续不断被破坏、几乎快被股份制公司给吸干的地球上，人类世界和所谓的文明文化，沉浸在其湮灭的、卑劣的、疲软无力的嘉年华游园会式的流光溢彩之中，像个令人作呕的坏家伙，动不动就咧开嘴冲着你怪笑，死死缠住你，在其自我病态中将我们逼到忍无可忍的绝境，难受程度早已登峰造极——品尝过上述地狱般日子的人，对今天这样的正常日子、这种不好不坏的日子自然感到非常满意。像这样的一个人，他心怀感激地坐在温暖的火炉旁，在阅读早报时同样心怀感激地发现，又是没有爆发战争的一天，没有新的独裁政权建立，政治和经济方面也没有出现什么特别明显的混乱状况。此人心怀感激

1 阿达尔贝特·施蒂弗特（1805—1868），奥地利小说家。由于一贯暴饮暴食，晚年受到肝硬化的折磨，施蒂弗特在病榻上用一柄剃刀割开了自己的颈动脉，两天后不治离世。

地取出自己那把已经有些斑驳的莱雅琴[1]，弹唱一曲内容恰如其分、情感投入适度、几乎可以称得上欢快的感恩圣咏[2]，用这首小曲来烦扰他那位沉默又温和、有点儿像是被溴剂[3]给迷得晕晕沉沉的“满足程度大差不差神明”[4]，氤氲在这心满意足的沉闷无聊气氛中，氤氲在这值得欣慰、值得感激的无痛苦环境中，沉闷且不断点头的“大差不差神明”，跟弹唱圣咏、头发略显花白的“大差不差凡人”，这两位看起来简直就像是一对双胞胎。

大体上心满意足，大体上无痛无灾，蛰伏于这些可堪忍受的普通日子里，可谓是件极美好的事情。身陷其间，无论痛苦和快乐，都不敢大声叫嚷出来，这里的一切只能轻言细语、谨小慎微，连走路都只能踮起脚尖，一点点地挪动。然而，不幸的是，我却不能很好地适应这种满足程度大差不差的氛围，哪怕只是身处其中很短一段时间，都会令我感到无法忍受，甚至深恶痛绝。因此，我不得不逃跑，绝望地逃到其他各种圈层里避难。我总是尽可能地找寻那些通往快乐的途径，不过，如果有必要的话，我也会选择通往痛苦的途径。每当我在既没有快乐也没有痛苦的日子里沉沦了一段时间，整日呼吸着所谓好日子的温暾空气，我就会感到自己的幼稚心灵深处，有一股难挨的痛楚与凄苦正在肆虐。那感觉如此难受，令我忍

1 原文为Leier，古代希腊人乐器，西方最早的拨弦乐器，也是文艺复兴以来西方音乐的象征。

2 原文为Dankpsalm，一种宗教音乐形式，常以管风琴演奏，前文中提到的音乐家雷格即以新教圣咏创作见长。

3 一战前后常见的早期安定类药物，装入棕色瓶中，以鼻嗅方式吸入起效，可在清醒条件下令精神安定，过量使用对身体有较大毒害作用，二战后逐渐禁用。

4 原文为Zufriedenheitshalbundhalbgott，是黑塞的自创词，故用引号括起。后文中“大差不差神明”也取自该词，“大差不差凡人”则是该词对应的变体Halbundhalbmensch。

无可忍，干脆直接动手，将手中那把斑驳难看、歌颂感激之情的莱雅琴，用力扔到满足神明那恹恹欲睡的脸上。我宁愿感受到一股极端邪恶的痛苦在我体内熊熊燃烧，也不想忍受这恩惠满足的温暾。当我这样做过了之后，心中旋即涌起对强烈感情、野性激情的狂热渴望，以及对眼下这种和谐有序、平淡平庸、循规蹈矩、仿佛被浸泡在消毒水里的生活的无比愤怒。与此同时，心中还涌生一股怒火中烧的欲望，想要去砸碎、去打烂一些东西，比如百货公司、大教堂或者我自己。毫不顾忌地犯下一系列大胆愚行，扯掉几个受人尊敬的偶像头上戴着的假发，给几个叛逆的小学生送上他们渴望已久的、开往汉堡的火车票，勾引一个女孩，或者干脆将一些代表中产阶级的人物给揍个底朝天——因为在所有社会现象中，我最讨厌、最憎恶、最诅咒的，恰恰就是这些隶属于中产阶级的玩意儿：所谓的满足状态，所谓的健康、舒适生活，精心呵护出来的所谓乐观主义态度，平庸者、正常者、大搞平均化的家伙们得以滋生繁荣的这一大片沃土。

如上所述，夜幕降临时，我就是在这种心情下结束了这令人厌烦、庸常无奇的一天的。不过，我并没有像一个稍微受了点儿苦的小市民那样，以正常又健康的方式来结束它——我没有让自己变成猎物，在面对提前放好的热水袋诱饵时轻易上当，心甘情愿地被抓到早已铺好的床上，而是选择穿好鞋，穿上大衣，打算带着满腹牢骚，带着对自己这一整天微不足道工作的不满与厌恶，在黑暗与浓雾的掩护下进城，只为在钢盔酒馆[1]里坐下喝点儿东西。至于喝的是

1 此处指钢盔党徒聚集的酒馆。钢盔党在1918年成立，由参加第一次世界大战的军人组织，1924年起也开始吸收非参战者，党徒甚众，后并入冲锋队。

什么东西——举杯痛饮的男人们依照一条古老惯例，称为“一小杯酒”。

就这样，我从自己所住的阁楼里走出来，一步步走下楼梯。异国他乡的楼梯，对于我这个外国人而言，总觉得有些难以攀爬。这是完全属于小市民阶层的、刷洗得干干净净的楼梯，隶属于一栋非常体面的公寓式住宅，共有三户人家居住，在它的屋顶空间里，藏有我的隐居之所。我不知道这究竟是怎么回事：我明明是一头无家可归的荒原狼，是小市民世界的孤僻憎恶者，但却总是寄居在非常小市民阶层的房子里。细想起来，这恐怕是一种独属于我的怀旧感伤。我既不住在宫殿里，也不住在无产阶级破屋里——我总是住在这些非常体面同时又极度无聊、保持得无可挑剔的小市民阶层巢穴里，在这里，所有地方都能闻到一点儿松节油香气、一点儿肥皂味，如果有人胆敢在前门位置用很大声音开关门，或者直接穿着脏鞋子进来，住在这里的人们就会被吓一大跳。我之所以总是寄居在这类地方，无疑是因为我很喜欢这种起源于自己童年时代的氛围感；我对类似于家的地方的隐秘渴望，使我一次又一次地走上这愚蠢的老路，选择相似的场所来寄居，简直无法可想。好吧，仔细想想，我其实也挺中意这种生活方式的：我本身过的是孤独、无爱、匆忙、完全不修边幅的日子，但却生活在家庭气息与小市民情结浓重的环境中，两者之间时刻存在着的对比，反而令我颇感安心。我喜欢在楼梯上畅快呼吸，吸入那股恬静、有序、干净、得体又温顺的气味，尽管我很讨厌小市民阶层，但这一群体到底还是有些能够令我感动的地方；我同样喜欢大步踏过自己房间的门槛，在那里，一切与小市民阶层相关的东西都自觉止步了，雪茄的残渣散落在成堆的书中，酒瓶杂乱无章地立在各处，房间里的一切都不整齐、不自然、被忽视——所有的一切，包括书籍、手稿、思想，都被孤独的苦难和做人的艰难所淹没，被试图为已变得毫无意义的人类生活追寻全新意义的渴望所吞噬。

我还在继续下楼，现在我正经过那株南洋杉。它的具体位置是这栋房了的二楼，楼梯经过其中一户人家的小庭院时就能看到。毫无疑问，这户人家要比其他住户更无可挑剔，房间里肯定更加干净、整洁，因为光是这处小庭院，就已经在散发出不同凡响的秩序光辉，一尘不染到令人发指的地步，简直非人力所能及，可以说，这就是一座熠熠生辉又小巧玲珑的秩序神庙。在一片干净得让人不敢轻易踏足的镶木地板上，放有两只精致的凳子，每只凳子上都摆了一只很大的花盆，一只花盆里养着杜鹃花，另一只花盆里是生长得相当茂盛的南洋杉，那是一株健康又挺拔的幼树，各方面都是最完美的，甚至连最末端树枝上最隐蔽的一根松针，都接受过最精心的呵护，纤弱而娇嫩，闪耀着秩序的光芒。有时，当我知道自己没有被其他人盯着的时候，我就直接把这个地方当作一座神庙，在南洋杉上面的那一级台阶坐下来，稍微休息一会儿，双手合十，虔诚地注视着这处秩序井然的小庭院，它那感人的态度和孤独的旨趣，不知不觉之间，已经紧紧抓住了我的心。照我推测，在这处小庭院后方，在南洋杉圣洁树荫的遮蔽下，恐怕是一间摆满了闪亮桃花心木[1]家具的公寓，过的是体面与健康的生活：早上坚持早起，自觉履

1 产自南洋的一种贵重硬木，常被用来制作欧式古典风格高档家具。欧洲自15世纪起就大量使用桃花心木制作家具，经过数百年发展，工艺与设计已相当成熟，很受欧洲家庭推崇。

行社会职责，大大小小的家庭庆祝活动过得都很适度，周日去教堂做礼拜，晚上也坚持早睡。

我佯作兴高采烈，在小巷潮湿的柏油路上一路小跑，街灯的浮光刺透阴冷潮湿的街面，慵懒模糊的反光又从街面上探出头来。早已被遗忘的青春岁月，如今又若隐若现地浮现在我的脑海中——想当年，我是多么喜欢深秋与冬季这种黑暗阴沉的夜晚啊，每当我将自己整个人都裹进大衣里，在外面度过半夜时，每当我在疾雨与风暴中走过满怀敌意、落叶飘零的大自然时，我是多么贪婪地沉浸在孤独和忧郁的情绪当中啊，纵使那时我的内心真的很孤独，但同时也充盈了深沉的享受，充盈了各种激动人心的诗句。从外面回来之后，我赶紧在房间里借着烛光，坐在床沿边，写下了这些驻留在脑海中的诗句！这就是我的想法。好吧，如今那一切已经结束了，那只杯子里的美酒早已喝尽，永不会再为我装满了。算是个遗憾吗？不会，这并不令人感到遗憾。往事不可追，过去没什么好遗憾的。要说遗憾，那也是对眼下、对今朝的遗憾，对所有我已确定失去的、不计其数的时与日的遗憾。逝去的几乎所有时光，既没有带来厚重的馈赠，也没有带来心灵的震撼，我只是在忍受它们罢了。不过，仍需赞美上帝，因为毕竟也有例外——总归还是有这样的时候，很少见的、一反常态的好时光，带来了心灵的震撼，带来了难得的礼物，打破了绝望的高墙，将早已迷失的我重新带回到世界活生生跳动的心脏位置。我试图回忆起自己上一次这样的经历，随着记忆中的画面逐渐清晰，我不禁有些伤感，却又深深地被打动了：那是在一场音乐会上，乐团正在演奏一首美妙而古老的乐曲。我静静聆听，在改用木管乐器演奏的两小节钢琴曲之间，通向超然世界的大门突然又为我敞开了。我飞入天堂，看到上帝正在忙碌。我甘愿承受幸福的痛楚，不再抗拒世界上的任何东西，亦不再惧怕世界上的任何东西，我肯定了一切，将心交给了一切。像这样的一种感觉，它并没有持续多久，或许只有一刻钟，不过，它在那晚的梦中又回来了。自那时起，在所有沉闷无聊的日子里，它时不时就会神秘闪现，我时不时地就能捕捉到它，在短短几分钟内，清晰无比地掠过我的生活，仿佛一个闪着金光的神迹。刚开始显形时，它几乎总是深埋在污物与尘埃之间，看起来似乎奄奄一息，然后再一次迸发出金色的火花，仿佛永远都不会再消失，但很快又消失得无影无踪。还记得有一次，那是在某天晚上，我躺在床上，突然脱口而出了几句诗，那些诗句实在太优美了、太奇妙了，我竟然没有想到要将它们立刻记录下来，到了第二天早上，我已经完全不记得那些诗句了。但它们并没有真的消失，而是深藏在我心中，就像几颗厚实的坚果仁，藏在陈旧又脆弱的外壳里似的。还有那么几次，它也出现了——在阅读一位诗人的佳作时出现，在思考笛卡儿、帕斯卡尔的哲学思想时出现。还有其他一些时候，当我跟自己的爱人在一起时，它也会突然亮起来，划过一道金色的轨迹，眨眼便飞入天堂。噢，在我们所过的这种日常生活中，在这极度推崇心满意足状态、中产阶级旨趣、精神世界却极度空虚的时代里，在对应的建筑、商业、政治、人群的重重包围下，找到这种如神明降临般的轨迹是多么困难啊！它们的目标没有哪怕一个是能够分享给我的，它们的快乐没有哪怕一种是能够令我感受到的！在这样一个世界里，我又怎么可能不成为一头荒原狼，怎么可能不成为一名潦倒不堪的隐士呢？我无法在剧院或电影院里久坐，我几乎不能阅读报纸，也很少阅读现代书籍。我无法理解，那么多的人，当他们聚集在拥挤的火车车厢和旅馆里、聚集在人声鼎沸的咖啡馆内、聚集在嘈杂喧闹的音乐声当中，他们所获得的快乐与喜悦究竟是怎样的呢？在优雅的、豪华大城市里的酒吧与歌舞厅里，在世界博览会上，在花车巡礼的游行队伍中，在为那些渴求教育的人所举办的讲座中，在宏伟的运动场上——我无法理解，无法对人们在这些场合所获得的任何快乐感同身受。要知道，千千万万的人都在为之努力、趋之若鹜，这些快乐原本也是我可以努力去争取的，我却没有这个打算。与之相对应的是，那些对我个人而言极为难得的欢乐时光，那些我能够理解的愉悦、体验、狂喜与升华，世人们至多只会在文学作品中去了解、去寻觅、去喜爱，倘若在生活中撞见，反而会认为它们很疯狂。的确，如果这个世界是对的，如果咖啡馆里的这些音乐，这些大众化的娱乐，这些美国化的、满足于浅尝辄止生活的人是对的，那么就是我错了，是我疯了，那么——我就真的是我常说的那头荒原狼，在一个陌生而不可理解的世界里迷途的动物，再也找不到属于自己的家园、空气和食粮。

带着这些熟悉的想法，我沿着湿漉漉的街道继续前行，穿过城市中最安静、最古老的街区之一。在街道对面，在那黑暗中，挺立着一堵灰色的老石墙，每次路过时，我总是喜欢看看它——它总是那么古老、那么漫不经心地立在那里，在一座小教堂和一栋老式医院之间——我的目光落在它粗糙的石头表面上，在白天，我经常用这样一种方式来让我的眼睛得到片刻休息，因为在内城鲜少能找到如此静谧、美好、沉默的墙面，若是目光不盯着它看，而是选择望向别处，那么，不管望向哪里，哪怕只是每半平方米大小的地方，都有至少一位商店老板、一位律师、一位发明家、一位医生、一位理发师或者鸡眼治疗师向你报出自己的名号。现在，我也看到那堵老墙静静地立在那里，然而，有些地方似乎起了变化：我看到老墙正中央出现了一道带有尖拱装饰的漂亮小门，对此我感到大为困惑，因为我真的搞不清楚，这道小门究竟是一直存在，还是新添加上去的。毫无疑问，这道小门看起来确实很古老，可谓历史悠久；这道紧闭的小门，还有组成这道小门的黑黝黝的木头门板，恐怕早在几个世纪以前，就已经通往某处幽深的修道院院子了，今天依旧如此——即使对应的修道院本身早已不复存在。可能我已经看见过这道小门上百次了，只是从未特别留意过它，或许因为它最近新刷了油漆，所以才成功地吸引了我的目光。不管怎样吧，我停了下来，仔细地看了看那边，但却没有专门为此而走过去，隔在中间的街道是那么泥泞又潮湿，我可不想轻易踏上去；反正，我依旧待在这边的人行道上，只是细看了一下。那边的一切都很暗淡，夜色笼罩，看得不甚清楚。不过，在我眼中看来，那道小门的周围似乎织有一圈花环，或者其他什么五彩缤纷的玩意儿，朦朦胧胧，但又格外醒目。当我试图更加仔细地去观察时，才发现原来门口上方挂有一块明亮的招牌，上面隐隐约约写着些什么文字。我努力睁大眼睛，但始终看不清楚文字内容，最后，尽管街面上满是泥泞和水坑，受到好奇心驱使的我还是走了过去。走过去之后，在那道小门的门楣上方，古老的灰绿色墙壁上，我看到有一块地方被照亮了，然而光线很昏暗，一大堆彩色字母仿佛在不断变换位置，有些字母眨眼就消失了，很快又会回来，但转眼又消失了。如今可真是世风日下啊，我在心里暗自思忖着，这么好的一面老墙，也被他们那帮人给滥用了，居然拿它来做霓虹灯广告！短短时间内，我已经破译出了一些稍纵即逝的文字，每一个词都很难读懂，尽管连起来确实可以读出些意思，却也令人感到将信将疑。因为每个字母显现出来的时间各不相同，显现与消失之间，始终保持着不均匀的间歇期。更何况就算字母显现出来了，也并不清晰，灯光暗淡，看上去总是模模糊糊、苍白无力，还没来得及看清楚究竟是哪个字母，它就消失不见了。拿这种广告来招徕生意的人，恐怕并不称职，他恐怕也是一头荒原狼吧，可怜的家伙；为什么他偏要让自己这一大堆字母在老城最黑暗小巷里的这面老墙上发挥作用？还偏偏要选在这个时候，在这下雨刮风的糟糕天气里，在这几乎没有任何人出来活动的暗夜时分。为什么这些字母显现的时间会如此短暂，排列会如此凌乱，如此任性妄为、难以辨认？不过等等，现在我终于成功了，我接连逮住了好几个词，其内容为：

魔幻剧场

不适合所有人入内

——不适合所有人

我试图打开那道门，可是无论怎样用力，沉重的老式门把手都没有移动分毫。此时字母游戏已经结束了，突然之间就停止了，仿佛那些字母感觉到了哀伤，意识到了自己的无所作为似的。我向后退了几步，深一脚浅一脚地踩进街边的泥洼里，与那道小门保持了一段距离，可是，墙面上也没有因此再显现出任何字母——它们真的彻底熄灭了。无法可想，我只好站在泥洼里等待，等了很长一段时间，依旧徒劳无功。

没承想，当我打算就此放弃，并且已经走回到人行道上时，几个彩色的发光大字，突然随着雨点洒落在我面前湿漉漉的沥青路面上，那是墙上新光的反射。

我读了出来：

仅——供——狂——人！[1]

我的脚已经湿了，而且很冷，但我还是继续站在那里，等了很久。可惜，仅此而已，就连那新光也熄灭了，什么都没有了。不过，我还是呆呆地站在原地，心里想的全是刚才那些精妙的彩色光字：它们浮现在潮湿的墙壁上，浮现在闪亮的黑色柏油路面上，与周遭环境融为一体，宛若鬼斧神工，是多么漂亮啊！这时，我突然想起刚才思考中浮现出的那个小片段：那道金色的轨迹，一度近在眼前，仿佛触手可及，突然又变得无比遥远、踪迹难觅。这个比喻用在这里不也正合适吗？

不能再等下去了，我整个人都快被冻住了。于是，我开始继续往前走，但我依旧对那道金色的轨迹魂牵梦绕，依旧渴望自己能够进入那道通往魔幻剧场的窄门——仅供狂人。一边想一边走，不知不觉我已进入商业区，这里不乏晚上开门的娱乐场所，每走几步就能看到醒目的海报与展板，上面写有各式各样的宣传内容：女子乐队——杂耍戏法——电影院——深夜舞会——但这些都不是为我准备的，而是

1 原文为“Nur - für - Ver - rückte!”与正文篇首的“仅供狂人”是完全一致的。

为“所有人”准备的，为正常人准备的。正常人，我看到他们遍布四处，挤在这些娱乐场所的大门前，进进出出，人潮汹涌。不过，尽管无处可去，我心中的悲伤多少还是减轻了些的。就在刚才，来自变幻莫测世界的问候触动了我，那些五彩缤纷的发光字母，仍在我灵魂上跳舞、演奏，无意间奏响了我内心深处隐藏的那段和弦，于是，一道金色轨迹再度闪现，又一次被我给看到了。

我总算来到了这间风格老派的小酒馆，当年我第一次来这座小城市时就来过这里，时间大概是25年前吧。这里没有发生任何变化，甚至连老板娘本人都还是当年的模样，今天到访的一些客人，当年也曾坐在这里，坐在同样的位置上，面前是同样的杯子。我走进这间略显简陋的小酒馆，这里是我的一处避难所。当然，它始终也只是一处类似南洋杉附近台阶的避难所，并不能更进一步。我在这里同样没办法找到自己的故乡，没办法找到与我相似的人，能够找到的，不过是个相对安静的场所，可以在这里搭起的一方舞台前观看——看那些奇怪的人在这里上演奇怪的戏码。话说回来，即便只是这种程度的安静场所，却也自有其价值：没有熙熙攘攘的人群，没有喧哗吵闹的声音，没有音乐，只有几位安静的市民，围坐在没有任何多余装饰的朴素木桌旁没有大理石桌面，没有珐琅彩搪瓷，没有长毛绒织物，没有黄铜用具，大家面前都摆着一杯夜间佳饮：一杯质量上乘、香味醇浓的葡萄酒。这几位常客，我之前基本都见过，他们恐怕都是货真价实的普通人，住在他们普通人的普通公寓里，拥有一方普普通通的祭坛，供奉心满意足神明的愚蠢神像。当然，他们也可能跟我一样，是些孑然一身、特立独行的老小伙子，坐在自己早已破灭的理想上借酒浇愁的醉汉，他们可能同样是荒原狼，是一文不名的穷鬼；真相如何，我并不清楚。反正，他们当中的每一个人，都是被一缕思乡之情、一份失望之情、一种对求而不得的替代品的客观需求所吸引，才会选择在这样一个时间点来到这里；已婚男人在这里寻找他单身岁月的气氛，老公务员在这里寻找他学生时代的回响；他们都属于比较沉默寡言的人，而且都是酒鬼，跟我一样，宁愿坐在半升阿尔萨斯葡萄酒面前，也不愿坐在女子乐队前面看她们表演。我选择在这里抛下自己的船锚，稍作休整，待一个小时尚且可以忍受，甚至两个小时都行。酒上来了，我才刚喝下一小口阿尔萨斯葡萄酒就觉察到，除了早餐面包之外，今天我还什么都没有吃过呢。

人类能够狼吞虎咽吃下去的东西，其形式之多、种类之怪，可真令我叹为观止！比方说，我刚才不过读了十分钟报纸，就让一个不负责任之人的思想，通过眼睛进入我的身体。此人将别人的话语放进嘴里咀嚼，然后再吐出来给其他人吃，白白流了一大摊口水，内容却没有被真正消化。像这样一类玩意儿，我在报纸上莫名其妙地吃下了整整一版。吃过报纸之后，我又吃了一块上好的肝脏，它是从一头死掉的小牛肚子里切出来的。滋味妙不可言！最好入口的，自然是阿尔萨斯葡萄酒。我不喜欢性子过于刚烈、狂傲不羁的葡萄酒，至少不适合日常饮用，不过这类酒倒总是对外散发出极为浓郁的酒香味，并因此而名声在外。我最喜欢的还是纯正、清冽、价格便宜的乡村野酿，这种酒没有专门的名字，可以一次性喝下去很多，味道极好，有一股土壤、大地、天空与木材混合的味道。一杯阿尔萨斯葡萄酒加一大块面包，这就是所有膳食中最好的选择。可是，现在我已经吃下了一份肝脏，这对于平时很少吃肉的我而言，称得上是种非同寻常的享受。转眼之间，第二杯美酒已经摆在我面前了。跟肝脏和美酒一样妙不可言的，是这样一项事实：在某处遥远地方的绿色山谷之间，健硕、善良的农夫们正在努力种植葡萄树、酿造葡萄酒，以便让世界上那些居住在离他们很远地方的人，让那些对生活感到无比失望、静悄悄喝着闷酒的小市民，让那些无助的荒原狼可以从自己面前的杯子里汲取一点点勇气和少许好心情。

不细想了，如此妙不可言岂不挺好的！总而言之，喝酒很好，很有帮助，心情渐渐就好起来了。我又想起刚才读过的那篇报纸文章，事后再想起时，反而越发觉得好笑，心中爆发出一阵释怀的笑声。接下来，我突然想起了那一小段用木管乐器演奏的旋律。它原本已经被我遗忘了，如今却像一只小小的、反射出五彩斑斓光芒的肥皂泡，在我心中缓缓升起，熠熠生辉，将整个世界都映照得五彩缤纷，仿佛在肥皂泡里还藏有另一个小世界似的。不过随后呢，它又以一种轻柔舒缓的姿态，渐渐消失不见了。假使这天籁般的小旋律都有可能在我灵魂中悄悄扎根，假以时日，又能在我身上绽放出它可爱的花朵，呈现出所有缤纷摇曳的色彩，那我还算是个彻底迷失之人吗？纵使我确实是一只与周遭环境格格不入的迷途动物，我愚蠢的生活仍有意义，因为我身上有什么东西已经给出了答案，那是来自各种各样遥远上位世界的呼唤，而我正是这呼唤的接收者，无数的图像开始在我大脑中堆积：

乔托[1]的天使们成群结队，自帕多瓦一处小教堂的蓝色穹顶翩翩

1 乔托（1266—1337），佛罗伦萨画派创始人，文艺复兴先驱者之一。

走来[1]，在他们身边走过的是哈姆雷特和戴着花冠的奥菲莉娅[2]，这对情侣是世界上所有悲伤与误解的美丽譬喻，燃烧的气球上站着的是飞船船员贾诺兹[3]，他全力吹响了号角，阿提拉·施梅尔茨勒[4]手里攥着自己的新帽子，婆罗浮屠[5]将它的雕塑山[6]推向空中。纵使上述这些绝美形象也居住在数以千计的其他人心中，仍有数以万计的其他图像与声音，寂寂无名的它们，它们的故乡，它们仍在不停张望的眼睛、仍在持续聆听的耳朵，都只住在我的心中。犹记得老式医院那道斑驳的老墙，由于年代久远，墙体已经因为风化腐蚀染成了灰绿色。无数的大小裂缝、无数的颜色深浅变化之间，可以通过想象力排列组合出无数幅壁画——谁又去回应过那道老墙呢？谁又曾让它进入过自己的灵魂？谁爱过它？谁感受到了它精致细腻的垂死色彩所拥有的魅力？僧侣们收藏的古老手抄本，里面那些微微闪耀光芒的泥金装饰画，两百多年前德意志诗人所写的那些书，早已被他们国家的人民给遗忘了，上溯一个世纪的时光，一切破旧发霉的书卷，老音乐家的火漆封缄和手稿，那些发脆、泛黄的乐谱，带着早已凝结固化的乐之梦——谁又曾聆听过它们或诙谐、或戏谑、或渴望的声音？谁愿意肩负起一颗满载着它们思想与魔力的凡人之心，在另一个早已与它们渐行渐远的时代里穿行？谁还记得古比奥[7]

1 此处的小教堂指帕多瓦的斯克罗韦尼堂，教堂内湿壁画是乔托最伟大的组画作品，所有画作围绕被创作成蓝色星空的穹顶展开，故有文中所说。

2 两人皆为莎士比亚悲剧《哈姆雷特》中的人物，奥菲莉娅是哈姆雷特的恋人。

3 让·保尔同名小说中的主角，与前文相呼应。

4 让·保尔小说《传教士施梅尔茨勒的弗莱茨之旅》中的主角，与前文相呼应。

5 印尼佛塔群遗址，古代东方“四大奇迹”之一。

6 婆罗浮屠的佛塔雕塑群形如山丘。

7 意大利古城，周围被阿本尼山环绕。

山上那棵虽矮小但坚韧的柏树？它被一块滚落下来的巨石给压弯了，树干裂成两半，但却顽强地延续了自己的生命，还新长出了稀疏的救急树冠。谁能为二楼勤劳的女主人和她闪闪发亮的南洋杉正名？谁曾在夜晚的莱茵河上空读到了飘浮薄雾中云朵写成的诗篇？此人正是荒原狼。既然如此，又是谁在他生命的废墟上找寻支离破碎的意义，忍受看似荒谬的世事，过着状似疯狂的生活，在末世的混沌狂乱中，暗自期冀着能够获得启示、亲近上帝？

我紧抓住自己的杯子，老板娘还想再次为我斟满它，但我不会放开。老板娘不再坚持，我也站了起来。不再需要更多的酒了——金色轨迹已经闪现，我想起了永恒，想起了莫扎特，想起了夜空繁星。我终于可以继续呼吸一个小时，可以活下去，被允许存在下去，不需要忍受痛苦，不需要害怕，不需要羞愧。

稀薄的细雨受了那冷风吹刮，雨点打落到街灯上，噼里啪啦响个不停，声音异常清脆。当我走到寂寥的街道上时，看了一眼沦陷在雨打风吹中的街灯，只见它通体闪烁着玻璃般的剔透光辉。现在该去哪里才好？如果允许我许下一个能够即刻成真的愿望，那么，我将会看到一间漂亮的小会客厅，路易斯·塞泽风格[1]的，几位技艺高超的音乐家会专门为我演奏两三首亨德尔和莫扎特的作品。我会马上跟他们打成一片，会像众神啜饮甘露一样啜饮那清冽高贵的音乐。噢，假使我现在能够有一位挚友，一位在某处阁楼上对着蜡烛沉思的挚友，小提琴就摆在他手边，那该多好啊！我多么想在寂静深夜里悄悄接近他，悄悄走上蜿蜒的楼梯，令他大吃一惊。然后，

1 路易十六风格的别称。

我们将会用谈天说地、高山流水的方式，来欢度几小时不同凡响的深夜时光！在过去的岁月里，我尚且能经常品尝到这种幸福滋味，然而，随着时间的推移，就连这种幸福也逐渐变得遥不可及，与我彻底分道扬镳、形同陌路了。枯萎的岁月横亘在此方与彼方之间，断绝了彼此的关联。

稍微犹豫了一下之后，我开始走在回家的路上了。我翻起大衣领子，将手杖一下一下地撑在湿漉漉的路面上。无论我走得多慢都无所谓，反正我很快就能回到我的阁楼，回到我那个似乎像是个小家的地方。我不爱这个家，但又不能没有它，因为我可以在冬天雨夜像个没事人一样在户外东奔西走的那个年纪已经过去了。好吧，看在上帝的分儿上，我可不想让今天晚上难得的好心情被轻易破坏掉——不要被雨打扰，不要被痛风侵扰，不要被南洋杉干扰，哪怕没有专门为我演奏的室内管弦乐团，哪怕没有找到拿着小提琴的孤单挚友，那甜蜜的旋律依旧在我心中回响，我大可以自己来演奏，伴随着有节奏的呼吸声，轻轻地哼唱。我继续行走着、思考着。不，不是这样的，我其实可以没有室内乐，也可以没有朋友，被这种软弱的、渴求“温暖”的欲望吞噬是很可笑的。孤独是独立自主的存在，我一度渴望得到它，并在漫长的岁月中保有它。孤独很冷酷，噢，确实如此，但它同时也很安静，拥有奇妙的静籁与博大感，就像唯有繁星不断回旋转动的冷寂宇宙。

我路过一间歌舞厅，一阵激烈的爵士乐声冲着我响了起来，那声音热气腾腾的，仿佛从生肉上冒出来的一股灼热蒸汽。我在那里停了一小会儿；总是这种音乐，尽管我很讨厌它，但它对我却有一种神秘的吸引力。爵士乐对我而言基本上算是令人厌恶的存在，但相比较于今天所有的学究型音乐，我反而更喜欢它十倍；它凭着自身欢畅自在的原始野性，竟也能深深地打入我的本能世界之中，宣泄出一种天真、诚实的感性力量。

我站着闻了一小会儿，闻到了血腥又花哨的音乐所特有的气味，闻到了这些歌舞厅里遍布着的那种邪恶又淫荡的气味。这类音乐的其中一半——抒情的那一半，是老套而忧郁的，声音甜蜜而悠扬，满怀着感伤；另一半则是野性、情绪化、强而有力的。尽管看似不可调和，这两部分却能各自凭着本性，自然而然地走到一起，形成一个平静和谐的整体。这是人类社会沉沦时才会出现的音乐；在末代皇帝统治罗马的时候[1]，一定也曾出现过类似的音乐。当然，与巴赫、莫扎特以及其他真正的音乐相比，它确实是一团糟——不过，我们所有的艺术、我们所有的思想、我们所有的所谓文化，一旦与真正的艺术、思想、文化相比较起来，也是如此。这类音乐的优点是极度真诚，蕴藏着一种惹人喜爱又不甚张扬的黑人气质，以及一种无忧无虑、宛若小孩子一般的天真情绪。这类音乐里既有黑人的影子，也有美国人的影子。在我们欧洲人眼中看来，美国人纵使拼尽全力、绞尽脑汁，都显得如此稚嫩、如此幼稚。欧洲最终也会变成这样吗？这种变化已经在路上了吗？莫非我们这些以前的欧洲、以前的真正音乐、以前真正文学的老行家和崇拜者，如今只是一小撮愚蠢的少数派，患上了复杂难解的神经症，明天就会被无情遗忘、被众人嘲笑？我们称为“文化”的东西，称为思想、称为灵魂、称为美丽、称为神圣的东西，莫非仅仅是一缕早已死去的孤

1 此处所指的是西罗马帝国覆灭时的末代皇帝罗慕路斯·奥古斯都。

魂，只有我们这少数几个傻瓜，才认为它是真实的、鲜活的？莫非它实际上根本就不曾真实和鲜活过？莫非我们这些傻瓜拼尽一生去追寻的东西，一直以来都只是个幻影？

老城将我吸纳了进去，矗立在灰暗夜幕中的小教堂仿佛熄灭的灯火，看起来颇不真实。忽然间，我又想起了晚上那段经历，那扇神秘的尖拱门，门头上方的神秘广告，还有那些嘲弄戏谑的发光字母。它们组成的那几句铭文是什么来着？“不适合所有人入内”以及“仅供狂人”。我端详着那堵老墙，暗暗希望刚才的魔法能够再度显现，希望发光的铭文能够邀请我这个狂人，希望那道窄门可以放我进去。或许我想要的东西就在那里面藏匿，或许我喜爱的音乐也会在那里面奏响。

漆黑的石墙，此刻正从容地注视着我，它在浓重的夜色中紧锁着眉头，意识深深地沉浸在仅属于它的幻梦中。那里并没有一扇门，尖拱装饰亦无处可寻，连个可以容人通过的洞都没有，唯一存在着的只有黑暗，只有沉默的古墙。原来如此，我微笑着继续向前走，同时向那道砖石构筑的高墙亲切地点了点头。“好好睡吧，墙哪，我不会叫醒你的。总会有那么一天，他们会拆毁你，或者将他们贪婪的公司标志贴满你全身，但你此刻仍旧挺立在这里，仍旧美丽而沉默，对我而言仍旧是可亲可爱的。”

走着走着，从我面前几乎近在咫尺的一条黑巷子里，有个人突然蹿了出来，把我给吓了一跳。此人是一位孤独的晚归者，步伐凌乱，看起来疲惫不堪。他头上戴一顶便帽，身穿一件蓝色上衣，肩上扛着一根挂有广告牌的杆子，肚子前面的腰带上挂了一只敞开的小抽屉柜，就跟集市小贩身上扛着的那些行头类似。眼下，疲惫的他就在我正前方走着，并没有回头看我——否则我就会跟他打招呼，给他递一支雪茄烟了。走着走着，我们来到了下一盏路灯的灯光下，借着灯光，我试图阅读他高举着的旗帜，即他杆尖红色广告牌上所写的内容，但它总在来回摇摆，我根本无法看清任何文字。无奈之下，我从后面喊了他一声，请他给我瞧瞧广告牌。于是，他便停了下来，将杆子握得比刚才更直、更稳一些，如此一来，我总算能够读出牌子上那些跳动翻滚的字母组合了：

无政府主义的夜间娱乐！魔幻剧场！不适合所有人进入……

“我一直在找您，”我高兴地喊道，“您招牌上所谓的夜间娱乐究竟指的是什么？它到底在哪里？什么时候开始？”

听到我的问话，此人又开始走了起来。

“不适合所有人的。”此人用困倦的声音淡淡地回应道，脚下步履不停。他已经受够了，只想快点儿回家去。

“停一下啊。”我喊道，并且快步跟了上去，紧跟在他身后，“您的箱子里都有些什么？我想从您那里买点儿东西。”

此人依旧没有停下脚步，直接将手伸进自己那只箱子里，取出一本小册子递给我，动作生硬麻木得宛如机械一般。我迅速接了过来，装进口袋里。当我正忙着解开大衣扣子找钱的时候，他侧身转入一道大门，反手将门合上，然后就走远了。虽然已经看不见人，但他沉重的脚步声仍旧在门后的院子里响起——先是走在石板路上，接着又走在木制楼梯上，再然后，我就什么也听不到了。突然之间，我也跟他一样，感到十分疲乏，意识到时间已经很晚，现在赶紧回家就好了。于是，我走得更快了。转眼之间，我就穿过了两旁都是高墙的沉睡郊区小巷，抵达了我所居住的那个街区。这里的住户大部分都是公务员和领取微薄退休金的老人，基本上都住在一些小而干净的公寓里，院内有草坪，围墙上爬满常春藤。走过常春藤，走过草坪，走过矮小的冷杉树，来到公寓前门，找到钥匙孔，找到开电灯的按钮，蹑手蹑脚地穿过玻璃门，走过干净得仿佛被抛过光似的橱柜和盆栽，打开我小房间的门——我那似有似无的小家。扶手椅和炉子、墨水瓶和颜料盒、诺瓦利斯和陀思妥耶夫斯基都在这里等我，就跟人一样，真正的人，就像普通人回家的时候，母亲或者妻子，孩子、女佣、狗和猫在等待着他们一样。

脱下湿漉漉的外套时，我无意间又碰到了那本小册子。于是，我便伸手将它从口袋里给拽了出来。是本很薄的册子，游园会上常见的那种，印得很差，就跟《一月出生的人》或《如何在八天内变得年轻二十岁》那类小册子一样。

但是，当我总算能够依偎在自己那把扶手椅上，戴好我的老花镜时，我惊讶地发现，这本游园会小册子封面上的题目居然是《荒原狼研究——仅供狂人》。

怀着越来越激动的心情，我将这本小册子一口气读完了，以下即为其正文内容：

荒原狼研究

——仅供狂人

很久以前，有个名为哈利的人，被称为荒原狼。他用两条腿走路，穿衣服，外表上是人类，可事实上他却是一头荒原狼。他学会了许多智力正常的人可以学会的东西，实际上，他本身就是个相当聪明的人类。但他唯独没有学会一点：对自己、对自己所过的生活感到满足。他完全做不到，因为他是个根本就不懂得什么是心满意足的人。之所以会出现这样一种情况，可能是因为他心里其实一直都很清楚（或者自认为很清楚），他根本就不是个真正的人类，而是一头来自荒原的野狼。关于他，那些聪明人恐怕会掀起一番争论，探讨他是否真是一头狼，是否早在出生前就被人在狼的形态上施了魔法，从而变成了狼生下来的人；抑或他从受孕到出生都是人的模样，但却被赋予了荒原狼的灵魂，身体被这个灵魂给占有了；又或者，这种认为自己是狼的念头，实际上只是他脑海中的一种想象、一种精神上的病症？举例而言，此人在童年时可能是个野性十足、狂傲不羁、不守任何规矩的小孩，他的教育者曾试图扼杀他身上的兽性，采取了比较极端的教育手段，在此过程中，他逐渐产生了妄想，一个古怪的念头，即他本质上是一头野兽，只是身上覆盖了薄薄的一层教育和人性罢了。他是否真是一头狼？人们大可以长篇大论地谈论这个问题，甚至可以把它写成书；但荒原狼本人却不会因此而得到任何好处，因为在他看来，狼是否被人用魔法打入了他的身体里，又或者是否只是他内心深处的一种妄想，根本就无关紧要。关于这个问题，别人怎么想，他自己怎么想，对于他本人完全没有任何价值可言，毕竟无论怎么想都没办法把这头狼从他身体里面给拽出来。

也就是说，荒原狼有两种本性，一种是人性，一种是狼性，这就是他的命运，而且很可能这种命运并不那么特殊和罕见。据说，许多人身上都藏有狗或狐狸、鱼或蛇的影子，却没有因此而在生活中出现任何值得一提的困难。在这些人身上，人性与狐性、人性与鱼性和谐共存，没有哪一方会刻意去伤害对方，甚至于其中一方还会主动去帮助另一方。在不少获取了巨额财富、广受人们喜爱的成功人士身上，狐性和猴性其实占据了主要因素，人性反倒在其次。像这样一种情况，大家其实都是心知肚明的。然而，在哈利身上却很不一样，在他身上，人性与狼性没能协同一致，更不会互相帮助，恰恰相反，这两种本性一直处于相互敌视的状态，其中一方之所以存在，只是为了伤害另一方，反之亦然。如此这般，当两个同血同源的灵魂互相成为死敌时，拥有这两个灵魂的人所过的，自然就是一种再糟糕不过的生活。

好吧，人各有命，众生皆苦。

具体到我们这位荒原狼身上而言，他在知觉意识上时而为狼、时而为人，这点就跟所有混合不同本性的生灵一样，可是，当他的意识由狼来主导时，他体内的人却总是在观察、纠结和评判——相对应地，当他的意识由人主导时，体内的狼同样如此。举例来讲，当哈利作为一个人存在时，心里忽然有了个美好的想法，并因此感受到了某种高尚纯粹的情感，或者做了一件以人性标准而言属于好事的事情时，他体内的狼就会龇牙大笑，展露出带着血腥味的蔑视，并且向他宣称，这一切高尚的假把式，对于一头荒原狼而言是多么荒唐可笑。狼的心里总是很清楚自己该做什么：在草原上孤独地疾驰，时而茹毛饮血，时而追逐母狼——从狼的角度看，人性的每一种行为都变得异常滑稽、尴尬、愚蠢、贪慕虚荣。不过，当哈利从意识到行为都表现得像一头狼时，当他向别人露出牙齿的时候，当他对所有人类、他们的谎言、他们堕落的礼仪以及虚伪的习俗表现出憎恨与致命敌意的时候，情况也是一样的。因为每当遇到这种情况时，他人性的那一部分同样在等待、观察着狼，怒斥他为畜生、野兽，破坏了他简单、天然、野性的狼性中所有的快乐，令其瓦解、变质。

以上就是荒原狼其人的具体状况，可以想见，哈利的生活完全称不上愉悦，也不能说是幸福的。但这并不是说他过得特别不幸（虽然他在自我认知里觉得如此，毕竟每个人都觉得来到自己身边的痛苦是最多的）——实际上，这种话不应该对任何人说，体内没有狼性的人也不必因此而沾沾自喜。因为，即便是那些最不幸的生活，也总会有阳光灿烂的时刻，也总是会出现自沙石间绽放盛开的幸福小花。荒原狼的情况当然也是如此。他大多数时候都过得很不幸福，这项事实是不可否认、毋庸置疑的。当他爱别人、别人也爱他时，他同样总能令别人感到不开心。因为所有爱他的人都只能看到他的其中一个面。有些人爱他，认为他是个优秀、聪明、有主见的人，然而，一旦爱他的人们在某种突如其来的状况下，无可避免地发现他身上的狼性时，就会感到惊恐和失望。爱他的人们无法摆脱这一宿命，因为哈利跟每个寻常生命一样，都希望自己能够被别人当作一个整体去爱，因此，他无法对那些在他眼中非常重要、希望能够坦然面对的人隐藏自己的狼性。但是，也有一些人只爱他身上的狼性，只爱他身上的自由、狂野、不可驯服、危险与强势，而对这些人来讲，当他们突然发现这头狂野不羁的恶狼竟然也是人，竟也怀有对善良与温柔的渴望，也还是想听莫扎特的曲子、读美好的诗歌、追求人性的崇高理想时，他们当然同样感到异常失望、异常悲愤。通常而言，对荒原狼感到极端失望，乃至心生恶意的，恰恰就是这些人。于是，通过上述过程，荒原狼便将自身的两面性与矛盾性带入了自己所接触到的其他人的命运。

不过，任何自认为了解荒原狼且能够完整想象出他悲惨、纠结生活的人，其实还是误判了，他们实际上并不曾真正了解关于荒原狼的一切。他们不知道（正好比没有任何规则是没有例外的一样，正好比一个罪人在某些情况下比九十九位义人更受上帝重视一样）——在哈利身上，毕竟也有例外的、幸福的时候。有时他能纯粹地、不受干扰地作为狼而活着：畅快呼吸，自主思考，自由自在地去感受一切；有时作为人亦如是。有时候——在那些非常罕见的时候，两种灵魂能够和平共处，彼此之间相亲相爱。在这种状态下，就不再是其中一方睡觉，另一方清醒的状态了，而是双方都能保持清醒，并且互相加强对方的力量。在哈利这位男士的生活中似乎也呈现出这样一种态势，就跟世界上其他所有地方的情况类似，即一切熟悉的、日常的、公认的和符合客观规律的东西，有时其存在本身似乎只打算去满足唯一的一个目的，那就是定期经历短暂的停滞，继而被突破、被超越，为非凡的、堪称奇迹的、恩典般的东西腾出空间。既然如此，这些短暂的、难得一见的幸福时光，是否能够弥补、缓解荒原狼的悲惨命运，使幸福与痛苦最终进入一个相互平衡的状态？又或者说，即使只有那几个小时短暂而强烈的幸福感，也足以吸收掉荒原狼所承受的所有痛苦，两相抵消之后尚有富余？这又是另外一个问题了，闲人可以随意琢磨。甚至就连荒原狼本人，也经常为此费心思量，毕竟那也是他在无所事事、毫无用处的日子里会做的事情之一。

对此，尚有一点必须说清楚：与哈利相似的人类，其实数量并不少。当中有许多艺术家，他们所取得的艺术成就实际上也应归功于自己所具有的这种天性。这些人身上都藏有两个灵魂、两种人生；在他们身上同时流淌着神性与魔性、母性与父性的鲜血，在他们身上，同时具有追寻幸福与聚集痛苦的本能，就跟哈利身上一体两面的狼与人一样，相互敌对，彼此纠缠，谁也离不开谁。像他们这类人，所过的生活实际上是非常不安稳的。长久沉浮于苦难海洋之中，偶遇难得一见的幸福时刻，有时确实能够体验到一些美好到难以形容的神秘感觉，对他们的灵魂造成强烈冲击。像这样一种转瞬即逝的幸福泡沫，间或也会在苦难海洋上随着波涛高高涌起，飞溅到半空中，看起来格外耀眼。虽然是短暂闪耀的幸福，但却特别能感动、迷惑那些偶遇它们的过客。也正因此，这些人所创作出来的文艺作品，跟苦难海洋上宝贵却转瞬即逝的幸福泡沫也很相似——所有这些文艺作品的呈现模式，都是为了在短短一小时内，让一个长久受苦的人将自己提升到远高于自己命运的高度，使他的幸福如繁星般闪耀，并让所有看到这种幸福的人，都误以为这种存在是永恒的，诚如他们自己梦想中的幸福。所有这些艺术家，无论他们的事迹和作品名声如何显赫，他们实际上根本就没有真正活过，换句话说，他们的生命没有真实存在，没有具体的形式。他们并非真正意义上的英雄、艺术家或者思想家——正如其他一些人是真正的法官、医生、鞋匠或者教师那样——他们所过的生活是一种永无止境的循环往复，是随波逐流的沉与浮，是不快乐的、痛苦的撕裂与拉扯，是可怖与无意义的集合：一旦人们不打算从他们所呈现出来的那些非常罕见的经验、行为、思想与作品中窥见意义，瞬间就会感受到他们混沌生活中所闪现出来的这一切。在这些人当中逐渐催生出一种危险又可怕的想法，即认为整个人类生命恐怕只是个糟糕的错误，是人类始祖残暴且不走运的血脉延续，是大自然疯狂且惨痛的失败教训。不过，在他们当中，却也出现了另外一种思路，即认为人类恐怕不仅仅是半吊子的理性动物，他们同时也是神的孩子，因此注定将会是不朽的。

每种不同的人类都有专属于这一类人的识别印记，就仿佛是他们随身携带的亲笔签名一般——每种人都有各不相同的美德与恶习，每种人都有不可宽恕的罪孽。荒原狼的印记之一：他是个属于晚上的人。早晨对他而言是个可怕的时间段，他害怕这个时间段，而且这个时间段从未给他带来过任何好处。在他生命中的任何一个早晨，他都没有获得过什么值得一提的快乐；在每天中午到来之前的几个小时里，他从来没有做成过什么漂亮事，从来没有诞生过什么好的想法，从来没能给自己或别人带来好心情；唯有到了下午的时候，他才像是已经暖身完毕，慢慢开始变得活跃起来；唯有到了接近傍晚的时候，在他那些灵感突发的好日子里，他的行动才会变得卓有成效，各种工作仿佛水到渠成，有时还很有热情，甚至能切实感受到些许愉悦。这种区分时段的状态变化，其实也与他对孤独与独立的需求休戚相关。可以说，没有任何人比他对独立的追求更深切、更炽烈。当他还很年轻的时候，经济上很吃紧，可是，明明需要抓紧时间填饱肚子、挣钱养家，他却宁愿选择忍饥挨饿，宁愿穿着破破烂烂的衣服在街上行走，只是为了省一点儿钱下来，支撑自己对独立的追求。他从来不曾为了金钱和财富而出卖自己，从来不曾将自己出卖给女人或者有权有势的人。不仅如此，他还成百上千次地抛弃、拒绝了在世人眼中能够给自己带来好处和幸福的要求，因为这些要求都是以换取他的自由为前提条件的。对他而言，世间再没有什么事情能够比必须担任某个具体职务、保持每天乃至每年的固定时间表、随时服从上级命令更惹人憎恶、更令人感到恐怖的了。某间办公室、某个办事处、某处公务厅，这些地方在他眼中就跟死神一样可恨。他在梦中所经历过的最可怕的事情，也是被囚禁在军营里，完全无法从这种集体环境中脱身。事实上，他完全清楚应该如何躲避上述这些糟糕处境，但这种躲避总是有条件的，往往需要他付出巨大的代价。于是，他的力量大部分都拿来应对这些糟糕处境了，他本身也擅长应付这些——唯有在面对这些事情时，他的不屈与忠贞才真正派上了用场，他坚定而直率的性格才迸发出美丽的光芒。然而，他不得不承受的苦难命运，又恰恰与他擅长的这些密切相关。他的命运实际上就跟所有人一样：由本性中最核心的本能提供源动力，竭尽所能，最顽强地去追寻并争取的东西，最后确实也由命运之神授予了他。但这种授予本身却是有害的，对他造成的损害远比好处多。刚开始时，对独立的追寻与争取就是他人生的全部梦想与幸福之所在，但随后却摇身一变，成了他痛苦的根源。争权之人因权势而毁灭，贪财之人因财富而毁灭，温顺之人因驯良而毁灭，享乐之人因纵欲而毁灭。以此类推，荒原狼则因独立而毁灭。他确实达到了自己的目标——他变得越来越独立，没有任何人能够指挥他，他也不需要去追随任何人的步伐。如今，他已经可以自由自在、独立自主地决定自己的任何行动。这是因为每个自立自强之人都会毫无保留地去实现内心涌生出来的冲动，去寻求内心呼唤他去寻求的东西。可是，在哈利总算获得了属于自己的自由之后，他却突然意识到，自己所拥有的自由实际上是一种死亡。他独自站在仅属于自己的地盘上，世界以一种不可思议的方式远离了他，人们不再与他有任何关系，甚至连他自己都不例外。他正身处于一种缺乏人际交往的孤独空气中，而且这种空气正在变得越来越稀薄，他正在慢慢窒息，逐渐步入死亡的领域。审视如今的状况，孤独与独立早已不再是他的愿望与目标，而是他不得不面对的宿命，是命运之神给他的最终裁决。现如今，魔咒般的心愿已经完成，不可能再收回，当他伸出充满渴望与善意的双臂，准备迎接情感上的承诺，尝试去过一种拥有亲密关系的生活时，却不再能够收到任何回应：他的身边现在只剩下孤独做伴了。不过，他其实并没有招谁嫉恨，也不会惹人讨厌。恰恰相反，他有很多朋友。很多人都喜欢他。但他从这些人那里得来的，永远只是浮于表面的同情与友好。人们邀请他到自己家里去做客，给他送礼物，给他写读起来很亲切的书信。可是，没有任何人真的试图去接近他，没有任何人愿意与他共织友情的纽带，没有任何人愿意同他一起生活，没有任何人能够真正进入他的生活当中。眼下，他正被孤独的迷雾重重包围：那是一种格外阴郁的气氛，周遭一切都在无情地远离，无从建立稳固的关系，任何意志与渴望都无法抗拒。这是他生活的重要特征之一。

在荒原狼本人眼中看来，他自己是完全站在小市民世界之外的，因为他既没有过什么家庭生活，也没有任何社会化的野心。他觉得自己是完全独立的个体，有时是个怪人，是位病态的隐居者，有时又天赋异禀，是特立独行的天才，足以凌驾于普通人生活的小规范之上。他有意识地鄙视小市民，并为自己不是小市民而倍感自豪。然而，某些方面而言，他其实过着相当中产阶级化的生活：他在银行里有钱，并且也会资助那些贫穷的亲戚；他日常穿着上看起来似乎漫不经心、随心所欲，但其实穿得很体面，只是风格低调而已；他总是在努力寻求与警察局、税务局，以及类似的权力机构和平相处，谁也不得罪。上述这些方面之外，尚有一种强烈的、隐秘的渴望不断牵引着他，驱使他主动前往中产阶级的小世界，前往那些安静、体面的中产家庭住宅，整洁漂亮的小庭院、一尘不染的楼梯，以及一整个秩序井然、高雅体面的氛围。他的日常生活中有不少小恶习与小奢侈，自认为是个小市民以外的人，是个怪人或者天才，他本身也挺喜欢这样的。但是，在这方面他又有一个自相矛盾之处，即他从不在中产阶级氛围不存在的地方居住或生活。他既不在强人和特权者们的领域内过活，也不跟罪犯或被剥夺权利者们处在一起，而是始终选择居住在中产阶级聚集的住宅内。他同他们这一阶层的日常习惯、他们所遵循的规范和所保持的氛围一直都很契合，即便名义上一直在反对和反抗他们，事实也不容置喙。况且，他本人就是在小市民阶层的成长环境中长大的，自那个特定环境中接受了许多思想观念与行为模式。

就这样，他永远都在用自己一半的本性与行动，来承认、肯定自己用另一半本性与行动去抗争、去否定的东西。他在一个有教养的中产阶级家庭长大，在一套雷打不动的思考与教育模式下长大，也正因此，他不得不长期让渡出自己的一部分灵魂，令其长期依附于这个世界的秩序之上，即使他的独立自主早已超越中产阶级世界的条条框框，在将自己从中产阶级理想与信仰的规条中解放出来之后，他依然选择如此生活。

“小市民”作为人类本性当中永恒存在的一种状态，究其本质，无非是在人类社会无数极端与矛盾对立体之间寻求平衡的一种尝试罢了，换句话说就是中庸之道。光是说理恐怕不便于大家理解，不过，一旦我们具体列出其中的一对矛盾对立体，例如圣徒与纵欲者，上述譬喻马上就变得一目了然：单独的人类个体完全有可能将自己全身心地投入精神领域中去，坚持不懈，孜孜以求，乃至接近神性，达到圣徒的理想境界。相对应地，同样一个人类个体，也完全有可能将自己全身心地投入放浪形骸的生活之中，投入追求感官享受的欲望之海当中，将自己的全部努力用来获取那些转瞬即逝的快乐。一条道路成全圣徒，成全精神世界的殉道，成全对上帝的自我奉献；另一条道路则成全纵欲者，成全放浪形骸的殉道，成全对堕落腐朽的自我屈服。小市民试图在两条道路之间寻找一个平衡点，不偏向任何一方，有节制地生活下去。小市民永远都不会背弃自己，不会将自己奉献出去，他们既不沉溺，也不禁欲，他们永远都不会成为殉道者，也永远不会自甘堕落——与圣徒和纵欲者们相反，他们的理想不是投入自我，而是维系自我的存在。他们的努力既不是为了什么圣洁的目的，也不是为了成全它的对立面。对他们而言，无条件地付出是不可忍受的，他们确实想要为上帝服务，但同时也想纵欲；他们确实想要成为有德之人，但同时也想在人世间拥有那么一点儿美好和舒适。简而言之，他们试图在两个极端之间的中间地带定居，停留在一处没有狂风暴雨、温和且令人满意的区域内。事实上，他们确实做到了，但却牺牲了自己生命与情感上特有的一种剧烈起伏，这种剧烈起伏唯有崇尚无条件奉献的、走极端的生命才能获得。人类个体唯有在牺牲自我的前提下才能活得足够精彩，然而，小市民们最看重的却是自我（尽管只是个初步发展的自我）的保全。因此，以牺牲生命的精彩为代价，他们获得了保障与安全；放弃了对上帝的迷恋，取而代之的是良知上的安宁；放弃了轻浮的欲念，获得了舒心的安乐；放弃了不受约束的自由，获得了循规蹈矩的惬意；放弃了足以致命的炽热，获得了称心如意的温度。综上所述，小市民在本质上是一种生命冲动薄弱的生物，长期处于焦虑状态，害怕自己的每一次付出，很容易被支配。也正因此，他们才会选择用多数代替权力，用法律代替暴力，用投票代替责任。

很明显，小市民这种软弱又胆小的存在，尽管其数量如此之庞大，但在真正遇到什么事情的时候，其实是无法维护自己的基本权益不受侵害的。恰恰由于具有上述特征，他们除了扮演肆意妄为的狼群中的一大群羔羊之外，在这个世界上再没有其他角色可供扮演。可是，我们却也无法忽视这样一项事实：在强人统治国家的时代，小市民们虽然立即遭到排挤，生存空间受到严重挤压，但他们却从未真正灭亡过。不仅如此，他们有时甚至还能主宰世界——至少看起来是这样的。这怎么可能呢？无论是凭借这群羔羊的数量，还是他们所拥有的美德，无论其知识水平还是组织能力，都不足以拯救他们，不足以让他们免遭毁灭。他们这类人的生命力打从一开始起就被严重削弱了，缺乏冲动，缺乏剧烈起伏，世界上本应没有任何灵丹妙药可以阻止他们的衰颓。然而，小市民阶层依旧存活了下来，而且势力还很强大，可谓繁荣兴旺。——为什么？

答案是因为有荒原狼的存在。事实上，小市民群体所拥有的生命力，从来就不曾建立在他们当中正常成员们的行为逻辑之上，反而是建立在其中异常成员们的行为逻辑之上。小市民群体的理想天然具有模糊性与伸缩性，这种摇摆不定的秉性造成了数量非常庞大的异常人群。长久以来，一直都有大量情感充沛、放荡不羁的人物混迹于小市民群体当中。我们的荒原狼哈利就是一个典型的例子。他啊，已经发展成为一个远远超出中产阶级可能性的个体；他啊，既知道静思冥想的美好，也懂得仇视他人与自我憎恶的阴暗乐趣；他啊，蔑视一切法律、道德与常识，但却依旧是小市民阶层当中的一员，被迫成为这个群体的囚徒，根本无法摆脱掉它。真实情况即是如此——在货真价实、千篇一律的小市民阶层成员们周围，广泛分布着大量性格参差不齐的人类个体，那可是成千上万名富有生命力与智慧的人物，每一个都超越了小市民阶层的束缚，冥冥之中受到感召，义无反顾地投身到充满激情、不受约束的生活中去。可是与此同时，他们每一个又都因为某种幼稚的情愫而不得不依附于小市民群体，并在某种程度上受其感染，反过来削弱了自己激昂的生命力。尽管如此，他们还是选择以某种方式驻留在小市民群体当中，以某种方式驻留在它的束缚之中，对它尽义务，并且服从于它。因为小市民们所遵循的基本原则，恰恰跟那些大人物的准则背道而驰：不反对我的，就是支持我的！[1]

一旦我们继续深入审视荒原狼的灵魂，就会发现，他总是倾向于对外表现为特立独行的个体，他的这种高度个性化已经决定了他绝对不会是个普通的小市民——因为一切强烈的个性化倾向最终都会走上反对自我的道路，并且进一步趋向于自我的毁灭，普通小市民们是绝对不会这样做的。我们可以看到，在他身上有一股强烈的情感冲动，这股冲动有着明确的指向性，既向往超凡入圣，也向往放

1 荒原狼本质上仍是小市民，他们之所以驻留在小市民群体当中，是因为小市民群体并不反对他们的驻留，于是荒原狼们便将之视为对自己的支持。至于所谓“大人物的准则”，如前文所述，应该是与小市民阶层相反，即不存在模糊性与伸缩性的，支持就是明确的支持，而不是“不反对”。

浪形骸。可是，由于同时具有某种弱点或惰性，他没能将这股冲动引入自由狂野的无限空间之中，没能冲破束缚，仍旧被放逐到小市民阶层体量巨大的沉重母星上。这里就是他在茫茫宇宙中的定位，这里就是他无法摆脱的束缚。绝大多数知识分子、大多数艺术家都属于这一类型。在他们当中，只有最强悍的人物才能真正穿透中产阶级星球的大气层，抵达宇宙自由空间；其他人都选择听天由命或折中妥协。他们鄙视小市民，但又隶属于小市民，最终甚至不得不去肯定小市民阶层的重要性，加强这一阶层的力量，美化这一阶层的形象，以便自己能够继续在这个阶层当中生存。像这样一类存在，其数量不可计算，他们身上光有悲剧性还不够，还要有相当可观的不幸与灾厄累积，唯有身处这如地狱般的煎熬之中，他们的天赋才会得到锤炼，最终成为可供收获的果实。在他们当中，少数挣脱束缚的人找到了进入百无禁忌世界的方式，并且令人钦佩地走向自我毁灭；他们是悲剧性的人物，其数量少之又少。但是，对于其他人——对于那些仍被束缚着的人而言，他们平日里所展现出来的才华往往被小市民阶层给予极大的敬意及尊重，第三个领域[1]开始向他们开放，一个虽属想象但却完全拥有主权的世界：幽默。终究不得安宁的荒原狼，那些持续不断地承受着巨大痛苦的可怜人，他们不仅

1 此处是相对于前两个荒原狼类型而言的：要么冲破小市民束缚，身心完全解放；要么被囚禁在小市民之中，身心完全受困。第三领域指身虽受限，但内心自由，如后文所述，属于一种妥协。

被剥夺了成全自身悲剧性所必需的力量，也被剥夺了突破母星屏障、前往宇宙自由空间的能力。他们切切实实地感觉到，自己正在被百无禁忌世界所召唤，但却无法真正生活在其中：于是，对于他们这类人而言，当精神世界在持久痛苦中逐渐变得强大而富有韧性时，能够提供与生活和解唯一可能性的途径，也就只剩下幽默了。某种程度上讲，幽默始终都是属于小市民阶层的东西，即便真正的小市民们根本就无法真正理解它，这也是事实。在幽默所辖的想象范围内，所有荒原狼的理想——无论这些理想有多么棘手，其内容有多么复杂多变——均得到了实现：在幽默世界里，不仅可以同时对圣徒和放浪形骸者加以肯定，使原本完全对立的两极相互迁就，甚至还可以直接将小市民也纳入受肯定者们的行列之中。痴迷上帝者确实有可能会对罪犯加以肯定，反之亦然。可是，无论圣徒还是罪犯，乃至其他所有百无禁忌之人，在其他两个领域内，都不可能对那些中立而温和的骑墙派——中产阶级——加以肯定。唯有在幽默的领域内，那些被抑制在其最不可动摇天性当中的人、那些几乎快要遁入悲剧性世界的人、那些最有天赋的不幸者才有可能苟延残喘，幽默正是他们赖以自救的奇妙发明。幽默用自己棱镜般缤纷的光芒照彻并统合了人世间的所有区域，这是唯有幽默才能完成的不可能的任务，因此，幽默恐怕是人世间最特立独行、最巧夺天工的成就了。明明在这个世界上生活，却又仿佛并不在这个世界所辖的范围内；尊重法律的同时但又凌驾于法律之上；拥有财产却“仿佛一无所有”，放弃一切却似乎从未放弃——唯有幽默才能够实现所有这些长期流行、规则尺度经常变化的、对人生的高度智慧要求。

荒原狼在这方面并不缺乏天赋与方法，如果他在自己那仿若地狱般的压抑混沌生活中，仍能成功熬制出这剂名为幽默的灵药，并将其自由挥洒出来，那么他将毫无疑问地获得拯救。诚然，他在这方面仍旧有不少欠缺，但获救的可能性是存在的——希望是存在的。那些爱他的人、与他共情的人，确实也寄希望于这种救赎，希望他能够获得这种救赎。诚然，这种救赎本身也是有局限性的，荒原狼仍将永远驻留在小市民世界中，但到了那时候，他的苦难就是可承受的了，他的生活也会变得富有成果。他与小市民世界的关系将会得到调和，爱也罢恨也罢，都将失去其敏感脆弱的基调，到了那时候，他被束缚在小市民世界里这件事，将不再作为一种耻辱而不断折磨他了。

为了实现这一点，或者说为了最终能够挣脱母星、跃入宇宙自由空间，像这样一只荒原狼必须学会面对自己，必须深入探察自己灵魂深处的混沌，完全意识到自身的存在。唯有如此，他长久藏匿着的可疑存在才会显露出自己不可改变的面容，展现在他的面前；唯有如此，他才不会一次又一次地从自己的爱欲地狱中成功逃脱，遁入那套敏感脆弱哲学营造出的慰藉里，再从这种慰藉回到他狼性的盲目陶醉中；唯有如此，人性与狼性才会被迫在没有伪造任何情感面具的前提下辨认出对方，赤裸裸地注视对方的眼睛。然后，两者之间要么爆发一场大战，从此分道扬镳，永不再见——如此一来将永远不会再有荒原狼；要么就在幽默的光芒下缔结为一双稳固长久的伴侣。

未来的某一天，哈利或许也会被带到这最后的可能性面前。未来的某一天，他或许也将学会认清自己。不管他是不是通过某种方式拿到了原本在我们手中掌握着的一面小镜子，不管他是不是遇到了不朽之人的点化，不管他是不是在我们的哪间魔幻剧场里找到了他所需要的东西，并且以此解放了自己凋败已久的灵魂。一千种类似这样的可能性在等待着他，他的命运不可抗拒地吸引着各种这样的可能性来找他，所有这些中产阶级群体的边缘人物，无一例外地生活在大量神奇可能性笼罩的氛围之中。哪怕什么都没发生，也足以酝酿改变，等待雷霆万钧在猝不及防间降临。

对于荒原狼本人而言，上述一切其实是非常清楚的，即便他从来没有机会看到自己内心世界的大致轮廓，他也对此有所感知。他能够感知到自己在这个世界上的定位，他能够感知并理解那些不朽之人，他能够感知并且害怕自己将会遭遇到的那些可能性。他知道那面小镜子的存在，他是如此迫切地想要去看它一眼，与此同时，他又对这件事怕得要死，根本不敢去直视它。

在我们的研究即将告一段落之际，仍有最后一个关于虚构的问题需要解决，即在一切研究的前提之上存在着的一个错觉——基本定义上的欺骗。实际上，所有的“解释”、所有的心理学、所有理解上的尝试都需要借助辅助手段，需要依靠纯粹的理论、神话、谎言；只要有可能办得到，一名正派的作者无论如何都应该在论述的最后部分尽可能化解掉这些谎言，不应该避而不谈。举例而言，当我在文章中提到“上”或者“下”时，其实已经进行了一个人为的区分，这种提法本身就是一种假设、一种虚构，是需要进行进一步解释的论断，因为只有在思想中、只有在抽象中才存在上和下。世界本身并没有明确的上或者下。

简而言之，按照这种观点来看，“荒原狼”本身也是一种虚构。一旦哈利真的认为自己是狼人，认为自己确实是由两种相互仇视、相互对立的生灵共同构成的，那这一切就只是个被强行简化过的、以狼人为主题的神话故事罢了。可是，哈利其实根本就不是狼人。而一旦我们在似是而非的情况下听信了他的这套谎言，这套由他亲自虚构出来并且彻底相信的谎言，那么我们实际上就是试图将他视作一个客观上带有两重性的存在，即一头荒原狼——当然，这一过程是在不知不觉间完成的。在进行论述的过程中，我们希望自己所提供的内容更容易被人们理解，因此才利用了这一欺骗手段，现在我们将试图纠正这一欺骗手段。

哈利试图将自己的命运划分为狼的部分与人的部分——划分为本能的部分与精神的部分，以此来让自己的命运变得更容易理解一些。可是，这实际上是一种非常粗暴的简化，无异于对现实施暴。实话实说，这种做法确实有利于哈利对在自己身上发现的种种矛盾进行看似合理实则错谬的解释，而且，这些矛盾似乎也确实是他相当一部分痛苦的起源，给出解释对于缓解痛苦显然很有帮助。具体而言，哈利在自己身上发现了一个“人”，即一个有思想、有感情、有文化的小世界，一个由受过训诫并得以升华的秉性所构成的文明世界；与此同时，他也在自己身上发现了一头“狼”，即一个由欲望来驱动、兼具蛮荒野性与残酷手段的小世界，一个由未升华的原始本能所构成的黑暗世界。尽管他的自我被清楚地划分成了两个相互敌对的区域，可他总归还是体验过狼与人之间和谐共存的时刻，知道在那种时候自己有多么幸福、多么快乐。而一旦哈利试图从他生活当中的任何一个时刻、任何一项行为、任何一种体验里面确定哪一部分是属于人、哪一部分是属于狼的，他将立刻陷入困境，他那一整套漂亮的狼理论马上就会土崩瓦解。因为实际上，没有任何一个人——哪怕是原始得不能再原始的人，哪怕是彻头彻尾的白痴——能够简单到如此省心省事的地步，简单到此人的完整存在可以被概括为两到三个基本要素的加成，这是不可能办到的；至于用天真的“狼”和“人”的划分模式来解释哈利这样一位高度分化的人类个体，其实也是一种不可救药的幼稚尝试。哈利这个人，并不是由区区两个要素组合而成的，而是由上百个、上千个要素共同作用而成的。他的生活（就跟每个人的生活一样）并不是只在两极之间来回摆动，诚如摆动于欲望与精神、抑或圣徒与放浪形骸者之间，而是在成千上万、不计其数的极点之间摇摆不停。

像哈利这样一位受过良好教育的聪明人，竟然会将自己视作“荒原狼”，自以为能够将自己丰富而复杂的生命结构纳入如此简单、如此粗暴、如此原始的一套狼公式当中，这件事的发生，其实并不应该令我们感到过分惊讶。人类个体在很大程度上都是缺乏独立思考能力的，即便是那些最具天赋、受过最好教育的人，也持久不断地将极为天真、极度简化、充满欺骗性的条条框框作为滤镜，透过这套滤镜来看待世界和自己——尤其是在看待自己的时候！因为这种行为似乎是所有人类与生俱来的、完全强迫性的需要：每个人都理所当然地将自我想象为一个统一体。无论这种妄想受到动摇的情况出现得有多么频繁，其崩坏程度有多么严重，它总是能重新愈合起来。法官坐在杀人案的凶手对面，注视着他的眼睛，有一瞬间听到凶手用他自己（法官）的声音开口说话，发现凶手所有的杀人冲动、能力、能动性也统统藏在他自己的内心深处，在下一个瞬间，他已重新成为一名法官，冲回他想象中的自我外壳，继续履行他的职责，判处凶手死刑。一旦那些特别有天赋、思维结构组织得尤为精巧的人类个体当中出现对自身多重性的怀疑，一旦他们像每个天才那样突破了人格统一性的错觉，察觉到自己是多面体、是由许多个自我组成的集群——他们只需要对外表达出这一点，作为“大多数”的群体就会立即展开行动，将他们给锁起来，与外界隔离开，口口声声说要运用科学来帮助他们，旋即将他们宣布为精神分裂症，将他们的世界永久封闭，确保普罗大众不至于从这群不幸的人嘴里听到真理的呼唤。既然如此，我们现在为什么还要在这里浪费口舌呢？为什么要不厌其烦地讲这些每个有思想的人类个体都知道的、不言而喻的事情呢？难道仅仅是因为大家没有表达这些的习惯吗？——假设某个人试图改变自身关于“自我”想象的同一性，将一个自我成功地扩展成了两个，那他几乎就是一位天才，或者至少也是个世所罕见的、有趣的特立独行者。然而，事实情况是，没有任何一个自我——即便是那些最天真的自我——真的是具有同一性的统一体，实际上，每个人类自我都是高度分化的小世界，一整个小型星云，一团由不计其数的形式、阶段和状态、无穷无尽的传承与可能性构筑而成的混沌体。每个人都在持续不断地付出努力，试图将这样一团混沌视作统一体，并将自己的那个“自我”对外描述为简单纯粹、组成结构极端稳定、轮廓划分清晰明确的模样：像这样的一种欺骗手段，每个人都很熟悉（甚至连那些身居最高位的人也是如此），大家对此心照不宣，似乎它早已成为一种必然，是生活本身提出的基本要求，就跟呼吸和吃饭一样。

如此普遍的诓骗，其实是基于一种简单的偷换概念。从单一躯体的角度而言，每个人当然都是统一体，但是，灵魂统一的情况却从来没有出现过。即便是在文学创作中——即便是在那些内容最为经典的文学名著中，传统的写作手法也始终要以貌似完整、貌似拥有绝对同一性的角色来推进情节，绝对不可背离这一规则。在迄今的各种文学创作类型中，专家们、鉴赏家们基本上都对戏剧这一类型给予了最高的评价，这样的选择也是无可非议的，因为戏剧为表现自我的多元性提供了（或者说打算提供）最大的可能性——当然，如果这一特点不被粗糙的外部观察所抵触的话，确实也是有可能成真的。然而，粗糙的外部观察却令戏剧中的每个角色在我们眼中看来都是单纯的统一体，因为无论哪个角色，归根结底都是被限定在一个独特、统一、自足的躯体内的，这种设定几乎不可避免，这也导致我们无法真正去审视角色自我的多元性。就连如今单纯天真的美学，也对所谓的角色戏剧[1]推崇备至，在这类戏剧中，每个人物都作为一个单元出现，非常具有可识别性，而且其“自我”似乎是完全独立、统一的。唯有保持一段清醒的距离，从较远的地方仔细审视，一小部分观察者才逐渐开始怀疑，与角色戏剧相关的一切，恐怕只是一种廉价而肤浅的美学表现形式罢了。如果我们将古典时代奇妙的美学观念套用到伟大的戏剧家们身上，将其视为一脉相承的延续，那可就大错特错了，因为这些观念绝非与生俱来，只是对我们的哄骗，这种哄骗从肉眼可见的躯体着手，看似无懈可击，实际上完全是凭空杜撰出了关于“自我”、关于角色的同一性幻觉。在古印度的诗歌作品中，上述美学观念是完全不存在的；印度史诗中的英雄不是单一的人物，而是人的集群，是一系列人物的化身。而

1　一种西方戏剧类型，通常是以性格鲜明的角色为主导的单元剧。

在我们这个现代世界中，也有类似这样的一类文学作品存在，在其人格与角色塑造游戏的神秘面纱背后，作家本人可能不知不觉地就已经在尝试描绘出自己人类灵魂的多样性了。谁想要真正认识到这一点，就必须痛下决心，不要像阅读传统作品时那样，习惯性地将这类作品当中的人物视作单一的生命体，而是将之统合起来，一并视作一个级别更高的统一体（就我而言，我愿称为“作家之灵魂”[1]）的各个不同部分、不同侧面的集合。举例而言，一旦你以这种方式来阅读《浮士德》，那么，浮士德、靡非斯陀、瓦格纳[2]及其他所有人物都将成为一个统一体，成为一个超级人物，唯有在这个级别更高的统一体中——而不是在单一人物中——才能显露出人类灵魂真正本质化的一些东西。浮士德在书中曾经讲过一句名言，这句名言在教师群体当中非常出名，庸俗人等单是听一听这句名言就会感到不寒而栗：“在我的胸中啊，居住着两个灵魂！”[3]可是，他讲这句话的时候，显然忘记了靡非斯陀，以及其他一大批同样居住在他胸中的灵魂。我们的荒原狼也认为自己的胸中居住着两个灵魂（即狼和人），并因此感到自己的胸腔内部非常拥挤。实际上，无论胸腔还是躯体，一个正常人总归只能拥有一个，不会更多，但居住在里面的灵魂却

1 原文为Dichterseele，Dichter虽常作“诗人”之意，但此处应指作家。

2 皆为歌德巨著《浮士德》中的主要人物。

3 这是《浮士德》中最经典的段落之一，是浮士德与瓦格纳在城外踏青时，浮士德剖析自己性格中固有矛盾时所说的，此处仅引用了开头。在德语国家，这段话长期被用于中小学语文教育，故有文中所说。

不是两个，也不是五个，而是无数个；人类个体就像是由上百层外皮堆叠而成的洋葱，像是由许多根线纺成的布匹。古代亚洲人早就认识到了这一点，对此有着精准的把握，他们在瑜伽中发明出了一种精妙的技艺，专门用来揭穿关于人格的妄想。人类文明的游戏永远都是有趣且多元化的：印度千百年来致力于揭穿的妄想，恰恰也是西方人长期勉力支撑并不断予以强化的妄想，两者之间并没有什么本质区别。

一旦我们从这个角度来看待荒原狼，我们就会明白，为什么他会因为自己可笑的两重性而遭受如此之多的痛苦。就跟浮士德一样，荒原狼认为，两个灵魂对于一个人的胸腔而言已经太多，长此以往，恐怕会将胸腔给生生撕裂。可是，事实恰恰与他的想法相悖，两个灵魂还是太少。当哈利试图以如此粗糙的观念来思考自己灵魂的存在形式时，其实是在以一种非常可怕的方式在对那可怜的灵魂施暴。诚然，哈利是位受过高等教育的人类，但他的行为却像个不会数数的野蛮人。他将自己的一部分称为“人”，另一部分称为“狼”，并且还以此为据，认为自己对自身的探究已经走到了尽头，再没有什么需要去思考的了。在“人”的这一部分里，他将自己身上发现的一切思想上的升华提炼或者说精心培育好的东西都收归其中；而在“狼”的这部分里，则容纳一切受本能冲动所驱使的、野性的、混乱的东西。但是，人的生命其实并不像我们所设想的那样简单，也不像我们可怜的白痴语言所表达出来的那样粗糙。当哈利使用这种简单粗暴的所谓“狼性”方法来定义自我时，实际上也就是在加倍地欺骗自己。我们担心，哈利恐怕早已将自己灵魂中远非人类的部分都算作了“人”，又将那些早已超越狼的部分充作了“狼”。

就跟其他所有人一样，哈利自以为很清楚“人”是什么，然而他实际上根本就不清楚“人”是什么。尽管如此，在睡梦中、在其他一些难以进行自主控制的下意识状态中，他对自己心里这种自以为一清二楚的观念也难免会产生些许怀疑，某种朦朦胧胧的意识若隐若现。唯愿他不要忘记这些意识的存在，唯愿他尽可能地让这些意识在自己心中觉醒！毕竟，所谓的“人”，其实并非一个固定的、恒久不变的概念（诚然，“人”之概念的恒久不变恰恰是古典时代的一种理想，尽管研究这种理想的圣贤们对此有着截然相反的感知）；恰恰相反，它甚至都不能被称为一个概念，因为它只不过是一场试验、一种过渡罢了——所谓的“人”，不过是自然与精神之间狭窄、危险的桥梁而已。在被内心深处的决心所驱使时，“人”自然而然地便会朝着精神世界前进，朝着上帝前进；在受到最隐秘的渴望吸引时，“人”又会朝着自然前进，试图回归母亲的身边。“人”的生命在这两种力量之间满怀恐惧地摇摆着、颤抖着，至死方休。实际上，人们对于“人”这个词的理解，永远都受限于一份稍纵即逝的公民协议。在这份协议的框架之下，那些最原始、最粗鄙的本能受到了强制性的拒绝及反对。它要求所谓的“人”，至少应具有一点儿自我意识、一点儿道德观念、一点儿去除兽性的自觉；至于一丁点儿的精神追求，不仅是允许的，甚至还要鼓励人们这样去做。这种约定俗成的“人”之概念，正如每位公民的共同理想一样，是一种妥协，是一种胆怯、幼稚的尝试，妄图欺瞒人类始祖——那凶暴的始祖母亲，也即自然；那麻烦的始祖父亲，也即精神——妄图让他们放弃偏激的要求，准许人们不偏向任何一方，准许人们生活在不温不火的中间地带。这就是为什么小市民一方面允许和容忍荒原狼所谓的“个性”，一方面又向摩洛克式[1]的“国家”交付自己的个性，并不断将两者之间对立起来。这也是为什么今天小市民们要将他作为异端烧死，明天要将他作为罪犯吊死，后天又要为他立碑。

所谓的“人”，并非已经被创造出来、已成为既定事实的某样东西，而是一类精神上的索求，一种令人既渴望又害怕的遥远可能性。通往“人”的道路似乎总是近在眼前，目标也不算遥远，恰恰是那些罕见的、特立独行的人类个体，在可怕的折磨与狂喜的交替作用下，才会选择沿着这条道路砥砺前行，今天为他们准备的是断头台，明天为他们准备的则是象征荣誉的纪念碑——像这样的一种探寻意识，同样也存在于荒原狼的心中。可是，他所做的

1 摩洛克是闪族传说中的一位神祇，因为与其相关的迦南及巴比伦信仰伴随着将孩童烧死献祭的习俗，故被后世称为邪恶丑陋的魔鬼。后常用该词来形容惨无人道或毁灭一切的暴力，此处意指国家是残酷无情的暴力机器。

事情却并非如此。与他的“狼”相比，他所谓的“人”这一部分，在大多数情况下，只不过是小市民理念中约定俗成的、平庸的“人”之概念罢了。哈利能够很敏锐地感知到通往真正的“人”的道路、通往不朽的道路究竟位于何方，不仅如此，他还会时不时地踏上这条道路，犹豫不决地走上一小段距离，并且为此付出惨重的代价：令他感到痛苦不堪的巨大孤独感。可是，明确肯定并努力实现这一生而为人的至高要求——在精神上致力于成为一个真正的“人”，走那条独一无二、狭窄难行的不朽之路——却是他在灵魂深处极力回避的事情。因为他早已清楚地感觉到：一旦自己真的这样去做，将会招致更大的痛苦，一路上不得不忍辱负重，受到各种侮辱，不得不毫无保留地放弃一切，或许最后还会将自己送上断头台——即使不朽就在这条道路的尽头处向他招手，他还是不愿意承受上述痛苦，不愿意在这条道路上送命。尽管他比小市民们更清楚怎样才能成为真正的“人”，更清楚过程中需要完成哪些目标，他还是选择闭上双眼，不愿意去看清这一切因果：实际上，拼命执着于“自我”的存在，极度不愿去面对死亡，反而是堕入永恒之死地的最可靠方式；相比之下，能够做到从容赴死，剥去凡俗的外壳，积极交出“自我”，才是前往不朽境界的不二法门。当哈利崇拜他在不朽者们当中的最爱——例如莫扎特时，他最终还是以中产阶级的眼光在看待他，倾向于仅仅从莫扎特所拥有的高超专业水平的角度来解释他作为不朽者的完美，这种做法倒很像是一位中学老师。哈利不会认为，莫扎特之所以伟大，乃是因为他的奉献精神与受苦意愿，他对中产阶级理想的冷漠，以及他对极端孤独状态的长期坚守。这种极端孤独状态，犹如身处客西马尼园[1]，将受苦之人、正在成为真正人类之人周围弥漫着的一切中产阶级气息，稀释为与世隔绝的冰冷以太[2]。

至少我们这位荒原狼已经发现了自己身上具有浮士德式的两重性——他发现自己身体的同一性并不对应灵魂的同一性。可是，即便如此，他最多也只能算是刚刚起步，刚刚踏上通往身心和谐统一理想的漫长朝圣之路。他既不打算克服自己身上的狼性，成为完全的人类，也不打算放弃人性，至少作为一头狼过上精神世界协调一致的、不至于断断续续的生活。实际上，恐怕他从来都没有仔细观察过一头货真价实的狼——如果他这样做了，那么他可能会发现，其实就连动物也没有统一的灵魂，在它们美丽、紧绷的躯体表象背后，同样暗藏了各种努力追求的目标和各不相同的心理状态，狼的内心也有深渊，狼也有痛苦。不行的啊，所谓“回归自然！”的口号，毕竟人总是会走上一条凄惨无望的错路。哈利永远不可能完全重生，成为

1 耶稣被犹大出卖被捕的蒙难地。根据《圣经》中的说法，耶稣在客西马尼园中经历的痛苦，是神子为完成他作为世人救主的使命所必经的——耶稣必须在客西马尼园度过一夜，这一夜没有任何人愿与他一同承受信仰之苦，因此，客西马尼园式的孤独是最极端也最难熬的，故有文中所说。

2 宇宙学术语，指占据天体空间的物质。根据以太学说，这种物质是冰冷的，极度坚硬的同时又极其稀薄，故有文中所说。

一头真正的狼，哪怕他真的成了一头真正的狼，他也会发现，就连狼也不是什么单纯的、初始的东西，而是已经非常多元化、非常复杂的生灵。狼的胸腔里也居住着两个甚至更多的灵魂。想要成为狼的人，就跟歌剧里唱出那句歌词来的男人一样，犯了同样一种健忘症——那句歌词正是："噢，天哪，幸好还能做个孩子！"[1]同情心强又多愁善感的男人哪，高唱那歌颂极乐的孩童之歌时，竟也想要回归自然，回到纯真年代，回复少年初心，完全忘记了孩子们绝对不应该被认为是幸福的，他们也会产生许多冲突、许多隔阂，体会各种各样的痛苦。

根本就没有回头路，对狼、对孩子皆是如此。万事万物之发端，并没有任何天真与简单可言；世间一切造物，即便看似最简单、最单纯的生灵，既已存在，便是有罪的，便是由多种面目复合而成的，自存在的那一刻起，便被扔进了不断变化的肮脏河流中，再也不能逆流而上，回溯本源。通往纯真的道路，通往混沌初开之地的道路，通向上帝的道路，不是要往回走，而是要朝前走的；它们不是通往狼或孩子的那些道路——恰恰相反，它们要在为人的罪恶上越走越远，在成长的泥淖中越陷越深。你啊，可怜的荒原狼，你也不可能凭自己那自杀者的身份得到什么优待；你将不得不去走那条更漫长、更艰辛、更困难的成为真正人类之道路，你将不得不令自己原本的两重性扩大

1 原文为"O selig, ein Kind noch zu sein!"语出自德国作曲家洛尔青所写的三幕轻歌剧《沙皇与木匠》，首演于1837年。

许多倍，不得不令自己的复杂性更加复杂化。相比较于压缩你的世界、稀释你的灵魂，你将不得不吸收越来越多的世界——最终将会是整个世界——让它们不断进入你痛苦扩张的灵魂当中，也许就此走到尽头，获得解脱。以上就是佛陀与每一位伟人都曾走过的道路，他们完成了沿途的无数次冒险，成功走完了这条路，无一例外，区别仅在于一些人清楚地知道自己要走这条路，另外一些人不知道而已。人类的每一次出生都意味着与宇宙分离，意味着封锁自身、远离上帝，再没有比这更悲哀的存在了。相对应地，一旦致力于回归宇宙，就必须废除痛苦的自我内化，彻底解放自身，乃至让自己成为上帝：这样一种过程意味着拓展自己的灵魂，使其足够广大，唯有如此，才能回到原点，再次拥抱宇宙。

我们在此谈论的并非学校、国民经济学、统计学所熟知的“人”，也并非在大街上行走的数以百万计的“人”，对于上述的两种“人”之概念而言，除了可以类比海滩上的沙子或者海上泛起的浪花之外，再没有更多实际意义了：数量上多几百万或者少几百万，并不重要，他们仅仅是物质层面的集合体，除此之外，再无其他。不是这样的，我们在此谈论的是高级意义上的“人”，是“成为真正人类”这条漫长道路的终极目标，是神圣的人，是不朽的人。实际上，天才并不像我们生活中耳闻目睹的那样罕有，但也不像文学史、世界史甚至报纸上认为的那样常见。在我们眼中看来，荒原狼哈利就拥有足够的天才，完全可以去参与成为真正人类的冒险，而不是一遇到困难就哭丧着脸，咒骂自己，说自己是头愚蠢的荒原狼。

具备这种可能性的人，本就应该用荒原狼的特点和“哎，两个灵魂！”[1]这样一套理论来身体力行，但他们却普遍没有这样做，现实如此，简直就跟他们经常对平庸的事物投注懦弱的爱意一样，令人感到吃惊又痛心。一个能够理解佛陀的人，一个对人性的天堂与深渊皆有所了解的人，本不应该生活在一个常识、民主、中产阶级教育盛行的世界里——他只是出于胆怯，才选择生活在其中。当他灵魂的体量开始压迫他自身时，当促狭的中产阶级家庭小房间对他而言已经过于狭窄时，他便选择将一切统统归咎于“狼”，殊不知狼有时反而是他身上最好的一部分。他将自己身上全部野性的集合称为狼，并认为它是邪恶的，是危险的，是中产阶级最为惧怕的——虽然他自认为是艺术家，拥有细致入微的感知力，但却看不到自己身上除了狼之外的部分。其实，在狼的背后，还住着许多其他动物——不是所有咬人的动物都是狼——那里还住着狐狸、龙、老虎、猴子和天堂鸟。在狼的背后有一整个世界，一整个由可爱的与可怕的、大的和小的、强壮的与纤弱的动物们所组成的天堂花园。这一整个世界都被关于狼的那些童话故事给挟持了，成了狼的俘虏，不会再被哈利看见；诚如哈利那真正的“人”，也被他身上虚假的人、被小市

1　此处以信手拈来的引用指代前文中“浮士德式的两重性”。

民给挟持、俘虏了一样。

不妨想象一下，假设有一处栽种了数百棵树、数千种花、数百样水果、数百株草药的花园，假设负责照料这处花园内各种植物的园丁，除了“可供食用”和“无用杂草”这两个粗糙判断之外，再不知道其他任何植物学上的分别。如此一来，花园里九成的植物恐怕都没办法得到正确的照料，因为他显然不知道该用什么样的方法来照料它们——他会将最迷人的花朵连根拔起，将最高贵的树木直接砍去，或者至少也会憎恨它们，用不屑一顾的眼神去藐视它们：这也正是荒原狼在面对自己灵魂的千姿百态时所做的事情。不符合“人”或“狼”特征的、其他类别的东西，他甚至连看都没办法看见。瞧瞧，他身上还有什么不会被归作“人”呢！一切有棱有角的东西，一切猴子似的东西，一切愚蠢又琐碎的东西——不管具体是什么，一旦不完全符合狼性，他都算作是“人”；这就好比他将一切强大又高贵的东西统统归于狼性一样，究其原因，只不过是因为他还没能成功掌控住它们，仅此而已。

在此，我们正式向哈利告别，我们让他独自上路。遥望未来，假设他已经跟不朽者们在一起了，假设他已经走完了自己那条艰辛的道路，那么，当他回望自己这一路走来的种种时，心中该是如何讶异，如何啧啧称奇！这条道路百转千回，复杂又疯狂，充斥着优柔寡断、无法决断的时刻——当他看到这一切时，将如何用同时带有鼓励、责备、怜悯、愉悦的方式，对这头荒原狼露出会心的微笑！

当我读完这本小册子之后，忽而想起几周之前，某天夜里，我曾写下一首颇有些怪异的诗，也是关于荒原狼的。于是，我开始在自己堆积如山、杂乱无章的书桌上翻找这首诗。我找到了它，其内容如下：

我这荒原狼啊，奔来又跑去，
世界，已成为完完全全的冰雪之地，
偶有渡鸦，自白桦树上振翅、飞起，
可是，哪里也找不到野兔，哪里都找不到鹿！
我太喜欢鹿了，
如果能找到一只就好了！
我会将它叼在我的牙齿之间，将它捧在我手心里头，
那是世间最美丽的东西，绝无仅有。
我对这位小美人儿的喜爱是如此衷心，
我会将自己的尖牙利齿，深深插进她娇嫩的大腿，
喝下她鲜红的血液，
只为在夜幕降临之后，孤独地号叫整晚。
即使只有一只野兔，我也满足了，
月黑风高，品尝它温热的肉体——
哎呀呀，我所熟悉的一切，莫非都已远去？
一切能让难熬生活变得稍微快活些的东西，莫非都已远去？
我尾巴上的毛发已是灰色的了，
我也没办法像以前那样，再看得很清楚了，

早几年前，我亲爱的妻子就已离世。
而现在我一路奔来，梦见了鹿，
一路跑去，梦见了兔，
听得见，风在冬夜呼啸，
我灼热的喉咙，要用雪水浇灌，
我可怜的灵魂，带去跟魔鬼交换。

眼下我手中有两幅自己的画像，一幅是以四音步抑扬体诗歌[1]的形式一挥而就的自画像，看上去就跟我本人一样，悲伤又恐惧；另一幅则由一位局外人冷静、细致地描绘而成。旁观者清，他是从外部居高临下地观察我的，似乎对我了解颇多，甚至比我自己更多，但也可能知道得并没有我多。眼下这两幅肖像画摆在了一起——我那首忧郁又伤感、磕磕绊绊的小诗，还有不具名人士的巧妙研究——它们全都深深伤害了我，因为它们都是对的，不约而同地将我惨淡的生存状况不加掩饰地描绘了出来，确凿无疑地表明了我眼下状况的不可容忍与不可持续。这头荒原狼必须死，必须亲手终结自己那令人厌恶的存在——即便不是如此，他也必须改变，必须重新审视自我，在死火中熔化，接受锤炼，撕下原本戴着的假面具，全身心地投入一个崭新的“自我”当中。哎呀呀，这套流程对我而言并不陌生，简直再熟悉不过了，因为我此前已经经历过好几次，每次都是在极度绝望的时候。每一次，我的自我都会在这套令人深

1 歌德与席勒参考英语、法语中的双行体改造得来的德文韵体。四音步抑扬体讲究押尾韵，对每行音步的要求不及英雄双行体严格，但全诗收尾时必须连续押韵。本书亦尽量按照黑塞原诗结构还原音韵，同时保留了原文的行间结构。

感不安的流程中被打成碎片；每一次，内心深处蕴藏的力量都会将“自我”颠覆，彻底摧毁；每一次，我生命中原本珍爱、挚爱的部分都会背叛我，我也会永远失去它们。还记得有一次，我失去了自己作为公民的声誉和财富，那些迄今对我毕恭毕敬的人迅速收回了对我的尊重，于是，我也不得不学会放弃这种尊重。还有一次，我的家庭生活在一夜之间宣告崩溃；我的妻子突然患了精神病，将我从家里赶了出来，从舒适的环境中被赶了出来，原本的爱与信任，转眼就变成了满怀仇恨、招招致命的缠斗，邻居们纷纷用交织了怜悯与蔑视的目光打量我。自那时起，我的孤独就开始如野草般疯长。转眼又过了许多年，我长期恪守孤独，进行艰苦的自我约束，逐渐为自己建立起了全新的禁欲主义生活态度与生活理想，终于再次实现了一种平静而高尚的生活。然而，在长期致力于抽象思考和严格规范的冥想之后，禁欲主义的苦修陷入瓶颈，就连这种生活方式也再次崩溃，一下子失去了它神圣、崇高的意义；我又重新在迷茫世界中跋涉，旅途光怪陆离，令人疲惫不堪；“自我”又一次被撕裂了，新的痛苦累积起来，新的内疚如影随形。每一次，当“自我”的面具被强行撕落，当理想面临崩溃之际，像这样一种可怕的空虚与沉默便会显形：一种致命的束缚感，令人绝望的孤独，缺乏与他人的联系，简直到了快要窒息的地步；这是空旷荒芜的绝境，是无爱之地狱，是弃绝之地狱，事到如今，我却不得不再次徘徊其间。

实话实说，生命每一次经受这样的一番动荡，只要还能活下去，我最终都获得了一些东西，这是不可否认的。获得的基本上是自由、精神、思考深度方面的东西。可是，相对应地，我也在孤独、不被理解、受到漠视等方面越陷越深。从中产阶级的角度来看，每受一次这样的打击，我的生活水准都会下降。这样的打击接连不断，与正常的、符合常识的、健康的人类生活之间的距离自然也越来越远。时光荏苒，我变成了没有工作、没有家庭、无家可归的人，被排斥到了所有的社会群体之外。我孤独至极，没有人爱我，许多人不喜欢我，与此同时，我还在持续不断地与公众舆论和伦理道德发生激烈冲突。纵使我仍旧生活在中产阶级圈子内部，我也依然是这个世界中的一介陌生人，我的所有情感与思想都跟他们格格不入。宗教、家庭、国家，这些早已失去价值的概念，统统不再与我相关；科学、行会、艺术，全都浮于表面，无聊无稽，惹我厌恶；我的观点、我的品位、我的整套思维方式，从来与众不同，我也曾作为一个有天赋且受欢迎的人物而大放异彩，如今这一切却被人们彻底忽视，关于我的一切也变得狂野不羁、颇为可疑了。在如此痛苦的转变过程中，我可能确实获得了一些看不见、摸不着的东西——可是，我却不得不为此付出惨重的代价。随着时间的推移，我的生活变得愈发艰难、愈加困苦，孤独感越来越强烈，面对的危险越来越多。实话实说，我根本没有理由继续选择走这条路，继续走下去已经没有任何指望了，这条路逐渐将我带入这样一种环境里，这里的空气越来越稀薄，恰似尼采《秋之歌》[1]中所描述的烟雾。

哎呀呀，没错，我很熟悉这些经历、这些转变，这些都是命运之神为自己出了问题的孩子、自己最脆弱的那些孩子准备的。我可

1 尼采写的一首短诗，诗中描绘出了一种飞升的意象。

真是太了解它们了，就像一位雄心勃勃但并不成功的猎人了解自己狩猎事业的各个阶段一样，就像一名沉溺已久的股市赌徒了解从大胆投机到大笔赚钱，从疑虑难安到摇摆不定、犹犹豫豫、最终破产的各个阶段一样。我真的应该再去经历这一切吗？所有这些痛苦，所有这些难以理解的苦难，所有这些对自身卑微与无价值的试探，所有这些对屈从的强烈恐慌，所有这些对死亡的恐惧，真的还要再来一遍吗？谨防如此之多的苦痛在自己身上重蹈覆辙，不顾一切地落荒而逃，岂不是更明智、更容易的抉择吗？答案一目了然，这确实就是更明智、更容易的抉择。没有人能够否认我想象时的乐趣，尤其是当我不得不经常且深入地咀嚼上述一切给我带来的苦痛时。不行，天杀的，世界上没有任何力量有资格要求我再去经历一次自我解构的全过程，体会那如濒死般的战栗，还有随之而来的又一次重塑“自我”，拥抱一个崭新的化身。所有这一切，其目标与最终结果绝非我自身的和平与安宁，而只是不断进行新一轮的自我毁灭，不断进行新一轮的自我重塑！因此，哪怕自杀行为是愚蠢的、懦弱的、卑劣的，哪怕它仅仅是一个不光彩的、可耻的紧急逃生出口也罢——只要能够从这个不断碾压的痛苦循环当中获得解脱，每一个出口，哪怕是最无耻的出口，也是值得在深思熟虑一番之后投身其中的。这里没有多少高尚可言，这里也不是什么英雄主义表演的舞台，在这里，我面临一个再简单不过的抉择：是选择微不足道的、短暂的痛苦，还是以无法想象的态势持续烧灼着的、无穷无尽的痛苦？我的生活已是如此艰难、如此疯狂了，在此之前，我常常扮演高贵的堂吉诃德，宁要荣誉不要快乐，宁要英雄主义不要理智。够了，该结束了！

当我终于决定要上床睡觉时，晨曦已经打着哈欠透过了窗户，冬雨霏霏，好一个铁铅色的、该死的早晨。我将自己刚才的自杀决定带回到了床上。睡意袭来，意识逐渐涣散，可是，在意识消散的最后一瞬间，在入睡的前一刻，荒原狼小册子中那段奇怪的文字在我眼前一闪而过，其中依稀提到了关于“不朽者”的事情，随之而来的是一连串闪光的记忆：我曾多次感觉到自己与不朽者们很亲近，感觉到他们仿佛就在自己身边。而且，这种情况最近就有一次——在聆听一段古老音乐作品的时候，我体验到了不朽者们所拥有的智慧，那是一种冷静、晓畅、硬朗的智慧。上述念头浮现、闪耀、熄灭，如群山般沉重的睡神，开始在我额头上定居。

当我睡到中午醒来时，很快便发现自己眼下的情况已经明朗了：那本小册子和我那篇诗作就摆在床头柜上，自杀的决心，正从我最近生活的动荡中探出头来，以一种友好、冷静的方式打量着我。经过之前睡梦的洗礼，这份决心一夜之间就变得清晰又坚定了。没有必要着急，我的自杀决定绝非心血来潮，不会在短短一两个小时后便随风消逝，它是一枚成熟的、耐得住性子的果实，高悬于枝头，正在慢慢长大，慢慢变得越来越沉重，命运之风正在轻轻摇晃着它，下一次就是它了——下一次吹拂，必须使它落下。

我的旅行急救箱里有一种缓解疼痛的药，我只允许自己在极少数情况下使用一次这种药，中间常常需要坚持忍耐好几个月之久；事实上，唯有在身体疼痛困扰我到无法忍受的地步时，我才会服用这种药效极强的麻醉药。不幸的是，这种药并不适合用来自杀；几年前我就曾经试过一次了。当时，在无尽的绝望又一次包围我的时候，我一口气吞下了大量这种药，使用的剂量足以一次性杀死六个成年人，可它竟然没能杀死我。还记得那时候，我直接睡死了过去，在完全昏迷的状态下一连躺了好几个小时。可是后来，令我感到非常失望的现实却是——我被自己胃部的一阵剧烈抽搐痛醒了，意识模模糊糊，在还没有完全清醒的情况下，吐出了所有的毒药，然后又睡着了。一直到第二天中午，我才真正醒转过来，意识清醒得可怕，但大脑却仿佛被整个烧毁了一般，里面空无一物，一时之间，什么也想不起来，简直像是没有任何记忆留存似的。过不多久，大脑又慢慢恢复了正常，除了一段时间的失眠和恼人的胃痛之外，毒药没有在我身上留下任何不良影响。

因此，单单这种制剂是不可能用来自杀的。不过，我现在又给自己的决定赋予了如下的设计：一旦我因为仅凭自身力量无法解除的痛苦，不得不再次求助于这种制剂时，我就应该自动获得许可。所以，到时候就不是制剂这种短暂的救赎方式能够解决的问题了，到时候，我必须吞下一种更了不起的制剂，这种制剂就是死亡，还必须是万无一失的死亡：用子弹，或者剃刀。下手之后，就一劳永逸地解决掉了全部问题——根据荒原狼小册子里记录的自杀设计，还要等到我五十岁生日的时候才能下手，可是，对于眼下的我而言，等待的时间似乎有点儿太久了，离现在还有两年呢。不过，不管是一年后，还是一个月后，哪怕是明天都好——通往死亡的大门已经向我敞开了。

我不能说这个“决定”对我的生活造成了多大的改变。总之，它使我对抱怨多了几分冷漠，对使用鸦片和酒少了几分担忧，对我能承受的极限多了几分好奇，仅此而已。相比之下，那天晚上的其他一些经历反倒对我产生了更大的影响。比方说，时至今日，我仍旧时不时地会去重新读上一遍那本关于荒原狼研究的小册子，有时带着虔诚与感激之情，仿佛我心里清楚，有一位无形的魔法师正在以无比的睿智指引着我的命运；有时心中又带着对小册子内容清醒的蔑视与鄙视，因为它似乎并不理解我生活中具体而微的情绪和压力。诚然，小册子里所写的那些关于荒原狼和自杀的内容相当好，也很巧妙，但它实际上只适用于整个种属，适用于荒原狼这一类型，是颇有见地的抽象化；可是，我这单独的个体，我这真实的灵魂，我自身独特的命运，至少就我个人的看法而言，似乎是不可能用这样一张粗疏的大网来捕捉的。

还不止上述这些，当时的经历还给我造成了更深层次的影响——我被小教堂外那堵石墙上显现出的幻觉或者说是异象所困扰，那些发光字母跳着舞，排列组合成充满希望的公告，其内容与小册子中的提示相吻合。各种各样的暗示，已经给了我足够多的许诺，来自那个陌生世界的声音激起了我的好奇心，我经常长时间地思考关于那个世界的一切，沉浸其中，不能自拔。想着想着，那些铭文发出的警告也越来越清晰，它们明确无误地告诉我："不适合所有人！"且"仅供狂人！"照此看来，假设来自那个世界的声音要传达给我，假设那个世界要对我说话，我就必须成为狂人，远离"所有人"。可是，我的天哪，我眼下岂不是已经远离了所有人的生活，已经远离了正常人的存在与思维，已经非常孤立、非常疯狂了吗？尽管如此，在我的内心最深处，那来自狂人的呼唤依旧非常清晰，它要求我彻底抛开理性、束缚、文明，向汹涌泛滥、无法无天的灵魂世界缴械投降，向无穷无尽的幻想缴械投降。所以，我恐怕做得还不够，我恐怕还并非真正的狂人。

有一天，当我再一次在街道和广场上寻找那个拿广告牌的男人，并且多次潜伏在藏有隐形门的古墙边，期待有所斩获但却一无所获之后，我在马丁斯弗斯塔特[1]遇到了一支送葬队伍。望着在棺材车后面一路小跑的送葬者们的脸，我心中涌现出来的想法是：在这座城市里，在这个世界上，会不会在哪里也住着这样的一个人，这个人的死亡对我而言是一种损失？反过来讲，我的死亡呢？我的死亡会不会对谁造成损失？这个人又在哪里？嗯，这个人有可能是艾丽卡，我的爱人，没错；可是，我们两个长期以来都维持着一种非常松散的关系，很少见面，几乎从不争吵，眼下我甚至都不知道她身在何方。她时不时地就会来找我，要么就是我去找她。我们两个都是孤苦之人，与其他人交流很是困难，唯有对方是个例外——我们灵魂中的某处是紧密相连的，我们的心灵同患了一种疾病，尽管偶尔相处起来也有各种不愉快的地方，但我们之间仍旧长期保持着某种特殊的联系。不过，假如她意外得知了我的死讯，会不会反而松一口气，感到十分欣慰呢？对此我并不确定，不仅如此，我也无法判断自己的这种预感是否真的可靠。毕竟，一个人至少必须生活在符合普遍社会常识的正常环境下，唯有如此，才有可能根据常理来推断这类事情的因果，可我们两个显然都不算是正常人，因此，在事情真的发生之前，是无法预知后果的。

---

1 原文为Martinsvorstadt，此处取音译，直译为“马丁近郊”。虽然本书全文未曾明说故事发生的地点，但Martinsvorstadt本身是瑞士巴塞尔近郊的一个地名，且黑塞1899年至1904年居住的Lothringerstraße 7离此地很近，因此基本可以确定此处对应了瑞士巴塞尔的地名。

想着想着，我一时心血来潮，干脆也加入了这支送葬队伍，紧跟在送葬者们后面，一路走到了墓地。这是一处现代化的水泥墓地，拥有一座独立的火葬场，配套设施齐全。然而，我们这位死者却并没有被送去火化，盛放遗体的棺材被人们直接摆到了一处简单的墓穴前，我看着牧师和其他骗死人钱的家伙们[1]——殡仪馆的雇员——看他们如何做他们该做的事情。此刻，他们正试图营造出一种极为庄严肃穆的错觉，以便让在场的人们心中生出哀悼的感觉。可惜的是，尽管他们的表演相当卖力，但却太过生硬，丝毫不让人感到严肃，反而显得戏剧化，尴尬又虚伪，乃至陷入滑稽的境地。我注视着他们身上所穿的全套黑色服装，那是殡葬行业专用的职业制服——我看着那些飘逸的衣服是如何随着他们的动作摆来摆去的，欣赏他们是如何不厌其烦地想让送葬者们进入状态、迫使他们在死亡的威严面前屈膝就范的。时间一点儿一点儿过去，证明这一切皆是徒劳的努力，没有哪个人在哭，棺材里的死者对现场的每一个人而言似乎都是可有可无的。不仅如此，也没有哪个人被这场表演成功说服，调动情绪，对葬仪采取虔诚的态度。当牧师反复以“亲爱的教友们”[2]来称呼他们时，任何人都看得出来，这支由商人和面包师傅，以及他们的妻子所组成的送葬队伍，根本就没有半点儿教友的样子：每个人都沉默不语，摆出一副生意人特有的麻木不仁的面容，维持着严肃的表象，乃至面部肌肉都开始抽搐。他们虽然心中觉得尴尬想笑，但依旧圆滑世故地忍耐着，除了希望这场难堪的仪式尽早结束之外，再没有任何想要改变的愿望。好了，现

1 原文为Aasgeier，直译为秃鹫，引申为从死人身上牟利的人。

2 德语中神职人员对参礼信众的统一称呼。

在这一切总算都结束了，“亲爱的教友们”当中站在最前面的两个人走出来与演讲者握了握手，在最近的草坪护板上擦掉他们将死人放进墓穴时粘在鞋上的潮湿泥土，转眼之间，那些人的面容又变得普普通通，跟路上的行人没什么区别了。我突然发现，在他们当中有一个人很面熟——恐怕真的是那个人，恐怕真的是当时举着广告牌、将小册子塞进我手里的那个男人。

刚好就在我觉得自己已经认出他来了的那一刻，他也转过身来，弯下腰去，开始整理起他那条黑色西裤。只见他匆匆忙忙地将垂到皮鞋上的裤脚卷了上去，以免在走路的时候拖到地上，然后，还没等我反应过来，他在胳膊下面夹好一柄雨伞，又匆匆忙忙地离开了。我赶紧跟上他，一路小跑，撵了上去，向他点头示意，但他似乎没有认出我来。

“今晚不是有夜间娱乐节目的吗？”我试探性地问道。与此同时，我还努力冲他眨了眨眼，就像知道彼此秘密的人经常会做的那样。可惜的是，我已经很久没有进行过正常的人际交往了，平时也疏于这方面的练习，几乎忘记了如何用正常人的方式跟人沟通；我觉得自己实际上只是冲他做了个愚蠢透顶的鬼脸。

“夜间娱乐？”那人嘀咕着，打量着我的脸，露出迷惑难解的神情，“去黑鹰[1]吧，伙计，如果您真有需要的话。”

实话实说，他这样一回话，我反而不再确信他是当时的那个男人了。失望之余，我又继续往前走——我已经不知道具体该往哪里走了，没有目标，没有想要达成的愿望，没有需要履行的职责。此

1 当时常见的夜间俱乐部或者酒吧的名字，后文亦有交代。

时此刻，生活的味道是苦涩的，苦得可怕；此时此刻，我感觉到，自己心中滋生了很久的厌世情绪已经到达了顶点。难以置信，生活竟会如此无情地将我驱逐、将我丢弃！我怒气冲冲地穿过这座灰蒙蒙的城市，城市里的一切似乎都充斥着潮湿泥土的味道、埋葬死人的味道。不要！这帮发死人财的家伙，谁也不允许站在我的墓前！穿上牧师的长袍法衣，摆出教友式的多愁善感，不停冲着我叽叽喳喳！哎呀呀，无论我望向哪里，无论我将自己的思考放到哪个领域，都找不到哪怕一丝一毫的愉悦。哪里都找不到真诚的赞美，哪里都没有真正的吸引力，一切都散发出腐朽的消费主义气息，散发出满足程度大差不差的臭气。一切都老朽了，枯萎了，暗淡了，疲软了，枯竭了。可敬的上帝，这怎么可能呢？怎么会变成这样呢？我，这个曾经拥有天马行空般想象力的青年、勤于创作的诗人、缪斯女神的朋友、云游四方的旅人、热情的理想主义者，怎么会变成现在这个样子呢？这种如瘫痪般的自我麻痹；这种对我自己、对所有人的憎恨情绪；这种对所有感知的强行封闭；这种影响极坏、陷入极深的郁结状态；这种肮脏的地狱般的心灵空虚与绝望——这些都是如何缓慢而隐蔽地将我包围、将我侵蚀的？

当我经过图书馆时，遇到了一位年轻的教授，还记得以前，我时不时地就会同他聊一聊。几年前，我最后一次在这座城市居留时，甚至还专门到他公寓里去拜访过他几次，与他探讨东方神话——当时我对这个领域十分热衷。眼下，这位学者正朝着我所在的方向走过来，走路时的动作木讷又僵硬，由于他多少有些近视，只看得清眼前不远处的东西，所以，当我几乎要同他擦肩而过时，他才终于认出了我这个熟人。认出我之后，他非常热情地同我打招呼，而我呢，在目前可怜兮兮的窘境下，对他的热情也谈不上有多感激。他很高兴，一下子就从刚才木讷的态度转变过来，变得很活跃，不断提醒我回忆我们之前谈话的细节，不仅如此，他还向我赌咒发誓，说我在讨论时提出的各种建议，对他的研究起到了很大帮助，尽管阔别已久，他还是时常会想起我；接下来，他又告诉我，自从我离开这座城市之后，他就很少能够跟其他人进行如此活跃、富有成效的讨论了，就连跟大学里的同事们进行学术讨论时都做不到。他问我，这次回来之后在城里待了多久（我在回答时撒了谎：几天而已），为什么没有过来见他。我端详着这位好心人一看就知道学识很渊博的脸庞，觉得这一幕其实很好笑，但还是像一条饿狗似的，尽情享受这难得的一缕人间温暖、这一点真挚的友爱、这一丝诚恳的认可。荒原狼哈利深受感动，咧嘴一笑，口水顺着他几近干涸的喉咙流了下去，此刻，他违背了自己一贯的意愿，向多愁善感的普通人情绪屈服了。是啊，我急切地开口，对他撒了第二个谎，说我只是暂时来到这里，主要目的还是研究，而且我这段时间身体真的不太舒服，没办法去太多地方，否则我肯定早就过去见他了。当他真诚地邀请我到他家去共进晚餐，并且跟他畅聊一整晚时，我当即欣然接受，并请他代我向他妻子问好。实话实说，我的面部早就无法适应这种过分劳累的交际应酬了。此刻，频繁的交谈和微笑，已经令我脸上的肌肉感到阵阵疼痛，表情几乎快要失去控制。当我——哈利·哈勒——站在大街上，因为偶遇熟人而感到颇为惊讶，听了两句奉承就受宠若惊，努力表现出很有礼貌的态度，心中沾沾自喜的同时又有些怡然自得，对眼前这位友好的男士、对他近视的双眼和友善的脸庞露出微笑时，另一个哈利也站在那里咧着嘴笑。我知道他心里在想些什么，他想的是我这个兄弟可真是特立独行啊，做起事来自相矛盾，说起话来满嘴谎言，永远没个准。要知道，就在两分钟之前，他还在对这一整个该死的世界龇牙咧嘴、恶语连连呢。而现在呢，一看到有人找他，一听到眼前这位可敬先生的亲切问候，马上满口称是，马上开始感天谢地，简直忘乎所以，变得跟一只小猪仔似的，在一点点善意、一点点尊重和亲切构筑而成的愉悦泥淖中开心地打着滚儿。如此这般，两个哈利——都是特别不招人喜欢的人物——站在品行端正的年轻教授面前，互相嘲笑，互相观望，互相吐口水，并且还要跟以往出现这种情况时一样，再次问自己同样的一个问题：眼前这种状况之所以会出现，是否仅仅是由于人类普遍的愚蠢和软弱？属于普遍情况，并不针对个人；又或者反过来，这种只顾着自己感情泛滥的自私自利行为，这种缺乏主见的愚行，这种不纯洁的、矛盾丛生的秉性，充其量也只是一种极端个人化的、仅属于荒原狼的特质？如果这些乱七八糟的东西是人类普遍具有的，那么，我对全世界的蔑视就能更进一步，因为我又有新的力量可以去针对它了；如果上述种种只是我个人的弱点，那就会在我身上引爆一场自我蔑视的狂欢，这当然也不算是什么坏事。

两个哈利争吵不停，教授反而快被他们给遗忘了；突然之间，教授在我眼中又成了一个讨厌鬼，于是，我赶紧将他打发走了。此刻，虽然教授已经转身离去，但我还是盯着他的背影看了很久，只见他在两侧树木已经光秃秃的林荫道上渐行渐远，迈着有些滑稽的步子，带着一名理想主义者、一个有信仰之人的善意，逐渐离开我的视线。战斗在我内心激烈地进行着，当我又一次机械性地蜷缩、伸展自己僵硬的手指，与暗自汹涌的痛风作斗争时，我不得不告诉自己这样一项残酷的事实：刚才跟教授对话的时候，我干了蠢事，心甘情愿地受骗上当，将自己引上了贼船。我现在等于是已经接受了教授的邀请，答应今晚七点半准时到他家去吃晚饭，这同时意味着我有义务在他家保持彬彬有礼的态度，严格遵照科学研究的要求陪他闲聊，言行举止统统要顾及别人的家庭幸福，不能有任何逾矩。我气鼓鼓地回到家里，将白兰地跟水混到一起，吞下痛风药片，躺在长沙发上，试着读一会儿书，转移一下注意力。当我终于成功进入状态，在《苏菲从梅美尔到萨克森的旅行》这本书中畅游了一会儿之后——顺带一提，这是本18世纪的作品，内容很令人愉快——我突然想起了教授的邀请，想起自己还没有刮胡子，不仅如此，我还必须穿上合适的衣服，不能太过随便。天知道我为什么要像这样自找麻烦！好吧，事已至此，哈利，起来吧，放下你的书，给自己打上肥皂沫，拿起剃刀，赶紧把你的下巴刮得血淋淋的吧！穿上合适的衣服，到人群中去，跟他们共享美好时光吧！当我在擦剃须皂的时候，突然想起了墓地里那个肮脏的烂泥坑，今天，他们用绳子将装着陌生人的那口棺材给吊了下去。一想到那些无聊教友皱成一团的脸，我甚至觉得有些哭笑不得。在我眼中看来，在那个肮脏的烂泥坑里面，在牧师那些愚蠢透顶、令人尴尬的话语声中，在送葬者们傻气又难堪的表情烘托下，在由十字架、锡皮装饰、大理石墓碑构筑而成的暗淡景象中，在用铁丝和玻璃纸制作而成的团团假花簇拥之间，结束掉的不仅是那个不知道名字的人的一生，结束掉的不仅是未来某天也将在那里结束自己一生的我本人——我也会在那里被埋葬，在送葬者们的难堪表情和伪善谎言的陪伴下，被埋进泥土里——不仅如此，实际上，墓地将会终结一切：我们所有的追求，我们所有的文化，我们所有的信仰，我们所有的生活乐趣、所有对生命的渴求，如今这一切皆已病入膏肓，很快也会被埋葬在这里。墓地就是我们的整个文明、整个世界。这里有耶稣基督和苏格拉底，有莫扎特和海顿，有但丁和歌德，无论他们生前多么伟大，现在都只是些刻在生锈金属板上的、模糊难辨的人名罢了。围在这些人名周围的，尽是些满口谎言的哀悼者，他们的脸上，挂着跟送葬者们一样的难堪表情。如果他们选择继续相信这些金属板，相信这些对他们而言一度极为神圣的伟大人物，他们想必会付出高昂的代价；这个世界注定是要毁灭的，如果他们可以赶在一切毁灭之前，至少说一句真正诚恳、真正严肃、真正悲伤、真正绝望的话语，他们想必也会付出高昂的代价——若不是这样，又怎么解释他们只懂得尴尬地站在墓前、咧开嘴傻笑的这种行为呢？想到这里，我感到有些气恼，再一次伸手挠了挠下巴上那一小块从不愈合的伤口，将还没长好的血痂给抠了下来，并且用烧灼[1]的方法处理了一会儿伤口，整个过程并没有弄脏衣领，可我还是将刚戴上不久的衣领又换了一遍。就连我自己都搞不清楚，为什么要专程去做这些琐碎事情，因为我丝毫没有真的要去赴约的打算。可是此刻，有一部分哈利又开始念念叨叨了，他说教授是个讨人喜欢的家伙，说自己与世隔绝得太久，渴望着要去沾染些人间烟火；他说自己喜欢跟人聊天，很享受聚会时那种欢快的气氛，还说自己想起了教授那位漂亮妻子；他苦口婆心地教导我，说跟友好的东道主共度良宵这件

1 二战前较为常见的小伤口快速止血方式，将针头在明火上烧红，然后烫灼伤口。由于无法控制温度，需要反复进行多次才能完全止血。

事，基本上还是很鼓舞人心的；并且还帮我在下巴上贴了一块当归药膏[1]，帮我穿上衣服，打上一条像样的领带；除此之外，他还温柔地劝阻我，不要按我心里那个真实心愿来行事——不要待在家里。

与此同时，我心里想的却是像我现在这样，穿好衣服出门，前去拜访教授，与他进行或多或少的对话，交换半真半假的客套殷勤，所有这些都是在没有按真实心愿行事的情况下进行的。大多数人也是如此，日复一日，时时刻刻都是如此——被迫生活，被迫行动，被迫登门拜访、与人谈话，乃至坐在办公室里上班，守在机关里办事，都是如此，所有这些都是强制性的、机械的、不情愿的，所有这些其实都可以由机器来代替完成，或者根本就不需要去做。正是这种永续的机械性使他们都跟此刻的我一样，无法批评自己所过的生活，无法真正认识并感受到其浅薄及愚蠢，无法看清它露出的狰狞笑脸，无法怀疑它表现出来的种种可疑之处，无法体会到它毫无希望可言的悲伤与寥落。噢，他们这些人其实反而是对的，无比正确。这些人类啊，他们明明是自己选择要以这样一种方式来生活，来玩他们热衷的小游戏，追逐他们自认为重要的东西；而不是像我这个离经叛道的家伙那样，抵制一切折磨人的机械，绝望地盯着虚空。即使我时不时地就会在这几页手稿里鄙视和嘲笑他人，大家也不应该认为我这样做是在埋怨、指责他们，不应该认为我是在将个人的痛苦归咎于他们！不过，我既然已经沦落到了这个地步，既然已经站在了生命的边缘，哪怕再走错一步，都会坠入无底的黑

1 原文为Englisches Pflaster，自中世纪起，一直都是欧洲大陆常用的一种膏药，二战后随着创可贴的普及逐渐绝迹。其中词素englisch与英国完全无关，而是与药用成分当归（Engelwurz）有关。

暗之中——事已至此，如果我还试图假装自己的情况还不错，假装生活没有发生什么改变，假装这一整套机械装置还在为我正常运行，假装我还属于那个可爱又天真的世界、还在玩那个永世不停的游戏，那我就是大错特错、信口开河！

这天晚上的天气也相当不错。我在朋友住的那栋房子前面停了一会儿，抬头看了一眼他家的窗户，心里想着：这里就是那个男人生活的地方，他年复一年地做着他的研究工作，阅读大量书籍，撰写许多论文，寻找西亚与印度神话之间的联系。他的研究一直都做得很开心，因为他相信自己所做事情的价值，他相信科学——可以说，他是科学的仆人。他相信纯粹知识的价值，相信知识积累的意义，因为他本身是个相信进步、相信人类文明发展的人。他没有经历过战争，没有经历过爱因斯坦对以往思想基础的动摇（他认为那些事情只跟数学家有关），他对周围的人们正在酝酿下一场战争这件事一无所知，他认为犹太人和共产党人是可恨的……总而言之，他是个没有独立思想的、天真又快乐的、认真对待自己生活的好孩子，这可真让人羡慕。我给自己鼓了鼓劲，走了进去，一位穿白色衬裙的女仆接待了我，礼貌地接过我脱下来的帽子和大衣——由于某种莫名其妙的预感，我特意留意了她一会儿，准确地记住了她将我的帽子和大衣具体挂到了哪里——然后，她把我领进一间温暖明亮的房间里，告诉我在这里等候。等待的时候，我没有像平常人那样做祷告或者小寐片刻，而是遵循一种随便玩玩的冲动，顺手抓住了离我最近的一件物品。那是一张已经装裱好的小画像，就摆在我面前的圆桌上，用一块硬纸板作为支撑，以特定角度立放在那里。从艺术风格上而言，是一幅蚀刻版画，画中描绘的是文豪歌德的形象：一位个性鲜明、发型醒目的老人。在这幅版画中，歌德的脸部造型塑造得极为灵动，既没有忘记歌德那双标志性的、炯炯有神如火焰般燃烧的眼睛，也没有忽略曾经担任过魏玛宫廷枢密大臣的歌德五官特征中所蕴藏着的、略略用宫廷色彩粉饰过的孤独和悲剧感——为了表现出这些细节，创作这幅版画的艺术家显然颇费了一番心思。不仅如此，在不折损人物本身深度的前提下，艺术家还成功地让这位恶魔般的老者拥有了一些教授式的，甚至可以说是颇具戏剧性的克制与谦逊。总而言之，成功地将歌德塑造成了一位确实挺耐看的老派绅士，适合成为任何中产阶级家庭的装饰品。照我看来，这幅画像并不比这一类型的其他画像更高明些——所有这些由画艺精湛的勤劳工匠们绘制而成的画像，所有这些形象鲜明有力的救世主、使徒、英雄、思想上的伟人和政治家，其实都挺愚蠢的——或许仅仅是因为绘制技巧上过于精湛，才令它对我产生了如此具有吸引力的客观效果。无论如何，这种对老歌德的虚荣式崇拜和自我满足式描绘，立刻冲着我发出了足以致命的不和谐音，令我的精神受到了足够多的刺激，让我知道自己继续留在这里并不合适：造型端庄的古典大师和无人不晓的大人物在这里可谓宾至如归，其中自然不包括荒原狼。

假如这时进来的是东道主，我恐怕会赶紧想办法找出一些对方可以接受的借口，从而成功从这里突围。然而，进来的却是他的妻子，我只好缴械投降，听从命运的安排——尽管我很怀疑，无论命运怎么安排，我所面对的都将是一场灾难。就这样，我们互相问候，开始走起了应酬流程。于是，自刚才的第一个不和谐音之后，又有许多不和谐音冲着我来了。这位女士开口就直接夸赞我，说我气色非常好，看起来很年轻、很有活力，但我本人却很清楚，自从我们上次见面以来，我已经老了许多；甚至连她跟我握手时，我那患有痛风的手指关节上传来的剧痛也在提醒我，说我是个老家伙了——这种提醒显然是无从辩驳的。是啊是啊，我含糊其词地应和道。然后，她又问我亲爱的妻子怎么样了，我不得不告诉她，我妻子已经离开了我，我们的婚姻早已结束，我离婚了。就在这时，教授进来了，我们都表现得很高兴。他也跟妻子一样，热情地同我打了招呼。现实世界的难以捉摸和喜剧性很快便找到了人类可以想象的最漂亮的表达方式：他手里拿着一份报纸，是他家里订阅的报纸，一份由军国主义分子和战争贩子们把持的报纸。在跟我热情握手之后，他马上指着那份报纸告诉我，说报纸上有个跟我同名的家伙，一个名字也叫哈勒的时评员，这个哈勒绝对是个坏家伙，是个心中没有祖国的浑蛋，他居然胆敢取笑德皇，说自己的祖国在爆发战争方面所犯下的罪行并不比敌国少。这是个什么样的坏东西啊！不过，还好，这家伙算是罪有应得，瞧这儿——编辑们已经很及时地处理了这只害虫，直接在版面上对他的言论进行了猛烈抨击。

教授对此事的兴致很高，不过，当他发现这个话题并没有引起我足够的兴趣之后，我们便转而讨论起其他事情来了。他们两个居然没有提前考虑到，其实还存在着这样的一种可能性：报纸上那个“坏哈勒”此刻就坐在他们面前！然而，事实就是如此，那个“坏哈勒”就是我自己。好吧，既然话题都已经转移到了别处，我又何苦再去揭穿真相，制造出一些不和谐的噪声，平白无故地惹他们烦心呢？想到这里，我忍不住在心里暗自发笑。不过，也正因此，“今晚在这里或许还能享受少许快乐时光”的想法已完全丧失了希望。在写下这些文字时，我仍然清楚地记得那一刻的感受——那一刻，教授正在大谈特谈出卖祖国的哈勒，从之前的葬礼开始就一直积聚在我心中的那股压抑又绝望的可怕感觉，逐渐变得越来越强烈，突然凝结成了一股如洪流般的压力，由精神领域的苦痛，变成了一种身体上切实存在着的、可以准确感知到的痛苦（在小腹位置），变成了一种仿佛自己即将被扼杀的、对未知命运的恐惧感。我依稀感觉到有什么东西正在等着我，某种危险，正从后面悄悄地逼近我。幸运的是，这时刚好有消息传来，说晚宴已经准备好了。于是，我得以暂时躲过这种未知的危险，随他们一道进了餐厅。在餐厅里，虽然我一直努力讲或者问一些无关痛痒的东西，试图以此来消耗用在吃饭上的时间，但我吃得还是比自己习惯的量更多些，而且每时每刻都感到更加痛苦。我的天哪，我的心里一直在问同样的一个问题：我们为什么要这么努力地去应酬呢？我清楚地感觉到，我这位东道主其实也并不怎么舒服，他们此刻所表现出来的欢快与惬意，实际上都是假装的，给他们带来了不小的负担，不管是因为我看起来如此心不在焉，还是因为这个家里本就存在着其他我所不了解的问题。他们问了我各种没有办法给出诚实答案的问题，很快我就变得谎话连篇，讲出的每句话都在跟自我厌恶做斗争。最后，为了分散一下所有人的注意力，活跃一下气氛，我开始讲起自己今天所目睹的那场葬礼。哪曾想到，我讲话时的语气不太对劲，我的幽默尝试产生了令人不快的反效果，讲着讲着，我们三人之间反而变得越来越疏远，荒原狼在我体内笑得龇牙咧嘴，等到上甜点时，我们三个基本上已经无话可讲了。

晚餐过后，我们又回到了最开始的那个房间里，喝咖啡和杜松子酒——或许这些饭后饮品可以稍微缓和一下我们之间的气氛吧。但就在这时，那幅“作家之王”[1]的画像又一次吸引了我的目光。尽管它已经被摆到旁边的五屉柜上了，离我们坐的位置比较远，可我还是忍不住要反反复复地去看它，始终无法摆脱它的纠缠——我也不是没有听到内心深处发出的警告声，但就是控制不住自己。终于，我还是忍无可忍地走了过去，将它拿在手里，就此拉开了战斗的序幕。没办法，我总是沉迷于这种古怪的冲动，总是坚持认为自己绝对无法忍受下去，必须马上展开行动来改变现状。所以，我现在已没有退路，必须成功地打动东道主的心，引发他们的共鸣，让他们心甘情愿地接受我的观点，否则就会造成爆炸性的后果，让我们之间的关系就此止步、无可挽回。

“我们恐怕不得不认同这样一项事实，”我开口说道，“歌德本人并不是真的长成这样的！瞧瞧，这种充斥着虚荣心、充斥着高高在上傲慢态度的姿势，这副随时准备好跟诸位高贵的看客调情的尊荣，以及看似阳刚的外表下所藏匿着的、本质上极度阴柔、极为多愁善感的内心世界！好吧，人们当然有理由对歌德本人表示出各种各样的不满，甚至连我也经常对这位喜好浮夸的老人有着诸多不满，但是，这幅画像竟将他描绘成这样——这是肯定不行的，太过分了。”

主妇一言不发，亲自动手，将主客面前的咖啡杯全部倒得满满的，看得出那张脸上写满了深深的痛苦。做完这件事之后，她便

1 原文为Dichterfürst，此为歌德在世时即享有的美誉。德语中的Dichter虽然应直译为“诗人”，实际上却指一般意义上的文学创作者，不限于诗歌创作者。

匆匆地走出房间，一去不返了。她丈夫半是尴尬、半是责备地告诉我，这幅歌德画像是他妻子给家里添置的，特别受她喜爱。“即便客观上而言，您在这件事上的观点是正确的，您也不应该在这样一个场合如此直率地讲出来，这样做实在是太不礼貌了。更何况，眼下我对您的观点是否真的正确，也是持否定态度。”

“您的看法确实没错，”我向教授坦率承认道，“不幸的是，这恰好是我的一个习惯，还是恶习——我总是会不由自主地选择最粗俗的表达方式，将事情彻底挑明，否则我就会感到十分痛苦。顺带一提，就连歌德本人，在他自己最好的时光里，也是这样行事的。至于这个亲切可爱、庸俗鄙陋的沙龙小画片式歌德，他当然不会使用粗俗、真实、直截了当的表达方式，这也是显而易见的。总而言之，我真是非常不好意思，在此向您和您妻子郑重道歉了——烦请转告她，就说我是一名精神分裂症患者，刚才碰巧病发。同时，请容许我在此向您道别，我马上就走。”

眼看我要走，这位尴尬的先生反而接连提出一连串反对意见，希望我能够留下来。他又开始回忆起往事，说我们之前进行过的那些对话是多么美好、多么具有启发性，我当年关于密特拉[1]和克里希纳[2]的假设给他留下了非常深刻的印象，因此，他希望今天能够继续跟我讨论……云云。我向他表示了感谢，并且告诉他，听到这些亲切的话语，令我颇感安慰，然而不幸的是，我对克里希纳的兴趣、对科学讨论的渴望如今已完全消散了。说实话，我今天对他撒了好

1 历史极古老的、属于雅利安宗教系统的神祇，源流复杂。

2 梵语“黑天”，印度教中毗湿奴神的第八个也是最重要的化身。文中密特拉与克里希纳的关系可上溯至印度史诗《梨俱吠陀》，相关研究颇为庞杂，并非黑塞的杜撰。

几次谎，比方说，我其实不是回来了几天，而是已经回来了好几个月。如今我的生活可谓孑然一身，而且已经不再适合跟住在更好房子里的体面人交往。我之所以会这样说，首先是因为我的心情总是十分糟糕，身体又总是受到痛风折磨；其次，我还经常喝得酩酊大醉，难免会惹人烦。除了这些事情之外，还有一件事——为了进一步澄清事实，至少不要以骗子身份离开——我还必须向这位尊敬的先生好好解释一下，实际上，他今天对我的侮辱非常严重，但他眼下居然毫不知情。作为一位学者，他竟然赞同那份反动报纸对哈勒文章所持的愚蠢透顶、冥顽不灵的看法，将之视作自己的主张，与其保持了高度一致。要知道，像这样的一种主张，跟一名退伍失业的军官放在一起倒是挺般配的，但绝对配不上一位学者。很可惜，您口中的这位“坏家伙”，这个心中没有祖国的“坏哈勒”就是我本人。哪怕至少还有少数拥有独立思考能力的人，他们能够宣扬理性、热爱和平，而不是盲目且执着地走向新的战争，这对我们的国家和世界恐怕会更好一点儿。那么，愿上帝保佑你[1]，就此别过。

说罢，我便站起身来，向歌德和教授告了别，从外面过道的衣钩上一把扯下我的东西[2]，快步走了出去。欣喜若狂的狼在我灵魂深处大声号叫起来，两个哈利之间发生了巨大的、戏剧性的转变。之所以会这样说，是因为我马上就明白了过来，这段不愉快的晚间

---

1 原文为Gott befohlen，这是南德地区常用的告别祝福语。黑塞童年时在斯图加特郊区的小镇卡尔夫长大，说这种告别语是符合情境的，《在轮下》等小说中也有不少与南德相关的描述。

2 此处与前文中“由于某种莫名其妙的预感，我特意留意了她一会儿，准确地记住了她将我的帽子和大衣具体挂到了哪里”一句是呼应的，因为如果是正常的主宾告别，理应由女仆将衣帽拿回来给哈利，换句话说，哈利早就预感到这次晚宴将以不欢而散告终。

时光对我本人的意义，其实远比对那位愤懑难平的教授的意义要大得多；对他而言，这不过是个令他略感失望的小事件，是一个小小的烦恼而已，但对我来讲，这却是最后一次失败、最后一次逃跑，是我对中产阶级世界、伦理道德世界、学问研究世界的告别，是荒原狼的彻底胜利；这也是作为一名逃亡者、一个失败者的告别，当着自己的面宣告一切理想皆已破产；这是一场没有丝毫安慰可言、没有任何优越感、没有任何幽默感可言的告别。我已告别了我过去的世界，告别了我的祖国，告别了小市民阶层，告别了各种社会习俗，告别了博学多闻的坚持，就像患有胃溃疡的人告别了烤肉一样。我怒气冲冲、大步流星地走在街灯下，愤怒无比却又心如死灰。这一天从早到晚、从墓地场景到教授家的场景，一路走下来，是多么沉闷、可耻、凶险的一天啊！这一切究竟是为了什么？为什么会这样？继续忍受更多像这样的日子、在外面吃更多这样的苦，还有什么实际意义吗？没有意义！所以——干脆到此为止好了！今晚，我将彻底结束这场滑稽剧。赶紧回家吧，哈利，回去割开你的喉咙！你已经等得够久的了。

我被苦痛所驱使，在街道上漫无目的地四处奔走。事实摆在眼前，明明是到好心人家里去做客，却偏要朝着人家会客厅里摆放着的宝贝陈设吐口水，像这样的事情，本身就是愚不可及的，这种行为很粗鄙，缺乏礼教，也很荒唐，但我却不能不这样做，因为我已经不能再忍受这种驯良的、虚伪的、好心人式的生活了。不仅如此，我似乎也无法再忍受孤独了。事已至此，既然连我所身处的这整个社会对我而言都变得如此难以理喻，充满了憎恨与厌恶，既然我已深陷在如地狱般的真空中，一切都令我感觉窒息，那我还能有什么别的出路呢？已经无路可走了啊。噢，我的父亲和母亲哪；噢，我遥远又圣洁的青春之火啊；噢，我生命中一度拥有过的千万种快乐、千万次劳作和千万个目标啊！一切的一切都没有留给我，甚至都没有悔意，徒留厌恶和痛苦。在我的印象中，“苟活于世”这个人生选项，从来都没有像在这一个小时里那样，受到过如此之大的伤害。

我在郊区一间凄凉的酒馆里休息了一会儿，喝了些水和白兰地，又开始仓皇奔逃，仿佛身后有魔鬼在追赶着似的。我在老城区陡峭弯曲的街道上跑来跑去，穿过林荫道，又穿过火车站前面的广场。看到火车站时，我的心中突然涌出一个念头：这次一定要逃得远远的！于是，我走进了车站，盯着墙上的时刻表看了半天，喝了点儿酒，试图尽快思考出一套应对策略来。魔鬼追赶着我，它的脚步越来越近，身影越来越清晰。终于，我已经可以清楚看见我所害怕的那个魔鬼——那个无法摆脱的幽魂了。原来如此，原来那幽魂的名字，就叫回家！回到我所租住的那个小房间里去，回到因绝望而不得不保持的噤若寒蝉状态之中！哪怕我继续漫无目的地游荡下去，一连游荡好几个小时，哪怕我现在真的坐上了火车，我也无法从它的魔爪中逃脱，最终我还是会回去，回到我寓所的门前，回到摆满了书的桌子旁边，回到上方高悬着我爱人照片的长沙发上，回到我不得不拿起剃刀、割断自己喉咙的宿命时刻。来自不远未来的这幅画面，此刻已越来越清晰地显现在我面前，我的心在狂跳，我感觉到了所有恐惧当中最终极的恐惧：对死亡的恐惧！是啊，对我而言，死亡所带来的恐惧简直恐怖至极！尽管我的生活看不到任何出路，尽管厌恶、痛苦和绝望在我周围堆积如山，尽管世间再没有什么能够成功引诱我，给我带来快乐和希望，尽管如此，我依旧对自我裁决、对生命的最后一刻、对那即将切开我肉体的冰冷一刀感到难以名状的恐惧！

我看不出有什么办法可以逃脱这可怕的宿命。假设在绝望与懦弱之间所进行的漫长争斗中，懦弱确实有可能在今天暂时获胜，可一旦到了明天，乃至未来的每一天，绝望都将重新站在我的面前，还会因为我的自我蔑视而变得更加强大。我会捡起剃刀，再将它扔掉，如此反复，直到最后才终于完成该做的事情：割开自己的喉咙。既然如此，那干脆今天就做好了！我的理智循循善诱，就像在劝告一个受了惊吓的孩子，但孩子不听，他跑开了，逃之夭夭，因为他想活下去。他害怕得全身发抖，使劲拽着我，在这座城市里四处乱跑——我在自己住的公寓周围兜了个大圈子，总想着要回家，却总是不知不觉地在拖延时间，总也回不了家。我时不时地就会被困在某间酒馆里，喝上一杯，再喝一杯，然后那个幽魂又会撵上来，继续追赶我。我们围绕着目的地，围绕着剃刀，围绕着死亡，反反复复地兜着大圈子。我累得快要虚脱，犹如一具行尸走肉，实在跑不动时，我有时会坐在长椅上，有时坐在喷泉边，有时则干脆坐在马路牙子上，听自己的心狂跳，擦去额头上的汗水，然后再次奔跑起来，心中充满了对死亡的恐惧，同时也闪动着对生命的渴望。

如此往复多次，夜色已深。在某处对我而言十分陌生的偏远郊区，我莫名其妙地被窗户后面响起的舞曲声音所吸引，踏入了一间酒馆。进去的时候，我恍恍惚惚地抬起头来，看到大门上方挂着一块古老的招牌：前往黑鹰。里面的人们正在享受独属于他们的夜间娱乐，自由自在，尽情狂欢，嘈杂的人群挤得到处都是，空气中弥漫着烟气与酒气，充斥着各式各样的叫喊声。有许多人在里面的一间大厅里跳舞，那里的舞曲声音汹涌澎湃，令人头晕目眩。我没有去跳舞的大厅，而是选择待在前厅里，这里只有一些普普通通的人，其中一些人的衣着颇为寒酸；相对应地，在舞厅所在的后厅，看到的都是些优雅而体面的人。人实在太多了，我被人群推搡着，从前厅这头一路挤到那一头，挤到紧挨着自助餐台旁边的一张餐桌边。在那里，有位脸色苍白的漂亮女孩，坐在靠墙边的一把长椅上，身穿一件薄如蝉翼、胸口位置开得很低的舞会小礼服，头发上插着一朵枯萎的花。女孩发现我来到她身边之后，便一直很专注、很亲切地注视着我，并且还微笑着往旁边挪了挪，给我腾出了些许空间，让我可以在她旁边坐下来。“方便吗？”我一边询问，一边在她身旁坐下。“当然，你[1]可以坐在这里。”她说，“不过，你是谁呢？”“谢谢你，”我回应道，“我绝对不可能回家，我办不到，我不能回去，我想留在这里，跟您一起[2]，如果您允许的话。不行，我不能回家。”

她点了点头，仿佛明白了我的意思。在她点头的同时，我看着一缕鬈发从她额头上滑落，拂过她的耳边；我看到她头发上那朵枯萎的花，那是一朵山茶花。嘈杂的乐曲声从自助餐台那边传来，女服务员们匆忙地喊出订单上的名字，请提前订餐的客人们过来取餐。

“既然如此，那就待在这里好了，”她用一种让我听起来感觉

1 此处女孩没有使用敬语，不仅是对场所阶级性的一种暗示，也是暧昧的表示。

2 此处哈利·哈勒反而使用了敬语，一般德语对话中并不会出现一方使用敬语，另一方却不使用的情况，两方应该是对等的。后文中亦有交代。

非常舒服的声音说道，“不过，你为什么不能回家呢？”

“我就是不能。家里有东西在等着我——不能的，我不能回去，这太可怕了。”

“那就让它等着吧，你就待在这里好了。过来一点儿，我先帮你擦擦眼镜，你现在肯定什么都看不清。嗯，把你的手帕给我。我们应该喝点儿什么？勃艮第[1]？”

她仔细擦拭好了我的眼镜。直到这时，我才终于看清了她的面容：棱角分明的苍白脸庞；嘴唇涂抹成血红色；浅灰色的眼眸，眼神明亮；光洁的额头，给人一种冷峻的感觉；耳朵前面，短短的一缕鬈发低垂下来。坐定之后，她把我照顾得很好，态度亲切，略带些嘲讽，先是帮我叫了酒，向我敬酒，又低头看了一眼我脚上穿的鞋子。

“我的上帝，你是从哪里来的？瞧你这双鞋子，就像是从巴黎一路不停地走过来一样。穿这样的鞋子可不能去赴舞会的呀。”

我随口应和两声，略微笑了笑，由着她继续说了下去。我非常喜欢她，对此我感到十分惊讶，因为在此之前，我一直都对像这样的年轻女孩敬而远之，不仅敬而远之，还倾向于用怀疑的眼光去看待她们。可是，她却在我最需要关怀的时候，恰到好处地出现在我身边，给了我所需要的一切——噢，自那以后，她跟我也一直很合拍。因为她懂得根据我的需要温柔地对待我，也懂得根据我的需要温柔地嘲弄我。她点了一只夹心小圆面包[2]，让我吃了它。她给我倒

---

1 指产地为勃艮第的法国红酒。

2 将德式小圆面包切开后放入火腿、奶酪片、蔬菜等配料做出的一种类似三明治的食物，一拳大小，在德国十分常见。

了杯酒，告诉我喝上一口，但不要喝得太快。做完这一切之后，她对我的温顺听话表示了赞许。

“你很乖，”她像对待孩子一样鼓励我道，“你懂得听我的话，没有让这一切变得困难重重。我们要不要打个赌：我敢断言，你已经很久没有服从过任何人了，不是吗？”

“确实如此，您赢了。不过，您是怎么知道的呢？”

“直接就能试出来，并非多么高深的技艺。实际上，服从就跟吃饭喝水一样普通——如果你长期被剥夺了服从的机会，一旦有人要你服从，你就无法战胜它，只能心甘情愿地服从。难道你不喜欢服从我吗？”

“非常喜欢。您真是什么都知道。”

“你很坦率，让一切都变得简单了。既然如此，朋友，或许我还可以告诉你，在家里等待着你的是什么，令你如此害怕的究竟是什么。不过，你自己心里其实也很清楚，所以我们眼下并不需要过多地谈论它，对吧？[1]长话短说！如果哪个人想要结束生命，很好，就让他去吧，他当然有理由这样去做。如果他不去，那他就还活着，既然活着，就得继续生活下去。道理就是这么简单，没有什么比这更简单的了。”

“噢——”我不由得喊出了声，“要是真这么简单就好了。天地良心，我对自己生活的关心已经够多的了，可到头来却没有起到任何作用。吊死自己可能确实挺难的，具体我也不清楚。但是，活着本身反而还要难得多——难得太多太多！老天有眼，可真是太难

1 此处原文用了“gelt?”这种南德地区常用的问法。

了！”

“没事的，你很快就会发现，活着其实很简单，简直易如反掌。我们现在已经有了一个好的开始，你的眼镜已经擦得干干净净，你已经吃了东西，你也喝了酒。现在我们去把你的裤子和鞋子刷一下，它们也确实需要好好刷刷。然后你要跟我一起跳个希米舞[1]。”

“您瞧瞧，”我急匆匆地喊道，“归根结底，还是我说得对。眼下没有什么比不能执行您的命令更令我感到痛苦的了，尽管如此，您刚刚提的这个要求，我却没办法做到。因为我根本就不会跳希米舞，或者华尔兹，或者波尔卡，或者任何这类舞蹈——我这辈子都没学过跳舞。您现在发现了吗？毕竟不是所有事情都像您想的那样简单。”

美丽的女孩用她那血红色的嘴唇向我投来一个微笑，同时摇了摇她那颗坚定的、头发盘得跟男孩子似的脑袋。我注视着她，觉得她很像罗莎·克莱斯勒，那是我成长为少年之后爱上的第一个女孩，但她的眼睛是棕色的，头发则是黑色的。不对，我不知道这个陌生女孩令我具体想起了谁，我只知道她令我回忆起了自己青年时代乃至童真年代的一些朦胧印象。

“等等，”她也冲我喊道，“等等！这么说你不会跳舞？完全不会？连一点儿舞都不会跳？可是，你刚才却口口声声地说：老天有眼，生活真的太难了！你这显然就是在撒谎了，孩子，你都到这个年纪了，本不应该这样做的。是啊，你甚至都不愿意跟我一起跳

1 原文为Shimmy，属于摇摆舞中肚皮舞的一个大类，最早是从埃及传统民俗舞蹈中发展出来的。

个舞，又怎么能说自己已经为生活作出了足够多的努力呢？”“可我不会啊！我从来没有学过跳舞。”听到我的回话，她笑出了声。

“但你却学会了阅读，学会了书写，你学会了计算，可能还学会了拉丁语和法语，以及所有这些类似的玩意儿，不是吗？我敢打赌，你在学校里待了十年或者十二年，你甚至还读过大学，拥有博士学位，懂中文或者西班牙语。难道不是吗？都这样了，你却没有花少许时间和金钱，去上几节舞蹈课！得了吧！”

“这得怨我的父母，”我为自己辩解道，“是他们让我学习拉丁语和希腊语，以及所有这类玩意儿。但他们没有让我去学跳舞，跳舞在我们家里并不时兴，我父母就从不跳舞。”

她冷冷地看着我，眼神中充满了蔑视。此时此刻，她的脸庞再次开始诉说，诉说某种朦胧的印象，令我想起自己早已逝去的青春年华。

“所以说，你的父母无疑就是罪魁祸首！那么，你是否也问过他们，你今晚是否可以去黑鹰酒馆？你问过他们了吗？他们恐怕已经死了很久了吧，你说是不是？你看，果然没错！如果你只是在年轻时因为纯粹的服从而无法学习舞蹈——那干脆这样吧！你可以在这里学习。虽然我并不认为你那时真的是个模范儿童，但那都是过去的事情了。可你长大成人之后呢？——这么些年里，你都在忙些什么？”

“哎呀呀，”我向她坦白道，“我自己也搞不太清楚了。我上了大学，尝试过作曲、看书、写书、旅行——”“你对生活的看法可真奇怪！也就是说，你总是在做那些既困难又复杂的事情，但你却完全没学过一些相比之下十分简单的事情？是因为没时间吗？还是没有学习的兴趣呢？好吧，幸亏我不是你母亲。不过，你搞完这一切之后，就假装自己已经尝遍了生活的各种滋味，并且还发现自己一无所获？简直大错特错，这样是不行的啊！”

“请您不要责骂我！”我哀求道，“我已经知道自己是个疯子了，不算一无所获。”

“欸，别这样，你可真是说的比唱的还好听！你一点儿也不疯，教授先生，实话实说，你在我眼中简直跟疯狂扯不上一丁点儿关系，你是如此聪明，一种愚蠢的聪明，就像一位教授。来吧，再吃一只小圆面包！吃完之后再来慢慢跟我讲。”

她又给我拿了一只小圆面包，在里面放了点儿盐，涂了点儿黄芥末，给自己切了一小块，叫我吃剩下的。我吃了。我愿意做任何她要求我做的事情，除了跳舞之外的任何事情。服从一个人，坐在一个质疑你、命令你、否定你的人旁边，感觉非常好。如果教授或他妻子在几个小时前就这么做了的话，我就可以省去许多麻烦了。不过话也不能这样说，他们两人做不到，其实也是件好事，如果他们真这样做了，我显然会错过很多！

“你到底叫什么名字？”她突然问道。

“哈利。”

“哈利？这不就是个小男孩的名字吗！至于你，你也确实就是个小男孩，哈利，尽管你头发上有那么几片花白的地方，可你始终还是个小男孩，应该有个人来照顾你一下。关于跳舞，我也就不多说了。可你的头发是怎么回事？发型那么乱！你没有妻子，难道没有爱人来管管你吗？”

“我眼下没有妻子了，我们已经离婚了。我确实有个爱人，但她不住在这里，我很少见到她，我们相处得不是很好。”

她从牙缝间轻轻地吹出了一声口哨。

“你似乎是个相当难相处的先生，没有人跟你住在一起。言归正传，现在请告诉我：今晚究竟发生了什么特别的事情，才使你变成现在这样，茫然无措地四处流浪。是跟谁吵了一架，还是赌钱输了个精光？”

这个问题的答案，一时之间很难讲得清楚。

“您瞧瞧——”我开始讲了起来，“其实是件小事来着。我被邀请去一位教授家——顺带一提，我自己并不是教授——其实我根本就不应该去，因为我已经不习惯跟这样的人坐在一起聊天了，我已经忘了具体该怎么做了。可我还是去了，带着一切不会顺利的感觉进了屋——当我挂上帽子时，我想自己可能很快就又会需要它了[1]。好的，那么，在教授家里，桌子上摆放着一幅画片，那是张愚蠢的画像，一看到它就让我觉得很恼火……”“什么样的画像？为什么要恼火？”她打断了我的话。“嗯，那是一幅歌德的画像——你知道的，文豪歌德。可他并不是以自己真正的模样出现在画像里的：我们实际上根本就不知道他具体长什么样，毕竟他已经死了一百多年了。总之，不是真实模样，而是由某个现代画家——由他将歌德画成了自己想象中的模样。正是这幅画令我大为光火，使我极度反感——我不知道你能不能理解？”

“我可以很好地理解，别担心，继续讲吧！”

“不只这幅画，甚至在此之前，我跟这位教授之间就有些矛

1 原文如此，此处与前文是有出入的。

盾。他跟几乎所有的大学教授一样，是个自大无比的爱国者，在战争期间尽职尽责地帮助当局欺骗人民——当然，是出于自以为是的善意。然而，我却是个反战人士。哎，就不提这些琐事了，我们还是说回正题吧：我其实根本就不应该死盯住这幅画……”

“你当然不应该。”

“可我就是那样做了。因为首先呢，我心里确实很难受，歌德这个人，我本身是非常、非常喜欢的。然后，怎么说呢，我心里想着——好吧，我心里想着，或者说我的感觉是这样的：当时，我跟那些我自认为是平等相待的人坐在一起，我觉得他们也跟我一样很喜欢歌德，对他的印象大概也跟我差不多，可是现实是什么呢？现实是他们将这张全无神韵、庸俗油腻的假画像摆在那里，将它视若珍宝，他们甚至都没有注意到，这张画像所呈现出来的精神，恰好跟歌德本人的精神完全相反。他们认为这幅画像美妙绝伦，好吧，他们确实也可以这样认为，无可厚非——可是，对我而言，当这件事发生之后，我对他们的全部信任，对他们的全部友情、全部的亲近关系和归属感，转眼之间便化作乌有。顺带一提，我们之间的这种友谊，无论如何都称不上深厚，此事也正好印证了这点。也正因此，后来我感到格外生气，也格外伤心，因为我发现自己真的太孤独了，没有人能够理解我。您明白我的意思吗？”

“很容易理解，哈利。然后呢？你把那张画像直接敲在他们头上了吗？”

“没有，我骂完就跑了，我想回家，但是——”

“但是那里不会再有一位母亲赶来安慰或者责骂这个傻孩子了。好吧，哈利，我几乎都快要为你感到难过了，你可真是个无与伦比的大傻瓜。”

我就是个大傻瓜，这很显然，连我自己都看得很清楚。她又给我倒了一杯酒，让我喝下去。她待我确实就跟母亲一样，我仿佛也在她身上看到了母亲的朦胧印象。可是，在这一连串的幻象之间，我又时不时地看见她的真实模样：她是多么美丽、多么年轻啊。

“总而言之，”她又开始讲了起来，“歌德一百年前就死了，哈利非常喜欢他，他对他可能的形象自有一套美妙的想象——哈利有权这样做的，谁都可以尽情想象，难道不是吗？但那位画家，他也迷恋歌德，并且还为他画了一张画像，他无权这样做，教授也无权这样做，其他任何人都无权这样做，因为他们的想象不适合哈利，哈利根本无法忍受，只能骂骂咧咧地跑开！如果哈利真是个聪明人，那他充其量也只会对画家和教授的做法付之一笑；如果他真是个狂人，他就会干净利落地将他们喜欢的这个歌德直接砸到他们的脸上去。然而，由于他事实上只是个小男孩，所以他才打算赶紧跑回家去，上吊自杀。我十分理解你所讲的故事，哈利，这确实是个有趣的故事，简直让我止不住笑。停下来！不要喝这么快！勃艮第应该慢慢地喝，否则会让你体内变得太热。无论什么事情，都必须提前告诉你一声——告诉你相关的一切，否则你就不懂。小男孩嘛，就是这样的。”

她此刻的目光是严厉的、带有训诫性的，就跟一位六十岁家庭教师的目光一样。

“噢，确实如此，”我心满意足地乞求她道，“只求您告诉我一切。”

“既然如此，我应该告诉你什么才好呢？”

“您想要告诉我的任何东西，什么都好。”

“好吧，那么我就告诉你一件事：整整一个小时以来，你一直听到我称呼你为‘你’，而你却仍然对我说‘您’。总是拉丁语对希腊语，总是尽可能地复杂化！要知道，当一个女孩愿意对你说‘你’的时候，如果你本身也不嫌弃她，那你就应该也对她说‘你’，而不是‘您’。好了，现在你已经学到一点儿东西了。第二件事：你的名字是哈利，我在半个小时之前就已经知道了。我之所以会知道，是因为我当时就问过你。可你却完全不想知道我的名字。”

“噢，不是这样的，我非常想知道您的名字。”

“这次问得太晚了。小家伙！当我们下次见面时，你可以再问。我今天是不会告诉你的。因为现在——我想要跳舞了。”

当她做出即将起身的动作时，我的情绪突然低落了下来。我开始感到害怕，害怕她会离开，只留下我一个人，然后一切又回到之前的样子。此情此景，就仿佛暂时消失的牙痛突然折返回来，那痛楚如火焰般燃烧似的。所以，就在这一瞬间，恐惧和恐怖又都回来了。老天爷，可行行好吧，难道不能让我彻底忘记等待着我的将会是什么吗？经历了这一切之后，我的糟糕状况难道还能有什么转机吗？

“等等啊，”我的喊声近乎哀求，“您可别——你可别走啊！[1]你当然可以尽情跳舞，但请不要离开太久，记得回来，一定要回来！”

1 此处为哈利·哈勒在对话中去掉敬语“您”的转折点。

她一边笑着，一边站了起来。在我的想象中，我曾经以为她站起来后会更高些，但事实是她很苗条，但并不高。站起来之后的她，再次令我想起了某个人——想起的是谁呢？这个问题一时之间是不可能找得到答案的。

“你还会回来吗？”

“我会回来的，但恐怕需要一段时间，半小时，甚至一整个小时。我告诉你：闭上眼睛，睡上一觉，这就是你眼下最需要的。”

我给她腾出了空间，她离开了；那条舞会小礼服的裙摆拂过了我的膝盖，她一边走，一边看着一面圆圆的袖珍化妆镜，扬了扬眉毛，用一只小粉扑擦了擦下巴，旋即消失在舞厅里。我环顾四周：陌生的面孔、抽烟的男人、大理石桌上洒落的啤酒，四面八方充斥着喊叫声和尖啸声，隔壁回荡着舞曲声。我应该睡觉，她是这样说的。哎呀呀，好孩子，你知道我的睡眠状况，瞌睡来得可比黄鼠狼还要害羞。在这个集市般嘈杂的地方睡觉，坐在人来人往的餐桌旁边、碰个不停的啤酒杯之间，怎么可能睡得着觉呢？我抿了口酒，从口袋里掏出一支雪茄烟，开始四处寻找火柴，但我又细想了一下，发现自己眼下其实并不太想吸烟，于是，我便将雪茄烟放到了面前的桌面上。“闭上你的眼睛吧。”她对我说道。天知道这女孩的声音是从哪里传过来的，听起来略有些低沉，非常迷人的嗓音，母亲般的声音。服从这个声音的命令是件顶好的事情，我之前已经体会过了。因此，我顺从地闭上双眼，将脑袋靠在墙上，任凭周围一百种巨响在我耳边轰鸣，对试图在这个地方睡上一觉的想法一笑置之。这时候，我突然做了个决定，打算到后厅门口去，看一眼舞厅里面是什么情况——我那位美丽女孩，她正在舞厅里跳舞呢，我必须瞧瞧她跳舞时的模样——想着想着，我下意识地动了动椅子下面的双脚，这才发现自己原来已经迈不开步了。在外面连续徘徊游荡了好几个小时，是多么疲劳啊，简直累得要命。如此这般，我只好暂且搁置去舞厅看看的打算，闭起眼睛，继续坐在那里。转眼之间，我已经在座位上睡着了——忠于母亲的命令，贪婪又感激地睡着了，还做了梦，做了一个跟我曾经做过的所有美梦相比起来都更显清晰、更加美好的长梦。我梦见的内容记录如下：

我坐在一间老式前厅里，似乎正在等人。起初，我只知道自己是要约见一位阁下[1]，后来我才想起来，是冯·歌德先生即将过来接见我了。不幸的是，我并不完全是作为一名普通公民前来拜访的，我的身份是某家杂志社的特派记者，身上还肩负着任务。眼下就是这样的一种状况，这种状况令我感到极度不安，我不明白是哪个魔鬼要害我，竟然让我陷入了如此境地。除此之外，我还在为之前看到的一只蝎子担惊受怕——就在刚才，这只不知从哪里冒出来的蝎子还试图爬到我的大腿上来呢。我激烈地反抗，拼命摇晃双腿，想将那只黑色小爬虫抖落下去，不让它的意图得逞。没承想，转眼之间，它就不见了。现在我根本不知道它藏在哪里，也不敢随便将手伸到任何地方。

而且，我也不太确定自己是不是不小心约见了马提松[2]，而不是歌德。不过，在那个梦中，我的认知本身就出现了偏差，梦中的我

1 此处原文为Exzellenz，是对德奥官僚体系高级官员的统一尊称。

2 马提松（1761—1831），德国诗人、学者、作曲家，当时最知名的富家子弟，社会名流之一，与包括贝多芬、歌德等在内的文艺界人士过从甚密。

认为的马提松，实际上是毕尔格[1]，因为我在梦中坚持认为那首给莫利[2]的诗是他写的。顺带一提，如果能跟莫利见个面就好了，那对我而言是最理想的；在我的想象中，她是一位美丽、温婉、有音乐才华、落落大方的女性。唉，如果我可以不必去代表那个可恶的编辑部，完全以自己的个人身份坐在这里就好了！我越想越气，对此事的不满逐渐发展壮大，乃至逐渐蔓延到了歌德的身上——我的心中突然对他产生了各种各样的疑虑和指责。这本来会是一次很好的正式会面，怎么会搞成这样！可是，事情似乎又有点儿蹊跷……那只蝎子，虽然它看似很危险，而且恐怕就藏匿在我的身边，但它或许并没有想象中那么糟糕；我朦朦胧胧地意识到，那只蝎子可能是某些亲切友好事物的化身，它很可能跟莫利有关，可能是她的一位信使，或者是专属于她的纹章动物：一种美丽而危险的纹章动物，代表着女性，代表了罪恶。等等，这只小动物的名字，莫不是叫作乌尔普尤斯[3]？我本来还打算细究一下，可就在这时，有位仆人过来拉开了门，我便起身走了进去。

老歌德站在那里，身材颇矮小，腰杆却挺得笔直，而且，他这位文豪的胸膛上，果然挂着一枚厚厚的星型雄鹰勋章[4]。他似乎仍居于统治地位，仍然在接待宾客，仍旧待在他那座魏玛博物馆里控制

1 毕尔格（1747—1794），德国文学家、诗人，歌德的好友之一。贝多芬以毕尔格的七小节诗歌《莫利的告别》（*Molly's Abschied*）创作了同名艺术歌曲，故有文中所说。

2 《莫利的告别》中的叙事主体，是一位女性。这首诗的全部内容，就是以莫利的第一人称视角向自己挚爱的男人告别。诗中并没有对莫利的外表进行任何描绘，莫利的形象全凭读者想象来定义，故有文中所说。

3 指歌德的爱人克里斯蒂安娜·乌尔普尤斯。歌德从意大利旅行归来之后就开始跟乌尔普尤斯非法同居，她比歌德小17岁。此处其实是接着前句说的，以此揶揄歌德。

4 德意志的传统勋章之一，呈八角星形，内有德意志雄鹰的图样。

着全世界。因为他才刚看到我，就像一只老乌鸦那样猛地冲我直点头，郑重其事地向我宣布："甚妙，你们这帮年轻人。你们对于我们这一辈，对我们的努力想必并不怎么认同。"

"完全正确。"我回应道，同时也被他那宫廷大臣式的眼神给吓了一跳，"我们这帮年轻人确实不认同您这位老人家。实话实说，阁下，您对我们而言实在太过庄重、太过严肃了。与此同时，您又对外表现出爱慕虚荣、极为浮夸的模样，不够真诚——这应该是最主要的原因：不够真诚。"

小老头将他那颗威严的头颅往前移了一点儿，原本坚硬如鸟喙的、抿得紧紧的嘴唇稍微放松了些，露出一丝笑容，整个人变得亲切起来。这时候，我的心脏突然开始狂跳，因为我忽而想起了《暮色》[1]这首古诗——这首绝妙古诗的文字，正是出自眼前这个男人、出自眼前这张嘴。实际上，在想起《暮色》的那一刻，我的内心已经完全失去了防备，变得不知所措，情愿马上在这位文豪面前跪下，彻底臣服于他。但我的身体依旧保持着僵硬的站立姿势。随后，我从他微笑的嘴里听到了这样的一句话："唉，也就是说，您专程过来指责我不够真诚？这算什么意思？您难道不打算进一步解释一下吗？"

我很想，非常想。

"冯·歌德先生，您就跟其他所有伟大的思想家一样，清楚地认识并感受到了人类生活的可疑及无望：当下的辉煌与荣耀，如同昙花一现，转眼之间便会凋败枯萎。除了对庸常的生活加以禁锢、

1 歌德一组短诗当中的一首，也是他最著名的诗歌作品之一。《暮色》一名取自郭沫若译法，德语原题按郭沫若1920年的译文对应为"暮色自空垂"。

致力于追求精神上的美好之外，不可能再通过其他任何方式来交换对至真至美新境界的体悟。[1]在您眼中看来，人类个体对精神领域的强烈渴望，以及对自然界未开化的纯真所报以的同样强烈、同样神圣的爱意，这两种情感之间永远都在进行着你死我活的拉锯战[2]。上述这一切，统统呈现出一种可怖的态势，徘徊在无尽的空虚与不确定性之间。这种对稍纵即逝的谴责，对永远不可能完满的批判，对自我重复和一知半解的嘲讽——总而言之，作为人类必须面对的各种迷茫无措、各种不切实际、各种如熊熊火焰般燃烧着的绝望。您是知道这一切的，而且您长久以来也一直将之奉为圭臬。可是，与此同时，您却用自己的整个生命来宣扬截然相反的一套东西！您传达了信仰和乐观，您口口声声告诉大家，说改造我们精神世界的努力是有意义的，是能够在有生之年顺利完成的——这完全就是在自欺欺人！您拒绝并压制了对追求更高境界行为的拥护，拒绝并压制了绝望的真理之声，不仅对您自己是如此，对克莱斯特[3]和贝多芬[4]也是如此。几十年来，您一直假装积累知识，收藏各种珍贵文物，书写并搜集大量信笺，仿佛您整个魏玛时期的存在，实际上是在走一条足以令时光不朽的崇高之路，可惜您只是在将一切制作成木乃

1 此处实际上是针对歌德名著《浮士德》所说的。

2 此处较隐晦地对应了荒原狼身上的人性和狼性。

3 海因里希·冯·克莱斯特（1777—1811），德国剧作家，小说家，现实主义诗人。克莱斯特一生落魄，生前作品从未受到过赏识，因此深感痛苦，最终自杀辞世。歌德不喜欢他的作品风格，不愿提携他，还处处压制他，甚至其代表作《破瓮记》在魏玛上演后都惨遭失败，故有文中所说。

4 歌德不接受贝多芬的音乐，对贝多芬其人及其音乐采取了冷淡和保留的态度。贝多芬晚年处于贫病交加的状况时，曾写信向歌德求助，希望歌德能够推荐魏玛公爵出资购买他的巨作《庄严弥撒》以改善经济状况，却始终没能等来歌德的回信。

伊；您好像能够将自然引入精神世界里，可您其实只能将自然塑造成一副假面具。这就是我们所说的不够真诚，也是我们指责您的原因所在。”

这位年老的枢密顾问[1]若有所思地注视着我的眼睛，听完这样的一番话之后，他的嘴角仍然带着一抹微笑。

然后，令我颇感吃惊的是，他突然开口问道：“既然如此，莫扎特的《魔笛》[2]想必也很不受您待见了？”

我还没来得及提出反对意见，他又接着说道：“《魔笛》将人生呈现为一部美妙的歌剧，它赞美我们的感情，仿佛它是什么永恒而神圣的东西似的，可这些感情毕竟还是短暂的，大家都很清楚。所以，《魔笛》既不认同冯·克莱斯特先生所持的观点，也不认同贝多芬先生所持的观点，它就是在宣扬乐观主义，宣扬现世信仰。”

“我明白的，我明白！”我愤怒地叫嚷道，“天知道您刚刚是怎么想到要拿《魔笛》来举例的，这可是我在这个世界上最喜欢的东西啊！可是，莫扎特并没有活到82岁，也没有像您那样，在个人生活中对持久、守序、死板的尊严提出过这许多要求！他没有把自己搞得那么高高在上！他高唱着自己创作出来的神圣旋律，一辈子穷困潦倒，早早地就去世了，可怜可叹，没有人理解他……”

我简直快要喘不上气来了。此刻心中千言万语，真恨不得用十个词就全部说尽。说着说着，我的额头上开始冒汗了。

但歌德却气定神闲、彬彬有礼地回应道：“看起来，我活到了

---

1 歌德自1776年起正式担任魏玛公国的枢密顾问。

2 莫扎特所创作的最后一部歌剧，完成于他生命中最后一年。

82岁，在您眼中终究是件不可原谅的事情啊。不过，我从长寿中所获得的乐趣，其实远比您想象得要少。您是对的：对永生的巨大渴望一直占据着我的内心，我一直惧怕死亡，一直在同死亡做斗争。我相信，这种跟死亡展开的较量，这种无条件的、顽强的生存意志，恰恰是所有杰出人物行事与生活的动力所在。另一方面，我的年轻朋友啊，一个人最终还是得面对死亡。关于这一点，我在82岁的时候就已经用最简洁的方式证明过了；假设我在学生时代就意外夭折，也一样可以证明。如果您允许我多说两句，让我有机会为自己的长寿开脱的话，那么，我想说的是：我的天性中包含了太多的孩子气、太多的好奇心和玩心，同时还有很多需要大量消耗时间的欲望。因此，我不得不花费比较长的年月，才能真正意识到，孩童般的游戏终究也有玩够了的一天。”

讲出这番话的同时，他的脸上露出了如狐狸般狡猾的笑容。不，与其说是狡猾的笑容，倒不如认为是调皮捣蛋孩子的讥笑。转眼之间，他的身材变高了，脸上僵硬的姿势和紧绷的尊严都消失了，四面八方开始奏响嘹亮的旋律，各种各样的旋律萦绕在我的周围，全部都是歌德作词的艺术歌曲。我清楚地辨认出了莫扎特作曲的《紫罗兰》[1]和舒伯特作曲的《对月吟》[2]。歌德现在已经完全变回了年轻人，精神焕发，脸色红润。他大笑出声，笑起来时的模样一会儿像莫扎特，一会儿又像舒伯特，就像是他们俩的亲兄弟一

1 莫扎特最重要的艺术歌曲之一，创作于1786年。

2 原文为*Füllest wieder Busch und Tal*，歌德最著名的诗歌作品之一，该诗又名*An den Mond*，中文译名较多，此处题目取梁宗岱译法。舒伯特、龙贝尔克等作曲家都曾为该诗谱曲，其中以舒伯特的版本最为知名。

样。此刻，他胸前佩戴的那颗星星也变了——变成完全由五彩缤纷的野花彼此交缠而成，正中心位置是一朵黄色的报春花，正在欢快而大胆地绽放着。

老人想用这种开玩笑的方式来回避我所提出的问题与责难，我觉得他的这种行为多少有些不体面，便用求全责备的眼神瞪他。老人见状，身体马上往前一倾，将自己那对几乎已经变得跟小孩子无异的柔嫩嘴唇凑近我的耳朵，在我耳边轻声说道："年轻小伙子啊，你[1]未免把老歌德看得太重了。实际上，你根本不必对已经去世的老人家如此计较，如果你硬要去计较，对他们其实是不公平的。我们这些不朽者并不喜欢面对那些太过认真的人，我们喜欢开玩笑。年轻小伙子啊，所谓的认真，归根结底还是一个与时间相关的议题。我要向你透露一个秘密：有些人之所以会如此认真、如此计较，其实是由于他们太过高估了时间的价值。我也曾经大大高估了时间的价值；这正是我当初想要活到一百岁的原因。然而，当你身处永恒之中时，你就会发现，时间根本无足轻重；永恒只是一个瞬间，只够开一个玩笑。"

实话实说，现在也确实没办法再跟眼前这个男人进行什么严肃的对话了；此刻，他正以一种欢快而灵活的方式在我眼前上蹿下跳，胸前那朵报春花时而像火箭一样自那颗星星的正中心飞出，时而变得很小，乃至消失不见。虽然他的舞步和身姿确实令人眼前一亮，但我心中无可避免地冒出来的念头却是至少这个人没有错过学习跳舞的机会。不过，他的舞跳得可真不错。接下来，我又想

1 变年轻后的歌德没有继续使用敬语。

起了刚刚那只蝎子。不，与其说是想起了蝎子，倒不如说是想起了莫利。于是，我便对歌德喊道："告诉我，莫利她难道不在这里吗？"

听到我的问话，歌德哈哈大笑。他走到自己的书桌前，打开其中一格抽屉，从里面取出一只用皮革和天鹅绒材质制作而成的贵重小盒子，打开它，将它放到我的眼前。盒子正中央，摆在黑色天鹅绒衬布上的，是一条小小的女人的腿：一条相当迷人的腿。这条腿纤巧又精致，一眼看去简直完美无瑕，肌肤白皙剔透，隐隐若有光。它的膝盖部分稍稍弯曲，脚部平滑地向下伸展，前端越来越娇小，逐渐变化成世界上最纤细柔嫩的脚趾。我不由得伸出手去，想要将那条小小的腿给拿起来，因为它实在是太诱人了，我已经彻底被它给迷住了。没承想，当我试图用两根手指捏住它时，这条我一度认为只是件精巧小玩具的腿似乎微微抽动了一下。此刻，我的心中突然生出了某种深深的怀疑，觉得这可能就是之前那只蝎子。歌德似乎早已看透了我的心思，不，甚至还要更进一步——他似乎是故意引导我这样去做的，引导我陷入这种进退两难的处境，不得不面对欲望与恐惧之间反复拉扯的难解矛盾。他将这只诱人的小蝎子摆在我的面前，看着我一边渴望得到它、一边又对它退避三舍的模样，似乎令他感到非常高兴。可是，当他用这诱人又危险的东西逗弄我时，他又迅速地衰老了，一下子就变得老态龙钟，年龄仿佛超过了一千岁，发白如雪。那张枯槁的老脸无声无息地笑了，与此同时，他恐怕正在自己内心深处放声大笑，其间蕴藏着某种深不可测的、老年人独有的幽默。

当我醒来时，已经彻底忘掉了这个梦，后来才重新想起来。我大概睡了一个小时，置身于乐曲声与喧嚣声之间，趴在酒馆的餐桌上——自己竟然会在这样一种环境下睡着，我曾经以为这是绝对不可能发生的事情。醒来之后，亲爱的女孩就站在我的面前，一只手搭在我的肩膀上。

“给我两三个马克，”她说，“我在那边吃了点儿东西。”

我将自己的钱包递给她，她拿着钱包离开了，不过很快又回来了。

“那么，现在我还可以跟你再坐一小会儿，然后我就得走了，我有个约会。”

我被吓了一跳。“跟谁一起？”我急匆匆地问道。

“跟某位先生一起，小哈利。他邀请我去音乐堂酒吧坐坐。”

“噢，我还以为你不会留下我独自一人呢。”

“那你之前就应该邀请我才对。没办法，有人抢在了你的前面。不过，你这样可真是省了不少钱呢。你知道音乐堂吗？午夜之后只供应香槟。真皮扶手椅，黑人乐队，非常高档。”我完全没有考虑过这些。“哎呀呀，”我恳切地请求她道，“还是让我请你去吧！这是理所当然的，我们已经成为朋友。让我请你去你想去的地方，我求你了。”

“你真好。可你瞧瞧现在这情况，一言既出，驷马难追——我刚才既然已经答应了，那就非去不可。你也不要再费心劝我了！来，再喝一口，我们的瓶子里还有酒没喝完呢。喝掉它，然后赶紧回家睡觉。答应我。”

“不要啊，你又不是不知道，我是不能回家的。”

“哎呀，你啊，你那些乱七八糟的故事！你跟歌德之间的那点儿事情还没想明白吗？（顺带一提，就是在这一刻，我重新想起了那个关于歌德的梦。）不过，你要是真不能回家，那就干脆留在这栋屋子里好了，这里有客房的。需要我帮你订一间吗？”

我对她的安排表示满意，然后我问她，在哪里可以再见到她，她住在哪里。她没有告诉我。她让我自己试一下，四处找找看，用心找找，我就能找到她。

“我不能直接请你吃饭吗？”

“你打算请我去哪里呢？”

“只要是你喜欢的地方就好，什么时间都可以。”

“好的，那么——本周二，约在老教士吃晚饭，二楼。再见啦！”

她跟我握手道别，直到这时我才注意到她的手，那只手跟她的声音相当般配，美丽而丰满，伶俐又亲昵。当我像煞有介事地亲吻她的手时，她嘲讽地笑了起来。

在眼看就要离别的最后一刻，她又折返回来，对我说道：“因为你跟歌德的那些事，我突然想起来，还得告诉你其他一些东西。你瞧，就跟先前你在歌德身上发生的小意外类似——你无法忍受他的画像——我在圣徒们身上，偶尔也会发生这种小意外。”

“圣徒们？你这么虔诚的吗？”

“不，我并不虔诚，唉，我曾经虔诚过，以后也还是会以做一个虔诚的人为目标。但现在可没时间虔诚。”

“没时间虔诚？虔诚还需要有时间才能办得到？”

“噢，那是自然，要做到虔诚，你必须得有时间。实际上，相比较于时间，你更需要的反而是：独立于时间之外！因为你不可能在下大力气虔诚的同时也活在现实世界里，不可能虔诚地对待时间、金钱、音乐堂酒吧和类似这些的一切。”

“这我明白。可是，你所说的圣徒们，又是什么情况？”

“是这样，有一些圣徒我特别喜欢：比如斯特凡[1]、圣弗朗兹[2]，还有其他几位。可是，现在我有时看到他们的画像，包括救世主耶稣和圣母玛利亚的画像，看到这些骗人的、假造的、愚蠢的画像时，我都觉得无法忍受，就像你无法忍受歌德的画像一样。每当我看到像这样一位造型讨喜却又愚蠢透顶的救世主或者圣弗朗兹，每当我看到别人觉得这些画片很美、很有教益，我就觉得这简直就是对真正救世主的侮辱，不仅如此，我甚至还觉得：噢，如果像这样一张愚蠢的、以他为主角的画像就足以让世人们满意，那他当初究竟是为了什么，才会选择去过像那样的一种生活？究竟是为了谁，才会去经受如此可怕的苦难呢？这一切真的值得吗？不过，即便如此，我也依旧心知肚明——哪怕是我自己心中已经存在着的那个救世主或者弗朗兹，也不过是一幅画像罢了，并不会更接近他们真正的原始形象一些；哪怕是我自己心中的救世主形象，在救世主本人的眼中看来，其实也就跟那些讨喜的后世画像一样，是愚蠢且先天不足的，并没有什么区别。我之所以告诉你这些，并不是为了证明你对歌德画像的愤怒是正确的，恰恰相反，你错了。我说这些只是为了让你知道，我可以理解你。你们这些学者和艺术家的脑

1 即圣斯德望，《圣经》记述中耶稣升天后第一位为了耶稣的名而殉难的人，是一名犹太人。

2 即圣方济各，天主教方济各会和方济各女修会的创始人，他是动物、商人、天主教教会运动及自然环境的主保圣人。此处列出的圣徒名字在德奥可谓妇孺皆知，列名也不讲究，确有印证前文中“当下不虔诚”的说法。

子里面，充斥着各种花里胡哨的玩意儿，但你们其实也跟其他人一样，都是些普普通通的人。作为普通人，我们的脑子里面，自然也有我们所有普通人共有的白日梦和小把戏。博学的先生，我刚才已经注意到，对于应该如何给我讲清楚你那个关于歌德的小故事这件事，你其实是很花费了一番工夫的，甚至因此表现得有点儿尴尬，因为你必须努力使自己理想中的东西能够被眼前这个普普通通的女孩理解清楚。好吧，我现在想告诉你：你根本不需要付出这样的努力。你那些想法，我早已理解清楚了。那么，今天就这样吧！此时此刻，床才是你最好的归宿。”

她走了，一名老仆人领着我往上走了两层楼，更确切地说，他先是问我有没有行李，当他听说我没有任何行李时，便直接提出了付款要求，于是，我不得不提前支付他口中所谓的“过夜费”。付完钱之后，他领着我走过一长段古老、阴森的楼梯，进到一个小房间里，然后便离开了，让我一个人待在那儿。房间里有一张简陋的木板床，床身非常短，床板也特别硬，墙上挂着一柄军刀、一幅加里波第[1]的彩色画像，还有一只俱乐部聚会时用的花环，早已枯萎了。只是为了找个地方睡觉而已，我付出的恐怕也太多了点儿。不过，至少这里还有水和小毛巾，我总算可以简单洗漱一番，和衣躺在床上，让灯一直亮着。如此一来，就有时间稍微思考一下自己目前的状况了：也就是说，我跟歌德之间眼下已冰释前嫌。他在梦中跟我见了面，可真是太棒了！还有这样一位出类拔萃的女孩——要是我知道她的名字就好了。突然之间，我的生活中就出现了这样

1 朱塞佩·加里波第（1807—1882），意大利国家独立和统一运动的杰出领袖，军事家。

的一个人，一个活生生的人，打破了我专门用来隔开外界的、死气沉沉的玻璃罩，向我伸出了她的手，一只善良的、美丽的、温暖的手！突然之间，我已不再与世隔绝，一些与我有关联的事情又出现了，我可以带着喜悦与忧虑、带着兴奋去进行一番思考了！突然之间，有一扇门打开了，真实的生活通过这扇门向我走来。我或许可以重新开启一段新的生活，我或许可以再次成为一个人。在此之前，我的灵魂一度在严寒中沉睡，几乎快要被冻僵了，可它现在又开始了呼吸，弱小的翅膀困倦地扇动了起来。歌德与我同在。有个女孩命令我吃、喝、睡，向我示好，嘲笑我，称我为愚蠢的小男孩。她啊，这位出类拔萃的女性朋友，她还告诉了我关于圣徒的一些事情，以此来告诫我、提醒我，说哪怕我做出最乖张的反常行为，我也并不孤单，并没有被所有人误解，并非一个病态的例外，并没有被排除在所有人之外——恰恰相反，我也是有同道之人的，我也是可以被理解的。那么，我以后还会再见到她吗？是的，当然会，她很守约，毕竟“一言既出，驷马难追”。

想着想着，我又睡着了，睡了有四五个小时。我醒来的时候已经十点了，身上穿着皱巴巴的衣服，浑身是伤，疲惫不堪，脑子里依稀还记得昨天发生的一些可怕事情。但是——我还活着，头脑清醒，充满希望，有许多美好的想法。当我终于回到自己租住的公寓时，也不再有昨天回家时的那种恐怖感觉了，一切似乎都已烟消云散了。

走在楼梯上时，我遇到了“姑妈”，即我的房东，我很少能碰见她，但我非常喜欢她亲切友好的性格。不过，这次偶遇对我而言却不怎么愉快，因为我此刻看起来多少显得有些衣衫褴褛、昏昏欲睡，既没有梳头，也没有刮胡子。我跟她随便打了个招呼，想直接走过去。她通常都会尊重我想独自待着、不被任何人注意到的意愿，可是今天，将我隔绝在周遭世界之外的那层帷幕似乎撕开了一道口子，原本挡在我面前的屏障已经轰然倒下——只见她对我笑了笑，停下了脚步。

“您恐怕一直在外面游荡吧，哈勒先生，您昨晚根本就没上床睡觉。这样会累坏的！”

“是的，”我也不得不附和着笑道，“昨晚有点儿热闹，因为不想打扰到您家中平日里的生活方式，所以我干脆睡在了一间旅馆里。我非常尊重你们家中的安宁与体面，有时我觉得自己住在里面，很像是一个异类。”

“别嘲笑我们了，哈勒先生！”

“哪里，我只是在自嘲。”

“这恰恰是你不应该做的事情。我可不希望您在我的房子里感觉自己像一个‘异类’。在这里，您应该随心所欲地生活，做您喜欢做的任何事情。我这里曾经居住过许多非常、非常值得敬重的房客，他们在世间所有值得敬重的人当中，也是堪比珍贵珠宝一般的存在，但就算在这些人当中，也没有人比您更安静、更少打扰到我们了。所以，现在——你想要喝杯茶吗？”

我没有反对。于是，在她那间挂有漂亮家族照片、摆放着家族代代传下来家具的沙龙式会客厅里，我接受了招待，喝上了茶水。我们很轻松地聊了一会儿，闲聊过程中，这位亲切友好的女士并没有特意询问些什么，反而是以一种轻描淡写、旁敲侧击的方式，试图了解我的生活跟我的想法；当我说话的时候，她就以聪慧女性对待男人怪癖时所特有的尊重，以及母亲般的不严肃态度安静聆听着。我们还聊到了她的侄子，在客厅隔壁的一个房间里，她向我展示了他业余时间钻研的最新项目：一台无线电收音机。勤奋的年轻人晚上就坐在这里，捣鼓像这样的一台机器，被“无线”的想法给迷住了，虔诚地跪拜在技术之神面前。这位技术之神，他终于在几千年过后，设法发现并以最不完美的方式呈现出了几千年前每个思想家一直都知道并且更明智地使用过的东西。我们之所以会聊起这个话题，是因为姑妈这个人整体上还是比较虔诚的，涉及宗教的谈话从来都不会令她反感。我告诉她：各种各样的力与相应的表现形式，它们本身就是无所不在的，这一事实早就为古代印度人所熟知了，现代科技只是通过为声波建造一个有针对性的接收器和发射器的方式，使这一事实的一小部分能够被人们普遍认识到而已，更何况这一技术目前还相当简陋，其粗糙程度简直令人发指。这些古老知识的要点，即时间的不真实性，尚且没有被科学注意到，但最终它也会被“发现”，勤奋的工程师们将会掌握它。或许人们很快就会发现，不仅当前的、即时的图像和事件可以接连不断地聚集到我们周围，在我们身边同步发生——就好比如今在法兰克福或苏黎世可以直接听到来自巴黎和柏林的音乐一样——甚至连曾经发生过的一切，都可以凭借完全相同的方式记录下来，并且还能随时呈现出来。有朝一日，我们甚至有可能亲耳听见所罗门王[1]和瓦尔特·封·德·弗格尔瓦伊德[2]的讲话，不管有没有电线，不管有没有

1 所罗门王（约前996—约前931），犹太民族历史上最伟大的君王，也是世界上最传奇的君王之一，被誉为“智慧之王”。

2 瓦尔特·封·德·弗格尔瓦伊德（约1170—约1230），德国文学史上最伟大的抒情诗人之一，代表作有《菩提树下》等。

那些干扰人们安静聆听的背景噪声。而这一切，就像今天刚刚开始发展壮大起来的无线电广播一样，实际上只会让人们逃离自身、逃离自己所设定的目标，用越来越频繁的消遣和百无一用的空忙编织而成的密网层层缠住自己，完全无法脱身。不过这一次，当我讲出上述这些自己很熟悉的内容时，并没有使用通常谈这些话题时的语气，没有对时间与科技进行痛斥，没有显露出蔑视的态度；恰恰相反，我是以开玩笑的口吻来讲的，随随便便，没有太认真，姑妈笑了，我们一起坐了大概有一个小时，喝了茶，彼此都很满意。

在此之前，我邀请了在黑鹰认识的那个漂亮、引人注目的女孩在星期二晚上共进晚餐，为了消磨掉这期间漫长的等待时间，我可真是颇费了一番工夫。然后，当星期二终于到来时，我才将自己与这个不知姓名女孩之间关系的重要性彻底想通——我恍然大悟，甚至对此感到害怕。眼下我心里想的全都是她，期待着与她相关的一切，也随时准备牺牲一切，甘愿将自己放在她的脚下，任由她来践踏（可是与此同时，我又丝毫不爱她）。对我而言，她是如此重要，我只要稍微想象一下，比方说她擅自取消了我们之间的约定，又或是单纯忘记了赴约——只要一想到星期二那天恐怕见不到她了，我马上就能够将我到时候的下场看个一清二楚：世界又会变得空虚，日子一天天过去，前一天跟后一天之间几无差别，都是一样的灰暗，没有任何价值可言。在我周围又会出现可怕的沉默与麻木，这可怕的沉默与麻木将彻底笼罩一切，除了那柄剃刀之外，再没有其他出口，可以供我逃离这个沉默的地狱。不过，在这几天时间里，剃刀对我而言也并没有变得比以往更亲近些，它并没有失去任何令我感到恐怖的能力。这也正是现实的丑陋之处：我对于切开自己喉咙这件事始终都怀有一种深深的、令人心碎的恐惧，我害怕死亡，不断地用狂野、顽强、持续挣扎又持续奋起的力量来反抗着死亡，就仿佛我是世界上最健康的人，就仿佛我的生活宛若天堂似的。我充分地、不带任何感情地认识到了自己眼下所面临的状况，并且也意识到：在无法生存与无法死亡之间那难以忍受的紧张关系，正是这个陌生人——这位来自黑鹰的、漂亮又娇小的舞女对我如此重要的根本原因。她是我的一扇小窗口，是我漆黑无比“恐惧”洞穴中带来光明的小孔穴。她是救赎、是出路。她必将教会我应该继续生存下去还是死亡，她必将用她那坚定而漂亮的玉手触摸我冰冷的内心，使它在生命的触摸下要么开花，要么碎成灰烬。她的这些能力从何而来？她所拥有的魔力从何而来？从她身上冒出来的这种专门针对我的深层意蕴，究竟是出于什么神秘的原因？这一切问题我都不打算细想，因为这些实际上并不重要；我甚至不屑于知道。眼下我对任何知识或见解都不再怀有丝毫兴趣，因为那些恰恰是我被过度灌输了的东西。我非常清楚、非常自觉地意识到了自己的状况，也正因此，我感受到了最尖锐、最轻蔑的折磨与羞辱。我看到这个家伙，这个名为荒原狼的野兽横在我的面前，就像蛛网中的苍蝇一样，眼睁睁看着自己的命运如何飘向裁决的一刻，看着自己如何在网中被缠住而无力反抗，看着那蜘蛛如何准备咬它、一只可以拯救它的大手仿佛近在眼前。自然，我可以大谈特谈那些看似最聪明、最有见地的东西——关于我所经受的痛苦、我的灵魂所罹患的疾病、我自身的迷惑与神经症之间的联系及成因，这些东西彼此之间的作用机制，对我而言简直是一目了然。可是，我们当下需要的却不是知识和理解，这些都不是我的内心迫切渴望的东西，我们需要的是经验、决定、推动和飞跃。

诚然，在那几天的漫长等待中，我从未怀疑过我的这位女性朋友，总是相信她一定会信守承诺，但是，在等待的最后一天里，我的情绪开始变得躁动难安，对于自己明天是否真能见到她这个问题，也开始变得不确定起来；在我的一生当中，还从未如此焦急地等待着度过类似这样的一个夜晚呢。尽管紧张和不耐烦的情绪早已到了无以复加的地步，令我几乎无法继续忍耐下去，可是与此同时，却也为我带来了一种奇妙的愉悦感。这种奇妙的愉悦感对于我这个长期以来一无所求、一无所盼的失意者而言，真是既新奇又美好，我对此的一系列反应甚至到了常人难以想象的程度——整天整天地来回奔走、忙碌无休，心中充满了不安和焦虑，以及热切的期盼；提前很长时间就开始设想约会的整个流程，两人之间的对话都聊了些什么，晚上将会发生什么意想不到的事情；我特地为这次约会刮胡子、选服装（在这一点上尤其重视，换了新衬衫、新领带、新鞋子）……总之，这一切真是妙不可言。这位聪明又神秘的娇小女子究竟是什么样的人？究竟为什么能够以这样或那样的方式同我建立特殊的联系？——问题的答案究竟是什么，对我而言根本无关紧要；她就在那里，奇迹已经发生，我再次找到了像这样的一个人，找到了生活的全新旨趣！重要的是，这种联系仍在延续，我打算将自己完全托付给这股吸引力，全心全意地跟随这颗启示之星。

我总算再次见到她了，这可真是个令人难忘的时刻！此时此刻，我就坐在这间风格老派但很舒适的餐厅里，坐在一张小餐桌旁——这张餐桌是我之前专门打电话预订的，但其实并没有什么必要；她还没有来，我仔细地研究菜单，水杯里放着两支美丽的兰花，这是我专门为这位女性朋友买的。我别无选择，在餐厅里等了她很长一段时间，但这时我心中已经有了预感，预感到她肯定会来，所以情绪上已经不再亢奋了，反而很是笃定。现在她来了，在餐厅门口的衣帽架前停下，向我打了个招呼，只见她浅灰色的眼眸里流露出专注的、略有些审慎的目光，似乎仔细打量了我一番。我稍微起了疑心，观察了服务员接待她时的行为方式。没问题，谢天谢地，她跟服务员之间并没有那种彼此之间早已熟识的感觉，也没有刻意表现得很有距离感，他的礼貌恰到好处，简直无可挑剔。然而，他们实际上早就认识对方了，因为她直接叫了他的名字：埃米尔。

当我将两支兰花递给她时，她很开心，笑了起来："你可真好啊，哈利。你想送我一份礼物，不是吗？但是，你不太清楚自己具体应该选什么，你不太清楚自己究竟在多大程度上有权送我一份礼物，如果送了不恰当的礼物，是否会冒犯到我，所以你买了兰花，它们只是花，但却相当昂贵。无论如何，我要谢谢你。但我还是想马上告诉你：我其实并不想收你的礼物。我靠男人生活，但我不想靠你生活。不过……你怎么变成了现在这个样子？我都快要不认识你了。前几天的你，看起来就像刚从绞刑架的绳子上割下来的尸体，而现在你又几乎变回了活人模样。对了，你执行了我下达的命令吗？"

"哪个命令？"

"这么健忘？我的意思是，你现在会跳狐步舞[1]了吗？你曾经告

1 原文为Foxtrott，一种美式双人慢舞。现代狐步舞的发明者为美国黑人哈利·福克斯，时间是1914年，此处的"狐"实际上是"福克斯"这一姓氏的意译。

诉过我，说你最想做的事情就是执行我的命令，你最喜欢的事情就是服从我，你还记得吗？”“噢，是的，就让这誓言长久保持下去吧！我是认真的。”“然而你还是没有学会跳舞？”“哪能这么快就学会跳舞？在短短的几天内就能做到吗？”

“当然啦。你可以在一个小时之内学会狐步舞，波士顿舞[1]可以在两个小时内学会。探戈舞需要更长的时间，但你不需要学探戈舞。”

“怎样都好，现在我必须知道你的名字！”听到这个问题之后，她默默地注视了我一会儿。“你也许能够猜得到我的名字。如果你能猜到的话，我会非常高兴的。那么，现在请你留意一下这里，好好瞧瞧我的脸！你之前难道没有注意到吗？有时候我有一张男孩的脸。比方说现在，看出来了吗？”

没错，当我此刻仔细瞧她的脸时，不得不同意她所讲的话，那确实是一张男孩的脸。我就这样一直注视着那张脸，当我注视了大约一分钟的时候，那张脸突然开始对我讲起话来，令我不由得想起了自己的童年时代，想起了我当时的一个男孩子朋友，他的名字叫赫尔曼。有那么一瞬间，她似乎已经完全变成了赫尔曼本人。

“如果你是个男孩的话，”我惊讶地说道，“你的名字肯定是赫尔曼。”

“谁知道呢，或许我就是赫尔曼本人，现在只是在男扮女装。”她俏皮地回应道。

1 华尔兹舞的一种美式变体，节奏徐缓，舞步悠长。

“那么，你的名字是赫尔敏娜[1]吗？”

她神采奕奕地点了点头，为我正确的猜测感到高兴万分。就在这时，汤来了，我们开始吃东西，她忽而变得很孩子气，情不自禁地笑了起来。在我之所以喜爱她、认为她极度迷人的所有要素当中，最美好也最奇特的一点就是——她可以从最深沉的严肃状态，一下子转变为最肤浅的欢乐状态，反之亦然，而且一点儿都不会改变或者扭曲自身，就像一个在这方面极有天赋的孩子。眼下她有一阵子表现得很欢乐，用狐步舞逗我，甚至直接用脚伸过来戳我，热心地赞美食物，逐一指出我在着装方面做出的种种努力，但对我的外表仍然有着诸多批评，说个没完没了。

在此期间，我找机会问她道：“你是怎么做到的，你突然变了个样子，看起来像个男孩，而且，我竟然真的可以猜到你的名字，这不是很奇怪吗？”

“噢，这一切其实都是由你自己来完成的。你还想不明白吗？这位博学的绅士啊，这就是你喜欢我的原因，也是我对你很重要的原因，因为我就像是你内心的一面镜子，因为我身上有某种东西能够给你一个答案，能够真正理解你。其实，所有的人都应该是这样的镜子，以这样的方式来回应、适应对方。然而，像你这样的怪人，很容易异想天开，很容易迷失在彻底的自我陶醉之中，如此一来，你在别人的眼里当然就看不到任何东西，也读不出任何东西了，你的一切都与他们不再相关。试想想看，像这样的一个怪人，突然又发现了一张能够真正读懂他的脸，在这张脸上，他感受到了

1 “赫尔敏娜”这个德文名字是男性名字“赫尔曼”的女性化对应。值得注意的是，作者黑塞本人的名字就是“赫尔曼”。

类似回应、类似羁绊的某些东西，没错，在这种情况下，他的心中自然就会升起一份由衷的喜悦。”

“你真是什么都知道啊，赫尔敏娜，”我不由得惊奇地感叹道，“就跟你说的一样。可你这个人却跟我完全不同！你简直就是我的对立面，你拥有我所缺少的一切。”

“在你眼中确实是这样的，”她冷冷地回应道，“这很好。”

此刻，她的脸上突然阴云密布。那是严肃的乌云，那张脸在我眼中简直像是一面魔镜；转眼之间，一整张脸就只剩下了严肃，只显露出悲戚的神色；那双眼眸，就仿佛面具上空荡荡的两只眼孔一般，注视着它们，就像注视着无底洞。此刻，她很不情愿地、用很慢的速度一字一顿地说道：

“你啊，别忘了你曾经对我讲过的话！你让我命令你，你说，如果能够服从我的所有命令，那将会是一件很值得高兴的事情。不要忘记这一点！务必要认清现实，小哈利：你对我的感觉，就跟我对你的感觉一样。你觉得我的脸给了你一个答案，你觉得我身上有什么东西正在向你走来，很合你的心意，得到了你的信任——我对你也是如此。还记得那一天，当我看到你走进黑鹰时，你疲惫不堪，魂不守舍，几乎不再存在于这个世界上，我立刻感觉到：他将臣服于我，他渴望我命令他！我很清楚，这就是我应该担负的责任，我也真的这样去做了。这就是我主动找你聊天的原因，也是我们成为朋友的原因。”

她的这番话说得如此严肃，摄人心魄的压力是如此之大，以至于我没办法很好地理解她想要表达的意思。于是，我只好试着分散她的注意力，希望借此能够让她平静下来。哪里知道，她只是扬了扬眉毛，就让我的小算盘落空了。此刻，她正用不容置疑的眼神盯着我，声音冰冷，继续说了下去：“小家伙，你必须遵守自己的诺言，我清楚地告诉你，你必须那样做，否则你就会后悔。你将收到我给出的许多命令，你将会无条件地服从它们。漂漂亮亮的命令、令人愉快的命令，服从它们，对你而言将会是一种享受。到了最后，你还要服从我最后的命令，哈利。”

“我会的，”我将信将疑地回应道，“所以说，你给我的最后命令会是什么？”虽然问了这么一句，但其实这个问题的答案我已经猜到了，天知道为什么。

她的身体不停颤抖，就像站在一场轻盈剔透的霜雨之中，过了好一会儿，才从沉浸状态中慢慢苏醒过来。她的目光一刻都不愿从我身上挪开，看着看着，她的脸色忽然一沉，似乎变得比刚才更忧郁了。

“我如果选择不告诉你，无疑是明智之举，但我显然不打算成为明智之人，哈利，至少这次不行。这一次，我想要些完全不同的东西。注意点儿，认真听！你会听到它的，之后又会忘记它，会为它笑，也会为它哭。注意点儿，小家伙！我想跟你赌命，想跟你生死相搏，小兄弟，而且，在我们正式开始之前，我要向你公开自己的底牌。”

讲出这样一番话的时候，她的面容是多么美丽，多么超凡脱俗啊。在那双冷静而又明亮的眼眸里，游动着一种知性的感伤；那双眼睛似乎已经遭受了所有可以想象的悲伤，并对它说了声好。那张小嘴说话很困难，仿佛受到了什么阻碍，就像一个人的脸被冰霜冻住时还要勉强说话一样；尽管如此，在那双唇之间，在她的嘴角，那唯一能够灵活自如地运动但又很少被我看到的舌尖，却又流露出与她此刻的表情和声音截然相反的、甜美又俏皮的感官欲望，以及对纵欲的热切渴望。一缕短短的鬈发垂到光滑、平顺的额头上，从那个位置——从那个有鬈发装饰的额角处，不时地流淌出那股男孩子的气息，展现出同时包含阴阳两性的魔力，那气息保持着一起一伏的节律，就像活生生地在呼吸一样。我仔细听着她说话，心中十分害怕，但同时又有些麻木不仁，仿佛整个人只有一半在这里似的。

“你喜欢我，”她继续说了下去，“原因我之前已经告诉过你了。我突破了你孤独的防线，我在地狱之门外面抓住了你，然后又将你给唤醒了。但我想从你那里得到更多，比我给你的还要多得多。我想让你爱上我。不，不要急着反驳我，让我说下去吧！你非常喜欢我，我能感觉得到，你对我很感激，但你并没有爱上我。我想让你爱上我，这是我工作的一部分；我靠让男人爱上我来谋生。不过你要小心了，我之所以这样做，并不是因为我觉得你很有魅力。我并没有爱上你，哈利，就像你此刻也没有爱上我一样。但我却需要你，因为你需要我。你现在急需我的帮助，就是现在——此时此刻，因为你很绝望，需要有人过来推你一把，将你推入水中，让你重获新生。你需要我，让你学会跳舞，学会笑，学会生活。我也需要你，但不是今天，而是以后，同样是为了一件非常重要、非常美好的事情。当你爱上我的时候，我将给你我最后的命令，到时候，你将会服从那个命令，这对你和我都有好处。”

她将玻璃杯里一朵褐紫色的、叶脉呈绿色的兰花稍微拉起来了一点儿，俯下身，将脸凑过去，盯着那朵兰花看了一小会儿。

“过程不会很容易，但你能做到的。你将听从我的命令——你将要杀死我。就是这样。不要追问下去！”

她的眼睛仍旧盯着那朵兰花，陷入了沉默。她紧绷着的脸颊逐渐放松了，整个人逐渐从压力与紧张中解脱出来，仿佛花苞开放似的。这时，她的双唇突然微微一扬，脸上浮现出令人着迷的微笑，但那双眼眸仍旧定格在之前的位置上。又过了一小会儿，她摇了摇长了一头小男孩鬈发的脑袋，喝了一口水，突然又意识到我们正在吃饭，于是便兴高采烈地将心思全部放在了食物上。

我清楚地听到了她一字一顿讲出来的恐怖宣言，甚至在她说出来之前就已经猜到了她所谓的“最后命令”是怎么一回事，所以已经不再会被“你将要杀死我”这样的话语给吓倒。她刚刚讲的每一句话，在我听来都是足以令人信服的，都是命中注定的，所以我便坦然接受了，并没有抗拒它。不过，尽管她讲出这一切时，态度严肃认真得令人毛骨悚然，在我看来却并没有十足的真实性和严肃性。我灵魂的一部分接受了她的这番话，坚定地相信她所讲的每一句话；我灵魂的另一部分仅仅同情地点了点头，并且注意到这样一项事实：即便是眼前这个如此聪明、健康且坚定的赫尔敏娜，也有专属于她的幻想和恍神状态。她的最后一句话才刚讲完，一种认定这番话不真实、不可能实现的氛围已随之产生，笼罩了此处的整个场景。

无论如何，我都无法像赫尔敏娜那样，可以轻松自在地踏在钢丝绳上，在想象与真实的世界之间来回游走。

“也就是说，我有一天会杀了你的，对吗？”我略有些恍惚，大梦初醒似的问道，而她已经又笑了起来，迫不及待地切起鸭肉来。

“当然，”她敷衍地点了点头，“够了，现在是晚餐时间。哈利，帮个忙，再给我分一点儿绿色的沙拉菜！你现在没胃口吗？我觉得吧，你必须好好学习一下对其他人而言完全是自然而然、心安理得的一切，甚至连吃饭的乐趣也包括在内。所以，瞧这儿，小家伙，这是一只鸭腿，当你将鲜艳漂亮的鸭肉从骨头上剥离下来时，面对的就是一场盛宴，这块鸭肉，它一定会令你感到开胃、兴奋和感激，就跟初出茅庐的小情郎帮他爱的女孩脱下外套时的感觉一样。你明白吗？你不觉得吗？你可真是个傻小子。小心点儿，我这就分一块漂亮的小鸭腿给你，你会发现它有多好的。就像这样，张开你的嘴巴！——噢，你可真是个坏家伙！上帝知道，这家伙啊，他居然一直都在窥视这张餐桌周围的其他人，看他们是不是会注意到他，看他们是不是没瞧见他正在咬我手里的叉子！别担心，你这迷途的羔羊，我不会让你当众丢脸的。不过，如果你需要事先得到别人的许可，才能获得自己应有的快乐，那你可就真是个可怜虫了。”

先前发生的一切变得越来越不真实，越来越不可思议。要知道，就在几分钟之前，那双眼眸还曾经那么严肃、那么阴郁地瞪着我呢。噢，在这一点上，赫尔敏娜就像生活本身：永远只有当下的一瞬间，永远无法事先计算。

现在她正式开始吃东西了，鸭腿和沙拉、蛋糕和利口酒都被她认真对待，成了欢乐的来源和评判的对象，成了谈话的主题与幻想的素材。一旦盘子被端走，新的篇章就自动开始了。这个女人，她完全看透了我，她似乎比所有的智者都更了解生活，她立志于做一个小孩子，立志于活在当下，凭着一门独到的技艺，在俗世生活中沉浮起落，如鱼得水。她的这门技艺令我折服，毫无保留地成了她的门徒，这门技艺，无论它是归功于高超的智慧，还是最简单的天真，凡是知道如何像这样活在当下的人，知道如此无拘无束地生活的人，知道如何开心地欣赏沿途的每一朵小野花、每一个微不足道嬉闹时刻的人，都不会被生活所伤害。瞧瞧，眼前这个有着良好食欲的快乐孩子，俏皮又得意地品鉴着美食，谁能想到她同时也是个期冀着死亡赶快来临的妄想狂，一个歇斯底里症患者？要么她就是个步步为营、精于算计的女人，正在有条不紊、冷血无情地将我一步一步变成她的奴隶？这是不可能的。事实绝非如此，她只是全情投入了生活中的每一个瞬间而已，正如她对每一个有趣的想法都持开放态度一样，她也对来自灵魂深处的每一场暴风骤雨持开放态度，哪怕生命因此变得暗无天日，也要让所有真实的情感得到完整的表达。

在我的整个人生当中，今天才只是第二次见到这位赫尔敏娜，可她却知道关于我的一切；在我看来，似乎不可能对她隐瞒什么小秘密。或许她并不能完全理解我的精神生活；比方说，她可能无法理解我与音乐、与歌德、与诺瓦利斯或者波德莱尔[1]之间的关系——可实际上，就连这一点也是非常值得怀疑的，可能这些对她来讲也不是个问题。不过，就算她真的无法理解这些，又有什么关系呢？——我所谓的“精神生活”还剩下些什么？这一切岂不早就一塌糊涂，早就失去了存在意义吗？但是，除此之外，我其他一切最私人的问题和关切的东西，她都能理解——这点我是毫不怀疑

1 夏尔·皮埃尔·波德莱尔（1821—1867），法国现代派诗人、作家，代表作有《恶之花》《巴黎的忧郁》等。

的。很快，我就会跟她谈起荒原狼，谈起那本小册子，谈起那些截至目前只藏在我一个人内心深处的秘密。关于那些秘密，我还从来没有对任何一个人透露过哪怕一个字呢。此刻，我实在按捺不住想要对她倾诉一切的欲望，于是便直接开始说了起来。

“赫尔敏娜，”我开口说道，“就在前几天，我偶然遭遇了一件非常怪异的事情。有个陌生人给了我一本很薄的印刷品，一本很像游园会小册子的玩意儿，里面详细描述了我人生的全部重要经历，以及与我相关的一切。你说，是不是挺奇怪的？”

“这本小册子的名字是什么？”她略有些漫不经心地问道。

“名字是《荒原狼研究》。”

“噢，荒原狼，他是很了不起的！所以荒原狼就是你？荒原狼难道就是你这样的家伙吗？”

“是的，是我。我就是这样的一个家伙，一半是人，一半是狼——或许这只是我幻想出来的也说不定。”

她没有回应我。眼下，她正用一种试图探索真相的目光注视着我的眼睛，然后，那目光又挪动到了我的手上。刹那间，她的神情变了，她的脸上又浮现出了之前那种深沉的严肃和忧郁的激情。此刻，我恐怕已经猜到了她脑中的想法，即我是否有足够的狼性，能够执行她的“最后命令”。

“显而易见，这一切都是你幻想出来的，”她又开口了，并且转眼就恢复了开心的模样，“或者换一种说法，如果你喜欢的话——是一种诗意的产物。但其中到底还是有一些真实存在的。今天你确实不是狼，但是，那一天，当你走进那间酒馆的时候，整个人就像是从月亮上掉下来的一样，那时的你，确实就是如你所言的这样一头野兽，这也正是我喜欢你的地方。”

说到这里，她似乎突然产生了一点儿什么灵感，话说一半就停了下来，然后又以一种颇有些讶异的语气，推翻了自己刚说出口的话：“像是‘野兽’或者‘掠食者’这样的词，听起来未免也太愚蠢了点儿。我们不应该像这样谈论动物。的确，它们往往都很可怕，但它们却远比人类正直。”

“什么是你所谓的‘正直’？你想表达什么意思？”

“这么说吧，你仔细想想自己经常看到的那些小动物：一只猫、一条狗、一只鸟——甚至不止小动物，想想动物园里那些美丽的大动物，美洲狮，或者长颈鹿！你得到的必然是这样一种印象，即它们都很怡然自得，没有任何一只动物感到难以自处，没有任何一只动物不知道应该怎样做自己、不知道应该如何表现出它们这一种群的特征。它们完全不打算奉迎你，也不打算通过任何方式来吸引你的注意，没有任何逢场作戏的成分，它们就是它们，就像石头和花朵，就像天上的星星。你明白吗？”

我明白的。

“大多数时候，动物是悲伤的，”她继续说了下去，“然而，当一个人悲伤时，却并不是因为他犯了牙痛，或者丢了钱财，而是由于机缘巧合，他在某个特定的时间点，忽而察觉到了万事万物运转的真相，察觉到了人生的真谛。在这种时候，他就很是悲伤，在这种时候，他看起来多少有点儿像是一只动物——虽然很悲伤，但却比平时更正直、更美丽。这就是事情的真相，这就是你的模样，荒原狼，当我第一次见到你的时候，你就是这样的。”

“那么，赫尔敏娜，你对那本描述我的小册子有什么看法？”

“噢，你知道的，我并不总是那么热爱思考。所以，我们将在其他时间再来讨论这个问题。你可以找个时间，将那本小册子交给我，我来试着读读看。或者干脆别给我了，我其实也未见得会读，假设我真的打算再来读一本什么书的话，你就给我一本你自己写的书吧。”

她要了咖啡，有那么一小会儿，她似乎有点儿恍神，心不在焉地坐在那儿想事情；再然后，她突然笑了起来，看起来，她的思考似乎已经抵达了某个目的地。

“你好啊[1]，”她高兴地喊道，“我有办法了！”

“有什么办法了？”

“关于狐步舞的事，我没办法不去考虑这件事。好的，现在赶紧告诉我：你是否有这样的一个房间，我们可以在这个房间里偶尔跳上一个小时的舞？房间很小也没关系，大小并不重要，但一定不能有人住在你楼下，因为一旦你在哪位房客头顶跳得地动山摇，他肯定就会跑上来大闹一场。好的，非常好！既然如此，你以后可以在家里学习跳舞了。”

“没错，”我略有些不好意思地说道，“确实比其他地方要好。不过，我觉得吧，想学跳舞的话，还是得有音乐来配合才行。”

“当然需要音乐来配合。所以你要注意，要提前将音乐买回家去。买音乐的费用，至多也不过跟有专门老师上课的舞蹈课程持平。你省下了老师的费用，因为我要亲自上阵。所以，我们以后就

1 此处原文为Hallo，表达一种赫尔敏娜在思想中神游后折返回来的情境。

可以随心所欲地在你家里听音乐、学跳舞了，毕竟留声机在你家里，它会一直陪伴着我们的。”

“留声机？”

“当然啦。你买一台这样的小机器，再买几张舞曲唱片来搭配它……”

“太好了，”我高声叫好，“如果你真的能够成功教会我跳舞，那么你就可以得到这台留声机作为报酬。同意吗？”

我这番话说得虽然挺有魄力，但却并非发自真心。毕竟，在我那间堆满书的小学斋里，如果硬要添上一台像这样的机器，其后果是无法想象的。老实说，我一点儿也不喜欢这样，更何况我对学跳舞这件事本身也有不少反对意见。关于跳舞，我的真实想法是或许可以偶尔尝试一下，尽管如此，我很确信自己已经太老、身体太僵硬，再也不可能学会跳舞了。没承想，现在事情眨眼就已经发展到要在我房间里学跳舞的地步，实在是太快、太猛烈了。此时此刻，作为一名年龄已经很大、口味刁钻挑剔的音乐鉴赏家，我感觉到自己内心的一切都在抵制留声机、爵士乐和现代舞曲。现如今，在我那间小小的客厅里，来自美国的舞曲声恐怕很快就要响起，就在诺瓦利斯和让·保尔的旁边，在我精神世界的大后方、我逃避俗世的避难所里，而且，我将不得不随着这些舞曲起舞。上述这些显然不可能是我自愿的，它们实际上是某人对我下达的命令。但命令我的却不是一个普普通通的“某人”，而是赫尔敏娜，她肯定是要对我下达这些命令的。我服从了。我当然要服从于她。

第二天下午，我们约在一家咖啡馆碰面。我到达时，赫尔敏娜已经坐在那里了，正在喝茶。见我来了，她微笑着给我看一份报纸，说自己在上面发现了我的名字。这是我家乡发行的一份反动报纸，针对我的各种激烈谩骂文章，总是会不时地出现在专门版面上。战争期间，我一直都是这场战争的反对者；战争结束之后，我也时常呼吁人们要冷静，要有耐心，要积极展现人性，多开展自我批评。与此同时，我还写文章反对民族主义的煽动，这种煽动每天都在变得更尖锐、更愚蠢、更疯狂。眼前这份报纸上刊登的正是一篇攻击我的文章，写得很糟糕，一半是编辑自己写的，一半是从立场相近的各类报刊上刊登的大批内容类似的文章中偷来的。众所周知，世界上再没有什么人的文章能够写得比这帮老朽更糟糕了，没有哪个写作者会以这种泯灭良心、偷鸡摸狗的方式来从事自己的工作。赫尔敏娜读了这篇文章，并且从中了解到：哈利·哈勒是一匹害群之马，是个心中没有祖国的坏家伙，一旦国家选择容忍这样的人、这样的观念，任由他们教导年轻人对人性进行感性思考，而不是对世袭的敌人施以战争报复，事情当然会朝着对祖国有坏影响的方向发展下去。

“那是你吗？”赫尔敏娜指着我的名字问道，“照此看来，你的敌人还真多啊，哈利。这种文章会让你觉得很恼火吗？”

我读了几行，觉得内容很是稀松平常，每一个词都是陈词滥调。多年以来，我反反复复读到的都是这样一类陈词滥调，早已见怪不怪了。

“不会，”我回应道，“这些文章完全不会惹恼我，我已经习惯了，一直都是这样的。我曾经多次公开表示过：每一个国家——甚至每个人都一样——都不应该用欺骗性的政治‘罪责问题’来哄骗自己，用自欺欺人的方式求得一时安稳，妄想晚上能做个好梦。恰恰相反，大家应该进行自我检讨，看看自己在多大程度上由于错误、疏忽和坏习惯而对战争、对世界上所有的糟糕变化负有一部分责任；这或许是避免下一次战争发生的唯一途径。我总是对外宣扬这些主张，因此，皇帝、将军、大工业家、政客、报纸——他们是不可能原谅我的，因为在他们眼中看来，自己就是完全无辜的，显而易见：没有谁有理由受责备，没有谁身上背负着罪孽！他们从来都是兢兢业业、尽忠职守，都在为自己的行为负责。人们恐怕觉得世界上的一切都很光荣吧，可地下还躺着一千万死人呢。不过，赫尔敏娜，即使这种诋毁性的文章早已不能再令我感到恼火，但有时它们也确实会让我觉得伤心难过。我有三分之二的同胞每天都在读这类报纸，每天早晚反反复复的都是这些论调，他们每天都在被这些玩意儿攻克、劝诫、煽动，想方设法地在他们中间制造不满和愤怒，而这一切的目的和结局，又是打仗——下一场战争，即将到来的战争，可能会比我们已经经历过的这场大战更加可怕。所有这一切都很清楚、很简单，每个人都可以很好地理解其中的道理，可以在短短一个小时的思考中得出相同的结论。但是，没有人愿意这样去做，没有人打算避免下一场战争，没有人希望让自己跟自己的孩子们免于遭受下一次死亡人数动辄以百万来计算的大屠杀：一旦他们认为自己无法轻易办到，他们就不会去做。一个小时的反思，不怎么花时间的反省，问自己在多大程度上亲身参与进了这世界上一切的混乱与邪恶之中，问自己是否愿意承担至少一部分责任——看，根本没人愿意！所以就这样继续下去了，下一场战争，将由成千上万人日复一日地热心准备着，日积月累，直到它真正来临。自从我想清楚了这一点之后，这个想法就把我整个人给打垮了，使我陷入了长久的绝望。对我而言，已经不再有所谓‘祖国’的概念，也不再有任何理想，因为它们实际上都只是上位者们为了准备下一次大屠杀而精心准备的伪装罢了。思考、讲述、书写任何所谓‘人道主义’的东西，其实没有任何意义；绞尽脑汁地想出一些自以为能解决问题的办法，也起不到什么作用——况且，眼下还会这样做的，也只有两三个人而已。可是与此同时，至少有一千家报纸和杂志，一千场演讲，一千次公开或者秘密会议，都在争取并实现完全相反的目标。日复一日，每天如此。”

赫尔敏娜听得津津有味。

“是的，”她终于开口了，“你说得很对。当然还会有战争，这是毋庸置疑的，根本就不需要看报纸。当然啦，你可以为此感到伤心，但这种伤心没有任何价值可言。这就像为自己某一天将不可避免地死去而感到悲伤一样。但是，在死去之前，一个人仍然可以想方设法做一切事情去对抗死亡。亲爱的哈利，与死亡做斗争这件事，始终都是美好、崇高、奇妙且光荣的，与战争做斗争亦如是。然而，这种斗争始终也不过是一种没有任何希望可言的、堂吉诃德式的狭隘愚行罢了。”

“这也许是真理，”我很冲动地喊道，“但如果一个人真的抱持着像这样的真理而活着——比方说，我们终归是必死无疑，转眼之间就要奔赴黄泉，因此活着的时候一切都不重要、什么事情都无所谓：若是将这样一种看法奉为真理，就会令整个生命变得平庸而愚蠢。既然结局早已注定，我们是否就应该抛弃一切，抛弃一切精神上的追求、一切奋斗、一切人性，让野心和金钱继续统治我们，浑浑噩噩地喝一杯啤酒，等待下一次战争总动员？”

赫尔敏娜注视着我，这并不奇怪，奇怪的是她现在看我时的眼神：这眼神满怀着打趣，充满了嘲讽和戏谑，以及相互理解的同志情谊，可同时却又如此深刻，充满了智慧和深不可测的决心！

“你本不该这样的，”她开口说道，语气简直跟母亲的谆谆教导一样，“你的生活并不会因为知道斗争不可能成功而变得平庸而愚蠢。哈利，如果你在为一些美好的、理想化的东西而斗争的同时，怀抱着自己必须成功的执念，那才更显平庸呢。理想是为了实现才存在的吗？我们之所以活着，我们这些人类之所以活在世界上，仅仅是为了抵抗死亡吗？不，我们活着首先是因为我们害怕死亡，在此基础之上，我们才会试着去爱上死亡。正是因为有死亡存在，这一点点如烛火般的生命，才会在某些特定的时候，时不时地迸发出如此美丽的光芒。你是个小孩子，哈利。现在，你要听话，跟我来，我们今天有很多事情要做。今天，我不会再去管战争和报纸的事情了。你呢？”

“噢，我也不会了，我也准备好了。”

我们离开了餐厅，结伴同行——顺带一提，这是我们第一次结伴在城里散步——来到一间乐器商店，看了看各种款式的留声机，将它们打开又合上，让它们运转起来，放音乐给我们听。当我们终于发现其中有一台留声机非常适合我们，外观很漂亮，价格也实惠时，我打算立即买下它，但赫尔敏娜却不想那么快就决定。她不由分说地拉住了我，不让我马上付钱，因此，我不得不先跟她去了第二家店，在那里也看了看各种款式，听了听各种唱片，比较了不同尺寸，从最贵的到最便宜的留声机都考察了一遍，她才终于同意回到第一家店，买我们在那里找到的那台机器。

“你瞧瞧，”我说，“我们本来可以完成得更容易一些。”

“你是这么认为的吗？那么，或许我们明天又会在另外一家商店的橱窗里看到同样的机器，价格反而比现在还要便宜二十瑞士法郎[1]。此外，购物是一种乐趣，有乐趣的东西就必须用心加以品味。你还有很多东西要学呢。”

我们在一位商店伙计的帮助下，将买好的留声机送到了我所租住的公寓。

赫尔敏娜仔细打量过我的客厅，称赞了炉子和长沙发，试坐了椅子，拿起书，在我爱人的照片前站了很久。我们将留声机放在了五屉柜上——放在堆积如山的书籍之间。于是，我的舞蹈课程正式开始了。她放了一段狐步舞舞曲，向我展示了第一套动作，拉着我的手开始带我。我顺从地跳着，但却撞到了椅子上；我明明听着她的命令，但却不明白她的意思；我接连踩到她的脚趾，动作非常笨拙，但也非常认真。跳完第二支舞，她整个人倒在了长沙发上，像个孩子似的笑了起来。

“我的上帝，你的身体是多么僵硬啊！其实跳舞就跟一步一步往前走一样，就跟你在平时散步时一样！很简单的，根本不需要任何额外的努力。我想，你甚至已经开始觉得浑身燥热、喘不上气了？好吧，那就让我们先休息五分钟吧！瞧瞧，跳舞这件事，只要你会跳，就跟脑袋里面想事情一样简单，而且一通百通。人们不愿意养成思考的习惯，宁愿称哈勒先生为祖国的叛徒，静静地等待，

1 瑞士的法定货币，这也是本书故事发生在瑞士的佐证之一。

等下一场战争来临——学了一会儿跳舞之后，再面对这样的现实，你的想法恐怕就会稍微有所改观了，起码不会再那么急躁、不会再那么缺乏耐心了。”

一个小时之后，她离开了，离别之前，她向我保证，说下次教学将会有更好的成果。我的想法则不同——我对自己的愚蠢和笨拙深感失望；在我看来，在那一个小时的时间里，我根本没有学到任何东西，而且也不相信事情会在下一次学习时变得更好。不是这样的，如果一个人想学会跳舞，必须拥有我本人目前完全欠缺的一系列特质：愉悦、天真、放松、活跃。好吧，对于跳舞，我很久以前就是持这种看法。

不过，瞧瞧，谁又想得到呢，下一次学习确实进展更好，我甚至开始喜欢上了跳舞，在这一天的课程结束时，赫尔敏娜宣布，我现在已经可以跳狐步舞了。可是，当她断定我明天就可以跟她一起去餐厅跳舞时，我猛地一惊，热情地抵制这一建议。她冷静地提醒我，注意我之前立下的绝对服从誓言，并命令我明天跟她一起在巴兰思酒店喝茶。

那天晚上，我坐在家里，想看书又看不进去。说实话，我对即将到来的明天感到害怕；试想想看，我可是个年纪不小、容易羞怯、遇事敏感的怪人，明天不仅要去无聊的现代酒店，不仅要去演奏爵士乐的舞厅，还要在那里充当一名舞者，在陌生人群中展示自己的舞技，可我自己分明什么舞都不会跳。我不得不承认：当我独自一人待在自己的安静书房里，给机器上弦，让它运行起来，然后只穿袜子，静悄悄地重复练习我的狐步舞舞步时，我在心里嘲笑自己，为自己的行为感到羞愧。

隔天，巴兰思酒店，一支小乐队在台上演奏，餐厅提供茶和威士忌酒。我试图贿赂赫尔敏娜，将蛋糕放在她面前，并且试图邀她喝一瓶好酒，但她仍然坚持自己的主张。

“你今天到这里来可不是为了享乐的。这是舞蹈课。”

我不得不服从，跟她一起跳了两三支舞，在此期间，她将我介绍给现场的萨克斯风演奏者认识，那是个来自西班牙或者南美洲的年轻人，皮肤黝黑，长相英俊，她说，他能演奏世界上所有的乐器，讲世界上每一种语言。这位先生似乎跟赫尔敏娜很熟，态度特别友好。在他面前摆放着两把大小不一的萨克斯风，他在台上表演时，会交替吹奏这两把萨克斯风，那双闪闪发光的黑眼睛，始终认真地注视着跳舞的人们，显得怡然自得。令我自己都感到颇为吃惊的是，我居然对眼前这个无辜的、英俊的音乐家感到有些嫉妒，不是爱的嫉妒——因为我和赫尔敏娜之间不存在爱的问题——而是精神层面上对他们两人之间牢固友情的嫉妒。在我看来，他不太配得上她对他的兴趣；不太配得上她在面对他时与面对其他人时所呈现出来的、态度上的明显差异；她甚至对他表现出了一定程度上的尊敬。想到这些，我心中不由得感到有些闷闷不乐：我因为要服从赫尔敏娜的命令，恐怕不得不结识一些奇奇怪怪的人。

在这之后，赫尔敏娜开始被人邀请去跳舞，邀请者一个接一个，我只好独自坐在旁边喝茶，听着音乐，而且是一种我从来都无法忍受的音乐。敬爱的上帝啊，我心里想着，这个浪荡客和寻欢作乐者聚集的小世界，这个摆放着光滑如镜的俗气大理石桌子、不停演奏爵士乐、四处都是娼妓和旅行推销员的小世界，我居然会被介绍到这里来，并且还要成为这里的一员！要知道，这种地方向来都令我感到格格不入，令我感到极度厌恶。哪怕是现在，我人已经在这里了，还在小心地避免自己陷入此地的氛围之中，同时也深深鄙视沉迷于此地的人们。伤心之余，我喝了口茶，漫无目的地打量着眼前这一大群看上去既不怎么优雅也不怎么体面的舞者。看着看着，两个漂亮的女孩吸引了我的注意，她们俩都是水平很高的舞者，我怀着钦佩又羡慕的心情，看她们如何舒展柔韧而有弹性的身体，欣赏她们漂亮、欢快、自信的舞蹈。

然后，赫尔敏娜忽而又出现在我面前，明显对我的表现很不满意。她叱责我，说我既然专程来到了这里，当然不是为了摆出这样一副表情、呆坐在茶桌前一动不动的。她说，我现在得好好督促一下自己，赶紧起来跳舞。我这样算什么意思，她说，在这里不认识任何人？大可不必，认识人是很容易的。她又问我，是否看上了哪个跳舞的女孩。

我给她指了指，指的是两个女孩里面更漂亮些的那个，她就站在离我们不远处，穿一条漂亮的丝绒面料小短裙，蓄着浓密的金黄色短发，手臂丰腴，浑身上下充满女人味，看起来很可爱。赫尔敏娜坚持要我马上过去请她跳舞。我拼命反对，坚决不愿意过去。

“这我可做不到！”我很不高兴地回应道，“如果我是个年轻英俊小伙子的话，当然没问题！可是，眼前这个连跳舞都不会的老顽固、老傻瓜？别开玩笑了，她会嘲笑我的！”

赫尔敏娜以一种很轻蔑的态度打量着我。

“至于我现在是否会嘲笑你，你当然并不关心。哈，你可真是个胆小鬼啊！受到嘲笑，这是试图亲近女孩的人们必须承担的风险；老实说，这本来就是一场赌博。果断一点儿，去冒个险吧，哈利，如果最坏的情况真的发生了，那就坦然面对嘲笑——如果你不这样做的话，我对你绝对服从于我的信心就会消失。”

在这件事情上，她并没有松口。刚好这时候，乐曲声也再次响起，我只好忐忑不安地站起来，走向那个美丽的女孩。

“我其实并不是没有舞伴的，”她一边回应，一边用她那双灵动的大眼睛好奇地打量着我，“不过，我的舞伴似乎一头扎进那边的酒吧里了，暂时不会回来。嗯，来跳舞吧！”

我环抱住她，迈出了第一步，对她竟然没有直接将我赶走这件事，仍然感到颇为诧异。两步下来，她已经察觉到我不怎么会跳，索性占据了主导，开始带着我跳了起来。她跳得很精彩，就连我也彻底沉浸其中了。不知不觉之间，我已经被纷繁的舞步给冲昏了头脑，暂时忘记了自己现在之所以正在跳舞，其实只是为了服从赫尔敏娜的命令，不仅如此，我甚至连舞步的规则都忘光了，只知道跟随着她的动作在舞池中游走，感受我这位漂亮舞伴紧绷的臀部、灵活而柔软的腿脚，欣赏她那张年轻的、光彩照人的脸庞。我不由自主地向她坦白，说今天是我有生以来第一次跳舞。她用微笑鼓励了我，并且对我兴高采烈的神情和一连串奉承的话语做出了精彩流畅的回应——不是用语言来回应，而是用灵巧的、令人倍感愉悦的舞蹈动作来回应，这也令我们之间变得更加亲近，相处得更加融洽。我将右手紧紧地盘在她的腰上，整个人兴奋而热切地紧跟着她的腿脚、胳膊、肩膀的动作，令我惊讶的是，我从来没有踩到过她的脚。一曲舞毕，我们都停下来鼓掌，直到乐曲声再次响起，我也再一次热切地、充满爱意地、虔诚地投入一场全新的仪式之中。

一切都太快了，转眼之间，一轮舞蹈便结束了。穿丝绒小短裙的美丽女孩退场了，赫尔敏娜突然站在了我身边。在此之前，她一直在看着我们跳舞。

“你察觉到什么了吗？”她赞许地笑了笑，“你是不是已经发觉女人的腿不是桌子的腿？很好，好极了！你现在会跳狐步舞了，感谢上帝，明天我们可以开始学跳波士顿舞，三周后，将在环球大厅举办化装舞会。”

眼下是一轮舞曲过后的休息时间，我们回到桌边坐下了，刚才那位年轻英俊的萨克斯风演奏者巴勃罗先生也过来了。他冲着我们点了点头，然后便跟赫尔敏娜坐到了一起。照此看来，他跟她之间应该是非常要好的朋友。可我不得不承认，尽管这算是我们第一次正式见面，但我一点儿也不喜欢眼前这位先生。不可否认，他确实很帅，身形健美，面容俊俏，但除此之外，我在他身上根本找不到任何值得一提的优良品质。他所谓的多语言能力也是讳莫如深，因为他根本不怎么说话，只说“请”“谢谢”“是的”“当然”“你好”之类的词——这些简单至极的词汇，他当然懂得用好几种语言来表达。不说，他什么也没说，这位巴勃罗先生，而且他似乎也没怎么思考，好一位英俊的Caballero[1]。他的正职是在爵士乐队里吹萨克斯风：他似乎对这份职业充满了热情，在演奏时经常会兴奋得突然开始拍起手来，要么就是允许自己在表演的同时选用其他一些抒发激情的方式，比如大声地唱出类似“噢——噢——噢——噢，哈哈，你好啊！”这样的话。然而，除此之外，他在这个世界上活着，显然不为什么别的目的，只是为了外表好看，为了取悦女人，

1 西班牙语，意为“先生”。

为了戴上最新流行的假领子和假领带[1]，还有手指上的一大堆戒指。他在休息时间里的娱乐活动包括跟我们坐在一起，冲着我们微笑，看自己的手表，以及卷烟——顺带一提，他在卷烟这方面的手法非常熟练。他那对美丽的克里奥尔人[2]黑眼眸，他那头黑色鬈发，隐藏不住任何浪漫、任何问题、任何想法——近距离看去，这位英俊的异国男神[3]是个无忧无虑、有点儿被宠坏的大男孩，他的一言一行都很有礼貌，令人感觉愉快，仅此而已。我跟他聊了聊他所使用的乐器，以及爵士乐中的音色等专业问题。他肯定已经发现，自己现在正在跟一位音乐领域的资深鉴赏家、一位真正的行家打交道，可他根本就没有深入探讨的打算。我出于对他的礼貌，或者说是出于对赫尔敏娜的礼貌，专门对爵士乐这一门类进行了类似于音乐理论上的论证。然而，他仅仅对我人畜无害地笑了笑，对我的这番努力不置可否。恐怕他完全不知道，在爵士乐诞生之前，在爵士乐所辖范围之外，还有大量其他的音乐类型存在。不得不说，他这个人确实挺和善的，不只和善，还很注重礼貌，那双大而无神的眼睛里随时都会对你显露出可爱的笑容；但是，他跟我之间似乎没有任何共同点可言——对他来说很重要、很神圣的东西，对我而言根本不值一提；我们来自两个大陆，我们平日里所使用的语言，没有一个字是相同的。（不过后来，赫尔敏娜告诉了我一些奇怪的事情：她告诉

1 使用系带或者拉链方式的方便领带，不需要打领带结，价格低廉。音乐表演者通常会使用这类假领子和假领带，方便快速换装，此处哈利是在故意揶揄巴勃罗。

2 旧时用以指称出生于美洲但双亲是西班牙人或者葡萄牙人的白人，以区别于生于西班牙而迁往美洲的移民。哈利此处的说法是针对其血统的，同样是在揶揄。

3 原文为Halbgott，直译为“半神”，即神和人所生的后代，此处指近乎神明一般英俊非凡的人物。

我，在那次谈话之后，巴勃罗私下里说出了他对我的看法，他说，她理应非常小心地呵护这个人，因为他是如此可怜。当她问他为什么会这样想时，他回答道："可怜啊，那可怜的人。你瞧瞧他的眼睛！里面完全没有笑容。"）过不多久，这位黑眼睛的先生便辞别了我们，又过了一会儿，音乐声再次响起。赫尔敏娜站了起来，对我说道："哈利，你可以继续跟我一起跳舞了。是不是你现在已经不想跳了？"

我又继续跳了。现在再跟赫尔敏娜一起跳舞，舞步似乎变得比之前更轻盈，心情上也更放松、更快乐了，尽管不像刚才跟另一个人跳舞时那样无忧无虑、忘乎所以，但也不失为一桩美事。这一次，赫尔敏娜让我来引着她跳，她自己则仿佛一片柔软的花瓣一般，以一种十分巧妙的方式，舒缓而轻柔地适应着我的动作。此时此刻，跟她在一起跳舞时，我也发现并感受到了那种自己曾经多次感受过的美——那种以很快的速度向我袭来、转眼又逃开的美；我在她身上也闻到了女人香，闻到了爱情的芬芳；与此同时，她的舞蹈也微妙地、亲昵地高唱着美丽、诱人的情欲之歌——然而，我却不能像以往面对女人时那样，很随性、很愉快地接受并回应这一切，不能完全忘记并交出自己。因为赫尔敏娜离我实在太近了，她是我的同路人、我的姐妹，与我平起平坐，她就像是我自己，也像我儿时的伙伴赫尔曼，那个狂热的幻想者、浪漫的诗人，我思维训练和放浪形骸生活的热情同袍。

"我懂得，"事后，当我对赫尔敏娜谈起自己的这种感受时，她对我说道，"我很清楚你的感受。虽然我会让你爱上我，但我并不着急。就目前情况而言，我们依然是同路人，我们是那种希望彼此能够成为至交好友的同路人，因为我们已经认出了对方，知道对方是自己的同类，走在相同的道路上。眼下我们都想向对方学习，想要一起玩各种游戏。我带你看属于我的小剧场，我教你跳舞，让你可以变得稍微快活一点儿、愚蠢一点儿；你则向我展示你的思想，还有你的各种知识。”

“噢，赫尔敏娜，我根本没什么可以向你展示的，你知道的其实比我多得多。你是个多么奇怪的人哪，你这个怪女孩！你知道吗？在任何事情上，你都能理解我，而且比我看得更远。我对你而言算是什么？你难道不觉得我很无聊吗？”

她低头看着地板，目光中写满了忧郁。

“我不喜欢听你这样讲话。想想曾经的那个夜晚，当你因为痛苦和孤独而崩溃绝望的时候，你鬼使神差地走上了我所在的这条道路，成了我的同路人！为什么会这样？你想过没有？为什么我当时能够认出并理解你？”

“为什么呢，赫尔敏娜？告诉我！”

“因为我和你完全一样。因为我也跟你一样孤独，跟你一样不能热爱生活，不能够爱别人，不能够爱自己，不能够认真对待任何人、任何事。毕竟，世界上总有一些像我们这样的人，对生活的要求高得无以复加，对于自身的愚蠢和粗暴却置若罔闻。”

“你啊，你可真是！”我深感惊讶地喊道，“我理解你，同路人，再没有人能够像我这样理解你了。然而，你对我而言仍旧是个谜。你如此俏皮地应对生活，你对俗世间的种种琐事与享受抱持着如此奇妙的尊崇，你简直就是一位生活艺术家。像你这样的人，怎么可能还会在生活中受苦呢？怎么可能会感到绝望呢？”

“我确实不绝望，哈利。但生活中的各种痛苦——噢，没错，我在这方面很有经验。你怀疑我，觉得我怎么可能不快乐，因为我会跳舞，而且对世俗生活的方方面面都如此精通。可我又是怎么想的呢？朋友，我要告诉你，你说自己对生活感到极度失望，我反而觉得不可思议！因为你对生活中那些最美好、最深刻的事物，对那些精神、艺术、思想领域的东西了如指掌！这样的人，又怎么可能对生活感到失望呢？不过，这就是我们各自的生活，在我们自己看来都是理所当然，这也恰恰是我们彼此吸引的原因，恰恰是我们互为同道中人的原因。我将会教导你如何跳舞、玩耍、微笑，但却无法让你满足；我将从你那里学会思考、掌握知识，但同样不会满足于此。你知道吗？其实我们都是魔鬼的孩子。”

“没错，我们都是魔鬼的孩子。所谓的魔鬼，就是精神世界，他不快乐的孩子正是我们。我们已经脱离了自然，高悬于虚空。可是现在，我想起了另一件事，在我曾经向你提起过的那本《荒原狼研究》中，有一段话大致上是这样说的：如果哈利认为他有一个或者两个灵魂，由一种或者两种人格组成，这其实只是他的自负。那本小册子里说，每个人都是由十个、一百个甚至一千个灵魂组成的。”

“我非常喜欢这种说法，”赫尔敏娜叫好道，“比方说，对你而言，精神层面的东西非常发达，于是，作为相应的代价，你日常生活中方方面面的小技能、小诀窍都极为迟钝。思想家哈利已经一百岁了，但舞蹈家哈利出生还不到半天。所以，我们现在要多让他上上场，他那帮小兄弟也一样——他们跟他一样小，一样愚蠢，一样没长大。”

说到这里，她的脸上突然浮现出一抹微笑，眼睛望着我，换了种语气轻声问道：

“对了，你觉得玛丽亚怎么样？”

“玛丽亚？那是谁？”

“就是之前跟你跳舞的那个女孩。美丽的女孩，确实非常漂亮。从我观察到的情况来看，你有点儿爱上她了。”

“你认识她吗？”

“噢，是的，我们之间关系相当好。你很在意她吗？”

“我挺喜欢她的，跟她在一起时很高兴，因为她对我糟糕的舞步颇为纵容。”

“哈，这就是你对她的全部感觉吗？我才不信呢！你应该试着追求一下她的，哈利。她漂亮得很，舞跳得也很好，而且你已经爱上她了。我觉得吧——你会成功的。”

“哎呀呀，我可是志不在此。”

“你这就有点儿口是心非了。我知道，在这世界上的某个地方，你是有一个爱人的，你每六个月都会跟她见一次面，见面之后就跟她吵架。你想对这位陌生又亲近的爱人保持忠诚，这是非常好的，但是，请恕我直言，你实际上并不需要将这份感情看得那么重！我甚至怀疑，你将维系稳固感情这件事看得过于严重了。当然，你本身完全可以这样行事，你尽可以用你理想的方式去爱人，这是你自己的私事，我没有必要去过问。不过，我必须过问的事情倒也有，那就是你务必要将生活中一些看似微不足道但却简单有效的小技艺、小诀窍掌握起来，运用起来，在这方面，我是你的老师，而且肯定会是比你的理想情人更好的老师，这一点你大可放心！告诉你，你很需要再跟一个漂亮女孩睡觉，荒原狼。”

“赫尔敏娜，”我语带哭腔地回应道，她这番话说中了我的痛处，“你倒是看看我这副模样呀，我已经是个老人了！”

“不，你就是个小男孩。你过得太安逸，所以直到几乎无可挽回的年纪才开始学跳舞；以此类推，你在无可挽回的年纪也能学会如何去爱，因为你之前根本就没正式开始过。亲爱的朋友啊，对于那些理想化的、悲剧式的爱情，你是行家，肯定能信手拈来，对此我毫不怀疑，甚至还对你充满敬意！可是，其他类型的爱情，你能做到吗？你现在要学会以平凡的方式、普普通通地谈一场恋爱。眼下，好的开端已开始萌芽，你很快就能去参加舞会了。好吧，狐步舞之外，你还得学习学习波士顿舞，我们明天就开始练——我三点钟准时到。对了，你喜欢这里的音乐吗？”

“很不错。”

“你看，这也是一个进步，你已经学会了。在此之前，你还不喜欢这些舞蹈和爵士乐呢，因为你觉得它们对你而言不够严肃，可是现在你已经发现，其实自己根本就不必认真对待它们，它们确实拥有肤浅的美丽，令人愉悦，直接享受就好。顺带一提，如果没有巴勃罗，那支小乐队将一无所有。他领导着乐队，点燃了乐队的激情。”

留声机破坏了我书房里禁欲主义的气氛；美国舞蹈以一种奇怪的、令人不安的，甚至是破坏性的方式侵入我精心呵护的音乐世界里；全新的、令人恐惧的、黏液一般的某种东西，从各个方面渗透进了我迄今为止如此明晰具体的、严格封闭的生活当中。《荒原狼研究》和赫尔敏娜关于一千个灵魂的观点确实是正确的；日复一日，除了所有的旧灵魂之外，尚有一些新的灵魂在我身上显形，提出要求，制造噪声。我现在可以清楚地看到，自己以前人格的具象化模样出现在了我的面前，就像一幅画像似的。在过去，我只允许自己随心所欲地发展极少数自己本身就很擅长且喜爱的知识与技能，将其糅合成一个独立自主的存在，进而勾勒出一个单独的哈利人格，过着只有一个哈利的生活。然而，这个所谓的哈利，实际上只不过是一名受过非常细致训练的诗歌、音乐和哲学专家罢了——至于我个人剩下来的所有其他部分，所有富余的、混乱不堪的大大小小能力、驱动力、愿望，我都觉得很讨厌，于是便将它们统合起来，并给它们取名为荒原狼。

然而，从我原本单一的人格妄想中转换出来，眼睁睁地看着我的人格逐渐解体、逐渐分崩离析，这也绝不只是一次愉快又有趣的冒险；恰恰相反，其过程大多数时候都是极度痛苦的，是我几乎无法忍受的。在这个其他所有东西的存在都显得极其违和的环境中，那台留声机一旦打开，发出的声音听起来常常令人感到邪魅难言。有时候，当我身在一些时髦的餐厅里，身在一大群打扮入时的俗世生活专家抑或冒牌货之中，全心全意地跳我的单人舞时，我觉得自己简直就是一个叛徒，背叛了自己生活中一度认为可敬和神圣的一切。哪怕赫尔敏娜允许我单独待八天，只要八天，我就能够迅速从这一系列乏味可笑的花花公子尝试中抽身。但赫尔敏娜总是在那里；尽管我不是每天都能见到她，但她却总是能够看到我、引导我、保护我、监视我，甚至连我脑海中一切愤怒的叛逆与逃跑的打算，她都能微笑着从我脸上读出来。

随着我以前称为“独立人格”的那玩意儿的逐渐坍塌，我也渐渐开始明白，为什么自己明明在各方面都已绝望到了无以复加的地步，却还是如此惧怕死亡，将之视为洪水猛兽；与此同时，我也真正开始意识到，这种既可怕又可耻的死亡恐惧，其实也是我所熟知的中产阶级虚伪存在的其中一个组成部分。之前的这位哈勒先生，这位才华横溢的作家、莫扎特与歌德的鉴赏专家，这位对艺术中的形而上学、对天才与悲剧、对人性本质持续不断地进行深刻思考的创作者，这位在自己的隐居地堆满书籍的忧郁隐士，他的自我正在被有条不紊地剥离，完全无法证明其存在价值。这位有才又有趣的哈勒先生，他一方面宣扬理性与人性，抗议战争的残暴，另一方面又没有真的让自己在战争期间被推到高墙下枪毙掉——要知道，如果他严格奉行自己对外宣扬的一系列思想，几乎必然导致这样的结局——因为他巧妙地找到了某种妥协的办法。诚然，他所运用的是非常体面、非常高尚的妥协方式，但那归根结底也还是一种妥协。除此之外，他也是个反对权力与剥削的人，但他在银行里却存有好几家工业界企业的证券，他平时一直都在无动于衷、毫无悔意地消费着这些证券所产生出来的利息。以此类推，所有事情都是如此。哈利·哈勒手段巧妙地将自己伪装成了一名理想主义者、一位谴责世俗庸常之人，伪装成了伤春悲秋的隐士和怨天尤人的预言家；然而，在内心最深处，他其实依旧是个小市民。他觉得赫尔敏娜所过的那种生活理应受到指责——他对自己在餐厅里虚度的那些夜晚感到颇为不满，对空掷的金钱感到良心不安。实际上，他非但不渴望自我的解放与完满，恰恰相反，他还非常希望社会能够倒退，回到自己那套知识分子小伎俩还能给他带来乐趣和名声的舒适年代。他所鄙视和嘲笑的报纸读者们，同样渴望着能够回到战前的理想年代——在这一点上，他们的看法是完全一致的——因为活在那个无忧无虑的年代，显然比活在不得不从自己已遭受过的各种苦难中努力学习的年代更舒服些。见鬼，呸！这位哈勒先生，可真是个虚伪的讨厌鬼啊！可即便如此，我也依旧紧紧地抓住他不放，或者说得更准确些，抓住他正在不断溶解、消失的人格面具不放，抓住他与精神世界的你侬我侬不放，抓住他对无序与意外（其中也包括死亡）的小市民恐惧不放。不只抓住不放，我还以轻蔑的、充满嫉妒的态度，将新生的哈利——将这个有一点儿羞怯、有一点儿滑稽的舞厅混混——与以前那个虚伪狡猾又理想化的哈利进行了一番比较，结果不出所料：当时在那位教授家里的歌德画像中发现的、所有令我感到极度不安的性格特征，几乎都跟老哈利身上区别于新生哈利的性格特征保持了一致。原来如此，就连老哈利自己，其实也是一个经过中产阶级理想化处理后臆造出来的新歌德，一个只存在于精神世界里的英雄人物，拥有精心设计出来的、高贵到无以复加的漂亮造型。崇高、智慧与人性的光辉，持续不断地从那个完全符合小市民理想的造型中向外迸发出来，就像一颗抹满了润发油膏的脑袋，正在熠熠发光，连他本人都快被自己灵魂的高贵感动了！见鬼，事到如今，原本无懈可击的造型陆续出现了好几个糟糕的漏洞，理想化的哈勒先生已经分崩离析！真是凄惨又可怜！如今的他看起来就像是一位被街头抢匪洗劫一空的体面人，全身上下只剩一条破烂裤子。人靠衣装，现在马上学着假扮衣衫褴褛的乞丐显然是个明智选择，可他却把自己的破烂裤子穿得好像上面还有一排勋章挂着似的，含泪假装自己还拥有失去的尊严。

我一次又一次地遇到乐师巴勃罗，次数一多，我之前对他这个人所下的判断不得不加以修改，因为我发现，赫尔敏娜竟然如此喜欢他，如此急切地寻求他的陪伴。我记忆中关于巴勃罗的判断如下：他是个英俊但百无一用的家伙，是个五短身材、略有些虚荣的花花公子，是个得意洋洋、不知烦恼为何物的大孩子。他拿着自己的游园会小号，快活地吹个不停，很容易就会被热情洋溢的赞美和巧克力所支配。但巴勃罗并没有要求我对他作出判断，他对这些判断就像对我的音乐理论一样漠不关心。他彬彬有礼地听我讲话，总是面带微笑，却从未给出过任何真正的回应。不过，我似乎反而还引起了他的兴趣，因为他明显很努力地想要讨好我，总是找机会向我示好。还记得有一次，我们之间发生的依旧是毫无结果的对话，当我因此而变得焦躁，几乎快要失去礼貌时，他沮丧又悲伤地看着我的脸，拉过我的左手，一下一下地抚摩它，试图安抚我的情绪。

有一次，我在外面晃悠时，偶遇了巴勃罗。当时是在码头边，他毫不犹豫地就要跟我结伴同行。在这次的对话中，我终于设法让他真正开口了。

“巴勃罗先生，”我对他说话的时候，他正在把玩一根薄薄的、颜色已经发乌的小银棒，“您是赫尔敏娜的朋友，这也正是我对您感兴趣、想要同您交往的原因。可我不得不说，您对待我的那种态度，让我们之间的谈话变得很不容易进行。我曾多次试图与您谈音乐——因为我很想听听您对音乐的看法，了解您跟我在观念上的不同之处，学习一下您对音乐的评判标准；但您却根本不屑于回应我，连一个字都不肯多说。”

他非常恳切地对我笑了笑，这次没有不回答，而是语气平和地说道：“您瞧，在我看来，谈论音乐根本就没有任何价值可言。我从来没有跟任何人谈论过音乐。我应该说些什么来回应您显然非常明智、非常正确的话语呢？说实话，您讲出来的每句话都很有道理，实在没什么好回应的。可是您想想看，我本身是个乐师，并不是一位学者，在演奏音乐的世界里，我不相信所谓的‘正确’有哪怕一丁点儿价值可言。在音乐中，一个人是否正确并不重要，一个人是否有品位、是否受过相应教育并不重要，所有这些都不重要。”

“就算是吧。那重要的又是什么呢？”

“音乐本身，哈勒先生，尽可能好、尽可能多、尽可能专注地投入到音乐中去！就这么简单，先生。假设我脑子里有巴赫和海顿的所有作品，对这些作品如数家珍，随时随地都能讲出最高明的理论，看上去很美，但却无法为任何人真正提供些什么。可是，一旦我拿起自己擅长的管乐器，吹奏出一首轻快的曲子——这曲子当然有可能是极好的，但也可能是极坏的，可不管它是好还是坏，都能给听到的人们带来快乐。乐曲声自动就会钻进他们的双腿里、进入他们的血液里，这才是最重要的。您只需要去瞧瞧舞厅里那一张张脸：当乐曲声长时间停顿之后，再次响起的那一刻，看他们的双眸如何涌动出光辉，双腿如何不由自主地开始摇摆，脸上如何浮现出笑容，您就懂了！这就是我们的生活。这就是音乐的作用。”

“说得很好，巴勃罗先生。但世间不仅有满足感官欲望的音乐，也有满足精神需求的音乐。不仅有当下正在奏响的音乐，也有不朽的音乐，即便没有演奏出声响，也会恒久存在下去。比方说，当某人独自躺在床上时，完全可以在自己脑海中奏响《魔笛》或者《马太受难曲》[1]中的旋律。照此看来，音乐本身完全不需要有人真的在吹笛子或者拉小提琴。”

“显然如此，哈勒先生。甚至连《渴望》和《瓦伦西亚》[2]这样的舞曲，每天晚上都被许多孤独的、爱做梦的人在脑海中无声地重现；甚至连一文不名的打字员女孩，也会在她办公室里无声地哼唱新学会的一步舞[3]曲调，并且随着它的节拍敲击打字机的按键。您的观点是对的，所有这些孤独的人，我乐见他们在脑海中奏响无声的音乐，无论是《渴望》还是《魔笛》，抑或《瓦伦西亚》，什么都可以！不过，这些人又是从哪里获得他们脑海中那一首首孤独、无声的音乐的呢？答案同样很简单：他们实际上还是从我们这里获得的，是从在现实世界里真正奏响音乐的乐师们那里听来的；如果想要在脑海中奏响无声的音乐，对应的曲子至少必须首先被人演奏过、被人们听到过，还必须被听众们用心消化掉，融入听众们的血肉灵魂当中；唯有这些步骤都完成了之后，待在家里的人们才可能在自己房间里回想它、梦见它。”

---

1 巴赫最重要的声乐作品，代表着巴赫宗教音乐的最高成就，被誉为“现存宗教音乐的顶峰”。

2 西班牙作曲家何塞·帕迪拉1924年为一部音乐剧创作的斗牛舞曲，并出现在1926年的同名无声电影中，同年被改编并演奏录制为一首流行歌曲，一度风靡全球。值得注意的是，《瓦伦西亚》的流行与本书的创作几乎处于同一时期，可以说《瓦伦西亚》是当时流行音乐的代表，下文中亦有对应论述。

3 原文为英文One step，即单步舞，一个拍子动一步。

“同意。”我冷冷地说道，“尽管如此，将莫扎特跟最时髦的狐步舞放在同一水平线上比较，却是无论如何都不应当的。您当然既可以为人们演奏神圣且永恒的经典音乐，又可以演奏廉价又肤浅的通俗音乐，但这两者之间的层次无疑是天差地别。”

当巴勃罗注意到我的声音开始变得激动起来时，他立即露出自己最亲密的表情，紧紧地抓住我的手，抚摩我的手臂，用柔和得不可思议的声音回应我道：

“哎呀呀，亲爱的先生，您这套层次‘天差地别’的主张恐怕是非常正确的。我当然不反对您将莫扎特、海顿和《瓦伦西亚》随意放在任何您喜欢的层次上！我完全无所谓，我不需要决定层次，也没有人问我这些。人们在一百年后恐怕仍然会演奏莫扎特，至于《瓦伦西亚》嘛，可能在两年后就不再有人愿意演奏了——不过我觉得吧，我们大可以将这个问题留给仁慈的上帝来决断，因为他是公正的，他手中握有我们所有人的寿命，也包括每支华尔兹舞和每支狐步舞的寿命，他一定会作出正确判断的。然而，我们音乐家还是必须尽我们的职责、完成我们理应完成的任务：我们必须演奏普罗大众目前想听的东西，我们必须尽可能出色、优美、全力以赴地去演奏。”

我叹了口气，放弃了继续谈下去的打算。这个人是无法说服的。

在某些特定的时候，旧的与新的、痛苦与快乐、恐惧与喜悦，这些彼此矛盾的东西会以一种怪异的方式混合在一起。有时我身处天堂，有时我如堕地狱，然而，在大多数情况下，我是同时出现在这两个地方的。旧的哈利和新的哈利，他们有时会在激烈的冲突中以斗争的方式共存，有时也会在一片安宁祥和之中和谐共存。老哈利有时似乎已经死透了，一命呜呼，被埋进了地下深处。当你真这样以为的时候，他突然又好端端地站在那里，颐指气使，四处挑衅，仿佛他对一切都比其他人更了解；与此同时，新的、小的、年轻的哈利则感到极为羞愧，自始至终保持着沉默，任由自己被排挤到一边。在另外的一些时候，情况却截然相反：年轻的哈利奋力掐住老哈利的脖子，无所畏惧地掐紧，打算杀了他，在这样的场景里，总是会有许多呻吟声，许多死亡的悸动，许多对剃刀的思念。

在这段日子里，痛苦和快乐总是交替出现，它们常常一波接一波地涌向我，令我感到无法招架。其中的一次是这样的：那是第一次在公众场合尝试跳舞的几天过后，某个夜里，当我走进自己的卧室时，突然感到不可名状的震惊、诧异、恐惧与狂喜，因为我发现，美丽的玛丽亚竟然躺在我的床上。

迄今为止，在赫尔敏娜给我带来的所有惊喜当中，这是刺激最为猛烈的一次。因为我丝毫不怀疑，正是她将这只天堂鸟送到了我的面前。那天晚上，我刚好没有跟赫尔敏娜在一起，而是选择在大教堂里听了一场精彩的教堂古乐表演——那是对我以前的生活、对我青年时代的旧风景、对理想中哈利的领域所进行的一次美好而伤感的游历。大教堂那高高的哥特式殿堂内，美丽的网状拱顶在寥寥无几的烛光辉映下，仿佛在幽幽然地来回晃动。在这里，我听了布克斯特胡德[1]、巴哈贝尔[2]、巴赫、海顿的作品，再次踏上了心爱

1 布克斯特胡德（1637—1707），巴洛克时期德国-丹麦裔作曲家兼教堂管风琴师，他的很多作品影响了巴赫的创作。

2 巴哈贝尔（1653—1706），巴洛克后期德国作曲家兼教堂管风琴师，代表作有《D大调卡农》等。

的老路，再次听到了一位专门演唱巴赫宗教歌曲的女歌手那辉煌闪耀的声音——我跟她之间的关系一度非常要好，亲历了她许多次非同凡响的表演。古乐的美妙声音、古乐那近乎无穷无尽的庄严与神圣，唤醒了我青年时代所有高昂的情绪，所有狂喜和热忱；此时此刻，我悲伤而专注地端坐在教堂高高的唱诗班座位上，在这个曾经形如我家的地方，在这圣洁、有福的世界里做了一个小时的过客。演奏海顿的二重奏时，我的眼泪突然夺眶而出，我没有等到音乐会结束，放弃了与那位女歌手的重逢（噢，在类似这样的音乐会结束之后，我曾经跟现场表演的艺术家们度过了多少个灿烂的夜晚啊），悄悄离开了大教堂，疲惫地走在夜晚的小巷里。街边餐厅的一扇扇窗户后面，爵士乐队不时演奏着我如今生活的旋律。噢，我的生活竟变成了这样一种污浊癫狂的存在！

那晚夜行途中，我重新思考了自身与音乐之间耐人寻味的奇怪关系，并且再一次认识到，这种与音乐之间所形成的、既感人又致命的关系，恰恰也是整个德国精神的宿命。在德国精神中，居于统治地位的是母权制[1]，是自然的束缚[2]，它们以音乐霸权的形式统治着一切，这种情况是其他国家所不曾有过的。我们这些知识分子，并没有勇敢地抵制这种霸权，服从于精神、逻各斯[3]、文字，让自己

1 该说法源自恩格斯著作《家庭、私有制和国家的起源》，其中将德意志人国家的形成归结为母权制的演进。母权制意识形态的影响在德国精神中居于难于客观描述的、隐晦的统治地位，如文中所述。

2 该说法源自哲学家黑格尔名作《自然哲学》，黑格尔站在辩证唯心主义立场上，将整个自然界的发展视作“绝对精神”的自我异化与自身复归的过程。文中此处严格来讲，是对黑格尔“绝对精神”居于绝对统治地位的认可。

3 原文为Logos，希腊语音译词，一般指世界上可理解的一切规律，因而也有“理性”的含义。

发出的声音被人们听到，反而无一例外地梦想着一种没有文字的语言，它所诉说的内容是不可表达的，所代表的事物是不可塑造的。躬身于文化领域的德国人并没有尽可能忠实地、诚实地使用自身专有的工具，反而一直在跟话语和理性作对、跟音乐调情。而在音乐之中，在其恢宏、圣洁的音调形式中，在其美妙、可人的感情与情绪中，在这些从未被谁强迫着去实现的东西里面，德国人的精神反而得到了充分的发挥，并因此错过了大多数具体而微的分内事。我们所有的知识分子都对现实敬而远之，与现实格格不入，向现实展现敌意，这就是为什么德意志精神在我们德国的现实、我们的历史、我们的政治、我们的舆论中所起到的作用是如此可怜兮兮、不值一提。好吧，我时常反复思忖这些问题，有时亦不免感觉到一股强烈的冲动，希望能够帮助德国重塑现实，认真负责地活跃一次，而不要总是只做推动美学发展方面的工作，不要总是在精神层面的螺蛳壳里做道场。但这种努力总是以认命放弃、向厄运屈服而告终。将军们和重工业领域的资本家们说得很对：我们这些“文艺爱好者”成不了什么事，我们是一群可有可无、不切实际、不负责任的边缘人士，是只会耍小聪明、诡辩连连的空谈者。呸，真见鬼！剃刀！

如此这般，走在回家路上的我，脑海中充满了纷繁复杂的思绪与音乐的回响。我的心情极其沉重，情绪差得不能再差，一方面因为悲伤，另一方面因为对庸常生活、残酷现实、各种各样的意义、不可挽回的失去之物的绝望渴求。我终于回到了家，爬上通往我房间的楼梯，打开客厅的灯，徒劳地想要读一点儿书。忽而想起明天晚上，我又不得不到塞西尔酒吧去赴一场喝威士忌、跳爵士舞的约会，心中就感到怨恨和苦闷，不仅怨自己，对赫尔敏娜也一样。诚然，她在动机上或许确实是善意且热情的，对我而言，她或许确实是位美妙的人间精灵——但她理应让我在那个时候就自取灭亡，而不是将我硬生生地拽入这个混乱、陌生、光怪陆离的游戏世界里，让我在这里越陷越深。要知道，在这个世界里，我将永远是个陌生人，我身上最好的东西正在消逝，情势危急！

想着想着，我伤心地熄了灯，伤心地走进自己的卧室里，开始伤心地脱衣服，准备上床。哪里知道，就在这时，一股卧室里从来不曾有过的香气传了过来，令我感到颇为惊讶，似乎是种淡淡的香水味。环顾四周，我看到美丽的玛丽亚此刻正躺在我的床上，微笑着，看起来略有些焦急，一双蓝色的大眼睛正在打量着我。

“玛丽亚！”我脱口而出。但脑袋里面冒出来的第一个想法却是如果房东太太知道了这件事，肯定会让我搬出去。

“不告而来。”她轻柔地回应道，“您会生我的气吗？”

“不，不会的。我知道，是赫尔敏娜给了您钥匙。嗯，好吧。”

“噢，也就是说，您在为她给我钥匙这件事生气。那我走。”

“不，美丽的玛丽亚，请留下！唯一的问题在于我，我今晚非常难过。嗯，我今天恐怕是不可能开朗起来了，不过，或许到了明天，我的心情又会好起来。”

说着说着，我走到她的身边，面朝着她，稍稍弯下了腰。她看到我过来，马上伸出两只坚实的大手，捧住我的脑袋，略微用力，将我引过去，紧挨着她，然后就开始长时间地吻我。我跟她一起坐在床上，握住她的手，请她说话的时候轻点儿声，因为我们无论做些什么，都不能被外面的人听到。说罢，我又低下头来，欣赏她那张美丽而饱满的脸颊。此时此刻，她就像一朵盛开的大花，奇异而美妙地倚在我的枕头上。她慢慢将我的手拉到她的嘴边，拉进毯子里，贴在她温暖的、呼吸平稳的乳房上。

“你[1]不必在意心情如何。”她说，“赫尔敏娜已经告诉过我，说你过得很凄惨。总有这样的时候，谁都能理解的。那么，你还喜欢我吗，你是怎么想的？前几天，我们一起跳舞的时候，你明明挺喜欢我的。”

我吻了她的眼睛、嘴巴、脖子和乳房。就在刚才，当我想起赫尔敏娜时，还心怀怨怼，还打算将自己心中的苦楚怪罪于她呢。可现在呢，我已经满怀感激地将她送的礼物捧在了手心里。事实上，玛丽亚的爱抚并不会伤及我今天聆听到的美妙古乐，古乐跟她很般配，她本人就仿佛是古乐的化身。我慢慢地将毯子从这个美丽女人的身上拉开，一路吻了下去，直到我的吻抵达她的脚下。当我终于在她身边躺下时，她那张如鲜花般美丽的脸上，对我露出了全知全能的亲切笑容。

那天晚上，我就躺在玛丽亚身边，睡的时间并不长，但却像小孩子一样睡得很深、很熟。在睡眠与清醒的间隙里，我反复啜饮她美好的、生机勃勃的青春肉体，并在安静的闲聊中知晓了许多她跟赫尔敏娜所过的那种生活中真正值得去了解的事情。在此之前，我对她们这一类人的存在与生活知之甚少，只在剧院里偶尔遇到过类似的人，其中有女人也有男人，半数是艺术家，半数是放浪形骸之徒。直到现在，我才开始对她们所过的奇怪生活——这种天真得

1 自此处开始，玛丽亚对哈利不再使用敬语。

很奇怪、堕落得也很奇怪的生活有了些许了解。这些女孩，她们大部分家里都很穷，但她们本身又太聪明、太漂亮了，不可能一辈子只靠那些收入微薄、毫无乐趣的固定工作来谋生。于是，她们有时打打零工混日子，有时则靠出卖自己得天独厚的优雅和美貌来讨生活。说得更具体些：她们有时会在打字机前一连坐上好几个月，有时又会成为有钱人的情妇，收到大笔零花钱和礼物；她们有时栖身于皮草、汽车和大饭店内，有时则蜗居在阁楼的小房间里。尽管有人偶尔会出大价钱向她们求婚，她们偶尔也会答应，从此嫁作他人妇，但总体而言，她们并不急于结婚。毕竟她们中的一些人对于所谓爱情没有丝毫觊觎之心，结婚对她们而言仅仅是个讨价还价的过程罢了，一旦有人愿意忍痛报出她们心中想要的最高价码，她们也就勉为其难地同意，仿佛在施予恩惠似的。至于另外一些人，也即玛丽亚所归属的那群人，她们在谈恋爱这件事情上拥有异乎寻常的天赋，本身也急需爱情滋润，其中的大多数人有着男欢女爱的丰富经验；可以说，她们完全就是为了爱情而活，除了名正言顺的、愿意为她们付钱的男朋友之外，总会有其他一些恋爱关系正在同步进行、开花结果。她们就像一群花蝴蝶，过着忙碌而热闹的生活，无忧无虑，敢于冒险，八面玲珑的同时又麻木不仁；她们的生活过得很精致，但也很独立，同时保有如孩子般的天真烂漫；她们从来不会不加甄别地出卖自己，而是选择将自己托付给好运气和好心情，依感觉去寻找合适的人选；她们热爱生活，但这种热爱又比小市民少得多；她们随时准备跟那位童话中的王子奔赴漂亮的城堡，总是在半梦半醒之间模模糊糊地意识到，自己终将面对困苦悲凉的凄惨结局。

玛丽亚教会了我不少东西——在那个奇怪的第一夜和随后的许多日子里都是如此——不仅有感官世界美妙的全新玩法与肉欲刺激，还有各种新的思路、新的看法，以及新的爱情。实话实说，由舞厅与欢场、电影院、酒吧和酒店茶室所构成的世界，对我这个隐士和美学家而言，仍然存在着一些低级的、形如道德禁区的、有辱人格的东西；但是，对于玛丽亚而言，对于赫尔敏娜和她那些同道者而言，这个世界却是绝对的——是她们的整个世界，既非善亦非恶，既不可取也不可恨。在这个世界里，她们短暂的、爱欲横流的生命蓬勃生长着；在这个世界里，她们如鱼得水，有着非常丰富的实践经验。她们热爱香槟酒，热爱牛排屋[1]里趁热端出来的特制招牌菜，就跟我们热爱一位作曲家或者诗人一样；她们对新出炉的舞曲抑或爵士歌手多愁善感的陈词滥调趋之若鹜，就跟我们对尼采或汉姆生[2]投入巨大的热情一样。玛丽亚跟我聊了聊那个英俊的萨克斯风演奏者巴勃罗，并且谈到了他有时会给她们演唱的一首美国通俗歌曲。当她提起这首歌的时候，语调中不知不觉就带有一种狂热、钦佩和爱意，令我深受感动，因为她的这种狂喜比一些受过高等教育的人提起精致高雅的艺术享受时所表现出来的狂喜要强烈得多。我已经准备好要加入她的这场狂欢中去，不管这首歌具体唱了些什么；玛丽亚充满爱意的话语，她那绽放渴望的目光，在我既往的审美体系中撕开了一道巨大的缺口。诚然，世间确实存在着这样的一类美，一类精挑细选出来的、数量极少的美，在我看来，这种美是

1 此处原文为英文Grill Room，以牛排为招牌菜的餐厅。

2 汉姆生（1859—1952），挪威作家，1920年诺贝尔文学奖获得者，代表作有《神秘的人》等。

超越一切争议与怀疑的，其存在是绝对的。比方说，在这种美中占据首要位置的，首先就有莫扎特。可是话说回来，这种美的边界又在哪里呢？我们这些鉴赏家和评论家在自己年轻的时候，不是也曾热衷于那些以现今观点看来极其可笑，乃至糟糕透顶的艺术作品和艺术家吗？我们对李斯特、瓦格纳甚至贝多芬的感觉不也是如此吗？玛丽亚在谈论那首美国通俗歌曲时所绽放出来的孩子般的天真情感，岂不就像一些参议教师[1]对特里斯坦[2]的激情，抑或指挥家在指挥第九交响曲[3]时的狂喜一样，是一种纯粹、美好且毫不存疑的艺术体验吗？那么，这一切岂不是很奇怪地符合巴勃罗先生之前向我提出的观点，并且证明他是对的吗？

这个巴勃罗，英俊的家伙，玛丽亚似乎也非常喜欢他！

“他是个漂亮人，”我开口说道，“我也非常喜欢他。不过，请告诉我，玛丽亚，你又怎么可能会喜欢上我呢，你到底爱我哪一点？要知道，我可是个跟英俊毫不沾边、头发花白一片、既不会吹萨克斯风也不会唱英语情歌的沉闷老家伙啊。”

“不要说得这么难听！”她叱责道，“喜欢你，其实是件再自然不过的事情。你也很招我喜欢啊，你身上也有美好、可爱且特别的东西，你就是这个样子的，独一无二，没人可以取代。情意浓时，本就不应该讨论彼此相爱的原因，不应该要求对爱做出解

1 德语国家特有的教师职务，除授课外亦承担部分辅导任务，类似于年级辅导员与班主任的结合体。君特·格拉斯作品《狗年月》中对这一职务有详细描述。

2 指瓦格纳歌剧《特里斯坦与伊索尔德》，为世界公认的歌剧巅峰作品之一，但相对通俗，故在此与参议教师这种触及知识分子门槛但水准仍较低的人群对应。

3 指贝多芬第九交响曲，该组曲被认为是贝多芬在交响乐领域的最高成就，常被视为古典音乐领域的巅峰之作。

释。瞧瞧，当你亲吻我的脖子或者耳朵时，我能明确感觉到你很喜欢我，而我也喜欢你；当你亲吻我的时候，又表现得有点儿害羞，在我看来，这种现象就仿佛是在悄悄告诉我：他很喜欢你，很欣赏你的美貌。于是，这害羞的吻就令我非常、非常受用，自然就更喜欢你啦。然后，打比方说，我这时又换了个男人，跟另外一个男人在一起了，但我喜欢他的理由却刚好相反：他似乎一点儿都不关心我，很嫌弃我，亲吻我就仿佛是他的恩惠，可我有时候又喜欢有人这样对我。”

我们又一次睡着了。当我再次醒来时，我的动作还跟睡前一样，依旧用双臂环抱着她。噢，这朵美丽复美丽的花儿啊。

岂不怪哉！——这朵花儿虽然如此美丽，却始终是赫尔敏娜送给我的礼物！那个赫尔敏娜，她始终躲在玛丽亚身后，像是蒙了一层玛丽亚的皮囊一般，被封闭在她体内！想着想着，我突然想起了艾丽卡，想起了我身在远方的危险爱人，想起了我可怜的女朋友。她的美貌与玛丽亚相比也毫不逊色，尽管如此，她却不像玛丽亚那样，可以因为年轻而肆意绽放青春光彩，没有她那样放得开，且在情欲行为的小巧思方面也比较贫乏。她如同幻象一般在我面前站了好一会儿，模样十分清晰，栩栩如生，因此也格外令我感到痛心——我那么爱她，她与我的命运深深交织在一起。随后她又沉了下去，进入睡眠状态，遁入遗忘之境，同我保持了略有些哀伤的距离。

在那个美丽而温柔的夜晚，我生命中曾经发生过的许多事情，开始以一幅幅画面的形式在我面前缓缓浮现——这时我才发现，我竟然已经空虚、贫乏、没有任何画面地生活这么久了。此刻，尘封往事的闸门被爱神那神奇的力量一下子给打开了，多姿多彩的画面自源头处涌出，在我面前鲜活跳动，往事历历在目。我凝望着这些过往，心中喜悦与悲伤的交织起伏，时不时就会变得过于剧烈，乃至令我的心脏仿佛在一瞬间停止了搏动。唉，瞧瞧这陈列我生命中各种图景的大厅吧，它的收藏是多么丰富啊！看似贫瘠的荒原狼灵魂，竟也在无边无际的辽阔夜空中挂满了永恒闪耀的星辰和星座！童年和母亲的意象，朦胧又虚幻，模模糊糊地融合在一起，好似一座遥远的、上方有无穷无尽蓝色迷雾笼罩的高山。接下来，我人生中友谊的大合唱开始响起，一系列铿锵有力、清晰无比的声音陆续传入我的耳中，从传说中的赫尔曼开始——他是赫尔敏娜灵魂层面上的亲兄弟；一阵芬芳的香气传来，那是不食人间烟火的气息，如同潮湿的莲花自水中绽放，许多女人的幻象游了过来，我曾经爱过她们，我曾经渴望过、歌颂过她们，但是，我只跟当中的少数人有过真正的接触，并试图将她们据为己有；我的妻子也出现了，她同我一起生活了许多年，她教会了我什么是相濡以沫，什么是家庭冲突，什么是听天由命，尽管生活中充满了艰难困顿，我对她仍然存有一份深深的信任。然而，在我变成了疯子、变成了病人的那段日子里，她却毫不留情地背叛了我，突如其来地逃离了这个家，将我给抛弃了——我这才意识到我有多么爱她，我是多么无条件地信任她，因此，她的失信才会给我带来如此沉重的打击，几乎毁掉了我的人生。

上述这些消失已久的画面——数量有数百个之多，有的标记了名字，有的没有名字——如今又都出现了，从这个满怀爱意的夜晚掘出的深井中涌出，每一幅画面都像刚刚画好的一样，画面鲜活有力。转眼之间，我又获知了自己在长久的痛苦中早已忘却的东西，它们是我生命的财富与价值，将会继续不可磨灭地存在下去。没错，它们就是我过往的经历：这些经历如今已成满天星辰，我可以忘记它们，但却无法摧毁掉它们；将星辰联结起来所组成的这幅图景，构成了我人生的传奇故事，熠熠星光正是我自身存在不可磨灭的证据。诚然，我的生活是艰辛难挨、反复无常、没有多少快乐可言的，正是这种生活导致了我对它接连不断的放弃与否定，正是这种生活，令我被迫尝遍了人类命运中所有可能的苦楚；但它同时也是丰富的、自豪的、充实的，纵使在苦难折磨中沉浮，所过的也是一种如国王般闪耀的日子。哪怕这条终将落幕的小路在行走过程中遭遇了怎样的凄惨、经受了怎样的堕落，我这一生的核心依旧是高贵的，过得体面而红火，何必锱铢必较，但求无愧于心。

自那天晚上到现在，已经过去有一段时间了，从那时开始，许多事情都发生了变化。如今我只能回忆起关于那晚的一些零碎细节，我们之间的零星对话，温柔爱抚时的零散姿势和动作，以及从性爱之后慵懒而沉重的睡眠中醒来时，那些星星点点如浮光般闪动的时刻。可是，自打我的生命走上衰退之路以来，恰恰就是在那天晚上，我的人生第一次用它那冷酷无情的目光回望了我。当我再次将意外之灾视作命运的安排，将自身如一片废墟般的现状视作超凡入圣所必需的碎片时，我的灵魂又开始呼吸了，我的眼睛又能看清前路了。有那么一瞬间，我灵感突发，脑袋里冒出了这样一个念头：或许我只需要将目前生活中这些散乱的元素巧妙地组合起来，只需要将我哈利·哈勒的荒原狼生活整体提升为一幅全新的画面，以此来让自己也进入画面的世界里，如此一来，岂不是也能成为如星辰般不朽的人物了吗？这难道不是每个人一辈子都在努力尝试的目标吗？

早上，在玛丽亚跟我分享了原本仅供我一个人吃的早餐之后，我不得不想办法将她偷偷带出家门，好在过程还算顺利。同样是在这一天，我为她和自己在公寓附近租了一个小单间，专供我们两个约会使用。

每次一到约定好的时间，我的舞蹈老师赫尔敏娜都会尽职尽责地现身，因此，我不得不向她好好学习怎样跳波士顿舞。她严格而无情，不允许我逃掉哪怕一节课，因为她已经决定好了，我将跟她一起参加下次举办的化装舞会。为此，她向我要了一些钱，买晚会时她打算穿的衣服，但她拒绝向我透露任何相关信息。她仍然禁止我去她住的地方见她，我甚至都不能问她住在哪里，因为她不允许。

化装舞会正式开始前的这段时间——大约三个星期，我的生活过得格外惬意。在我看来，玛丽亚恐怕是我有生以来第一个真正的情人。在此之前，我一直要求自己所爱的女人必须有思想，必须受过良好教育，但却从来不曾意识到，哪怕是思维最机敏、相对而言受过最优秀教育的女人，也未必能够完全依照我内心的理念与逻辑，随时给出两相契合的回应，恰恰相反，她们总是反对我，跟我对着干；在此之前，我总是主动将自己脑袋里的各种问题和思考展示给这些女人，以此为标准来寻找合适的对象，因为对我而言，爱上一个从小到大几乎没有读过一本书、不明白阅读为何物、无法区分柴可夫斯基和贝多芬的女孩——爱她超过一个小时，似乎都是完全不可能发生的事情。然而，玛丽亚就没有受过任何教育，她根本不需要这些迂回曲折的玩意儿，不需要一个足以替代她原来所生活世界的新世界。她的所有问题都是直接从她感官所获得的讯息中产生的——用她天生就有的感觉器官，用她婀娜的身体、她的色彩、她的头发、她的声音、她的皮肤、她的气质[1]，在爱情中获得尽可能多的感受与幸福，在爱人身上找到并勾引出对她的每一项能力、她身体的每一条曲线、每一个最精致造型的回应，博得爱人的理解，激发爱人的情欲，进行你来我往的快乐游戏，这就是她的艺术、她的人生任务。早在跟她第一次羞涩共舞的过程中，我已经察觉到了这一点——我闻到了某种巧妙的、令人倍感愉悦的、修为很高的性感香气，甚至在闻到的同时就已经被她给迷住了。全知全能的赫尔敏娜将这个玛丽亚带到我的面前，当然不是什么巧合。她身上的香味，乃至她整个人的感觉都是夏天的、是玫瑰色的。

我没有幸运到成为玛丽亚唯一的，或者是最喜欢的情人，我只是她几个情人当中的一个。她经常抽不出时间来陪我，有时下午能有一个小时在一起，晚上偶尔也会一起过个夜，但次数很少。她从来不拿我的钱——赫尔敏娜很可能是制定这项准则的幕后黑手。但她喜欢拿礼物，比方说，我送她一只崭新的红漆皮小钱包，并且在里面放上两三枚金币[2]，她也是很愿意接受的。顺带一提，我因为送她小红钱包这件事，而被她取笑了！钱包本身倒是挺精致可爱的，但它实际上是商店里卖不出去的滞销品，样式早就不流行了。在这类问题上，我迄今为止完全缺乏了解，也不太能理解，就跟我对因纽特语[3]既缺乏了解也无法理解一样。我从玛丽亚那里学到了许

1 原文如此，使用大量物主代词表强调。

2 此处所指应为瑞士二十法郎金币，换句话说还是等于给钱。

3 指主要生活在美国、加拿大、俄罗斯、丹麦等国北极圈或靠近北极寒冷地带的因纽特人所使用的一系列语言，现存大约十种，均属于因纽特–阿留申语系，极为冷门。

多这方面的知识，其中最重要的是，我了解到这些女人的小玩具、时尚新品和奢侈品并不只是单纯的装饰品和俗不可耐的低级趣味，并不只是贪财的制造商和商人小贩的发明，其存在是自有其道理的，本身也是很漂亮的、多姿多彩的，它们构成了一个自成体系的小世界，或者甚至可以说是一个相当大的世界。所有这些物品存在的唯一目的，就是为爱服务，完善并丰富人的感官，让死气沉沉的环境变得活跃起来，如同施展魔法一般，神奇地赋予环境以全新的爱情感官——从香粉、香水到舞鞋，从戒指到香烟盒，从皮带扣到手袋，皆是如此。手袋并不起袋子的作用，钱包也不是钱包，花非花，扇非扇，一切都是爱情、魔法、魅惑力的塑形材料，是信使，是游商，是武器，是战吼。

玛丽亚爱的究竟是谁，我经常思考这个问题。在我看来，在所有情人当中，她最喜欢的还是那个萨克斯风演奏者，年轻的巴勃罗，他有一对眼神永远迷离的黑眼眸，和一双修长、苍白、高贵、忧郁的细手。我本来以为这个巴勃罗在恋爱交往上有点儿温暾，就像一支温室里的花朵，理所当然也很被动，但玛丽亚向我保证，说巴勃罗虽然看似慢热，但他的爱火一经点燃便是熊熊烈火，到了那时，他可比任何一位拳击手或者马术骑师都更加认真、更为卖力、更有男子气概，主动索求得也更多，这跟我所想的可大不一样。如此这般，在玛丽亚的帮助下，我通过道听途说的方式，知道了我们这个圈子里的一大堆秘密，其中有事关爵士乐手的秘密，有演员的秘密，有某几位女士的秘密，还有圈内女孩跟男人之间的秘密。总之，我知晓了各种各样的秘密，看到了一团和气的表面之下，人们彼此之间暗流涌动的亲近与敌意，圈内的一切慢慢由陌生变得熟悉

（在此之前，在他们的这个世界里，我始终都是个跟圈内人扯不上任何关系的异类），我也逐渐融入了进去。除此之外，我还了解到了许多关于赫尔敏娜的情况。尤其值得一提的是，我现在经常跟玛丽亚非常喜欢的巴勃罗先生混在一起。她也时不时地需要他所掌握的那些秘密药方，与此同时，她也经常向我提供依据药方配好的药粉，跟我分享吸食的乐趣。至于巴勃罗本人，他当然也总是特别热心地为我提供相应的服务。还记得有一次，他直截了当地对我说："您竟然如此不开心，这可不是什么好事，本不该这样的。唉，看到您这样，我可真觉得揪心。要不您拿上烟管，抽一口鸦片烟吧。"我对这个开朗、聪明、总是像孩子一样天真但又难以捉摸的男人的判断，持续不断地发生着变化。我们终归还是成了关系不错的朋友，我也经常使用他所提供的一些药方。他一直在用看热闹的态度观察我对玛丽亚的迷恋，觉得这件事很有意思。有一次，他在自己的房间里举办了一场"狂欢会"——他的房间在郊区一家酒店的阁楼上。由于房间里只有一把椅子，玛丽亚和我不得不直接坐到床上。他给了我们一些喝的东西，是一种从三只小瓶子里各倒出一点儿液体混合调制而成的、口感神秘而美妙的利口酒。然后，当我的情绪逐渐被调动起来，精神非常亢奋的时候，他的眼睛里开始闪现出奇异的光彩。

还有一天晚上，他所做的事情让我更觉讶异。当晚他出现在我租住的公寓里，告诉我，他急需二十法郎，要请我给他这笔钱。作为回报，他提出由我来代替他，在当天晚上占有玛丽亚。

"巴勃罗，"我对他的要求表示愕然，"您根本不知道您在说些什么。将自己的情人让给另一个男人，以此来换取金钱——在这个世界上，这恐怕是我们能够想到的最可怕的事情之一。您就当我从来没有听到过您的提议好了，巴勃罗。”

他用充满同情心的、可怜兮兮的眼神看着我：“您不想这样啊，哈利先生。很好。您总是要给自己找麻烦。既然如此，那您今晚就不要跟玛丽亚睡觉好了，毕竟是您自己的选择。不过，还是要请您给我那笔钱，我们可以先商量好，您以后还是可以拿回去，原数奉还，但我今天一定要借来救急。”

“是用来做什么的呢？”

“为阿戈斯蒂诺借的——您也知道他，就是拉第二小提琴的那个小家伙。他已经病了八天了，没有人照顾他，钱这方面，他是一丁点儿都没有，现在连我的也花完了。”

出于好奇，也有一部分是为了惩罚自己，我跟他一起去了阿戈斯蒂诺家，他将牛奶和药品带到了他所住的阁楼里，是个条件相当差的阁楼房间，他给他重新铺好了床，给室内通风，并且在发烧的脑袋上弄了一块处理得相当漂亮的退热敷布，他做所有这些事情都很迅速、很娴熟、很专业，像个好护工。同一天夜里，我又看到他在“城市酒吧”[1]里演奏，直到黎明破晓。

我经常跟赫尔敏娜一起聊关于玛丽亚的一切，时间往往很长，聊的内容也挺具体的：我们聊她的双手、肩膀和臀部，聊她发笑、亲吻、跳舞时的情态。

“她已经给你试过了吗？”赫尔敏娜有一次这样问我，并且向我描述了接吻时舌头的一种特殊玩法。我要求她亲自示范给我看，

1 City Bar，原文为英语。

但她态度严肃地拒绝了。“那是以后的事，”她说道，“我目前还不是你的爱人呢。”

我问她究竟是如何获知玛丽亚的接吻技巧，以及她生活中一些只有真正跟她耳鬓厮磨过的男人才可能知道的秘密怪癖的。

“噢，”她感叹道，“我跟她可是好朋友呢。你认为我们之间还有秘密吗？我经常跟她一起睡，跟她一起玩。不得不说，你确实逮到了一个漂亮女孩，她会的东西可比别人多得多。”

“可我并不这么想，赫尔敏娜，我觉得你们之间仍有秘密。莫非你也把你所知道的关于我的一切统统告诉了她？”

“没有，关于你的事情是她无法理解的。玛丽亚非常棒，你其实已经很幸运了，但是，在你跟我之间的一些事情，却是她完全不知道的。自然，在你跟她确立关系之前，我告诉了她许多关于你的事情，肯定比你当初希望我让她知道的要多得多——毕竟我得为你勾引她嘛！不过，理解，我的朋友，好比我永远都能理解你一样，玛丽亚永远都不可能真正理解你，世界上再没有任何人能够像我这样理解你了。在你认识她之后，我也从她那里了解到了一些新东西——所以，玛丽亚对你的了解，完全包含在了我对你的了解当中。我是如此了解你，就仿佛我们也经常睡在一起一样。”

当我跟玛丽亚重逢时，我又从玛丽亚那里得知，她竟然也像喜欢我一样喜欢着赫尔敏娜，也像跟我在一起时那样跟赫尔敏娜亲近。全新的、间接的、复杂的关系与关联，此刻横亘在我面前，爱情与生活的崭新可能性正在逐渐浮现，我忽而想起了《荒原狼研究》小册子中提到的一千个灵魂的说法。

在那段短短的时间里，从我与玛丽亚相识，一直到盛大的化装舞会启幕之前，我过得可真是太幸福了，不过，我却从来没有感觉到这是一种救赎、一种已臻完满的幸福，而是非常清楚地察觉出这些都是前奏和准备工作：一切都在猛烈地向前推进，到了一定程度之后，真正的东西才会到来。

舞蹈方面，我已学会了不少，照目前水准来看，大概足够去参加舞会了，与此同时，人们聊起舞会的频率也在与日俱增。赫尔敏娜坚守着一个秘密——她坚决不肯告诉我，她在舞会上会穿什么衣服。她说，我到时候是可以直接认出她来的，如果我做不到，她也会来帮助我，但我不能事先获知任何相关的细节。另一方面，她对我的化装计划一点儿都不好奇，所以我决定干脆不化装。当我邀请玛丽亚参加舞会时，玛丽亚却告诉我，她已经有了一位共赴舞会的先生，而且她确实有一张票在手。如此这般，我略有些失望地发现，届时我必须独自去赴这场舞会。顺带一提，这是本市最讲究的化装舞会，每年定期由艺术家协会在环球大厅举办。

这些天里，我很少见到赫尔敏娜，不过，在舞会正式启幕的前一天，她倒是跟我一起待了好一会儿——我提前买好了舞会的票，她是约好到我这里来取的。拿到票后，她没有走，而是跟我一起在我房间里平静地坐了坐，在此期间，我们进行了一次对我而言很奇怪的谈话，给我留下了深刻的印象。

“其实你现在过得真的挺不错的，”她说，“学跳舞对你很有好处。任何连续四个星期没见过你的人，都很难认出你来。”

“是的，”我承认，“我已经很多年没有这么好过了。这一切都归功于你，赫尔敏娜。”

“噢，不应该归功于你美丽的玛丽亚吗？”

“不会，将她交给我的毕竟也是你。她很不错。”

“她正是你需要的情人，荒原狼。她漂亮、年轻、情绪稳定，在爱情方面非常聪明。而且，你不是每天都能占有她，这一点很重要，因为一旦你不必跟别的男人一起分享她，一旦她不总是你生活中的一个过客，事情就不会这么好。”

是的，我也不得不承认这一点。

“照此看来，你现在实际上已经拥有了你想要的一切，不是吗？”

“不，赫尔敏娜，不是这样的。眼下我确实拥有了一些非常美好的东西，给我带来了欢愉，带来了巨大的幸福感，带来了可人的慰藉。我简直太开心了……”

“所以说嘛！既然如此，你还想要些什么呢？”

“我想要更多。我不满足于幸福，我不是为幸福而生的，幸福不是我的宿命。我的宿命恰恰相反。”

“所以，你想要的其实是不幸？照此看来，你倒是曾经有过许多不幸，当你因为剃刀而不能回家的时候就是如此。”

“不对，赫尔敏娜，今时毕竟不同往日。诚然，当时我确实非常不幸。但那是一种愚蠢的不幸，一种荒芜的不幸。”

“为什么会这样呢？”

“因为如果不是这样的话，我在当时就不会产生对死亡的恐惧——死亡毕竟是我所希望的啊！我需要并渴求的不幸是截然不同的；它理应令我在爱欲中痛苦挣扎，在极乐中辞别人世。这才是我所期待的不幸，或者说幸福。”

“我理解你。在这一点上，我们是同道中人。但你对你现在找到的幸福有什么好排斥的呢？跟玛丽亚在一起你难道不开心吗？你为什么不对此感到心满意足呢？”

“我并不排斥这种幸福，噢，不只是不排斥，我还很爱它，我对它的存在充满感激之情。这种幸福是如此美好，就像多雨夏天里偶然遇上的一个晴天。但我隐隐约约觉得它不能持久。况且，在这棵幸福之树上不会结出任何的果实。没错，它很让人满意，但心满意足却并非我真正想吃的那道菜；它将荒原狼喂得饱饱的，让荒原狼沉沉睡去。可即便如此，它也并不是值得为之而死的幸福。”

“也就是说，求死是必需的了，对吗，荒原狼？”

“我想是的！我对自己目前的幸福生活非常满意，所以，我应该还可以再忍受相当长的一段时间。但是，假设目前的幸福时不时地能够留给我一个小时的时间，让我可以重新唤醒荒原狼，让我还能够有所企盼的话，那么我所有的企盼就是：不要让眼前的幸福永久持续下去，我必须再次受苦，只要这种受苦的生活相比以前能够稍微美好一些，没有那么可怜，就可以了。我渴望受苦，受苦能够让我准备好赴死，让我甘愿赴死。”

赫尔敏娜温柔地注视着我的眼睛，之前那种晦暗的眼神突然在她双眸中浮现。此刻，那双眼眸看起来是多么美丽，那眼神是多么可怕啊！她开口说话了，说得很慢，字斟句酌，而且声音很轻，我不得不费力去听清楚她到底说了些什么：

“今天，我打算告诉你一些事情：一些我早就知道的事情，一些你也知道的事情，但或许你还没有打算要让自己真正去接受它。嗯，我现在要告诉你的是，我对我和你以及我们自身命运的认知。哈利，你一度是个艺术家、思想家，是个充满欢乐和信仰的人，一直在追寻伟大和永恒，从不满足于美丽表象与细枝末节。然而，生活越是唤醒你，越是将你带到真正的自己身边，你所受的苦难就越多，你陷入煎熬、困惑与绝望当中的程度也越深，直到苦难最终扼住了你的咽喉，令你奄奄一息。到了这个阶段，你所熟知、所热爱、所崇敬的一切美好与神圣，你对人类、对我们崇高命运的全部信仰，它们统统都无法帮助你，统统失去价值、化作乌有。你的信仰再也无法呼吸了——众所周知，窒息而死是一种极其艰难的死法。我说得对吗，哈利？这就是你将要面对的最终命运吗？”

我只知道不停地点头、点头、点头。

“你心中原本有一套关于理想生活的图景，有对应的信念与要求，你已准备就绪，打算奔赴这种生活，打算采取一系列实际行动，对随之而来的痛苦与牺牲也已有了准备——然后你才逐渐意识到，这个世界其实根本就不需要你采取任何实际行动，也不需要你做出什么牺牲，真实生活绝非一部以英雄为主角的史诗，其中甚至没有英雄型的角色，也没有对应的英雄事迹，类似的东西一概没有；事实上，真实生活不过是中产阶级的漂亮起居室罢了，人们完全满足于食品和饮料、咖啡和编织袜、塔罗奇扑克[1]、无线电音乐。任何想要其他东西的人、任何自己身上有这类东西的人——英雄主义理念、对美的追求、对伟大诗人的崇拜，抑或对圣徒的崇敬——都是一个傻瓜、一个堂吉诃德式的骑士。很好。真实生活对我同样也是如此，我的朋友！要知道，我可是个天赋出众的女孩，原本以为自己注定要以志存高远的榜样人物为目标来生活，注定要对自己

1 用塔罗牌二十二张主牌来打的一种扑克游戏，玩法简单上手快，深受中下阶层民众欢迎。

提出极高的要求，完成一系列不同凡响的使命。我有足够的能力，足以肩负常人难以企及的责任，我可以成为国王的妻子，充当革命家的情人，要么就是天才的妹妹、烈士的母亲。然而，生活只允许我当个有着大差不差格调的风尘女子——哪曾想到，光是这个身份对我而言就已经够困难的了！这就是我的实际情况。我一度感到极为沮丧，很长一段时间里都在不停责备自己。我心里想着，生活中毕竟都是真实发生的事情，真实的肯定永远是对的，于是，当生活嘲笑我的美好梦想时，我自然而然就会认为，自己的梦想一定都是愚蠢和错误的。然而，这种认知其实对我一点儿用处都没有。幸好我有一双好的眼睛，有一对听得很仔细的耳朵，同时还有一点儿好奇心，因此，我开始细致入微地观察所谓的真实生活，观察我的熟人和邻居们，观察对象共计五十多人，观察涉及他们这群人的行为和命运。然后我终于发现，哈利，我的梦想本身是正确无误的，哪怕检查一千遍都是正确的，就像你的梦想一样。反而生活——现实——才是错误的。像我这样的女人，要么在打字机前可怜兮兮地老去，为赚大钱的人服务，要么为了谋生而嫁给这样一个赚大钱的人，要么成为一个妓女，除了这些之外，就再没有其他选项了。像你这样的男人，不得不活得孤独又胆怯，内心反复挣扎，拼命想要去拿起剃刀，这种生活相比我所过的生活而言也好不到哪里去。不过，在我这方面而言，痛苦或许更多还是来自物质与道德层面上的，对你则更多是精神层面上的——无论如何，我们所走的道路都是一样的。你认为我不能理解你对狐步舞的恐惧、你不愿意去酒吧和舞厅的理由、你对爵士乐和所有这些东西的愤怒，你不妨仔细想想看，我是真的不能理解吗？实际上，我非常理解它们，不仅如此，我也非常理解你对政治的厌恶，你对政党、媒体那喋喋不休、不负责任态度的悲伤，以及你对一切的绝望——对战争的绝望，包括已经发生的战争和即将发生的战争；对当今人们的思考模式感到绝望；对他们的阅读品位绝望；对他们建造的新建筑绝望；对他们创作出来的新音乐绝望；对庆祝传统节日的方式绝望；对推行教育的手段绝望！你是对的，荒原狼，你对生活的怀疑千真万确，可即便如此，你仍然注定要走向末路。对于今天这个简单、舒适、人们很容易满足的世界而言，你的要求太高了，也太饥渴了，于是，它只好排除异己，把你给吐出来，因为你对它而言仿佛是来自不同维度的人，你的维度更高，这里根本就没有你的容身之处。如果想要在如今的现实生活中幸存下来，过得快活又自在，那就一定不能做像你和我这样的人。谁要求用真正的音乐来代替靡靡之音，用真实的快乐来代替逢场作戏，用灵魂来代替金钱，用正当的工作来代替蝇营狗苟，用正经的激情来代替浅尝辄止，那么，对于提出这些要求的人而言，这个美好的世界就不可能是他的理想家园……”

她低下头去，若有所思。

“赫尔敏娜，”我温柔地喊着她的名字，“好姐妹，你的这双眼睛，看得确实很透彻！纵使如此，你还是教会了我跳狐步舞！你的意思是像我们这样的人，来自不同维度的人，不能住在这里，对吗？可这不能相容的情况又是出于什么原因呢？唯独我们这个时代才有这种情况吗？还是一直都是如此呢？”

“我不知道。不过，为了人类世界的荣耀，我将假设这种情况只出现在我们的时代，假设这只是一种暂时的疾病，只是一时的不幸。领袖们正在努力工作，成功地带领着我们的国家一步步走向下一场战争，与此同时，我们其他人正在跳狐步舞，努力挣钱，吃着巧克力果仁脆饼[1]——在这样一个特定的年代，世界看起来肯定糟糕无比。无论如何，我们还是希望其他年代相比之下可能会更好一些，也希望这个世界将再次变得更美好、更丰富、更广泛、更深入。但我们自己却并没有因此而得到任何帮助。况且，世界甚至可能一直都是这个样子的……”

“总是像眼下这样？总是只有政治家、投机商、招待员和浪荡客的世界，不给真正的人类哪怕一点点可供呼吸的空气？”

“好吧，我不知道，没人知道。知不知道也无关紧要。不过，现在我倒是想起了你最喜欢的那个人——我的朋友，你时不时地就会跟我谈起他，也读过他所写下的信笺——莫扎特。跟他生活在同一个年代会是什么感觉？谁又在他所生活的年代统治着世界？谁将蛋糕上的奶油吃光抹净，攫取了最大的利益？谁负责定下时代的基调？谁的地位举足轻重？是莫扎特，还是那些暴发户？是莫扎特，还是资质浅薄的平庸之人？莫扎特，他又是怎么死的？怎样埋葬的？综上所述，我认为，世界也许一直是——并将一直是这个样子，至于他们在学校里讲授的所谓‘世界史’课程，以及人们为了受教育而必须用心学习的东西，还有所有的英雄、天才、伟大事迹和感情——这些都只是个骗局罢了，统统都是学校老师们为了训诫而打造出来的，以便让孩子们在规定的年限内能够有些事情可做。时间和世界、金钱和权力统统属于宵小之徒、浅薄之辈，没有什么

1 一种法式点心。

属于其他人，没有什么属于真正的人，这种情况始终如一，未来也将一直如此。除了死亡之外，什么都没有。”

“真的再没有别的了吗？”

“有的，永恒。”

“你是指青史留名吗？在后世留下名声？”

“不，荒原狼，不是名声——名声有任何价值吗？况且，你是否觉得所有真正真实和完整的人，都已经成名，并且为后人所熟知了呢？”

“不，事实当然不是这样。”

“既然如此，也就是说，名声无足轻重。名声仅仅是为教育而存在的概念，是学校老师们折腾出来的玩意儿。名声并非我想说的永恒，噢，根本不是！我愿称为永恒的东西，虔诚的人们通常称为神之国度。我的想法是这样的：我们所有的人，我们这些要求更高的人，我们这些渴望更多的人，我们跟其他那些人不在同一个维度上；可是，如果在这个世界的空气之外，再没有另一种空气可供呼吸，如果在时间之外没有永恒，我们根本就无法生活。我们之所以还活着，全凭独立于时间之外的永恒，即所谓的真实之境。真实之境里有莫扎特的音乐，有你那些伟大作家所创作出来的诗歌，有那些创造奇迹的圣徒——他们遭受苦难，慷慨殉道，为人间成就了伟大的榜样。不仅如此，在这永恒当中容纳了每一幅描绘真实行为的图像、每一份表达真实感情的力量，纵使没有人知道它们、看到它们，没有人将它们写下来，没有人专门为后世存续它们，它们在此也是切实存在着的。永恒中没有后世不朽，只有现世共荣。”

“你是对的。”我感慨道。

“虔诚的人们啊，”她若有所思地继续说了下去，“他们毕竟对这种永恒了解得最多，这就是为什么他们会在人世间树立起圣徒形象，这也是为什么他们会创立所谓‘圣徒团契’[1]。圣徒都是真实的人，是救主的弟子。我们一生都在通往他们的道路上前进，每一项善行、每一个勇敢的想法、每一份爱，都能让我们更靠近他们一些。圣徒团契在基督教早期被画家们描绘为金色的天空，光芒四射，美好安详——这幅图景无非就是我之前所说‘永恒’的具象化，是超越时间、超越表象的境界。那里就是我们的归属，那就是我们的家，是我们的心努力渴望着的地方，荒原狼，那也正是我们总在渴望死亡的原因。在那里，你会再次找到你的歌德、你的诺瓦利斯和莫扎特；我也会找到我的那些圣徒，圣克里斯托弗[2]，圣斐理伯·内利[3]，所有这些人。有很多圣徒起初都是无恶不作的罪人，但罪孽也可以是通往圣洁的道路，罪孽与恶行。我有个想法，说出来你可能会笑，但我经常觉得，我的朋友巴勃罗或许也是位不怎么显山露水的圣徒。噢，哈利，我们必须摸索着蹚过如此之多的污泥路，忍受如此之多的荒唐无稽才能回家！没有人能够指引我们，我们唯一的指引，就是乡愁。”

她再一次用很轻的声音说完了最后几个词，现在房间里很静，太阳正在落山，暮光斜落，使我小小图书馆内许多藏书书脊上的烫

1 原文为die Gemeinschaft der Heiligen，是拉丁语communio sanctorum的德语称法。如今的“团契”是基督教新教教徒的组织形式之一，通常认为是圣徒大团体即教会中持共同信仰的信徒们所过的集体生活，其形式是互信、互通、友爱的，因此有时也被称为“圣徒相通”。“圣徒团契”概念始于基督教早期，其内容随着基督教的发展也在不停发生变化，故有后文中关于圣徒团契在基督教早期的相关说法描述。

2 东正教传说人物，旅行者的主保圣人。

3 圣斐理伯·内利（1515—1595），罗马“经堂会”的创始人，1622年封圣。

金字母闪闪发光。我用双手轻轻捧住赫尔敏娜的脑袋，在她额头上吻了一下，然后又将她的脸颊侧过来，紧贴在我的脸颊上，仿佛我们俩是亲兄妹似的，就这样待了一小会儿。我宁愿就这样长久待下去，今天不再出去了。可是，就在今天这个晚上，也即大舞会启幕前的最后一个夜晚，玛丽亚已将自己今晚的所有权许给了我。

尽管如此，在去找玛丽亚的途中，我心里却并没有想着玛丽亚，反而翻来覆去地想着赫尔敏娜方才所讲的那些话。在我看来，这些恐怕并不是她自己的想法，而是我的想法，她通过自己那双极具洞察力的眼睛读到了这些想法，再将它们以语言的形式反馈给了我。于是，这些想法现在有了具体的形状，重新站在了我的面前。她讲出了对永恒的思考，在那个时间点上，我尤其要为此向她深表感激。我需要它，没有它，我既不能生也不能死。今天，我的朋友兼舞蹈老师又让我抵达了圣洁的天国，将永恒本身、具有永恒价值的世界，以及神圣的实质赐予了我。我不由得回想起了自己之前做过的那个歌德梦，回想起了梦中那个笑起来简直不像人类的老智者的形象：他以不朽者的身份对我加以耻笑。直到此刻，我才终于明白歌德之笑的秘密——那是不朽者的笑。那种笑是没有实际存在的，你只能看到一些光，看到相对明亮的部分，那是当一个真正的人经历了人类的痛苦、恶习、错误、激情与误解之后，终于被推向永恒、遁入外太空后留下来的东西。至于所谓“永恒”，只不过是针对时间的一种解脱，某种程度上而言，时间回到了纯真的源头，可谓时间对空间的回归。

我到我们晚上经常一起吃饭的地方去找玛丽亚，但她还没有来。于是，我便坐在安静郊区酒馆的餐桌旁等她，可我的思绪还停留在我跟赫尔敏娜之前的谈话里。赫尔敏娜跟我交流的所有这些想法，乍一看去，似乎都挺熟悉，拥有一种很熟悉的深刻内涵，甚至略有些老套，简直就像是从我自己内心最深处的神话和图景世界里抽取出来的！不朽者，他们生活在永恒空间里，沉湎其中，已逐渐成为画像般的存在，永恒在他们周围呈现出晶莹剔透的形态，如以太般倾泻下来，将他们封锁在里面，超凡脱俗的永恒世界，拥有惬意清爽、如星辰般闪耀的欢快气氛——为什么这一切在我眼中会如此熟悉？我思索着，脑海中隐约浮现出莫扎特《遣兴曲》[1]和巴赫《优律键盘曲集》[2]的片段，沉浸在这些乐曲声中，我仿佛看到四面八方都闪耀着清朗如星月般的熠熠光辉，弥散着清澈如以太般的空灵氛围，一切都在随着音乐振荡、共鸣。没错，就是这种音乐，它就像是时间本身被冻结在了空间里，某种超越人性的欢快，某种永恒的、神圣的笑声凌越其上、无限回响。噢，我梦中的老歌德，他跟这些是多么契合啊！突然之间，我听到自己周围到处都有这深不可测的笑声传来，那正是不朽者们的笑声，我听到他们在大笑。于是，我如痴如醉地坐在那里，如痴如醉地从马甲口袋里摸出我随身携带的铅笔，然后又开始四处找纸。找着找着，我发现了摆在我面前的酒单，便将它翻过来，在背面的空白处开始写，写下一行行诗句。直到过了些日子，我才在自己口袋里再次找到这首诗。诗句

1 一种近似于小夜曲与嬉游曲的音乐体裁，这三类体裁几乎都是应景之作，搭配合适的场合来给人们助兴。黑塞在这里专门提到遣兴曲，是有其道理的，因为三类体裁中属遣兴曲娱乐性最强，气氛欢快，且专门针对室外社交场合，这与文中针对永恒世界的相关描述是贴合的。莫扎特所创作的遣兴曲不少，较有名的有G大调第一遣兴曲等，原文中虽有书名号，但其实只是概称。

2 四十八首前奏曲与赋格的统称，分上下两卷，是巴赫键盘音乐中最伟大的作品。国内一般错译为“平均律钢琴曲集”，近年来已被逐渐纠正。

如下：

不朽者

一次又一次地自劈开大地的峡谷中向我们涌来的是——

生命的冲动、狂野的渴求、酩酊的奔放、千百座绞刑台上弥漫着的血腥迷雾，爱欲在痉挛，无止境的贪婪，不知多少双杀人犯的手、放高利贷者的手、祷告者的手，恐惧与欢愉交相鞭笞下的人群。

闷热且污浊、蛮荒又温暾的蒸腾，吐息中交织了狂喜与野性的情热潮汐，吞噬自己，继而又吐出自己，同时孕育出战争与可爱的艺术，用妄想来装饰灯火通明的寻欢场所[1]。

童年世界俗气的游园会式欢乐，众人沉湎其中，狼吞虎咽，借此苟延残喘，得以重新从奔涌浪涛中站起，恰如它也曾将众人化作扶不起的烂泥，无人例外。

另一方面，我们亦发现自己——

在星辰般透亮闪耀的以太冰层间穿行，

不再知晓日月变换、时间流转，

我们既非男人亦非女人，既不年轻也不年老。

你们的罪孽如是，还有你们的忧虑，

1 原文为Freudenhaus，直译为“欢乐屋”，是妓院的文雅称法。

你们的谋杀，还有你们荒淫的狂喜，

我们冷眼旁观，诚如见到太阳运转如常，

每一天对于我们而言，都是最漫长的。面对你们悸动的生命，我们默默点头，默默凝视转动不停的星辰，我们在宇宙空间的寒冬中大口呼吸，我们与天龙[1]为友，清欢无变化乃是我们永恒的存在，清欢满星辉，我们永恒的笑声。[2]

然后玛丽亚就来了，在愉快地吃完饭之后，我跟她一起去了专属于我们的小房间。那天夜里，她比以往任何时候都更漂亮、更热情、更亲密，让我尝到了无限温柔，体会到了天上人间的滋味，在我看来，这恐怕已经是侍奉的极致了。

“玛丽亚啊，”我说道，“你今天简直就跟女神一样慷慨，给我给得也太多了。不过，还是不要让我们两个都筋疲力尽比较好，毕竟明天就是化装舞会了。你明天那位骑士是什么样子的？说实话，我有点儿担心，我亲爱的小花朵呀，万一他是个童话般的王子，你岂不是会被他给掳走，永远找不到回我身边的路。你今天如此爱我，简直就像郎情妾意到了某个阶段，要彼此说再见了似的——简直就像是我们最后一次相见。”

她将嘴唇整个摁在我耳边，低声呢喃道：

“嘘，别说话，哈利！任何一次相会都可能是最后一次。一旦

1 原文为Himmelsdrachen，在本书创作的时代背景下，民间传说通常认为“天龙”是遨游于天际间的中国龙，其中最高等的为“金龙”（Golddrache）。

2 原文诗歌结合了四音步抑扬体和德语现代诗的特点，本书亦尽量按照黑塞原诗结构还原音韵，同时保留了原文的行间结构。

赫尔敏娜带你离开，你就不会再来找我了。她明天可能就会带你离开了。”

我从未像在舞会前夜时那样，如此激烈地感受到那段日子里特有的感觉，那种奇异的、苦乐参半的双重心情。那就是幸福吧，我所感受到的：玛丽亚的美丽，她全心全意的侍奉，让我尽情享用、把玩、摄入，细腻销魂的感官盛宴，新颖刺激的玩法数以百计——作为一个已经上了年纪的男人，竟然这么晚才知道还有这些奇技淫巧——在反复摇晃的温柔乡中荡漾，快乐的波涛一浪高过一浪。然而，这些只是最外面的一层表象罢了；内里所藏的一切，充满了意义、张力、宿命感。当我看似满怀爱意、温柔惬意地被情欲的甜蜜、感人的琐事所占据，仿佛游弋在温暖恬静的幸福海洋中时，我的内心却分明感觉到，自己的命运是如何在狂飙猛进，像匹受了惊吓的马驹一样，失控疾驰，肆意冲撞，正在不可挽回地冲向深渊、冲向毁灭。这个过程充满了恐惧、充满了渴望、充满了对死神的献身意愿。诚如我最近试图以胆怯又畏缩的姿态，抵制单纯的感官之爱所带来的轻浮愉悦一样，诚如我在玛丽亚随时准备笑靥如花地献出自己美貌的行为面前感到害怕一样，现在我感到了对死亡的恐惧——但这种恐惧很快就会转变为奉献和救赎，对此我已经知道得很清楚了。

当我们一言不发地沉浸在我们忙碌的情爱游戏中，比以往任何时候都更亲密地属于对方时，我的灵魂却在向玛丽亚告别，告别她对我而言别有深意的一切。通过她，我学会了在生命结束之前再一次将自己像孩子一样托付给肤浅的世俗游戏，寻求最短暂的欢乐，在纯粹的性爱中幻化成纯真的孩童和动物——在以前的生活中，这种特殊的状态仅仅作为罕见的例外而被我偶然触及，因为感官生活和性爱对我而言几乎总是些带有罪恶感的苦涩回味，有偷尝禁果时那虽甜蜜但焦虑的独特味道，作为一个崇尚精神世界的人，我必须时刻对其保持警惕。如今，赫尔敏娜和玛丽亚向我展示了这座性爱花园里纯真的部分，我很感激地做了它的客人——但很快我就该离开这里、继续前进了，因为这座花园实在太漂亮、太温暖了，我实在是消受不起。继续追求生命的至高冠冕，继续为生命的无尽罪孽赎罪，是我命中注定要完成的事情。轻松的生活、轻松的爱情、轻松的死亡——这些并不适合我。

我从女孩们的暗示中得知，她们计划在明天的舞会上或舞会结束之后进行非常特别的游戏：放浪形骸，不再有拘束。也许这就是结局，也许玛丽亚的猜测是正确的，今天是我们最后一次躺在一起，也许从明天开始，我们就会踏入新的命运历程。此刻，我的心中充满了灼热的渴望，充满了令人窒息的恐惧，我疯狂地紧抓住玛丽亚的胴体，眼中再一次闪烁出贪婪的光芒，在她神秘花园的所有小径与灌木丛间奔忙，再一次大口咬下天堂之树的甜美果实。

我白天睡觉，弥补那晚错失的睡眠。一大早，搭车到浴场，洗了个澡[1]，搭车回家，累得要死，花力气将卧室弄得密不透光、漆黑一片，脱衣服时，发现口袋里有我先前写的诗，转眼又把它给忘了，衣服脱完，马上躺下，忘了玛丽亚，忘了赫尔敏娜和化装舞

1 此处又是本书故事发生在巴塞尔的线索之一。瑞士巴塞尔的浴场和温泉水疗在欧洲是非常有名的。另外，本段连续使用短句的写作手法，与本书正文《哈利·哈勒的手稿》的开头部分是对应的，这也预示本书即将迎来高潮和结局。

会，睡了一整天。傍晚起床后，我在刮胡子时才想起，化装舞会将在一小时后正式开始，我必须挑选一件礼服衬衫。心情不错，我准备好了，先出门吃饭。

这是我有生以来首次参加化装舞会。早些年，我倒也曾经参加过类似这样的社交聚会，有时也觉得办得确实挺光鲜的，但我从来没有在这类聚会上跳过舞，只当过观众，所以，当我听到别人带着极大的热情去谈论舞会，因为舞会的到来而喜不自胜时，我总会感到有些好笑。可是今天，舞会却是我兴奋万分又不无惶恐地期待着的大事件。由于我没有女士可以带去参加舞会，所以，我决定晚点儿再过去，赫尔敏娜也是这样建议我的。

“钢盔”酒馆，这里以前曾经是我的避难所，对生活失望的男人们常常在这里消磨他们的夜晚，痛饮葡萄酒，扮演单身汉，但我最近已经很少去了，它已经不再适合我目前的生活方式。不过，今天晚上，我再一次不由自主地被吸引到了这里；在目前正主宰着我的那种交织着宿命感与告别情绪的、既害怕又欣喜的复杂心情之中，我生命里曾经走过的所有中途站与纪念地也再次焕发出既痛苦又美好的往昔光彩，这间烟熏火燎的小酒馆自然也是如此，想当初，我一度还是这里的常客呢。在这里，一瓶乡村野酿就是最简单、最原始的麻醉剂，足以让我老老实实地回到自己孤独的床上，好好睡过一整个夜晚，然后再忍受一整天的生活。自那时算起，我陆陆续续又尝到了不少更强烈的刺激，喝到了许多更甜美的毒药。如今，我微笑着走进这间熟悉的老店，收获了老板娘的问候，以及沉默常客们的点头致意。她推荐我吃烤鸡，于是一只烤鸡就送到了我的面前，新酿的阿尔萨斯葡萄酒哗啦啦地倒进淳朴的大玻璃杯中，干净的白色木桌和古老的黄色镶板友好亲切地望着我。当我在小酒馆里吃吃喝喝的时候，主宰着我的那种凋零宿命感与辞别情绪也在我身上缓慢累积，这种既甜蜜又痛苦的感觉，实际上是对我此前生活中所有重要场景与事物的依存，这种依存从未完全消散过，但现在条件正在逐渐成熟，有可能烟消云散了。“现代”人往往将这类情绪称为多愁善感；比如说，他变得不再热爱物质了，甚至连他最神圣的财产，即他的轿车也包括在内——他原本希望能够尽快将这辆车换掉，换一辆更好品牌的轿车来着。这位现代人潇洒、能干、健康、冷静、严于律己，是颇为优秀的一类典型，他将在下一场战争中以出神入化的了不起方式证明自己的存在价值。不过，我却对此不屑一顾，因为我并非一个现代人，甚至都不是个老派的人，我已经跌出了时间所能统辖的范畴，正在随波逐流，接近死亡，也愿意奔赴死亡。而且，对于自己变得多愁善感这件事，我也并不反对，实际上，我反而还觉得很高兴，也很感激，毕竟，这证明在我焦灼的心里，尚且还能察觉到类似感情的东西。如此这般，我干脆将自己整个托付了出去：托付给关于老酒馆的回忆，托付给我对老式笨重椅子的眷恋，托付给香烟与美酒的气味，托付给眼前给我带来一丝熟悉感、一小缕温暖、一点点思乡情怀的一切。辞别是美好的，是一件温柔的事。我喜欢属于我的那个硬硬的座椅，喜欢我那只淳朴可爱的大啤酒杯，喜欢阿尔萨斯葡萄酒中夹杂着的清爽果味，喜欢我对这间屋子里一切东西的亲近感，喜欢我对这里每个人的熟悉，喜欢那些蹲在地上做梦的酒客的脸——这群因失意而买醉的家伙啊，我跟他们做了很长一段时间的兄弟。我在这里感受到的是小市民的多愁善感，其中也掺入了些许童年时代那种老派的小酒馆式浪漫所独有的芬芳。在我的童年时代，小酒馆、葡萄酒和雪茄仍然是被禁止的、陌生的、辉煌闪耀的好东西。不过，眼下荒原狼却并没有如往常那样冲出来，没有龇牙咧嘴地将我心里涌生出来的一点点感情撕成碎片。我平静地坐在那里，过去的一切辉映在我脸上，那颗此刻早已陨落的星星在遥远的过去散发出的微弱光线辉映在我脸上，将我的脸颊微微染红。

有个街头小贩端着烤栗子叫卖，我从他那里买了一把。有个老妇人带着花过来了，我从她那里买了些康乃馨，并将它们送给了老板娘。当我想要付钱，并且徒劳地伸手去摸我平时总是会穿的那件外套的口袋时，我才再一次意识到，自己身上现在穿的竟然是燕尾服。化装舞会！赫尔敏娜！

不过眼下时间还很早，我尚且不能下定去环球大厅的决心。因为，就跟我最近对所有这类娱乐活动的感觉一样，对于如此大型的化装舞会，我的心中也存在着各种各样的抗拒和犹疑，不愿意进入宽敞、拥挤、嘈杂的室内空间；面对全然陌生的环境，面对花花公子的世界，面对跳舞本身，我的心中总存有一种学生般的羞涩。

逛着逛着，我路过一间电影院，一束一束的彩灯和五彩斑斓的巨幅海报闪亮发光。我又往前走了几步，想了想，又折返回去，进去了。在这里，我可以在黑暗中安心地坐到十一点左右。于是，在那个提着聚光提灯[1]的男孩的引导下，我跌跌撞撞地穿过门帘，进入黑暗的放映厅，找到一个座位，突然之间，我就来到了《旧约》故事的世界里。这部电影是那些据说不是为了赚钱，而是为了崇高和

1 二十世纪初欧洲的电影院引路提灯通常是一只带提手的方形黄铜油灯，前有窗口，内装镜子，起到聚光作用，只照亮眼前一小块地方。

神圣的目的，费尽心机、精雕细琢地拍摄出来的电影之一，甚至连小学生都会在下午被他们的宗教课老师集体领去观看。摩西和以色列人在埃及的故事此刻正在大屏幕上演，炎热沙漠中出现大量的人物、马匹、骆驼、宫殿、法老式的辉煌和犹太人的艰难劳作。我看到摩西，这个摩西的发型设计得有点儿像是沃尔特·惠特曼[1]，总而言之，是位拥有出色戏剧性的摩西，他拄着长拐杖，迈着沃坦[2]般的步伐，性格火暴、脸色阴沉地在沙漠中徘徊，走在犹太人的前面。我看到他在红海边向上帝祈祷；我看到红海分开，露出一条通路，一条构筑在两侧水山之间的空荡荡的长路（至于拍摄电影的那帮人是以什么方式完成这种奇观的，由牧师们率领而来的、快要准备接受坚信礼[3]的学生们在看过这部宗教电影之后自然可以争论很久）；我看到先知和满怀恐惧的人们在这条长路上蜂拥前行，想要尽快通过；我看到法老的战车自他们身后驶来；我看到埃及人在红海岸边惊讶万分地望着眼前的神迹，先是表现得犹疑不决，然后勇敢地杀了进去；我看到山崩地裂一般的海水，冲垮了身穿华丽金甲的法老，冲垮了他所有的战车和战士。此刻，我不由得联想起了亨德尔创作的那一小段双低音提琴二重奏[4]，简直美妙无比，以辉煌壮丽的风格咏唱出了这一传说故事。我看到摩西爬上西奈山，挺立于晦暗阴森的岩石旷野之间，好一位晦暗阴森的英雄；我看到耶和华通过

1 沃尔特·惠特曼（1819—1892），美国著名诗人。惠特曼的经典形象是蓄大胡子，花白头发留长且往后梳，略显杂乱，这一形象与摩西的世俗形象颇有些相似。

2 北欧主神奥丁在日耳曼地区的名字。

3 基督教仪式。信教儿童通常十三岁时受坚信礼，唯有在施以坚信礼之后，才能正式成为教徒。

4 指亨德尔创作的三幕清唱剧《以色列人在埃及》。其中摩西分开红海、法老率众追击部分有一段双低音提琴二重奏。

风暴、雷鸣和闪电，将十诫刻在石板上传授于他；与此同时，他那些毫无体面可言的族人，却在山脚下竖立起了金牛，沉浸在醉生梦死的享乐之中[1]。亲眼看到上述的一切，看到这些神圣无比的传奇故事，看到故事中的英雄与神迹在眼前出现，我简直感到难以置信、难于理解。要知道，这些故事曾经给我们的童年时代带来了某个截然不同世界的第一缕曙光，在那个世界里，存在着超越普通人类的英雄和神明。可是，在这里，同样的故事在心怀感激的观众们面前反复上演，他们一边看电影，一边安静地吃着自己带来的小面包，只需要付出一点儿入场费，就能尽情观看这些，就能从独属于这个时代的巨大垃圾场和文化卖弄中得到一帧漂亮的画面。我的上帝啊，早知如此，为了避免出现眼下这种混乱不堪的局面，当初不光埃及人，还有犹太人和所有其他的人，都应该立即消灭掉才好，起码他们还可以死得轰轰烈烈，死得体面，而不是像我们今天这样，醉心于营造可怕的假象，什么都半死不活。简直岂有此理！

我内心深处的隐秘禁忌，我丝毫不愿承认的、对化装舞会的抗拒态度，并没有因为电影院和看电影带来的兴奋心情而减少，反而令人不快地增加了。无奈之下，我不得不努力说服自己，想着赫尔敏娜，最终还是下定决心，鼓足勇气，搭车前往环球大厅，大步走了进去。彼时天色已晚，舞会早已进行得如火如荼。羞怯的我还没来得及脱掉外套，还没来得及酝酿出那种仿佛喝醉酒的亢奋状态，就已经被卷进了疯狂的舞会人潮之中。大家都戴着假面具，有什么人很亲昵地推了我一把，几个女孩围了上来，邀请我去酒吧坐坐，

1 摩西在西奈山顶与耶和华取得联系时，他的哥哥亚伦迫于族人的压力，铸造了一尊金牛犊，并将金牛犊奉为崇拜的神。摩西下山后，将金牛犊摔得粉碎。

喝杯香槟，小丑们拍打我的肩膀，没有敬语，直接以“你”相称。我没有在任何无关的人与事上流连，费力地穿过拥挤不堪的室内空间，一路推搡，来到了衣帽间。好不容易才拿到衣帽间的存衣号码牌，我小心翼翼地将它放进口袋里，心里想着，我恐怕很快就会再次用到它，当我受够了喧嚣嘈杂的时候，恐怕很快就会回到这里。

大楼里所有的房间都热闹非凡，所有的大厅里都有人在跳舞，甚至连地下室里也一样，所有的走廊、所有的楼道里都充斥着面具、舞蹈、音乐声、笑声和吆喝声。我战战兢兢地穿过熙熙攘攘的人群，从黑人乐队到农民传统乐，从光芒四射的主厅到大大小小的走廊，各种各样的楼梯间、大大小小的酒吧、大大小小的自助餐台、一间又一间的香槟酒室。这里的墙上大多悬挂着最年轻的艺术家们所创作出来的最狂野的作品。三教九流都聚集在这里，艺术家、记者、学者、商人……当然，还有整座城市的浪荡客们。巴勃罗先生坐在其中的一个管弦乐队里面，正在万分热情地对着他那柄弯弯绕绕的萨克斯风吹气；当他认出我时，马上大声地唱了一段小曲，以此来向我打招呼。在如潮水般汹涌的人群的推动下，我一会儿被挤进这个房间，一会儿又进了那个房间，一会儿上楼，一会儿又下楼；地下室里的一条走廊被艺术家们布置成了地狱，一帮玩音乐的“魔鬼”挤在里面打鼓，就跟发了疯一样。我渐渐适应了这里的环境，开始四处打探赫尔敏娜和玛丽亚的消息，想方设法地去寻找她们。我努力尝试了好几次，想要挤进主厅去，但每次都失败了，要么找不着地方，要么就是被人潮给冲到了别处去。午夜时分，我还是没有找到她们；虽然我连一支舞都没有跳，但整个人已经是又热又晕，实在支撑不住，干脆直接瘫倒在最近的一把椅子上，身边全是嘈杂吵闹的陌生人。我有气无力，让服务员给我倒了杯酒，突然发现，参加这种嘈杂喧闹的大型聚会，对于我这样的老年人而言，已经是件几乎快要办不到的事情了。无法可想，我认命地喝下一杯苦酒，盯着女人们赤裸的手臂和背影发呆，许多奇形怪状的蒙面客人在我面前来来去去，我对他们置若罔闻，只想先顾好自己，让自己重新打起精神来。接连有好几个女孩想要坐到我的腿上，或者跟我跳舞，我统统回以沉默，拒绝了她们。“老古板！”——其中一个女孩冲我这样喊道，她当然是对的。我决定给自己灌点儿酒，试图以此来找回勇气，但我实在不喜欢这里这种酒的味道，无法强迫自己喝下第二杯。渐渐地，我感觉到荒原狼站在了我的身后，伸出了长长的舌头。我本身当然没什么问题，怪只怪我待在了错误的地方。我是抱着最好的期许而来的，但我在这里却实在无法高兴起来：大声咆哮的欢乐、震耳欲聋的笑声和群魔乱舞式的嬉闹嘈杂，在我看来统统是愚蠢的、强加于人的。

就这样，到了一点钟的时候，我终于忍耐不下去了。我怀着失望又生气的心情起身，打算挤回到衣帽间里，穿上外套，赶紧离开。这是一次失败的经历，是朝着荒原狼方向的大倒退，赫尔敏娜恐怕很难原谅我，但我实在是忍不住了。在穿过熙熙攘攘的人群、努力前往衣帽间的途中，我仍然没有完全放弃，还是很仔细地观察周围的人，以确保自己没有因为不小心而错过她们当中的任何一位。很遗憾，还是徒劳无功。此刻，我已经站在了衣帽间的柜台前，柜台后面彬彬有礼的那位男士已经伸出手来，向我索要存衣号码牌了。我将手伸进自己的马甲口袋里——号码牌竟然不在那里了！见鬼，这样的倒霉事可真是从不缺席。有好几次，当我悲伤地在大大小小的舞厅之间徘徊时，当我喝着寡淡无聊的酒呆坐着时，我都在心里反复挣扎，想要下决心离开此地——每逢这时候，我都会将手伸进马甲口袋里，并且总能在原本位置上摸到那枚又圆又扁的号码牌。可是现在呢，真要用上它的时候，它却消失得无影无踪了。唉，这里的一切都跟我不对付。

“号码牌丢了吗？”我身边有个穿红黄相间衣服的小鬼用尖锐的声音问道，“这儿，伙计，你可以拿我的。”话声未落，他已经将自己的号码牌伸到了我面前。当我条件反射般地接过号码牌，在手指间翻过来倒过去地细看时，这个伶俐的小家伙已经从我眼前消失了。

哪曾想到，当我将这枚小圆纸板制成的号码牌举到眼皮底下看数字时，才发现上面根本就没有任何数字，只有一些用很潦草的笔法写出来的小字。于是，我让衣帽间的服务员先等我一下，径自走到最近的吊灯下面，借着光线读了起来。号码牌上，有一些用蝇头小字错落有致地书写出来的内容，很难辨认：

> 今晚四点，魔幻剧场——仅供狂人——入场即献出理智。不适合所有人。赫尔敏娜在地狱里。

恰如一只提线木偶，自操纵者手中滑落了片刻，在短暂、僵硬的假死与昏迷之后，迅速复苏，重新回到游戏之中，重新开始跳舞和表演一般，此刻的我，也仿佛被施了魔法的、看不见的绳索给牵引着，迅速跑回到我刚刚才逃离的动荡与混乱当中，一扫先前的疲惫不堪、无精打采、老朽乏力，再一次变得年轻气盛、精力充沛、饥渴难耐。从来没有哪个罪人比此刻的我还要更急着下地狱。就在刚才，脚上穿的漆皮鞋还挤得我痛苦难当，周围浓烈刺鼻的香水味还熏得我恶心想吐，室内稀薄炙热的空气还闷得我快要喘不上气来呢；现在我却已经踩着灵活的脚步，迅速跑过所有的大厅，冲向地狱，感受那充满魔力的不可思议的空气，被温暖舒适的气氛、轰鸣的音乐、五彩缤纷的狂热、女人们肩膀上的香气、成百上千人的迷醉、笑声、舞蹈特有的节奏、一双双迷离眼眸所迸射出来的光彩所环绕、所拥抱。就在这时，有位西班牙舞女装扮的女士飞奔进我的怀里，说道："跟我一起跳舞吧！"——"办不到。"我回应道，"我必须马上去地狱。但我很愿意接受你的一个吻。"于是，面具下的红唇向我迎来。唯有在接吻时，我才终于认出了这位女士，她正是玛丽亚。此刻，我紧紧地抱住了玛丽亚，她饱满的双唇就像成熟的夏日玫瑰一样在我嘴边绽放。此刻，我们已经开始跳舞了，跳舞的时候，我们的嘴唇依旧紧贴着，没有分开彼此。我们跳着、跳着，跳过了巴勃罗的身边。他如痴如醉地吹奏着自己那柄萨克斯风，像是在跟萨克斯风谈恋爱似的，表情温柔又亲切，脸上神采飞扬；他也看到我们了，那双美丽的、小动物般有神的眼睛紧跟着我们的舞步，但他始终只是看着而已，不露声色，也没有任何表示。可惜，我们跳了还不到二十个舞步，音乐就停止了，我很不情愿地放开了玛丽亚。

"我可真想再跟你跳一次啊，"我情不自禁地说道，她的热情奔放感染了我，令我如痴如醉，"陪我一起再走几步吧，玛丽亚，我爱上了你那美丽的手臂，让我再挽着它、再拥有它一小会儿吧！可是你看，赫尔敏娜已经在呼唤我了。她眼下正在地狱里。"

“我想也是。永别了，哈利，我依然爱你。”说罢，她就辞别了我。夏日玫瑰已成熟，饱满得不能再饱满，芬芳得不能再芬芳，辞别如是，秋天如是，命运亦如是。

我继续朝着目标前行，穿过长长的走廊，途经四面八方挤得满满当当的、温柔又亲切的人群，走下楼梯，进入地狱。在那里，漆黑的墙壁上，燃烧着耀眼的邪恶之灯，魔鬼组成的乐队，正在疯狂地演奏，似乎就没有停歇的时候。其中一只酒吧高脚凳上，坐着一位没有戴面具的英俊年轻人，他身穿燕尾服，见我过来，便用嘲讽的眼神瞟了我一眼，但并没有多看我。此刻，大约有二十对男女在这个非常狭窄的房间里结伴跳舞，他们的舞步形成了一个个旋涡，我被这些旋涡给挤到了墙边上。我靠着墙，贪婪而恐惧地观察这里所有的女士们，试图从中找出赫尔敏娜。大多数女士仍旧戴着面具，其中有几位冲着我笑了，但没有哪个是赫尔敏娜。高高的酒吧高脚凳那边，刚才那位英俊的年轻人再一次向我投来嘲讽的眼神。我想，等这支舞跳完，下一个休息时间里，赫尔敏娜恐怕就会主动过来叫我了。过不多久，这支舞就结束了，但却没有任何人过来。

于是，我只好走到吧台前——在这狭小低矮的房间里，吧台被硬塞进了一个小角落里。我在年轻人的椅子旁站定，要了一杯威士忌。酒递过来之后，我一边喝酒，一边有意无意地端详起眼前这位年轻人的面容轮廓：此人看起来竟如此熟悉、如此亲切，就仿佛一幅来自非常遥远过去的画像，因为经年累月地悬挂在那里，悄无声息地蒙上了一层尘埃，因而显得格外珍贵。噢，我心中灵光一闪，猛地意识到：眼前人正是赫尔曼，我儿时的朋友！

“赫尔曼！”我犹疑不决地喊出了这个名字。

他微笑着回应道：“哈利，你终于找到我了，不是吗？”

原来是赫尔敏娜，她只稍稍地变了装，画上了淡淡的妆容，伶俐的脸颊从时尚的男式立领中探出来，显得尊贵而苍白；玲珑剔透的一双小手，从宽大的黑色燕尾服袖与白色的衬衫袖口中露出，两相比较，更显娇小；脚上穿的是黑白相间的丝质男袜，从黑色的男式长裤中伸出一小部分，同样显得很娇小。

“赫尔敏娜，莫非这就是你精心挑选的衣服？你觉得穿上这身衣服，就会让我爱上你吗？”

“目前为止，”她点了点头，“凭着这身衣服，我倒是陆续让几位女士坠入了爱河。但现在确实也轮到你了。那么，我们先来喝杯香槟吧。”

于是我们就这样做了。此刻，我们结伴坐在酒吧高脚凳上，喝起了香槟酒。近乎疯狂的舞蹈仍在我们身边持续，炽热而激昂的弦乐演奏也在不断蔓延。赫尔敏娜似乎并没有做出什么努力，就让我很快爱上了她。由于她穿着男人的衣服，我不能跟她跳舞，不能允许自己对她显露出任何过分温柔的举动，或者任何带有攻击性的亲昵行为。虽然她在穿着打扮这方面戴上了男人的假面具，令她整个人显得似乎离我很遥远，一举一动都不带有什么感情色彩，可是与此同时，她又动用自己独属于女性的一切魅力，以眼神、语言、手势等细枝末节的手段包围了我、俘虏了我。我甚至连碰都没有碰她一下，就被她施下了迷魂咒——要知道，尽管她目前是女扮男装的模样，这道迷魂咒本身，仍是由她本人对我施展的。或许因为赫尔敏娜本身就是个雌雄同体的角色，所以才会拥有这种独一无二的魅力。或许因为她现在已经开始跟我谈起了赫尔曼，谈起了童年时光，包括我的童年和她的童年，谈起了我们性成熟之前的那些年。在那些年里，尚未来得及分化、变形的爱，所能去爱的对象不仅同时包容两性，甚至同时包容了一切，同时包容了感官世界与精神世界，将爱的魔力与童话般的变化能力赋予了一切。唯有被选中的极少数人、唯有很少的几位诗人，在此后的生活中有时还会回到这个起点的位置，还能拥有这种神奇的爱。此刻，她将年轻男士的角色扮演得惟妙惟肖，抽着烟，轻描淡写地聊着天，时不时地来上一点儿嘲讽，尽管如此，与她相关的一切却始终被爱神的光芒照耀着，一切都在通往我感官世界的道路上狂奔，无一例外地转化为无差别的情欲诱惑。

我曾经以为自己对赫尔敏娜的了解已经很深入、很全面了，没承想，那天晚上她竟然向我展示了一个完全陌生的她！在我看来，这大概就是赫尔敏娜所独有的魅力。她行动起来是多么轻柔啊，不知不觉之间，已经将渴望的罗网拉到了我的身边；她的模样是多么俊俏啊，仿佛一只池中水妖[1]，玩耍嬉戏的间隙里，已经骗我饮下甜美的毒药！

我们坐在一起谈天说地，喝着香槟酒。我们在一个又一个的大厅里并肩漫步、暗中观察，像两个热衷于冒险的探险家似的，挑选我们偶然遇到的男男女女，侧耳倾听，看他们是怎样谈情说爱的。她随手指了几个女人，命令我过去邀请她们跳舞，并在我过去之前给了些建议，告诉我跟这个女人或者那个女人在一起时，应该使用怎样的诱惑技巧。于是，我们开始扮演起两个在情场上厮杀角逐的竞争对手，

1 德国民间传说中一种生活在水池中的半人半女怪物，善于魅惑人。

每次都选择同一个女人下手，各自引诱、调情一小会儿，轮流跟同一个女人跳舞，乍看起来，仿佛都试图去赢得她似的。

然而，这一切其实不过是种伪装罢了，只是我们两人之间玩的一种小游戏，它将我们两人更紧密地联结在了一起，令我们都为对方意乱情迷。一切都是童话，一切都因为处于相同立场而显得更加丰富，一切都因为追求相同意义而变得更为深刻。一切说到底都只是游戏，是某种象征而已。我们发现了一位容貌非常漂亮的年轻女人，她看起来颇有些痛苦和不满，于是，赫尔曼便邀请她跳舞，令她一扫愁容、笑靥如花，之后又跟她一道消失在某间香槟酒室里。事后她告诉我，她不是作为一个男人，而是作为一个女人征服了这位美女，用了莱斯博斯岛[1]的魔法。随着时间的流逝，这一间间充斥着轰鸣声的舞厅，这一整栋狂欢的房子，这沉醉于面具游戏的人群，对我而言，竟逐渐构成了一座如梦似幻般的天堂。一朵又一朵鲜花吐露着芬芳，一只又一只果实任由我玩弄于股掌，随我用手指试探虚实；一条条游蛇在绿色的树叶荫翳之间摆出诱惑的姿势，远远凝望着我，莲花盛开在漆黑无比的沼泽中，周围隐约有微光萦绕，魔鸟停在高高的枝头，使尽手段，想要勾引我过去。然而，一切的一切其实都在将我引向某个企盼已久的目标，一切的一切都让我重新充满了对那独一无二目标的渴望。这其中有一次，我跟一个不认识的女孩跳舞，我们的配合天衣无缝，在舞池中光芒四射、分外招摇，成功将她卷入了狂热与陶醉交织的快乐浪潮。一曲舞毕，当我们俩在不真实的狂喜中漂浮时，她突然大笑着对我说道：“简

1 北爱琴海上的一个大岛，女诗人萨福的故乡。岛屿的名字亦是“女同性恋”（lesbian）一词的由来，文中亦暗指女同性恋。

直认不出你来了。要知道，今晚早些时候，你还是如此愚蠢、如此乏味的一个男人呢。”听她这么一讲，我就认出了她，她就是几个小时前对我说“老古板”的那个女孩。眼下她自以为俘获了我，但是，当接下来的一支舞开始时，我早已经跟另一个女孩打得火热了。我跳了两个小时的舞，或许还要更久一些，每一支舞我都跳，甚至连我之前从未学过的舞也照跳不误。赫尔曼——这位脸上挂着微笑的年轻男士，一次又一次地出现在我身边，向我点头示意，然后又消失在人群之中。

像这样的一种体验，这种我人生五十年来一直不曾知晓过的体验——顺带一提，每个黄毛丫头和大学生都很清楚这种体验——竟然在这个舞会之夜被赐予了我：大型聚会的经历、集体狂欢的沉醉、个体彻底融入人群之后那种秘密的堕落，欢乐无比的“神秘合一”[1]境界。我经常听到有人说起这种体验，甚至连每个女仆都知道，我也经常见到讲述这种体验的人们眼中迸发出来的奇妙光芒，并且总是半带轻蔑半是羡慕地一笑置之。在我以往的生活中，曾经千百次地在那些迷离恍惚、超越自我局限的人眼中见到过这种光芒，他们无一例外地陷入了集体的狂热之中，脸上挂着心满意足的笑容，表情近乎痴狂，高尚的人如此，卑贱的人同样如此；喝得醉醺醺的新兵和水手们如此，伟大的艺术家陶醉在节日表演的热情中时，也同样如此；尤其在即将奔赴前线参战的年轻士兵们的眼中，这种光芒更是明显。甚至就在最近，当我的朋友巴勃罗在乐队中演奏他那些音乐时，当他沉浸于表演带来的狂喜之中、幸福无比地陶

1 基督教路德宗力求达到的最高宗教体验，后亦泛指“天人合一”的极致感受。

醉在他的萨克斯风管上时，要么就是当我看到乐队指挥、鼓手、拿着班卓琴的乐师——看到他们因为表演而如痴如醉、因为表演而欣喜若狂时，我也不由自主地欣赏、喜爱、嘲弄、羡慕起他们眼中迸发出的这种光芒以及他们脸上洋溢着的幸福微笑了。诚然，有时我也倾向于认为，像这样的一种微笑、这种如孩童般天真无邪的光芒，唯有非常年轻的人，或者那些不允许自己拥有强烈个性、不允许自己跟其他人之间存在任何明显差异的人身上，才有可能出现。可是今天，在这样一个极乐之夜里，就连我本人，荒原狼哈利，脸上也洋溢出了这种微笑，就连我本人，也开始游走在这种深沉的、宛若孩童般的、童话故事一样的幸福之中了。如今，就连我本人也开始大口呼吸这种甜美的幻梦，大口咀嚼集体、音乐、节奏、美酒和性爱带来的欢愉了。还记得我曾经听某位大学生公开讲述自己参加这类舞会时的体验——这样的讲述我也陆续听过不少，他们都对自己在舞会上经历过的一切赞美不已，我却常常对此报以嘲笑的态度，带着可怜的优越感去聆听。如今，我已变得不再是我，我的存在就仿佛盐溶解在水中一样，在节日表演那狂欢沉醉的气氛中逐渐消融。我跟这个或者那个女人跳舞，她的头发轻轻拂过我的面颊，我轻轻呼吸着她身上散发出来的芬芳气味，但我怀中抱着的却不仅是她，而是她们所有人，所有这些不断变换的女人，她们跟我在同一座大厅里遨游，跳着同一支舞，沉浸在同一首曲子里，她们光芒四射的容颜，如同巨大的梦幻般的花朵，在我身边飘来荡去。她们都属于我，我也属于她们所有人，我们彼此分享各自所拥有的一切。与此同时，男人们也属于我，我也存在于他们身上，他们对我也不陌生，他们的微笑就是我的微笑，他们的求爱就是我的求爱，我的同样也是他们的。

一套全新的舞蹈，一种狐步舞，在那年冬天征服了全世界，其名为《渴望》。舞曲《渴望》被人们在各个场合反复奏响，而且人们也总渴望着它能够被再一次奏响。我们全都沉浸在这支舞曲里，如痴如醉，无法自拔，我们全都不由自主地反复哼唱它的旋律。此刻，我跳舞跳个不停，无论哪个女人，只要是愿意跟我跳舞的，我都会陪她跳，我跟非常年轻的女孩跳舞，跟如花朵般绽放的妙龄女郎跳舞，跟如盛夏时节完全熟透的果实一般的成熟女性跳舞，跟郁结难解、韶华已逝的老妇跳舞：我为她们所有人着迷、欢笑、心怀喜悦，她们所有人都令我感到容光焕发。当巴勃罗看到我如沐春风的模样时，他那双眼睛里也向我显露出幸福的光芒，要知道，他一直都认为我是个颇为可悲可叹的可怜虫。此刻，他热情地从乐队演奏时坐着的椅子上站起来，竭尽全力地吹奏自己的萨克斯风，这还不够，他甚至还爬上椅子，站在了上面，吹得两侧脸颊像气球一样鼓了起来，跟随着舞曲《渴望》的节拍，疯狂而幸福地摇摆着自己的身体和手中的乐器。我跟我的舞伴一道，用双手做出动作，向他投去飞吻，同时大声跟着他的节奏唱起了《渴望》。哎呀呀，在做这些事情的时候，我不由得在心里想着，不管未来可能会发生什么憾事，我一度也是幸福快乐、光芒四射的。此刻，自我已经不存在了，我变成了巴勃罗的同路人，变成了一个小孩子。

我已经彻底忘记了时间，完全不知道这种令人陶醉的幸福感持续了多少个小时，或者说延续了多少个时刻。与此同时，我也没有注意到这样一项事实，即聚会越是狂热，人们齐聚的空间就越小。眼下大多数人已经离开了，走廊变得安静，许多盏灯都熄灭了，楼梯上冷冷清清，上面的大厅里，一个又一个的乐队沉默着离开了。唯独在主厅和下面的地狱里，光怪陆离的节日狂欢仍在继续上演，其狂热程度也在不断增加。赫尔敏娜乔装打扮成一位年轻男士，至少从外表上看来，我们都是男性，在这里是不被允许结伴跳舞的，因此，我们只能在一曲舞毕的休息时间里短暂地见个面，打个招呼，到了最后，她干脆直接消失了，不仅是从我的视野中消失不见，甚至连我的思想中也不再有她。我已经不再思考了，完全消融在人群之中，在迷离而沉醉的舞步喧嚣间游走，被周遭遍布着的气味、声音、叹息、话语所触动；一双双陌生的眼睛，纷纷向我投来亲切的致意，给予我鼓励，让我继续下去；我被陌生的面孔、嘴唇、脸颊、手臂、乳房、膝盖所包围，被乐曲声裹挟，仿佛置身于由音乐节拍构成的波浪之间，飘来荡去，永不停歇。

不知为何，我忽而从这大梦中转醒，意识半是模糊、半带清醒。转眼之间，身边已经是最后剩下的客人们了，目前所有人都挤在一处小厅里，整栋建筑物中，这已经是最后一个还能听得到舞曲声的地方了——此刻，在我眼前突然出现了一位法国哑剧中女丑角扮相的黑衣女子，脸上搽满白色的颜料。这是个美丽而富有朝气的女孩，很招人喜爱，所有剩下的客人当中，她是唯一还戴着面具的[1]。这一整个晚上，我还从未见过像这样一种扮相的女孩。从其他所有人身上可以看出，时间已经很晚了：每个人脸上都是滚烫的，两颊绯红、疲惫困倦，参加舞会的衣服已经不再笔挺光鲜，反而显得颇为暗淡，衣领和裙边都已经是皱巴巴的了。然而，这位一

1 这类化装舞会的面具，不少只遮住眼睛和前额部分，脸部大部分露在外面，看得见妆容。

袭黑衣的女丑角扮演者，却跟其他所有人都不一样：面具后面的妆容依旧雪白无瑕，身上穿的衣服没有任何乱糟糟皱起来的地方，颈部戴着的立领没有被人碰过的痕迹，蕾丝袖口光洁如新，精心打理的发型丝毫不乱。她就站在那里，仿佛刚刚进场似的。我一下子就被她给吸引住了，走了过去，将她揽进怀中，将她引入舞池，开始跳起舞来。她那圈打细褶子的立领轻挠着我的下巴，身体传来一阵芬芳的香气，她的头发拂过我的脸颊，比晚上跟我一起跳舞的其他任何舞伴都更显温柔，也更加亲密。她年轻而紧绷的身体，不仅能够轻松自如地适应我的舞蹈动作，还可以时不时地玩些小把戏，将我原先的动作化解、改造，俏皮地强迫、引诱我进入她的领域，不断给予我各种各样的全新感觉。当我终于找到机会，在跳舞的过程中俯下身去，试图用自己的嘴唇贴上她的嘴唇时，她的嘴角边突然露出了一个我很熟悉的、睥睨众生的微笑。一见到这个微笑，我马上就认出了她那坚韧有力的下颚，认出了那熟悉的肩膀、手肘和手掌——我太高兴了，眼前人正是赫尔敏娜，她终于不再是赫尔曼了。眼下她重新换上了女装，整个人看起来神清气爽，略施粉黛，略微喷了些香水。就这样，我们的嘴唇热切万分地紧贴在了一起。在接吻的时候，有那么一小会儿，她的整个身体——从上面一直到膝盖部分——都瘫软了下来，以一种无比渴求又无限放任的姿势依偎在我怀中，随后，她又将嘴唇从我这里收回，重新跟我跳起舞来，但现在却跳得很拘谨，仿佛随时都会从我身边逃开。音乐停止时，我们仍然拥抱在一起，不过，我们周围的一对对男女全部都在鼓掌、跺脚、喊叫，情绪激动，催促已经十分疲惫的乐队再一次演奏《渴望》舞曲。此刻，黎明破晓已近在眼前，我们两个突然就感觉到了，也隐约看见窗帘后面显露出一点点苍白的曙光。我们无可奈何地意识到，这一切短暂的快乐已接近尾声，与此同时，我们也察觉到了即将到来的疲惫。于是，我们只好放声大笑，盲目地、绝望地将自己再次投入舞蹈之中、投入音乐之中、投入光影洪流之中。我们愤怒地踏着节拍，成双入对，紧紧依偎，再一次幸福地感觉到汹涌波涛在我们身上反复拍打的滋味。在跳这最后一支舞时，赫尔敏娜放下了优越感，放弃了嘲讽的态度，放逐了自身的冷漠——因为她很清楚，自己不需要额外再去做些什么，就已经能够让我毫无保留地爱上她了。我是属于她的。此时此刻，无论是在舞蹈中、眼神中、亲吻中，还是微笑中，她都全身心地表现出自我。这个狂热夜晚的所有女人，所有跟我跳过舞的女人，所有一度让我兴奋莫名的女人，所有令我情绪高昂的女人，所有驱使我主动求爱的女人，所有我曾渴望依偎的女人，所有我曾以爱之热望凝视过的女人，此刻全部融为一体，在我怀中恣意绽放。

这场盛典般的舞蹈持续了很长时间。中途甚至还有那么两三次卡壳的情况，音乐声完全消失了：管乐手们放下自己手中的乐器，钢琴师直接从座位上站起来，第一小提琴手拒绝继续演奏，向舞者们摇了摇头。可是，每当他们这样做时，最后剩下的一批舞者都会以近乎狂热的态度反复恳求他们，恳请他们继续。于是，他们的热情再度被点燃，再次开始演奏，还演奏得比之前更快、更狂野。几次三番之后，终于——顺带一提，这时我们两个仍然如两条蛇一般，彼此纠缠着身体，站在舞池中央，贪婪地吮吸这最后的一段热舞，大口大口地呼吸，仿佛快要喘不上气——钢琴盖砰的一声合上了，我们的手臂就跟此刻管乐手和小提琴手们的手臂一样，颓然垂下，吹笛人疲惫地眨着眼睛，将长笛收进箱子里。门打开了，冷空气涌了进来，仆人们拿着大衣出现，酒保将灯给关掉了。一切都变得鬼气森森，一切都在四散奔逃，每个人都瑟瑟发抖，刚才还在舞池里激情四射地跳舞的男男女女，眼下已经一个个地钻进了大衣里，将衣领高高翻起。赫尔敏娜面色苍白地站在那里，但脸上仍然保持着微笑。她慢慢抬起手臂，将自己的头发往后梳，两侧光滑的腋下部分裸露出来，在灯光下闪闪发亮，交织出一道浅浅的、无限细腻的淡影，自两侧腋下舒展而出，一直延伸到她被衣物遮挡住的胸部。在我看来，这条小小的、浮动的淡影恰似她的微笑，总结出了她所有的魅力，总结出了她美丽胴体所有的游戏和可能性。

我们站在那里，凝视着对方，我们是大厅里最后的人，我们是房子里最后的人。在楼下某个地方，我听到有关门声传来，还有玻璃破碎的声音、恍然若失的咯咯笑声，夹杂着用曲柄发动汽车时所特有的、急促而匆忙的轰鸣声。在某个地方，某个距离和高度都无法确定的地方，也有人在笑，那笑声无比清澈，似乎很快活，但同时又很阴森、怪异；那笑声就像水晶和坚冰，看起来很明亮，闪闪发光，但同时又冷酷无情。可是，这究竟是为什么？为什么这种奇怪的笑声听起来竟如此熟悉？为什么我会找不到它来自哪里？

我们依旧站着，互相看着对方。有那么一瞬间，我变得清醒了，感觉到巨大的疲惫感自身后侵袭而来，被汗水浸得湿透的衣服裹在自己周围，四面八方，到处都是令人恶心的潮湿与温热；我能清楚地看见自己的双手，它们从皱皱巴巴、满是汗渍的袖口里冒出来，因为充血而变得通红，粗大的血管根根暴起。但这一切马上又结束了——赫尔敏娜的一个眼神投过来，就将这些统统给抹平了。

此刻，在她目不转睛的注视下，就连我自己的灵魂仿佛也在注视着我；此刻，所有的现实都沉沦了，包括我对她所怀有的一切感官欲望，也在迅速消散；此刻，我们如痴如醉地注视着对方，我可怜又渺小的灵魂，同样也在看着我。

“你准备好了吗？”赫尔敏娜问道，她的笑容消失了，她胸前的那道阴影也已褪去。刚才听到的那一阵熟悉而奇怪的笑声，似乎正变得越来越远、越来越高，逐渐消失在未知的空间里。

我点了点头。噢，是的，我已经准备好了。

现在音乐家巴勃罗突然出现在门口，他那双快活的眼睛闪亮亮地注视着我们。这其实是一双动物的眼睛，但却有一点不同：动物的眼睛，眼神总是很严肃，而他的眼睛却总是在笑，正是这种笑意，才使其与动物区分开来，成了人类的眼睛。此刻，他正努力表示出自己全部的热情与友好，向我们挥手致意。他身上穿了一件五颜六色的丝绸外套，鲜红色的大翻领上方，白色的衬衫领子沾满了灰尘，一张过度疲惫的苍白脸颊，显得格外枯槁、憔悴。但是，那双明亮有神的黑眼睛的存在，却成功抹去了这种枯槁、憔悴的感觉。如此看来，这双眼睛也拥有抹去现实的能力——就连这双眼睛也是拥有魔力的。

我们接受了他的问候，顺着他眼神的安排走了过去，在门口，他轻声对我说道：“哈利，我的好兄弟，我邀请你参加一场小小的娱乐活动。仅供狂人，入场即献出理智，你准备好了吗？”我再次点了点头。

亲爱的伙伴们啊！他温柔而小心地挽起我们的胳膊，赫尔敏娜在右，我在左，引着我们上了一段楼梯，进入一处小小的圆形房间里。房间里的灯光，自天花板直直地倾泻下来——这灯光没有死角，完全是湛蓝色的，至于房间本身，则几乎是空置的，除了一张小圆桌和三张扶手椅之外，什么也没有，我们三人便在里面坐下了。

我们在哪里？我睡着了吗？我在家里吗？我是坐在一辆小轿车里，正在朝着某处疾驰吗？不对，我坐在有着湛蓝色灯光的一处圆形房间里，周围的空气稀薄无比，周围的现实千疮百孔。为什么赫尔敏娜的脸色如此苍白？为什么巴勃罗要讲这么多话？让他喋喋不休地说话，将话语放在他口中说出的，岂不正是我本人吗？自他那双黑眼睛里看到的，岂不是也只有我自己的灵魂吗？这只惊弓之鸟，抛弃理智、忘却一切的家伙，岂不就跟赫尔敏娜那双灰眼睛里看到的一样吗？

巴勃罗这位朋友，带着他所有的善意与有点儿仪式感的友好，注视着我们，不停歇地说话，说了很多话，说了很长时间。在此之前，我还从来没有听过他如此连贯、如此长篇大论地讲话呢，他仿佛没有任何与人争辩的兴趣，仿佛对词与句的排列组合全无感觉，因此，我甚至一度认为他几乎没有思考能力，可是，现在他却在侃侃而谈，开始用起自己那副好嗓子，声音温暖而流畅地讲起话来，而且讲话内容逻辑严密，滴水不漏。

“朋友们，我现在正式邀请你们参加一场娱乐活动，这场活动可是哈利长久以来都想要实现的愿望，是他长久以来的梦想。不过，现在时间已经有点儿晚了，我们恐怕都有些累了。所以，我们还是先在这里休息一下，先弄些东西来补充点儿精力吧。”

说罢，他从墙上挂着的壁龛里取了三只小杯子和一只模样颇有些滑稽的小烧瓶，又拿了一个充满异国情调的、用各种颜色木头拼接而成的小匣子。他先将小烧瓶里的东西倒进三只小杯子里，然后又从小匣子里取了三根又细又长的黄色香烟，从自己的丝绸外套里掏出一只打火机来，给我们点上。于是，我们两个便很舒服地靠在扶手椅里，用很慢的速度抽他递过来的香烟：这种香烟很特别，冒出来的烟气就跟线香一样浓密。与此同时，我们也在小口小口地啜饮那一小杯酸甜、陌生、略有异味的液体，实话实说，它确实拥有一种能够让人感到无比振奋、兴奋的效果，体内仿佛转眼就被充满了气体，肉身失去了沉重的感觉，很有些飘飘然。我们就这样舒舒服服地坐着休息，小口小口地抽烟、喝东西，感觉自己逐渐变得轻盈而快乐。与此同时，巴勃罗刻意压低了音调，用他那暖心的声音对我说道：

“亲爱的哈利，今天总算能够给您带来些许乐趣，对此我感到十分高兴。您经常对自己的生活感到极度厌倦，想要逃离，远走高飞，不是吗？您渴望离开眼下这个时代、这处世界、这种现实，遁入另外一种更适合您的现实中去，遁入一个没有时间存在的世界中去，不是吗？既然如此，就请您这样做吧，我亲爱的朋友，我现在邀请您这样做。您其实本来就知道，您所需要的另外一个世界，它究竟隐藏在哪里。实际上，您所寻找的正是您自己的灵魂世界。唯有在您自己的灵魂世界内部，才有您所渴望的另外一种现实。我不能给您任何在您身上本不存在的东西，我不能为您打开一座迥异于您灵魂的图景大厅。我只能给予您机会，给予您完成这一切的冲动，给予您钥匙，除此之外，我什么都无法给您。我只能协助您，使您自己的灵魂世界可以被您看见，仅此而已。”

说罢，他又将手伸进自己那件彩色丝绸外套的口袋里，取出一面圆圆的口袋镜。

“您瞧，到目前为止，您眼中的自己就是这个样子的！”

他将小镜子举到我的眼前（此情此景，令我忽而想起一首童谣《小镜子，我手中的小镜子》[1]），在这面镜中，我看到了一个不可思议的形象，它本身是有些模糊不清的，看上去多少有些污浊，此刻，它正在我的内心世界里活动，将我的内心世界搅得不得安宁。那个形象实际上就是我自己——哈利·哈勒，而在这个哈利的内部，又是一头怯生生的、身形优美的但看起来很失落很惊恐的荒原狼，它的双眼时而愤怒时而悲伤地迸射出光芒。这头狼的形象在哈利身上不断流变，就仿佛一条支流在汇入另一条不同颜色的河流时，于交汇处所呈现出的汹涌澎湃的变化一般。这头狼挣扎不停，可怜兮兮的，一个劲地在变化，对遥不可及的稳定充满了无法救赎的渴望。可真忧伤啊，眼前这头不断流变、半成形的狼，此时此刻，它正在用自己那双美丽而羞怯的眼眸，忧伤地注视着我。

“您眼中的自己就是这样的。”巴勃罗轻声重复了一遍，然后便将镜子放回到自己的口袋里。我感激地闭上眼睛，抿了一口手中那杯万灵药。

“我们现在已经休息过了，”巴勃罗继续说道，“我们补充了自己的精力，并且还聊了一小会儿。如果你们不再觉得疲累，那我现在就带你们到我的西洋镜[2]那儿去，让你们瞧一瞧我的小剧场。你们同意吗？”

---

1 德语世界脍炙人口的童谣。

2 原文为Guckkasten，是“西洋镜”（peep show）一词的德语对应。虽然本书内容本就是西洋故事，但还是依照约定俗成的叫法，称其为“西洋镜”。

我们站了起来，巴勃罗微笑着在前面带路，打开一扇门，拉开一道帘子，我们就站在某间剧场绕了一个大圈的马蹄形廊道里了，还是在马蹄形廊道的正中央位置——左右两边无限延展的弯曲通道上，有着数目庞大到令人感到难以置信的一道道狭窄木门。

“这里就是我们的剧场了，”巴勃罗向我们解释道，“一处能够带来欢乐的剧场，我希望你们能够在这里找到各种可以让你们开怀大笑的东西。”话声未落，他已经大声笑了起来，虽然只笑了几声，但却让我结结实实地吃了一惊：又是我刚才在自己上方某处听到的那种清澈、怪异的笑声。

“我的小剧场，你们想要多少扇木门就有多少扇木门，十扇、一百扇，乃至一千扇都可以，每扇门后面都有你们要找的东西在等着。我亲爱的朋友，这里无疑是一座漂亮的图景展示厅，可是，如果您打算以自己目前这种状态去观看，是不会得到什么好处的。因为您显然会被自身早已习以为常的所谓‘人格’所抑制、所蒙蔽。毫无疑问，您其实早就猜到了，什么‘克服时间存在’也好，什么‘从现实中得到救赎’也好，无论您给自己心中的渴望取个什么名字，本质上都不外乎是想要摆脱您当下的人格。人格才是囚禁着您的牢笼。所以，假设您以目前的人格进入剧场，那您就会透过哈利的眼睛去看待一切，透过荒原狼戴着的那副旧眼镜来窥探一切。因此，现在请您摘下这副眼镜，将这尊贵的人格暂存在衣帽间里——当然，如果您愿意的话，也可以随时取回去，为您所用。您刚刚经历过的那场漂亮的舞蹈之夜，之前那本题为《荒原狼研究》的小册子，以及最后——我们刚刚服用的小小兴奋剂，应该已经让您有了足够的准备。您，哈利，剧场左边的部分供你随意消遣，赫尔敏娜的则是右边部分，到了里面之后，你们可以随意地再次见面，没有任何问题。现在，请赫尔敏娜暂时退到幕后去，我想先给哈利具体介绍一下。”

于是，赫尔敏娜消失在了右边，她途经一面巨大的镜子，这面镜子是如此之大，从地板位置开始，覆盖整个墙面，一直延伸到天花板的拱顶。

“那么，哈利，现在请跟我来吧，请保持一个好心情。要知道，现在所做的这一切，就是为了让您有个好心情。教会您欢乐开怀的奥秘，正是这整个活动的目的——我希望您能好好配合我，让我可以轻松完成自己的任务。您现在感觉还好吗？相当好，对吗？不会有点儿害怕吗？既然如此，那就好，非常好。您现在将毫无畏惧地进入我们的虚幻世界中去，您将会发自内心地感到喜悦。”

他再次掏出那面小小的口袋镜，在我面前晃了晃。于是，我再一次面对那个迷茫混乱、污浊不清的哈利，与此同时，还有一个不断变化、极不稳定的狼的形象，朝着哈利反复冲刺，希望能够合而为一。这是我所熟悉的、确实很不讨人喜欢的一套图景，我不可能关心它是否会在这一过程中湮灭。

“您现在要抹去这个已经成为累赘的镜中图景了，亲爱的朋友，这就是您唯一要做的准备工作。只要您此刻的心情足够放松，带着真诚的笑意，注视镜中的这个映像就足够了。您所在的这个地方，正是一座传授幽默的学校，您要在这里学会如何好好去笑。很好，所有更高层次的幽默，都是从不再过于认真地看待自己开始的。”

我定定地望着那面小镜子，手中的小镜子，哈利狼正在里面表演他永不停歇的抽搐。有那么一小会儿，我能感觉得到，它就在我体内抽搐，在我的内心深处，安静而痛苦地抽搐着，仿若回忆，仿似乡愁，似有遗恨。然后，这种轻微的惴惴不安感便逐渐让位于另一种全新的感觉，类似于从用可卡因麻醉的下颚拔出病牙时的感觉，一种解脱的感觉，深深地舒了一口气，同时又对竟然一点儿也不痛这件事感到惊讶。不只如此，这种感觉中还额外加入了一份新鲜的畅快感、一份对笑声的渴望。我完全无法抗拒这种感觉，最后终于在解脱般的放纵中爆发出了一阵大笑声。

那幅昏暗模糊的小小镜中图景猛地抽搐了一下，转眼便消失了，小圆镜面像是被什么给烧焦了似的，此刻已经变得灰暗粗糙，一点儿也不透明了。巴勃罗一边狂笑，一边将镜子的残骸扔了出去，那残骸在无尽的走廊地板上滚动，须臾之间就失去了踪影。

“笑得好，哈利，”巴勃罗高声喊道，“你[1]还要继续学习如何像不朽者那样笑。现在，你终于杀死了荒原狼。你不能用剃刀来做这件事。务必小心，要确保他能死透！很快，你就能离开这个愚蠢的现实世界了。我们将在下一次相聚时举杯痛饮，庆祝我们之间结下的兄弟情谊。亲爱的啊，我还从未像今天这样喜欢过你呢。如果你依旧很看重话语的作用，那么今天过后，我们大可以一起进行哲学思辨，尽情争论各式各样的问题，尽情探讨音乐，探讨莫扎特和格鲁克[2]、柏拉图和歌德。你现在将要弄明白，为什么以前不可能

1 此处巴勃罗突然不再对哈利使用敬语，因为此处承接了前文的伏笔，“尊贵的人格”已经放下了。

2 格鲁克（1714—1787），德国作曲家，代表作以歌剧为主，是十八世纪新歌剧的先行者与改革家。

这样做了。——总之，希望你能成功，能在今天成功摆脱荒原狼。毕竟你眼下的自杀并非真正的终结；这是显而易见的，因为我们这里始终只是一座魔幻剧场，这里只有图景，没有现实。尽可能选择那些美丽、欢快的图景，这就表示你真的不再爱你之前有问题的人格了！不过，如果你仍然希望它能回来，你只需再照照镜子。如果你想要，我可以现在就给你看镜子。但是，你是知道那句古老箴言的：手中拿着的一面小镜子，胜过墙上挂着的两面大镜子。哈哈哈！（他又一次笑得那么漂亮、那么恐怖。）——那么，现在只剩下一个微不足道但又十分有趣的仪式要完成了。眼下你已经扔掉了保护自己人格的那副眼镜，所以，现在来照一次真正的镜子吧！这对你而言会很有意思的。”

伴随着又一阵大笑声，还有一连串喃喃自语般的安抚，他伸出双手，协助我转过身来，让我面对巨大的墙面镜子。我在镜子里看到了自己。

有那么一瞬间，我看到了自己很熟悉的那个哈利，但他的脸色却异乎寻常地好，容光焕发，笑容满面。可是，我才刚认出他来，他就如烟云一般散开了，第二个哈利从他身上分裂出来，眼前出现了两个哈利，然后又有了第三个哈利、第十个哈利、第二十个哈利，转眼之间，一整面巨大的镜子里充满了各种各样的哈利，抑或哈利身体的一部分。镜子里的哈利不知道有多少个，每个我都看到了，还是在电光石火般的一瞬间里就认出了他们当中的每一个人。在眼前众多的哈利里面，有的跟我年纪相仿，有的年纪更大些，有的非常老，有的又非常年轻，有小青年，有小伙子，有小学生，还有小男孩。五十岁的哈利跟二十岁的哈利一起跑来跑去、跳来跳去，三十岁的哈利跟五岁的哈利，严肃的哈利跟活泼的哈利，认真的哈利跟滑稽的哈利，衣着光鲜的哈利跟衣衫褴褛的哈利，统统搅和到一起。除此之外，还有全裸的哈利，没有一根头发的哈利，满头长长鬈发的哈利，他们全部都是我本人。每个哈利都是在一瞬间被我看到并且认出的，而且，这一瞬间还没过去，他们就已经消失了——他们朝着四面八方跑去，跑向左边，跑向右边，逃进镜子深处，或者干脆跑到镜子外面来。有个年轻又优雅的家伙，直接冲进了巴勃罗的怀里，笑着，跳着，抱紧他，跟他一起跑远了。还有一个我特别喜欢的、模样英俊迷人的青年，年纪十六七岁的样子，他像闪电一样跑进了走廊里，贪婪地阅读每一道木门上的铭文内容，我也跟着他跑了起来。最后，他在其中一道木门前停下了脚步，我走过去，读了读上面的铭文：

所有女孩都是你的！投币一马克

这个可爱的少年一跃而起，头也不回地扑向投币口，然后就消失在了门后面。

现在巴勃罗也不见了，刚才那面大镜子似乎也消失了，无数个哈利都不知道去了哪里。我觉得，现在这里恐怕只剩下我自己跟剧场了，我好奇地从一扇门走到另一扇门，在每一扇门上，我都看到了一段铭文、一个诱惑、一项承诺。

铭文：

快来参加快乐捕猎！高山狩猎汽车

这段铭文吸引了我的注意，我打开对应的狭窄木门，走了进去。

转眼之间，我就被卷进了一个嘈杂而亢奋的世界里。街上到处都是汽车在狂奔，其中一部分是装甲车，汽车追逐着行人，将他们碾成肉泥，将他们轧死在房屋的墙壁上。我立刻明白了：这是人与机器之间的大战，长久以来的准备、长久以来的预感、长久以来的恐惧，如今终于爆发了。到处都是死人，残缺不全的尸体，到处都是被砸烂的、扭曲的、半烧毁的汽车。飞机在混乱战场的上空不停盘旋，连这些飞机也被人从许多屋顶和窗户的埋伏点用步枪和机枪猎杀着。所有墙壁上都贴满了狂热的、绚丽的战争海报，其中一些海报用像火炬一样燃烧的巨大字体，号召全国人民站起来反对机器，打死那些在机器的帮助下、想尽办法榨取民脂民膏的富人——那些臃肿肥胖、衣着光鲜、身上总是散发出香味的富人，连带着也要打死他们手下那些巨大无比、马达狂响[1]、邪恶咆哮、如魔鬼般打着呼噜的汽车。最终的目标是要将工厂烧毁，在被亵渎的地球上清理出一点儿位置来，使草木能够重新生长，休养生息，使尘土飞扬的水泥世界能够重新成为遍布森林、绿地、草原、溪河与沼泽的理想家园。除了那些内容激进的海报之外，还有其他一些海报，这些海报画得很优美，风格同样绚丽，但色彩上却很柔和，语言不那么幼稚，写得特别巧妙、诙谐。与之前那些海报上所提出的倡导截然相反，这些海报情真意切地向人们发出警告，一切有产者、一切审慎的人们，一定要时刻留意无政府主义状态带来的混乱威胁，它

1 此处用了hustenden一词来形容汽车所发出的声音，直译为“不停咳嗽”，在德语口语中是汽车马达出问题、发出异响的意思。

们同样情真意切地描述了秩序、劳动、财产、文化与法律的福祉，赞扬机器是人类迄今为止最高等级的、最后的发明，在机器的帮助下，人类终将成神。我若有所思地读着这些海报，读着这些花花绿绿的字与画，一会儿站在这张前面，一会儿又站在那张前面，心中不由得啧啧称奇。一系列火热的雄辩，一连串令人信服的逻辑链条，对我产生了很大的冲击，令我深感佩服，并且完全相信这些都是真的——当然，我的观察明显受到了周围相当激烈的交火的干扰。好吧，主要事实是清楚的：这是一场战争，一场激烈、纯粹、令人深感同情的战争。在这场战争中，人们面对的并非皇帝、共和国、国界线、政治派别和意识形态问题，并非这类相比之下更具装饰性和戏剧性的问题，实际上，他们面对的是每个人类个体都必须面对的根本性问题。对当今人类而言，生存空间变得太紧张了，生活不再像以往那样舒适惬意，因此，他们不得不将日积月累的不满情绪以最激烈的方式表达出来，努力使这个虚伪而渺小的所谓“文明世界”土崩瓦解。破坏与谋杀的欲望是如何从每个人的眼睛里迸发出来，与此同时，他们每个人脸上的笑容又是多么灿烂、多么真诚，我看得一清二楚；在我自己的内心深处，这些血红色的欲望之花同样开得茁壮而大胆，我脸上此刻绽放的笑容同样也很开心。于是，我也兴高采烈地加入了这场战斗。

然而，在此发生的所有事情当中，最美妙的一件事情却是——我的小学同学古斯塔夫，他突然出现在了我对面不远处。这位对我而言已经杳无音讯数十年了的家伙，曾经是我童年时代的所有朋友们当中最顽皮、最强壮、最热爱生活的一位。当我看到他那双标志性的浅蓝色眼眸再一次冲着我闪动时，我的心里简直乐开了花。他向我招手，示意我过去，我马上高兴地走了过去。

“天哪，古斯塔夫，”我惊喜万分地喊道，“终于又见到你了！你现在成为什么样的大人了？”

听到我的问话，他的脸上瞬间露出了气鼓鼓的笑容，就跟他还是个小孩子时一样。

“蠢得跟头牛似的[1]，非要一见面就问这个吗？又要开始胡言乱语、闲言碎语？好吧，我成了一名神学教授——怎么样，现在你知道了吧。幸运的是，眼下已经没有什么神学了。小伙子，眼下只有战争。废话少说，来吧！”

刚好这时候，有一辆小汽车呼啸着朝我们冲过来。古斯塔夫一枪打下司机，像猴子一样灵活地跳了上去，将车停下来，让我上了车。随后，我们像魔鬼一样，在枪林弹雨和翻倒的汽车之间风驰电掣般地穿行，迅速离开了这片战场，朝着城外郊区驶去。

“你是站在工厂主那一边的吗？”我问我的朋友。

“哎呀呀，什么嘛，站在哪边纯属口味问题，我们到时候再考虑吧，先开出去再说。可是，不对，等一下，我们还是选择另一边吧，我更赞成另一边的主张。当然啦，这些归根结底也不是什么真正重要的事情。你瞧，我是个神学家，我们这一学科的创始人路德[2]，也曾经在他的时代帮助王公贵族对抗过农民[3]，所以，如今不妨让我们来拨乱反正一下。车不太行，我希望它能再坚持个几公

1 原文为Rindvieh，直译为“牛”，在德语口语中常用来骂人，形容某人愚不可及。

2 此处说明文中的古斯塔夫是路德宗神学家，路德宗由马丁·路德创立于1529年。

3 此处指马丁·路德曾经利用自己宗教改革时期的巨大影响力，连续发布《劝基督徒勿从事叛乱书》《反对杀人越货的农民暴徒书》等打着宗教名义调解、安抚农民起义的文章的历史事实。

里！”

车行如风，仿若上帝之子，我们快得不能再快，转眼间便驶入了许多里地之外郁郁葱葱、宁静祥和的乡村野地里，穿过一处宽广的平原之后，又慢慢爬上一道宏伟的山脉。在山上开了一会儿，我们在一条光滑、闪耀的盘山公路上停了下来，这条公路修筑在陡峭的岩壁与低矮的护墙之间，以大胆的曲线高悬于一片波光粼粼的蓝色湖面之上。

“美丽的地方。”我感叹道。

“非常漂亮。我们可以叫它车轴路，此处应该有各种各样的车轴因为承受不住公路的弯曲程度而断掉，小哈利，瞧这个！”

一棵巨大的石松[1]矗立在路边，在这棵树的树顶上，我们看到有那种类似于用木板搭建的小树屋，它实际上是个瞭望台兼高位猎台。古斯塔夫冲着我笑了笑，笑容很灿烂，蓝眼睛狡猾地眨了眨，于是，我们俩匆匆忙忙地下了车，爬上大树，进了瞭望台，将自己给匿藏起来。我们深深地吸了口气，决定躲在这间我们两个都非常喜欢的小树屋里。我们在这里找到了猎枪和手枪，还有成箱的子弹。当我们稍稍冷静下来，做好打猎的准备后，已经有豪华轿车的喇叭声从最近的一处弯道那里传过来了：是一辆很大的车，喇叭声低沉嘶哑地响个不停，在闪耀的山路上高速行驶着。我们手中已经拿好了猎枪，随时准备开枪。一瞬间剑拔弩张，气氛甚是紧张。

“瞄准司机！”当那辆沉重的汽车刚好从我们正下方驶过时，古斯塔夫果断下令。与此同时，我已经瞄准并且扣下了扳机，子弹

1 又名意大利伞松，原产地欧洲南部，主要是伊比利亚半岛。高大的石松可以长到近三十米高度，树冠广阔平坦，整体呈张开的巨大雨伞状。

准确命中戴蓝色扁帽的司机。那男人应声而倒，失控的汽车呼啸着冲了出去，先是撞上了岩壁，又迅速弹了回来，像只肥胖的大黄蜂一样，重重地、愤怒地顶到了低矮的护墙上，车身整个翻了过来，短促而安静地越过了那道护墙，掉进了深渊里。

“解决了！”古斯塔夫大声笑道，“下一辆我来。”

这时，已经又开过来一辆车，隔得还比较远，小小的大概三四个人在车里，坐在舒服的软垫子里，后座一个女人的脸上蒙着一块面纱，车子开得很快，面纱被吹得横着飘了起来，完全遮住了她的脸。那是一块浅蓝色的面纱，此时此刻，我居然在为这块面纱感到惋惜，因为——谁知道这世间最美丽女人的脸，是不是刚好藏在它下面呢？谁知道那张最美的脸，在这个瞬间里，是不是正在笑着呢？看在上帝的份儿上，假如我们真要扮演拦路大盗，恐怕也应该效仿那些伟大的榜样，不要让我们一往无前的杀人欲望波及漂亮的女士们。但古斯塔夫已经开枪了。司机抽搐了一下，身子往下一沉，倒了下去，车子轰的一声撞到直挺挺的岩壁上，整辆车弹了起来，往后一倒，四轮朝天，又重重地摔在了公路上。我们在树上静静等待着，车里没有任何动静，陷入一种无声无息的静止状态，车上的人们仿佛被老鼠夹子逮住的老鼠，被那辆汽车给死死夹住了。此刻，汽车本身倒还在咕噜咕噜地喘息着，在空中悠闲地转动自己的轮子。哪曾想到，就在我们以为什么都不会发生时，车子里面却猝不及防地发出可怕的爆炸声，整辆车都被明亮的火焰给笼罩了。

“一辆福特车，”古斯塔夫说，“我们必须下去，清理一下道路。”

于是，我们便爬下了树，看了看熊熊燃烧的一大堆残骸。它很快就烧完了；在此期间，我们弄了些有韧性的木头，做成了几根撬棍，将它撬到一边，越过护墙，推进了路边的深渊里。滚下去的时候，残骸在灌木丛中不断发出噼里啪啦的哀鸣。当我们一下一下地撬动残骸时，两名死者从里面掉了出来，躺在那里，他们身上穿的衣服，有一部分已经被烧毁了，不过，其中一个人的外套还完好无损。我检查了他的口袋，想看看我们是否能够查出他的具体身份来。一只真皮钱夹出现在我眼前，里面有名片。我取出一张，在上面看到了这样一行字："Tat twam asi."[1]

我们将尸体也跟着扔下了深渊。一辆新来的车已经在嘟嘟嘟地逼近了。于是，我们直接在公路上朝着司机开起枪来。汽车先是在公路上左右摇晃了一会儿，像个醉得一塌糊涂的醉鬼，继续前行了一小段距离，终于支撑不住，喘着粗气停了下来。其中一名乘客坐在里面一动不动，但另一个漂亮的年轻女孩却爬了出来，尽管她脸色苍白、浑身发抖，但却没有受伤。我们亲切问候了她，并且表示我们随时愿意为她效劳。她被眼前发生的这一切给吓坏了，说不出一句话来，盯着我们看了好一会儿，简直像是发了疯一样。

"好吧，我们先去瞧瞧那位老先生吧。"古斯塔夫说罢，转身朝着那位仍旧坐在死去司机后面座位上的乘客走去。这是一位蓄着灰色短发的老绅士，他那双聪敏的浅灰色眼睛睁得很大，但身体似乎受了重伤——至少能够清楚看见有血从他嘴里流出来——他的脖子歪得极不寻常，而且十分僵硬，一动都不能动。

"请您允许我说句话，老先生，我的名字是古斯塔夫。我们刚

1 梵语格言，"那就是你"之意。

才一时冒昧，开枪射杀了您的司机。那么，是否可以请问一下您是谁呢，也好让我们知道，现在有幸在跟哪位大人物对话。”

老人用他那双浅灰色的小眼睛注视着我们，眼神冷静而悲伤。

“我是总检察长罗林，”他一字一顿地说道，“你们不仅射杀了我可怜的司机，还杀了我，我觉得自己很快就要完蛋了。所以，你们为什么要向我们开枪？”

“因为超速驾驶。”

“我们是以正常速度行驶的。”

“总检察长先生，昨天还正常的事情，今天就不再正常了。今天，我们认为汽车以任何速度行驶都是超速。我们眼下正在摧毁汽车，摧毁一切汽车，同时也在摧毁其他的机器。”

“所以也包括你们手里的猎枪？”

“自然也会轮到它们的——如果我们还能找到时间来做这件事的话。估计我们会在明天或者后天全部解决掉。您是知道的，我们这个地方的人口过剩问题简直到了骇人听闻的地步。所以嘛，现在应该来点儿新鲜空气了。”

“你们向自己遇见的每个人开枪，没有经过任何挑选吗？”

“当然不会放过谁。对其中一些人而言，这可能是种遗憾，毫无疑问。比方说，我会为这位年轻漂亮的女士感到遗憾——她恐怕是您的女儿？”

“不，她是我的速记员。”

“那就更好了。现在请您下车吧，或者我们把您给拉出来，因为车本身是要被销毁的。”

“我宁愿跟它一起被销毁。”

“那就如您所愿好了。不过，请您允许我再提一个问题！您说自己是一名检察官。可是，我一直都不明白，一个正常人，怎么能够成为检察官呢。您靠指控其他人——主要是指控社会上那些可怜鬼——然后给他们判刑来谋生。难道不是吗？”

“确实是这样的。我履行了我的职责。因为我必须执行的公务就是如此。诚如刽子手的职责就是杀死那些被我判刑的人。你们也履行了跟刽子手类似的职责，你们也在杀人。”

“对，我们也在杀人。但我们却并非出于履行职责的需要而杀人。”

“你们可真是令我感到厌烦。还请发个善心，废话少说，赶紧完成你们该完成的事情吧。恐怕你们对职责这个概念一无所知……”

他突然沉默不语，紧抿住嘴唇，似乎是想要将卡在喉头的痰液给吐出来。但是，出来的只有一点儿血，沾在了他的下巴上。

“请您等一等！”古斯塔夫礼貌地说道，“您说得没错，所谓的‘职责’我确实不懂，以前我懂，但现在不再懂了。在以前，我曾经跟‘职责’关系密切，交往频繁，因为我过去的职业是神学教授。除此之外，我还当过一名军人，参加了战争。然而，在过去的岁月里，我所履行的各项职责、当局和上级命令我做的事情，没有哪一样是好的，如果我有选择的话，倒宁愿去做相反的事情——情况向来都是如此。不过，即便我现在已经不再懂得职责是什么，可我至少还懂罪孽这个概念——或许这两个概念在本质上都是一样的。一位母亲生下了我，将我带到这人世间，因此，我生来就有原罪，我就注定要活着，我就注定要属于某个具体的国家，成为一名士兵，杀人，交税，为国家扩充军备做贡献。而现在呢，在眼下这个时刻，活着的罪孽，又让我不得不像曾经参加战争时一样——不得不动手杀人。不过，这一次杀人，我没有勉强自己，因为我已经向罪孽缴械投降，一切都是自然而然的，我一点儿也不反对大家将这个愚蠢而臃肿的世界打个支离破碎，不仅不反对，我还很乐意去促成此事，很乐意跟这个世界一起毁灭。”

检察官使出全身的力气，想要用自己那对沾满血污的嘴唇挤出一抹微笑。实话实说，他并没有取得多大的成功，但好的意图还是可以看得出来的。“这很好。”他开口道，“也就是说，我们其实是同道中人。现在请履行您的职责吧，同道先生。”

两人之间进行这番对话时，刚才那位漂亮女孩已经在路边踉踉跄跄地坐下，晕过去了。

刚好这时候，又有另一辆汽车呼啸而来，在公路上全速前进。我们赶紧将女孩拉到一边，身体紧靠在岩壁上，让迎面而来的汽车冲向之前那辆车的残骸。见到有障碍物，汽车猛地一刹车，力道如此之大，连车头都已经开始往上翘了，但它最终却及时停了下来，没有任何损坏。我们迅速举起自己的猎枪，对准新来的这拨人。

“从车里出来！”古斯塔夫命令道，“举起手来！”

三个男人下了车，顺从地举起了双手。

“你们几位中间，有人是医生吗？”古斯塔夫问道。

他们给出了否定的回答。

“那就请你们发发善心，将这位先生从他座位上抬出来——务必小心，因为他伤得很重。抬出来之后，用你们开的那辆车赶紧带他到最近的城市里去。朝前走，抓紧了！”

很快，老先生就换好了另一辆车，躺下了，古斯塔夫指挥着他们，让这帮人开车走了。

在此期间，我们的速记员已经恢复了知觉，并且观看了整个过程。我们有了这么美丽的猎物，我感到很高兴。

“小姐，”古斯塔夫说，“您已经失去了您的雇主。我希望刚才那位老先生跟您之间，除了简单的雇佣关系之外，再没有其他什么关系了。所以，现在——您正式被我录用了，从此刻开始，跟我们一起，当个好的同路人吧！那么，现在就有点儿事情需要赶紧处理一下。这里很快就会变得不适合待人了。您会爬树吗，小姐？会？既然如此，那就快点儿吧，爬树的时候，我们让您爬在我们两人中间，方便协助您。”

我们三个以最快的速度爬到了我们的小树屋里。这位年轻的女士在树顶感到些许不适，于是，我们给她喝了一杯白兰地，很快她就恢复了精神，感叹湖泊和山脉的壮丽景色，并告诉我们她叫多拉。

不多一会儿，另一辆车已经来到了树下，它小心翼翼地驶过翻毁的那辆汽车，中途没有停下来，开过去之后，立即加快了速度。

“逃兵！”古斯塔夫一边大笑，一边开枪射杀了司机。车子在公路上蹦跶了一下，冲向护墙，狠狠撞了进去，倾斜着卡在了悬崖边上。

“多拉，”我开口道，“您能操作猎枪吗？”

她不能，但她还是从我们这里学会了如何给猎枪装弹。起初，她笨手笨脚，将自己的一根手指撕得血肉模糊，哀号着要求我们给她使用当归药膏。但古斯塔夫向她解释说，这是战争，她应该表明自己的态度，证明自己是个勇敢无畏的好女孩。这番话奏效了，成功安抚了她。

“可是，我们像这样继续下去，以后会怎么样呢？”她接着问道。

“我不知道，”古斯塔夫说，“不过，我的朋友哈利喜欢漂亮女人；所以，他以后应该会成为你的男朋友。”

“可他们过不多久就会带着警察和士兵找过来，要我们的命。”

“警察之类的东西，现在已经不存在了。我们眼下需要做一个选择，多拉。要么在这里留守，保持安静，向所有企图通过这里的汽车开枪；要么我们自己开车，开走，离开这里，让别人向我们开枪。我们选择站在哪一边，其实并不重要。不过，我主张留在这里。”

树下又有另一辆车过来了，这辆车的喇叭很响亮，嘟嘟嘟响个不停。它很快就被解决了，四轮朝天，横在公路上。

“真滑稽，”我感慨道，“我之前明明是个反战主义者！”

古斯塔夫微笑着回应道：“是的，这个世界上的人实在是太多了。以前恐怕还没谁太在意这个问题。可是现在呢，每一个活着的人，不仅都想大口呼吸新鲜空气，还都想拥有一辆汽车，在这种情况下，你就会发现事情不太对劲了。当然，我们眼下所做的事情也绝非合情合理，不过是场儿戏罢了，诚如战争就是一场巨大的儿戏。以后，人类将不得不学会通过合理的手段来控制自身的繁衍；现在，我们正在以一种非常不合理的手段对不可容忍的现状做出反击。话虽如此，我们基本上还是在做正确的事情：我们正在努力削减人口。”

“没错，”我说，“我们正在做的事情，乍看起来或许是疯狂的，尽管如此，它却很可能是有益且必要的。当人类过度拘泥于理性思考，试图完全依靠理性的协助来管理那些理性根本无法触及的事物时，显然不会发生什么好事。如此一来，当今世界就出现了美国人的理想主义和布尔什维克式的理想主义，这两种理想主义都非常合理，但由于它们如此天真地简化了人类生命，导致无论选择哪一种，都会对人类生命造成可怕的压迫与劫掠。要知道，人类生命这一意象，本身就曾是一种崇高的理想，如今却即将沦为陈词滥调。我们这些疯子或许能再次令它变得崇高。”

古斯塔夫笑着回应我道：“小伙子，你这番话讲得可真是妙不可言，倾听这段智慧的小插曲，简直就是种美的享受，如沐春风，受益匪浅。好吧，不得不说，你讲的恐怕真有点儿道理。不过现在呢，你最好还是乖乖地给自己的猎枪重新上膛吧，在我看来，你多少有点儿不切实际。眼下随时都可能有几只小鹿再跑过来，我们不能用哲学把它们打死，枪膛里毕竟还是要有子弹才行。”

又一辆汽车驶来，马上就解决掉了，公路被堵死了。幸存者一名，浑身是膘[1]的红发男人，站在汽车残骸旁，濒临崩溃，歇斯底里，手脚乱舞，一会儿朝下张望，一会儿又朝上。他突然发现了我们的藏身处，大叫着跑了过来，用随身的一柄左轮手枪冲我们开了许多枪。

“您最好马上离开，否则我就开枪了。”古斯塔夫向下面喊道。结果那男人又一次瞄准了他，又开了一枪。于是，我们开了

1 此处原文为feist，猎人术语，指鹿身上的肥膘，对应前文的“小鹿”，是一语双关。

枪，将他给射杀了，两枪。

又有两辆车过来了，我们故伎重施，将它们逐一拿下。在此之后，这条公路沉寂下来，一个人也见不着了，此地危险的消息似乎已经传开了。我们总算有了空闲时间，尽情欣赏了一会儿美丽的风景。大湖的另一面，离这里很远的地方，有一座小镇，那里浓烟滚滚，很快，我们就看到火势接连不断地从一处屋顶窜到另一处屋顶，大片大片的房子失火了。除此之外，我们这里还能听到枪声传过来。多拉轻声抽泣，哭了一小会儿，我抚摩着她因为流泪而变得湿润的脸颊。

“我们都得死吗？”她问道。没有人回答。这时，有位行人从树下走过，看到那些翻倒在公路上的汽车残骸，马上开始左瞅瞅、右看看，好一番嗅探，最后弯腰钻进了其中一辆车里，取出一柄彩色阳伞、一只真皮材质的女式手提包，还有一瓶酒，接着便安安静静地坐到一旁的护墙上，喝着酒瓶里的美酒，吃着手提包里用锡纸包裹的食物，直到将酒瓶给喝空了，才重新站起来，愉快地继续前进，那柄阳伞则被他塞到了胳膊下面。他怡然自得地走在下面，我对古斯塔夫说：“你现在会不会朝这个可爱的家伙开枪，在他脑袋上开个洞？上帝知道，我反正是做不到的。”

“没必要啊。”我的朋友嘀咕道。不过，就连他的心里也开始感到有些不自在了。我们刚刚看到的，是一个行为上完全无害的人，他与世无争，而且很有些幼稚，迄今为止，他仍旧生活在天真无辜的状态下，但我们却再也回不到这种状态了。转眼之间，我们所有的行动，我们自以为如此值得称道、如此具有必要性的行为，突然就显得愚蠢又恶心。呸，真见鬼，这一切鲜血淋漓！我们对眼前发生的一切感到羞愧。不过，据说在战争期间，即便是指挥千军万马的将军们，也时常会生出同样的感觉。

“我们不能再待在这里了，”多拉抱怨道，“我们应该下去，下去之后，肯定能在车里找到些吃的东西。你们就不饿吗？你们这些人不会饿的吗？”

远处，在那座燃烧的小镇上，钟声开始响起，兴奋中交织着恐惧。我们开始往下爬。当我帮助多拉翻过树屋的护栏时，我吻了她的膝盖。她灿烂地笑了起来。哪曾想到，就在这时，护栏突然断了，我们双双坠落到半空中……

当我再次睁开眼时，发现自己已经回到圆形走廊了。经过了这场狩猎冒险的刺激之后，我的情绪变得十分激动。此时此刻，周围无数道木门上，都有铭文在召唤着我，它们无处不在。

一连串的铭文，无休无止地向前延伸。其中一个写着：

人格重建指引：保证成功

这对我而言似乎很值得关注，于是，我走进了那道门。

迎接我的是一个昏暗、安静的房间，里面有个男人按照东方人的方式坐在地板上，没有椅子，他的面前摆放着某种类似国际象棋大棋盘的东西。起初，我觉得这个男人似乎就是我的朋友巴勃罗，至少他也穿着类似的彩色丝绸外套，有一双同样黑亮的眼眸。

“您是巴勃罗吗？”我问道。

“我谁也不是，”他亲切地向我解释，“在这里，我们没有名字，在这里，我们不是具体的人。我是一名国际象棋棋手。您到这里来，是想听听关于人格重建的课程的，对吗？”

“是的，请吧。”

“那么，首先得劳您大驾，将自己的形象挑选几十个出来，交给我来处置。”

“我的形象……？”

“就是您在不久之前曾经看到过的那些。您所谓的‘人格’瓦解成了许多种不同的形象。没有这些形象，我就没办法开始。”

说罢，他向我举起了一面镜子，在这面镜子里，我再次看到自己人格的统一体分解成了许多个不同的形象，而且数量似乎还在不断增加中。不过，这些形象跟之前还是有显著区别的——现在的形象非常小，大概只有国际象棋的棋子那么大。棋手伸出手指，既轻又稳地取了几十枚棋子，放在棋盘旁边的地上。与此同时，他用很单调的语气开口讲了一番话，那种感觉就像是一个人在宣读自己经常重复宣读的演讲稿或者课程似的：

“单独的人类个体，只要存活于世，就是一个持续存在的整体——这种错误的、给人带来长久不幸的观念，显然是您所熟知的。您也知道，人实际上是由众多灵魂构成的，是由无数个‘我’构成的。将表面上客观统一的人类个体分割成这许多形象，将它们各自独立出来，通常被认为是疯狂的体现；科学专门为该现象发明了‘精神分裂症’这一术语。当然，科学在这件事上是正确的，因为如果没有指导、没有一定的秩序和分组，任何多元性都无法被驯服，这是显而易见的。然而，与此同时，科学却错误地认为，大量次一级的‘我’如果想要和谐共存，唯有在独一无二的、有约束力的、持续终生的单一秩序作用下，才是有可能的。这种来自科学领域的错误观念造成了许多不愉快的后果；但它真正起到的作用却只有一个，那就是让受国家聘用的教师和教育工作者们意识到，本应由他们来完成的工作被大幅度简化了，本应该着手进行的相应思考和实验被彻底免除掉了。由于这个错误的存在，许多本来根本无法治愈的精神病患者被认为是‘正常’的，甚至是有社会价值的，相反，一些明明是天才的人却被认为是疯了。有鉴于此，我们需要用上被我们称为‘重建术’的概念，来对科学领域漏洞百出的心理学加以补充。我们向那些经历过自我解体的人展示我们所拥有的这门技艺，让他懂得这样一个道理：他实际上可以在任何时候以任意顺序将大量自我碎片重新组合起来，通过这样一种方式来实现生命游戏的无限多样性。好比剧作家用少数几个人物就能创作一出戏剧那样，我们也在不断运用我们瓦解了的自我形象为素材，构建新的群体，创造出全新的游戏、全新的紧张气氛，新状况层出不穷。您请看！”

他用自己安静而机敏的手指拿起我的形象，拿起所有这些老人家、年轻人、孩子、女人，拿起所有这些欢快的和悲伤的、强壮的和细腻的、灵活的和笨拙的形象，迅速将他们摆放到自己的棋盘上，组成了一局新游戏。棋盘上的这些形象，很快就建立起各自的小团体、小家庭，开始各自的游戏和争斗，互相之间建立起友谊，或者彼此对立，形成了一个微观世界。在我欣喜目光的注视下，他让这个生动而又井然有序的小世界持续活动了一阵子，让这些形象或玩耍或战斗，或结盟或打仗，让他们互相求爱、结婚、繁衍生息；这的确是一出角色众多、精彩纷呈、激动人心的戏剧。

接下来，他开始用一种很欢快的动作抚摩棋盘，轻轻地将盘面上所有的棋子推倒，将它们推到一旁，聚成了一小堆。然后，他又颇费了一番心思，像一位挑剔的艺术家一样，用相同的棋子组成了一局全新的游戏，这局游戏有着完全不同的角色分组、人物关系和往事纠葛。尽管如此，第二出戏与之前的第一出戏之间仍然是有关联的：它们所在的是同一个世界，构筑这个世界所用的是完全相同的材料，只是改变了基调，改变了节奏，强调的主题不同，遇到的情况也不同。

如此这般，聪明的建造者围绕着同样的一组形象，建立了一局又一局的游戏，每个形象都是我自身的一部分。这一系列戏剧全都遥相呼应，都可以明显地辨析出是属于同一个世界的产物，有着完全相同的起源，但每出戏又都是全新的。

“这就是生活的艺术，”他传授道，“从今以后，您大可以继续按照自己的意愿，随心所欲地塑造独属于自己的生活游戏，生机勃勃也罢，错综复杂也罢，多姿多彩也罢；无论如何，它都掌握在您自己的手中，诚如疯癫——在更高层次的意义上，疯癫是一切智慧的发端，照此观之，精神分裂症亦是一切艺术、一切想象力的发端。现如今，甚至连一部分学者也开始对这一观念有了些许认识。举例而言，大家可以在《王子魔号》[1]这本颇为有趣的书中读到这样一个故事：某位学者笔耕不辍创作出来的成果，被一帮精神错乱、关在疯人院里的艺术家进行了天才般的巧妙改编，作品因此而变得出类拔萃，成就了一部经典。——拿去吧，这些小雕像现在统

1 *Des Prinzen Wunderhorn*，该书名戏仿*Des Knaben Wunderhorn*即《少年魔号》（亦被译为《儿童的奇异号角》），后者是阿尔尼姆与布伦塔诺合作整理出版的德意志民歌集。

统还给您，类似今天这样的小游戏，未来也将经常给您带去欢喜。在今天的游戏里成长为令人感到忍无可忍的恶鬼、破坏了您游戏兴致的那个家伙，您大可以在明天将其降格为一枚无足轻重的小配角。至于这位可怜又可爱的小角色，她恐怕注定要走一段时间的霉运，要当一阵子小灾星，不过，您可以在下一场游戏中让她扮演公主。总之，希望您能玩得尽兴，我的主人。”

我向这位天赋异禀的棋手深深鞠了一躬，以此表示感谢，然后将一堆小雕像收进口袋里，从狭窄的木门退了出来，回到了走廊上。

实话实说，我曾经以为自己马上就会坐到走廊地板上，玩几个小时的棋子，无休无止地玩下去。哪曾想到，我才刚刚在明亮的圆形剧场走廊里站稳脚步，很快就有一股更为强大的新浪潮涌来，瞬间便把我给吸引走了：一张海报光辉闪耀地出现在我眼前，上面写着——

奇观：驯服荒原狼

这个大标题仿佛在我心中激起了千层浪，令我百感交集；来自过去生活的各种恐惧与逼迫，那些一度被遗忘掉了的现实，一时间纷纷涌起，使我感到极度窘迫且揪心。我用颤抖的手打开了那扇门，进入一处类似嘉年华游园会的帐篷里。我看到面前有一道铁栏杆，将我跟破落的舞台之间分隔开来。我看到有个驯兽师正站在舞台上，是一位行为举止颇显浮夸的先生，令人不觉联想起大街上沿途叫卖的小贩。尽管他蓄有大胡子，上臂肌肉发达，穿着马戏团的全套装束，但看起来却很像我，这种满怀恶意的相似性令我感到极为厌恶。此刻，这健壮的男人手里用链子牵着——好一番可怜景象！——体型巨大、身形优美，但看起来十分憔悴、奴性十足的一头狼，这头狼像狗一样被拴在了链子上。此刻，野蛮的驯兽师开始对这头明明很高贵却又可耻地顺从其主人的掠食者下令，让它在舞台上进行了一连串技巧高超、惊险刺激的表演。观看这种表演可真是既恶心又刺激，教人既羞赧讨厌又暗自窃喜。

眼前这个男人，这个从我那该死的扭曲镜像中滋生出来的孪生兄弟，已经彻底驯服了自己那头狼，简直不可思议。狼十分认真地听从他所下达的每一项命令，对他的每一声呼唤和抽鞭子的响声都作出狗一般的反应。它跪倒在地；它躺下装死；它用后腿直立，假装自己是人；依照主人的吩咐，它用嘴巴顺从地叼起一条面包、一只鸡蛋、一块肉、一个篮子；对了，它还要捡起驯兽师故意丢下来的鞭子，叼在嘴里，不停摇动尾巴，摆出卑躬屈膝、可怜兮兮的模样，将鞭子送还到主人手里。一只活蹦乱跳的兔子被送到狼的面前，接下来又是一只白色的小羊羔，尽管狼龇牙咧嘴，全身上下忍不住颤抖，唾液不停滴落，可它并没有去碰任何一只活物，反而根据主人的指令，以优雅的姿势跳过蹲在地上、被吓得直发抖的活物。瞧啊，现在它竟然躺到了兔子和小羊之间，伸出前爪，拥抱这两只活物，跟它们一起组成了一个感人肺腑的小家庭。做完这一切之后，它总算从人类手中吃到了一小块巧克力。这头狼努力学习如何去否定自己的本性，已经到了丧心病狂的程度，观看这种表演可真是一场折磨，我看得毛发倒竖，惊恐不已。

奇妙的是，受过这许多折磨之后，情绪激动的观众们竟然能够在表演的第二阶段获得补偿，就连那头狼也一样。精彩无比的第一阶段驯兽表演正式结束，驯兽师对狼羊组合的表演感到颇为满意，脸上带着甜美的微笑，以旗开得胜的姿势向观众们鞠了一躬，然后角色就反过来了。这位长得像哈利的驯兽师突然将鞭子放到狼的脚下，深深地弯下腰去，身体开始颤抖，缩成一团，看起来极为痛苦，就跟狼之前的模样一样。反观那头狼，此时却笑着舔了舔嘴巴，原先痉挛的身体已不再痉挛，原先泯灭的野性也回来了。它褪下了伪装，目露凶光，整个身体变得紧绷，在重新获得的野性中恣意绽放、舒展。

现在情况反过来了，狼下命令，男人必须服从命令。于是，根据狼的命令，这个男人跪了下来，由他来扮演狼，伸出舌头，用补过的牙齿撕掉自己身上穿的衣服。他谨遵那头驯人师[1]的指示，时而两脚站立，时而四肢落地，时而装出狼假扮人时的模样，时而躺下装死，他让狼骑在自己身上，重新玩一遍捡鞭子的游戏，将鞭子叼给狼。他同样顺从如狗，表现出了很强的服从天赋，对狼的每一次羞辱和变态行为都做出了富有想象力的回应。这时，有个美丽的女孩走上了舞台，走近那个正在受驯的男人，她抚摩他的下巴，将自己的脸颊贴在他的脸颊上摩挲，可他依旧四肢着地，保持着兽类的姿势。他摇晃了一会儿脑袋，然后又开始冲着这位美女龇牙咧嘴，最后甚至显露出凶神恶煞的模样，试图威胁她。她被吓到了，转过身去，逃之夭夭。巧克力递到他的面前，他只是轻蔑地嗅了嗅，便将它推开了。最后，雪白的羊羔和肥嘟嘟的斑点兔又被送上来了，领悟力超群的受驯者拼尽全力，试图扮演一头真正的狼——实际

1 原文为Menschenbändiger，是黑塞依据“驯兽师”一词创造出来的新词。

上，这项表演对他而言也算是个不错的消遣。只见他用手指和牙齿抓住尖声惊叫的小动物，扯下毛皮与血肉，将它们撕成碎片，然后咧开嘴，开始咀嚼生肉，闭上眼睛，陶醉在原始的欲望中，痛饮热气腾腾的鲜血。

我吓坏了，逃出了这扇门。此刻，我终于发现，这座魔幻剧场绝非单纯的天堂福地，在其漂亮的表皮下，有一整个地狱在藏匿着。噢，上帝啊，莫非这里也没有救赎可以给我？

我满怀恐惧地踱来踱去，感觉到嘴里同时有血腥味和巧克力的味道，这两种味道，一个更比一个难闻。我渴望逃离脑海中这污浊的浪涛，于是便在自己内心深处发狂般地挣扎，希望能够找到相对而言更容易忍受些的、更友好的图景。“噢，朋友，何必老调重弹！”[1]这句唱词在我心中响起，我惊恐地回忆起战争时期，有时能够看到来自前线的可怕照片，一堆堆摞到一起的尸体，他们的脸上全都戴着防毒面具，防毒面具将他们的脸变成了咧嘴怪笑的魔鬼的脸。我当时是多么愚蠢、多么幼稚啊！作为一名依旧对人类抱有美好幻想的反战者，我当时居然被这些照片给吓坏了。时至今日，我总算意识到，没有哪个驯兽师、没有哪位部长、没有哪名将军、没有哪个疯子能够在他脑海中孕育出跟我脑海中一样狰狞、一样狂野且邪恶、一样粗鲁又愚蠢的思想与画面。

想到这里，我松了口气，突然回忆起了之前读到过的那句铭文。当时，我看到那位英俊的青年，他在剧场刚刚启幕时，就急不可耐地钻进了那扇门后面，门上的铭文是：

1 贝多芬《第九交响曲》第四章“欢乐颂”的第一句唱词。

如今，至少在我看来，铭文上的内容千千万万，没有哪个是比这更理想的了。很高兴能够再一次逃离被诅咒的、有狼存在的世界，于是，我也进了那扇门。

真是太怪异了——身处此地的感觉，一方面如此美妙，另一方面又是如此熟悉，刻骨铭心，令我不寒而栗——我年轻时的气息在此地汇聚，我才刚一现身，便接连不断地朝着我涌来，那是我少年时代和青年时代的气息，那些日子里的青春热血，又开始在我心中流淌。转眼之间，我刚才所做、所想的一切，统统被我抛到了脑后，我又年轻了。就在一个小时之前——就在刚才，我还以为自己很清楚什么是爱，什么是欲望，什么是渴望呢，可那些只不过是一个老年人的爱与渴望罢了。现在我又年轻了，我在体内感受到的，这炽热发光、四处蔓延的火焰，这强健有力、勾魂夺魄的渴望，这如同三月里春风化雨般浸润一切的激情，这一切都是年轻、崭新且真实的。噢，早已被遗忘的火焰，何以再度燃起，尘封已久的声音，如今又响彻耳畔，反而更显深沉、更为动人。血液开始闪烁绽放！灵魂正在欢呼歌唱！我是个男孩，十五六岁的年纪，脑子里满是拉丁语、希腊语和美丽的诗句，我的思想中充满了奋斗心与野心，我的幻想中充满了艺术家的幻梦。但是，比所有这些熊熊燃烧的火焰更深邃、更强有力、更可怕的，却是爱情的火焰，是对异性的饥渴，是肉欲终将不断蚕食心灵的预感，它们在我体内灼烧着、悸动着，没有片刻停歇。

我站在一座石山上，这座石山位于我家乡小镇的上方。我在这岩壁高耸之处沐浴着春风，首批盛开的紫罗兰，散发出芬芳香气，弥漫风中。看得到流经小镇的溪流反射出粼粼波光，看得到我父亲宅子窗户的反光。这一切看起来、听起来、闻起来，都是如此绮丽而充实，如此新奇，令人不觉沉湎于造物之伟大。这一切闪动着如此绚烂的光华，在春风中摇曳荡漾，恰如我在自己青春萌芽之时——在那段最充实、最富有诗意的时光中所目睹过的世界那样，如此超现实，如此千变万化。我站在山上，任由春风拂过我的长发；我迷失在对爱情如梦似幻般的渴望之中，伸出一只懵懂的手，从新绿的灌木丛间摘下一片半开的嫩芽，将它捧到眼前，闻了闻（新叶的香气传来，往事瞬间历历在目，一切都仿佛焕然一新），随后，我又俏皮地用自己还没有吻过女孩的嘴唇抿住这片小小的、嫩绿色的玩意儿，开始咀嚼起来。当口中涌起酸涩、清苦的嫩叶味道时，我突然清楚地意识到自己正在经历些什么，当初发生过的一切又回来了。此时此刻，我正在重温自己童真年代最后的吉光片羽——早春时节的某个星期天下午，就是在这一天，我在孤独散步时遇见了罗莎·克莱斯勒[1]，我如此羞涩地同她打了招呼，如痴如醉地爱上了她。

还记得那时候，我怀着焦急的心情，期待着这个美丽女孩赶紧出现在我面前——那个时候，她独自一人、若有所思地走在上坡路上，还没有看到我，我也只看到了她的头发。她的头发仔细扎成厚厚的两根辫子，但在脸颊两侧仍有几缕发丝垂下来，在风中嬉戏、摇摆。我有生以来第一次看见像她这样美丽的女孩；风跟她那几缕

1 前文中，哈利初遇赫尔敏娜时，也曾回忆起罗莎·克莱斯勒。

可爱头发玩的小游戏，在我眼中是多么妙不可言，简直是只有在梦中才能见到的画面；一袭薄薄的蓝色连衣裙，垂落在她青春的胴体上，是多么漂亮，多么令人浮想联翩。诚如嘴里嚼着的嫩芽所散发出来的苦涩清香，使我心中充满了对春天的焦虑与恐惧一样，见到这个女孩之后，我的心中马上就充满了对爱情的致命预感、对女性的预感，对一系列巨大可能性与承诺、不可名状的快乐、无从想象的困惑、恐惧与痛苦、最亲密的救赎与最深切的内疚即将到来的震撼感。噢，春天的苦味在我舌头上不断燃烧！噢，玩闹的风儿穿过她通红脸颊旁散乱的头发，这画面是多么动人！过不多久，她就走到了我的身边，抬起头来，认出了我，脸上泛起一阵绯红，目光侧向一边；我摘下自己戴着的坚信礼帽[1]，同她打招呼；至于罗莎呢，她很快就恢复了常态，微笑着向我回礼，颇有些淑女的模样。然后，她的脸朝上仰起，慢慢地、自信地、骄傲地继续往前走去，身边环绕着的，是我在她身后投去的无数爱意、期许和敬意。

以上就是曾经发生过的情况，三十五年前的那个星期天，须臾之间，当时的一切又都呈现在眼前：山丘与小镇，三月的春风，嫩芽的滋味，罗莎和她棕色的头发，不断膨胀的渴望，令人窒息的甜蜜恐惧。一切都跟当时一样，在我眼中看来，自己一生中恐怕从未像当时爱罗莎那样爱过别人。不过这一次我有了机会，可以用跟那次完全不同的方式来对待她。此刻，我清楚看到她在认出我时脸红了，此刻，我清楚地看到她试图掩饰自己的脸红，并且立即知道她是喜欢我的，这次见面对她的意义，跟对我的意义完全是一样的。

---

1 受坚信礼通常都有服装要求，仪式结束后帽子可以继续戴，代表自己已经受过礼了。

于是，这次我没有像上次那样摘下帽子，没有选择庄重严肃地呆站在那里，任由她过去，而是不顾心中涌起的恐惧和焦虑，做了我那一腔青春热血要求我去做的事情——我冲着她大声喊道："罗莎！谢天谢地，你总算来了，你可真是个漂漂亮亮[1]的女孩。我非常爱你。"诚然，这或许不是此刻我所能讲出的最机智的话语，但是，在像这样的一个场合，其实并不需要任何机智，如此一番话就足够了。罗莎没有继续摆出淑女的模样，也没有再往前走，她停了下来，注视着我，脸变得比刚才还要红，她说："你好，哈利，你真的喜欢我吗？"说出这句话的同时，她那张轮廓分明的脸上，一双棕色的眼眸闪闪发光。我忽然感到，自从当年的那个星期天起，自从我一言不发、让罗莎从我身边走掉的那一刻起，我过去的整个人生和爱情都是错误的、混乱的，充满了愚蠢的不幸。不过现在，错误已经得到了弥补，一切都不同了，一切都好起来了。

我们手牵着手，慢慢地在山路上走着，心里是说不出来的高兴，但又非常尴尬，不知道具体应该讲些什么、做些什么。由于太过尴尬，我们两个不由自主地开始加快脚步，从散步变成一路小跑，直到跑得喘不上气了，才不得不停下来，即便如此，我们也没有放开彼此的手。我们都还处于童真年代，并不真正知道应该如何向对方表达爱意，在这个星期天里，我们甚至连初吻都没有献出，但却感到无比幸福。我们站在那里，大口喘气，我们坐到草地上，我抚摩着她的手，她也害羞地伸出手来，抚摩我的头发，然后我们又站起来，试着量一量我们俩谁的个子更高，实际上我比她高了一

1 原文叠用了schön。

指宽，但我没有承认，反而一口咬定，说我们两个的身高是完全一样的，这正是亲爱的上帝让我们彼此相爱、以身相许的证明，将来我们肯定会结婚的。这时，罗莎说她闻到了紫罗兰的香味，于是，我们两个就跪在早春时节短短的芳草地里，四处寻找。我们各自找到了几株紫罗兰，这些紫罗兰的根茎都很短，我们各自都将自己找到的紫罗兰送给了对方。天色已晚，寒气渐近，暮光斜照在石山上，罗莎说，她现在必须得回家了。霎时间，我们俩都感到特别难过，因为我不能陪她一起回去，不过，我们现在有了一个共同的秘密，这个秘密是我们所拥有的最珍贵的东西。罗莎走后，我仍逗留在石山上，闻着她的紫罗兰，我躺在崖壁正上方的岩石边缘，我的脸高悬于深渊之上，俯视着小镇，潜伏在那里，直到她可爱的小身影出现在下方低处，走过喷泉，越过小桥。于是，现在我知道，她已经回到了自己家里，进去之后，她又接连穿过好几个房间，我却躺在这里，离她很远，可是，我跟她之间始终都有一根丝带相联结，始终都有一股暖流在交汇，始终都有一个秘密，令我们心旌摇曳。

在这一年春天里，我们又见了许多次面，有时在这里，有时在那里，在石山上，在花园栅栏边。丁香花开始绽放的时候，我们给了对方自己人生中的第一个吻，过程腼腆而匆忙。我们这些孩子能够给对方的东西很少，我们的吻还很稚嫩，缺乏激情，不够饱满，我只敢轻轻抚摩她耳边垂下来的一小缕头发，尽管如此，我们在爱情与欢愉中所能做的一切都完全属于我们——每一次羞怯的触摸、每一句不成熟的情话、每一份焦急的等待，都让我们学到一种新的幸福，让我们可以沿爱的阶梯拾级而上。

如此这般，自罗莎和那些紫罗兰开始，我就正式生活在了比过去更幸福的星空之下，再次经历了我的整个爱情生涯。失去了罗莎，伊尔姆加德出现了，阳光变得愈发炽热，星星愈加惹人沉醉，可是，罗莎也罢，伊尔姆加德也罢，她们都不是我的，我不得不继续一步步往上攀登，经历了许多，学到了许多，可是，到了最后，我不得不再一次失去伊尔姆加德，也再一次失去了安娜。我年轻时曾经爱过的每一个女孩，我都再爱了一次，我有能力以爱情来浇灌她们每个人，给她们每个人一些东西，被她们每个人给予一些东西。曾经只存在于我想象中的愿望、梦想和可能性，现在都真实地存在着。噢，你们这些美丽的花儿啊，伊达和罗尔，所有我曾经爱过一个夏天、一个月、一天的你们啊！

我明白了，现在的我其实就是刚才那个英俊迷人、仿佛全身上下都在发光发热的青年：在此之前，我曾经见到他那么积极主动地奔赴爱情之门。现在的我正在尽情享受、培育这一部分的自己，这一部分的存在与生命，在此之前只被满足了十分之一、千分之一。现在的我不让这一部分的自己被其他所有纷繁复杂的自我形象所连累，不受思想家的干扰，不被荒原狼折磨，不被诗人、幻想家、道德家削弱。不，现在的我只是个恋爱中的男人，除此之外，什么都不是，除了爱情之外，再没有别的幸福，也没有别的痛苦。伊尔姆加德教会了我跳舞，伊达教会了我接吻，至于其中最美丽的艾玛，则是第一个将乳房给我亲吻的女孩：一个秋天的夜晚，不停摇曳的榆树叶子底下，我亲吻了那棕色的乳房[1]，并且第一次饮下欲望之酒。

在巴勃罗的小剧场里，我经历了许多事情，可以用语言来表

---

1 此处完全对应原文的递进顺序，“棕色的乳房”是在昏暗夜色下所见。

达的，尚不及其中千分之一。我曾经爱过的女孩现在都是我的了，每一个女孩都给了我她所独有的东西，我也给了每一个女孩只有她才知道如何从我这里拿去的东西。许多的爱，许多的幸福，许多的情欲，许多的困惑与痛苦，这些我都尝遍了，我人生中所有错过的爱意，全都在这处梦境花园里迷人地绽放，有些花儿纯洁又娇嫩，有些花儿如熊熊燃烧的火焰般耀眼，有些花儿暗淡无光，转眼之间便已破败凋零。不断闪动的情欲、隐秘而亲昵的遐想、炽热难当的忧郁、满怀恐惧的死亡、光芒万丈的新生，全都聚集在这里。我发现，有些女人，只能在暴风骤雨之间赢得其芳心，整个过程是来也匆匆去也匆匆，而另一些女人呢，却需要小心翼翼地追求，经年累月才能有所收获，这个过程本身也是一种幸福；我过去人生中每一处因为晦暗不明而没有看清的角落，如今都重新显形了，在这些角落里，性爱的声音曾经呼唤过我，女人的目光曾经挑逗过我，女孩白皙皮肤的闪光曾经引诱过我，这一次，所有一度被我错过的东西，已被悉数追回，哪怕整个过程只有一分钟那么短。每个女人都成了我的女人，每个女人都以她独一无二的方式被我据为己有。那个亚麻色头发底下长了一双引人注目的深棕色眼眸的女人，此刻就在那里，我曾经在一列快车的过道里，在她身边站了一刻钟，后来，她又在我梦中出现过几次——她一句话也不说，但她教会了我出乎意料的、可怕的、致命的性爱技巧。还有那个来自马赛港口的女人，她皮肤光溜溜的，为人安静沉稳，脸上露出的微笑如同雾里看花，乌黑的头发梳得光滑如镜，目光则浮动如水。她也知道一些普通人闻所未闻的事情。每个女人都有她自己的秘密，都能闻到她这朵花儿所扎根泥土的味道，每个女人都以她自己的方式来亲吻、来欢笑，每个女人都有独一无二的耻辱，同时也施展出自己独一无二的没羞没臊。她们在我的生命中来来去去，一股洪流将她们引向我，将我冲向她们，又将她们冲走，这是一种潇洒俏皮的、像小孩子一样的戏耍生活，如同在性爱的洪流中游泳，充满了魅力，充满了危险，充满了惊喜。我惊叹于自己所过的生活，我那看似贫瘠、无爱的荒原狼生活，实际上却充满了热恋、机会与诱惑。在过去的人生中，我几乎完全错过了它们，逃之夭夭，跌跌撞撞，很快就将它们给遗忘了——但是在这里，它们都被储存了起来，没有任何缺失，存量很多，数以百计。如今我总算看到了它们，并且将自己托付给了它们，向它们敞开了大门，堕入不断散发出玫瑰色微光的冥界之中[1]。巴勃罗曾经给过我的诱惑也回来了，还有许多其他的、更早的、我在它们出现时甚至都没能完全理解的奇妙游戏也都回来了，这些三人游戏和四人游戏，微笑着将我带入它们的轮舞。言语所不能及之处，许多事情发生了，许多游戏玩过了。

自无穷无尽的诱惑、罪孽与纠缠所汇聚而成的洪流之中，我终于再次浮出了水面，此时的我心如止水、沉默寡言，从内到外的准备已经周全，我掌握了丰富的知识，懂得如何进行睿智的思考，我的经验丰富，对于赫尔敏娜来说已经足够成熟。此刻，作为我千姿百态形象当中的最后一块碎片，作为无穷无尽队列中最后一个名字，她来了，赫尔敏娜，与此同时，我的意识也回到了现实世界，主动结束了门内的爱情童话。因为我不想在魔镜的微光中与她重逢，不仅我棋局中的那一枚棋子是属于她的，整个哈利都是属于她

1 此处的“冥界”，是指前文中所述的“热恋、机会与诱惑”确实皆已逝去，此时只是在追忆。

的。噢，现在我要重新建立起一局新的棋子游戏，使棋盘上的一切都与她相关，最终让一切成真。洪流将我冲上了岸，我又一次站在了剧场那条寂静的包厢走廊里。现在该怎么办呢？我伸出手来，碰了碰口袋里那堆小雕像，方才那种建立新一局棋子游戏的冲动已然烟消云散。此刻，这个由木门、铭文与魔镜所组成的世界，正在以无休无止的态势将我重重包围。我不由自主地瞟了一眼旁边那扇门上的铭文，不禁打了个寒战：

如何用爱来杀人

写的就是这样一行字。这时，一幅记忆中的画面在我脑海中闪现，这幅画面只停留了一瞬间：赫尔敏娜坐在一间餐厅的餐桌旁，突然将美酒佳肴抛到一边，醉心于一场内容深不可测的谈话，她的眼中闪动着可怕的严肃，一字一顿地告诉我，唯有被我亲手杀死，才能让我成功爱上她。恐惧与黑暗交织的沉重浪潮涌上我心头，霎时间，一切又都摆在我眼前；霎时间，我又在自己的内心最深处感受到了危机感和宿命感。我绝望无比，将手伸进口袋里，想要掏出那些棋子来，施展一些刚学会的魔法，重新安排我人生棋盘上棋子摆放的顺序。哪曾想到，那里已经没有棋子了，此刻，我竟然从口袋里掏出了一把匕首。我怕得要死，拼命跑过走廊，穿过一扇门，突然站在了一面巨大的镜子跟前，我身不由己地朝着镜子里面看。镜子里，在跟我等高的位置，是一头美丽的狼，它体形庞大，静静地站在那里，一双不安分的眼睛里闪烁着羞怯的目光。见到我来了，它目光一亮，马上朝我眨了眨眼，咧开嘴来，干笑了两声，独属于犬类的嘴巴顿时敞开来，红色的舌头清晰可见。

巴勃罗在哪里？赫尔敏娜在哪里？之前那个聪明的家伙又在哪里？——刚才，他曾经那么漂亮地跟我谈论过人格重建问题。

我再一次望向镜子里面。刚才我肯定是失心疯了。巨大的镜子后面并没有狼，也没有在血盆大口里卷动的红色舌头。镜子里站着的是我本人，站着的是哈利，灰头土脸，被一切游戏无情抛弃，被一切放浪形骸的行为折腾得筋疲力尽，脸色惨白骇人，但至少还是一个人，至少还是一个可以正常对话的人。

“哈利，”我开口道，“你在这里做什么？”

“没做什么，”镜中人说，“我不过是在等待。我在等待死亡。”

“既然如此，死亡又在哪里？”我问。

“他来了。”镜中人说。与此同时，我听到剧场内的空房间里传来了声音。那是优美而可怕的音乐声，是歌剧《唐璜》的配乐，是石雕客人出场时的那一段伴奏声[1]。恐怖的是，那冰冷的声音只是在鬼魅而怪异的剧场里回荡，但却并不是来自这里的——那声音来自另一个世界，来自不朽者。

“是莫扎特！”我心中暗自思忖着，这一缕思绪，唤起了我内心深处所挚爱的、最为崇高的那一套图景。

忽然间，在我身后响起一阵笑声，那是一种敞亮而冰冷的笑

---

1 西方文学典故。唐璜杀死了骑士团统领，又辗转至马德里，跟死去统领的遗孀安娜深夜幽会。唐璜忘乎所以地邀请统领坟墓上竖立的统领石像跟他一起赴约，结果这尊长得跟死去统领一模一样的石像竟然答应了，在深夜前来，即所谓“石雕客人”。莫扎特创作的两幕歌剧《唐璜》中，这一部分临近剧终，音乐尤其诡异骇人。

声，来自凡人闻所未闻的、从无尽的苦难与诸神之幽默中催生而出的另一个世界。我被这笑声给吓了一跳，感觉浑身冰凉，又仿佛被极乐笼罩。我转过身，看到莫扎特走了过来，他一边不停笑着，一边经过我的身边，神态自若地走向其中一扇木门，打开门，走了进去。我急切地跟在他的身后，他是我年轻时的神，是我一生爱慕与崇拜的对象。音乐仍在继续。莫扎特站在包厢的护栏旁，除了他之外，看不到剧场里的任何东西，无边无际的空间里充斥着黑暗。

“您瞧瞧，”莫扎特说，“没有萨克斯风也是可以的。不过，我当然也不想冒犯这华丽的乐器。”

“我们在哪里？”我问道。

“我们在《唐璜》的最后一幕，莱波雷洛[1]已经跪下了。场景出类拔萃，音乐也值得一听，对吧。即使这一幕里仍旧存在着各种非常世俗化的因素，您却已经可以察觉到另一个世界的存在了，在听到那大笑声的时候——不是吗？”

“这是由人类所谱写出来的最后一支伟大的乐曲，”我郑重地回应道，像个正在上课的小学老师，“当然，后面还有舒伯特，还有雨果·沃尔夫[2]，而且，我也不能忽视可怜又可叹的肖邦。您在皱眉头了，大师[3]——噢，对了，贝多芬也在大师之列，他也是很了不起的。可是话说回来，所有这些作品，尽管都很美，其中却有一些

1 唐璜的仆人。此处所指的是莫扎特《唐璜》第二幕终场部分，地狱之门开启，唐璜即将跌落地狱，莱波雷洛在躲避处跪下，手拿十字架不停祷告哀求。离全剧结束还有不到十分钟。

2 雨果·沃尔夫（1860—1903），奥地利作曲家，被誉为自舒曼之后最伟大的德奥艺术歌曲作曲家。

3 原文为Maestro，意大利语，特指音乐领域的大师。

片段让人感到支离破碎，音乐应有的完美无瑕已经有一些解体的趋势。实话实说，自《唐璜》以降，类似《唐璜》这样完美的杰作，人类还从来没有写成过。”

“不要太勉强自己了，”莫扎特大笑起来，笑得很嘲讽，“这么说来，您本人恐怕是位音乐家？其实，我已经放弃了音乐创作这门职业，正式退休了。如今也只是为了好玩，才会时不时地去关注一下相关的东西。”

他举起双手，仿佛在指挥乐团，一轮明月，或者其他某种苍白的星辰在剧场内的某处徐徐升起。我的目光越过护栏，远眺深度与广度皆无从估量的空间，隐约有雾气与云彩飘来，山峰背后露出曙光，勾勒出海岸的轮廓线，一大片沙漠般的平原，自我们下方延伸开去，仿佛遍及整个世界。在这片平原上，我们看到有一位年高德劭的老先生，蓄着长长的胡须，面色阴郁地率领着一支由好几万名身着黑衣的男人所组成的庞大队伍前进。此情此景，看起来很悲哀，毫无希望可言。对此，莫扎特解释道：

“您看，领头那位正是勃拉姆斯。他正在努力争取救赎，但恐怕还需要很长一段时间。”

从莫扎特那里我了解到，队伍中成千上万的黑衣人，实际上全部都是勃拉姆斯曾经创作的乐谱当中、被上帝判定为多余的音调和音符的演奏者。

“配器太过繁复，挥霍了太多的好素材。”莫扎特颔首道。

紧接着，我们又看到理查德·瓦格纳率领着一支同样庞大的队伍在前进。我们能够感受到他身后那不堪重负的千军万马是如何在拉扯着他，如何千方百计地想要将他也淹没在人山人海之中；我们看到瓦格纳拖着自己疲惫的身躯，迈着耐心的步伐，仍在锲而不舍地前行。

“在我年轻的时候，”我伤心地说道，“这两位音乐家一度被认为是人类可以想象得到的最水火不容的死敌。”

莫扎特笑了起来。

“是的，情况总是如此。从远处看，像这样一类对立往往会变得越来越相似。顺带一提，配器繁复既不是瓦格纳的个人错误，也不是勃拉姆斯的个人错误，而是他们那个时代的通病。”

“怎么会这样呢？他们难道必须得为此付出如此之大的代价吗？”我语带指责地喊道。

“理所当然。这是公事公办。唯有当他们还清了时代的债务之后，才能看清是否还有足够多的个人债务留下，是否还值得再来好好清算一番。”

“但这一切并不是他们的错啊！”

“当然不是。亚当、夏娃偷吃禁果，也不是他们的错，但他们必须为此赎罪。”

“可是，这也太可怕了。”

“显而易见，人生永远都是可怕的。尽管我们无法改变什么，但却必须为此承担责任。人生而有罪。如果您不明白这个道理，那您上的宗教课肯定跟别人都不一样。”

此时此刻，我感到颇为悲戚。我看到了我自己，一个精疲力竭的朝圣者，在另一个世界的沙漠中漫无目的地徘徊，肩负着我所写的一大堆可有可无的书，肩负着我所有的长篇大论、所有发表在报纸副刊上的小文章，紧随其后的是为它们辛苦卖力的排字员大军，以及不得不吞下这一切苦果的读者大军。我的上帝！除了这些之外，亚当和禁果，以及其他所有的人类原罪，也都还在那里。因此，所有这一切都必须先赎罪，无尽的炼狱，等这些罪孽都赎尽之后——唯有到那时，才有资格思考这样一个问题：是否还有一些个人的东西残留下来，在这一切的背后，是否还有属于我自己的一点点东西，如若不然，那是否我此生所有的行为及其后果，到头来不过是漂浮在海面上的泡沫，一无所有，空空如也，仅仅是历史的进程中没有任何意义可言的儿戏！

莫扎特见我拉长了脸，又开始大笑起来。他笑得前仰后合，在空中不停翻滚，双腿互相击打，发出响亮的颤音。与此同时，他还对我高声喊道：

“嘿，我的年轻人啊，你[1]的舌头会不会咬你，你的肺泡会不会夹你？想想你那些读者，囫囵吞枣者，可怜的暴食者；还有你那些排字员——那些排斥员[2]，一帮杀千刀的诽叱员，磨刀霍霍专员？这些可真让人忍不住想笑。还有你这条龙，更是让人捧腹大笑，让人惊呼怪叫，让人裤子里飙尿[3]！噢，你这颗虔诚的心哟，你挥霍印厂的黑油墨，你的灵魂痛苦又困惑，我捐你一根蜡烛来暖心窝，无

1 此处莫扎特不再使用敬语。这一整段疯言疯语，原文多处押韵。

2 排字员为Setzer，黑塞将其改一个字母变为Ketzer，指公然唱反调的人，此处以“排斥员”来对应“排字员”以押韵；其后的Hetzer，指公然诽谤、叱责、煽动公众之人，译为“诽叱员”以押韵；再往后的“磨刀霍霍专员”，原文为Säbelwetzer，指磨军刀的人，是非常罕用的组合词。黑塞为了在此段中实现押韵，故意让莫扎特咬文嚼字，部分词语在德语口语中亦不常用。

3 此处递进关系的三个词Lachen（大笑）、Verkrachen（大吵大叫）、In-die-Hosen-Machen（黑塞自造词，意为尿裤子）词尾皆押韵，且In-die-Hosen-Machen在德语口语中极为粗俗。

非是想一笑而过。废话连篇，浮想联翩，沸反盈天，无法无天，摇尾乞怜，不耽误多少时间[1]。愿上帝保佑你，催魔鬼来接你，为你写的破玩意儿和浪费的油墨揍你、抽你，所谓欺世盗名者，指的就是你。”

好一番狠话，对我而言未免太过刺激，愤怒让我没有时间继续沉浸在悲戚之中。我一把抓住莫扎特脑袋后面的小辫子，他马上飞走了，这条小辫子变得越来越长，就像彗星的尾巴，在尾巴末端，我挂在那里，随着这个世界一同旋转。该死，这个世界可真冷啊！这帮不朽者竟然可以忍受稀薄到令人恶心想吐的冰冷空气。不过，它倒让我觉得挺开心的，这冰冷的空气哪，在意识消失前的短暂瞬间，我还能感觉到的，是某种苦涩而辛酸、散发出钢铁般明亮光泽的、寒冷如坚冰般的欢愉，它霎时间传遍了我全身。除此之外，还有某种突然升起的兴致，想要像莫扎特刚刚那样，同样敞亮、狂野、怪异地大笑。可惜此刻，我的呼吸与意识均已消逝。

脑子里面一片混沌，身体像散了架似的，我悠悠然地转醒，看见走廊的白光映在光滑的地板上。我没有跟不朽者们在一起，目前还没有。我仍旧身处于这个充满谜团、苦难和荒原狼的世界里，身处于这个世事跌宕起伏、人情痛苦纠缠的世界里。这里根本就不是个好地方，不是个可堪忍受的长久居所。这一切必须来个了结。

墙上的那块大镜子里，哈利此刻就站在我对面。他的脸色不怎么好——他的脸色与那晚拜访教授、到黑鹰跳过舞之后的脸色其

1　此处原文为Geschnickelt, geschnakelt, spektakelt, schabernackelt, mit dem Schwanz gewackelt, nicht lang gefackelt. 连续六个同词尾押韵。

实也没有什么不同。但那可是很久以前发生的事情了，恐怕有几十年、几个世纪之久了；现在的哈利已经长大了，他学会了跳舞，造访了魔幻剧场，听到了莫扎特的笑声，他不再害怕跳舞、害怕女人、害怕匕首了。即便是那种天资平平的人，在坚持活过几个世纪之后，也会变得成熟。我盯着镜子里的哈利看了很久：我依旧很了解他，他依旧有点儿像是十五岁时的那个哈利，三月里的一个星期天，他在攀登石山时遇到了罗莎，摘下自己的坚信礼帽，认真同她打招呼。然而，自那时开始计算，到了现在，他已经长大了好几百岁，他曾经在音乐与哲学领域孜孜不倦地探求过，并且也得到了满足；他曾经在钢盔酒馆痛饮阿尔萨斯葡萄酒，曾经跟诚实可靠的学者一起探讨过克里希纳；他爱过艾丽卡和玛丽亚，成了赫尔敏娜的朋友；他狩猎过汽车，跟皮肤无比光滑的女人睡过觉；他见过歌德和莫扎特；他仍然深陷于时间与虚幻现实所编织而成的密网之中，但他也已经在网上撕扯出了大大小小的窟窿。即便连那些漂亮的棋子也得而复失，他的口袋里依旧藏有一柄听话的匕首。冲啊，老哈利，你这老弱不堪的蠢家伙！

呸！该死，生活的滋味是多么苦涩！我朝镜子里的哈利吐口水，我用脚踹他，将他踢得稀巴烂。我在这条能够听得到自己脚步声回音的走廊里缓慢前行，仔细打量走廊里这些曾经给出过如此之多漂亮许诺的木门：现在，任何一扇门上都没有铭文了。我慢慢地走着，一扇一扇地走过魔幻剧场里所有的门，所有这几百扇门。我今天曾经参加过一场化装舞会的，不是吗？自那时算起，也已经过去好几百年了吧。我的年岁很快就要到头了，很快就不会再有更多年岁可过了。尽管如此，有些事情还是要做的，赫尔敏娜还在等待着我。等待着我的将会是一场奇异的盛典。我逐渐沉沦于浑浊的波涛之间，我在浊浪中游走，牵引着我的正是浑浊本身，受奴役的奴隶，荒原狼。呸！该死！

我在最后一扇门前停了下来。浊浪终究还是将我引来了这里。噢，罗莎！噢，遥远的少年时代！噢，歌德和莫扎特！

我打开了门。我在门后发现的，是一帧单纯而美丽的画面。盖住地板一角的一张小地毯上，两个赤身裸体的人躺在那里：美丽的赫尔敏娜和美丽的巴勃罗，并排躺着，沉沉睡去，被那仿佛贪得无厌却又迅速得到满足的爱之游戏弄得筋疲力尽。美丽的、美丽的人儿啊，美满的画面，美妙的胴体。在赫尔敏娜的左侧乳房下方，有一小块新鲜出炉的圆形印记，呈现出淤血一般的乌青，那是巴勃罗美丽非凡、洁白闪亮的牙齿噬咬出来的爱的印记。于是，我便瞄准印记所在的位置，将自己随身的匕首插了进去。我插得很深，刀刃整个进去了。此刻，鲜血在赫尔敏娜洁白、细腻的皮肤上流淌。哪怕一切稍有不同——哪怕一切的发展稍有不同，我都会将这鲜血一点点地吻掉。可是现在我却并没有这样做，我只是眼睁睁地看着鲜血横流，我看到她的眼睛睁开了一小会儿，她的表情相当痛苦，她对发生的一切深感讶异。我心想："她为什么要感到讶异呢？"然后，我突然想到，在这样一种情况下，我必须将她的双眼合上。不过，我还没来得及动手，它们又主动合上了。就这样，这件事已经完成了。她几乎是平躺着的，只是稍稍侧过身子，她身上有一道细腻的、浅浅的淡影在浮动，从腋下部分一直延伸到胸部。这道淡影似乎想要提醒我些什么。想不起来了！再然后，她就一动不动地躺着了。

我看了她很久。最后我抬起头来，仿佛突然惊醒了一般，想要赶紧离开这里。这时，我看到巴勃罗伸了个懒腰；我看到他睁开眼睛，舒展四肢；我看到他弯下腰去，对着美丽的女死者微笑。这家伙恐怕永远都不会变得认真严肃起来，我心想，无论发生什么，他都会微笑。巴勃罗轻轻掀起地毯一角，给赫尔敏娜一直盖到胸前，如此一来，那伤口便看不到了。做完这件事之后，他就悄无声息地离开了包厢。他去了哪里？大家都不打算理我了吗？我留了下来，独自一人，跟自己所倾慕、所羡慕的这位半遮住身体的女死者待在一起。男孩般的鬈发垂在她苍白的额头上，朱唇微启，在毫无血色的脸颊上闪动着红光，她的秀发散发出轻柔的香气，轮廓分明的耳朵剔透而晶莹。

现在，她一直以来的愿望得到了满足。我的爱人，在她完全属于我之前，我已杀死了她。我做了一件不可想象的事情，眼下我正跪在地上发呆，不知道自己的这种行为究竟意味着什么，甚至不知道它是好的、正确的还是截然相反。那位睿智的棋手会对她说些什么呢？巴勃罗又会对她说些什么呢？我什么都不知道，此时此刻，我已无法思考。僵死之人的脸上，抹了口红的朱唇发出越来越刺眼的红光。这就是我的整个人生，这就是我在一点点幸福与爱情中的表现，恰如这对僵硬的朱唇：少许一点儿红色，涂抹在已死之人的脸上。

从那张已死之人的脸上、已死之人惨白的肩膀上、已死之人惨白的手臂处所散发出来、缓慢地侵蚀着四周的，是一阵凛冽的寒气，一种冬日里的凄凉与孤独，一缕逐渐、逐渐滋长的寒意，我的双手跟嘴唇都开始冻结了。我是否熄灭了太阳？我是否抹杀了一切生命的心灵？莫非是来自宇宙空间的死寒悄然侵入了这里？

我不停打着冷战，盯着已死之人逐渐变得跟石头一样坚硬的额头，盯着那僵硬的鬈发，盯着那隐隐约约散发出苍白又冰凉微光的耳郭。从她身上散发出来的寒气是致命的，但又是美丽的：寒气所发出的声音，寒气与寒气之间的共鸣，聆听起来是极为美妙的，这是音乐！

在更早些时候，我岂不是也曾感受过这种寒气吗？这种寒气本身，岂不也是某种类似幸福的东西吗？我以前难道没有听过这样一种音乐吗？没错，我听过，跟莫扎特一起，跟不朽者一起。

我的脑海中浮现出了一些诗句，更早些的时候，我曾经在某个地方找到过这些诗句：

> 另一方面，我们亦发现自己——
> 在星辰般透亮闪耀的以太冰层间穿行，
> 不再知晓日期变换、时间流转，
> ……我们既非男人亦非女人，既不年轻也不年老。
> 清欢无变化乃是我们永恒的存在，
> 清欢满星辉，我们永恒的笑声。

这时，包厢的木门打开了，有人进来了，我多看了两眼，才认出进来的那个人是谁：莫扎特，脑袋后面没有辫子，没有穿旧式及膝马裤和带扣的鞋子，而是穿着现代人的衣服。他紧挨着我坐下，坐得那么近，乃至我几乎要伸出手去碰他一下，将他往回拉一拉，以免他一不小心沾上从赫尔敏娜胸口流到地板上的血。坐定之后，他开始心无旁骛地摆弄起周围摆放着的一些小仪器和小工具，他对这些小玩意儿非常重视，操作起来极为认真，将各种小零件不停挪来挪去，组合好之后，又用小工具拧来扭去。我钦佩地望着他灵活、敏捷的手指，心中暗自思忖：真希望有机会能够见到他用这些手指来弹钢琴。此刻，我若有所思地看着他不停忙活，或者说得更准确些，其实并不能算是若有所思，而是恍然若失地沉迷于他那双美丽而灵巧的手，不知自己身在何处了。莫扎特紧挨在身边，令我感到很温暖，同时也有一点儿害怕，至于他到底在忙活些什么，他在不停拼凑、摆弄的究竟是什么，我完全没有注意。

哪曾想到，他在那里捣鼓的竟然是一台无线电收音机，转眼就已组装完毕，并且已经开始运作了。现在他打开了扬声器，说道：“来自慕尼黑的声音，亨德尔的F大调大协奏曲[1]。”

此刻发生的事情，令我感觉到难以形容的诧异与恐惧：事实上，随着扬声器的开启，喉管痰液与嚼碎橡胶的混合物立即从这个魔鬼般的铁皮大漏斗里喷涌而出，留声机的主人和收音机的听众一致同意，称其为“音乐”——不得不说，在沉闷的痰液咕噜声和连续不断的鸦噪声之下，确实可以依稀分辨出神圣音乐所独具的高贵结构，富丽堂皇的整体架构、清爽惬意的优雅节奏、细腻宽广的弦乐鸣奏，就好比在厚厚的尘土底下，藏有一幅珍贵的古老画像似的。

“我的上帝啊！”我惊恐万分地喊道，“您这是在做什么呢，莫扎特？您是认真的吗？您当真要对您自己、对我做出这种混账不堪的事情吗？您当真要放出这种可怕的机器来对付我们自己吗？放出我们这个时代的胜利者——放出这反对艺术的毁灭之战中终将取

1 通常指亨德尔的第九号F大调大协奏曲，OP.6.9，作于1739年，这是亨德尔十二首大协奏曲中最受推崇的一部。

得最后胜利的武器？有这个必要吗，莫扎特？”

噢，眼前这可怕的男人，他放声大笑时是怎样的一副模样啊！他的笑是多么冰冷，简直形如鬼魅！他笑起来明明无声无息，却又用他的笑声粉碎了一切！他带着强烈的快感来看我如何饱受折磨，拧动那一枚枚被诅咒的螺丝，调整铁皮大漏斗的方向。他笑个不停，让失去原貌、失去本真、中毒颇深的音乐进一步侵害整个空间。他笑着给了我回应：

“请别那么激动，紧挨着我的这位先生！对了，您注意到这个位置的渐慢[1]处理了吗？莫非是他一时兴起才写成这样的？对，现在，您啊，您这位缺乏耐心的人类，试着让这一连串经过渐慢处理的乐句，逐渐沉入您的心底——怎么样，您听到低音提琴发出的声音了吗？这声音如神明一般大步走来——来吧，让老亨德尔一时兴起的创作，刺透并安抚您躁动的心灵吧！您好好听一遍吧，您这个小人儿，情绪不要太过激动，心中不要抱嘲讽的打算，在这台可笑仪器确实愚不可及的白痴面纱背后，真正神圣的音乐那飘摇的身影同样也会远远地掠过！请您留意，从这里面确实是可以学到一些东西的；请您注意，这台疯狂的音管表面上看来似乎是做了世界上最愚蠢、最无用、最该禁止的事情，将一首在遥远某处演奏的音乐不分青红皂白地、愚蠢地、粗暴地并且还惨遭扭曲地扔进一处并不属于它的异度空间里。可是，即便如此，它也无法破坏这首乐曲的原初精神，反而只能证明它本身所运用的技术毫无内涵可言，它对乐曲的还原只是一种无意识的重复！请您仔细听好，小人儿，您是

1 音乐术语，指演奏时乐句逐渐变慢，一般用于乐句结尾做渐慢处理以加强乐句或乐段甚至乐曲的结束。

极需要听一听的！就是这样，竖起耳朵听！没错，现在您不仅是在听被广播扭曲了的亨德尔，即便在这种最丑恶的表现方式中，它也依旧是神圣的。——您在聆听、在观看，最有价值之物，同时也是关乎一切生命的一个出色譬喻。一旦您开始听起广播，您自然而然地就会开始聆听、观看理念与表象之间、永恒与时间之间、神性与人性之间的原始斗争。正是如此，我亲爱的人儿，收音机将世界上最辉煌的音乐不分青红皂白地扔进最不可能听到它们的空间里——扔进小市民家中的客厅和阁楼里，扔到喋喋不休、吞云吐雾、打着哈欠、呼呼大睡的听众们当中，一播就是十分钟，如此一来，就仿佛剥夺了这种音乐的感性美，败坏了它，伤害了它，玷污了它，但又不能完全杀死它的精神——这正是生活，是所谓的现实，围绕着世界的光辉表象，在亨德尔结束之后，又开始对中型工业企业的资产负债表欺诈技术进行一番讲解，将迷人的管弦乐声变成令人倒胃口的咕哝聒噪。如此这般，收音机将其技术、其喧嚣、其野蛮的欲望与虚荣心在想法与现实之间、在管弦乐团和人类耳朵之间到处乱塞。整个生活都是这样的，我的小家伙，我们必须让它变成这样，只要我们不至于愚蠢如驴，我们就应该对它一笑置之。像您这样的人，根本就没有资格去批评广播或者生活。您最好先学会聆听！学会认真对待那些值得去认真对待的事与物，笑对其他所有不值得认真对待的玩意儿！莫非您一直以来都比其他人更优秀、更高贵、更聪明、更有品位吗？噢，不是的，哈利先生[1]，您没有。您将自己的人生活成了一部可怕的疾病史，将您的天赋变成了一桩大不幸。而

1 此处原文为法语Monsieur。

且，您哪——正如我所看到的——您完全不知道应该如何面对眼前这位如此漂亮、如此迷人的年轻女孩，除了将一柄匕首深深插进她身体里、将她杀死之外，您就再也找不到其他面对她的办法了！您认为这样做对吗？”

“对吗？噢，当然不对！”我绝望地喊道，“我的上帝啊，一切都错得离谱、蠢得离谱、坏得离谱！我是一头畜生啊，莫扎特，一头愚蠢、邪恶的畜生，病入膏肓又腐朽不堪，关于这些，您说得可真是千真万确。——不过，单就这个女孩而言：她自己想要这样的，我只是满足了她所提出的愿望罢了。”

莫扎特默默地笑了起来，但他现在发了大善心，抬手关掉了广播。

我的这番辩护，在我自己听来突然就变得相当愚蠢，要知道，刚才我还单纯无比地选择要相信它呢。当时，当赫尔敏娜——我突然就想起了这些——谈起时间和永恒的时候；我马上就将她的这套思想视作我自己思想的映射。可是与此同时，我却想当然地认为，让自己被我杀死的想法是出自赫尔敏娜自身的思想与意愿，丝毫没有受到我本人的影响。然而，假设这种看法是真实的，那为什么我不仅马上接受并相信了她这个可怕而怪异的想法，甚至还提前猜到了呢？如此看来，恐怕是因为这个想法本身就是来自我自己？还有，为什么我要在发现赫尔敏娜赤身裸体躺在另一个男人怀里这个时间点上杀了她，而不是在其他场合呢？莫扎特无声的大笑仿佛是无所不知的，笑声中充满了嘲讽。

“哈利，”他回应道，“您可真是个爱开玩笑的家伙啊。这位美丽的女孩，她难道真的只想从您那里得到深深扎入自己身体的一刀，除此之外，别无他求吗？您的这番说辞，哪怕再有第二个人相信都是不可能的！好吧，至少您这一刀扎得很好，这可怜的孩子，已经彻底死透了。或许现在是时候考虑考虑您对这位女士的暴行所将招致的后果了。或者换句话说，您应该考虑考虑如何逃避后果？”

“不！”我大喊道，“您难道完全不明白吗？说什么要我逃避后果！我最渴望的唯有受惩罚、受惩罚、受惩罚！将我的脑袋放到断头斧下面，受惩罚，被杀灭。”

莫扎特看我的眼神中带着令人难以忍受的嘲讽。

“您总是那么可悲！但您终究还是能够学会幽默的，哈利。幽默永远都是绞刑架上的幽默，如果有必要的话，您将在绞刑架上学会它。您准备好了吗？好了？很好，既然如此，那就快到检察官那里去吧，让法院那一整套毫无幽默感可言的机器来接管您，直到某天清晨，时候来临时，在监狱里被砍掉脑袋，送上性命。像这样的一切，您准备好要面对了吗？”

此刻，我的面前突然闪现出一道铭文：

处决哈利

我点头同意。四面墙中间，围有一处光秃秃的院子，墙上有小铁窗，院里有一方整洁干净的断头台，还有十几位身穿法袍和礼服的先生。我站在他们中间，在清晨灰蒙蒙的空气中冻得瑟瑟发抖，我的心脏因为凄惨结局所带来的不安和害怕而揪紧，但一切都已准备好了，我也同意了。我依照命令向前走，依照命令跪下。检察官摘下帽子，清了清嗓子，现场的其他诸位先生也都清了清嗓子。然后，检察官取出一份看起来颇为庄严肃穆的文件，在自己面前展开，大声宣读道：

“先生们，站在你们面前的是哈利·哈勒，他被指控并已被认定犯有故意滥用我们魔幻剧场的罪行。哈勒不仅侮辱了高雅艺术，将我们美丽的图景大厅与所谓的现实混为一谈，用一柄镜中匕首刺死了一位镜中女孩，除此之外，他还表现出一种毫无幽默感可言的意图，即打算将我们的剧场作为自杀工具来使用。因此，我们判处哈勒永生，并且暂时取消他进入我们剧场的许可，为期十二小时。此外，被告将会受到被众人嘲笑一次的惩罚，不可减免。先生们，开始倒计时：一——二——三！”

数到三时，现场全体人员以无可挑剔的情绪投入爆发出了一阵大笑声，那是高层唱诗班齐声合唱式的大笑，是来自另一个世界的可怕笑声，人类很难忍受。

当我恢复意识时，莫扎特还是跟之前一样，紧挨着坐在我身边，他拍着我的肩膀说道：“您已经听过对您下达的判决了。因此，您将不得不养成习惯，继续聆听生活的广播音乐。这对您是有好处的。您的天赋异乎寻常的孱弱，亲爱的傻小子，不过，也正因为如此，您将会逐渐明白生活对您的要求。您要学会如何去笑，这正是生活对您的要求。您要懂得如何去把握生活的幽默——生活的绞刑架式幽默。可是，您已准备好了要去做世界上的任何事情，除了那些生活要求您去做的事情，这也是理所当然！您已经准备好刺死女孩。您已经准备好接受庄严的处决。您肯定也会愿意苦修和鞭打自己一百年之久。难道不是吗？”

“噢，是的，真心愿意。”我在痛苦中喊道。

“理所当然！您愿意参加任何一场愚蠢的、没有幽默感的活动，您可真是位慷慨的绅士，只要是可悲且无趣的活动，您都愿意到场！好吧，请恕我不再奉陪，我不会因为您这许多浪漫的忏悔行为施舍您哪怕一分钱。您愿意被处死，您愿意被砍头，您这个莽夫！为了这个愚蠢的愿望，您还会再犯十次杀人罪。您想死。您是个懦夫，但又不是个贪生怕死的懦夫。见鬼，像您这种人就应该活着！在您身上施以最严厉的惩罚，才算是罪有应得。”

“噢，那会是怎样的惩罚呢？”

“比方说，我们可以让那个女孩复活，然后让您跟她喜结连理。”

“不，这我可不愿意。这将会招致不幸。”

“您这样说，仿佛您迄今所做的一切还不够不幸似的！不过，偏激和杀人，眼下都该告一段落了。还是请您恢复理智吧！您应该活着，您应该学会如何去笑。您应该学会如何去倾听生活那该死的广播音乐，你应该学会尊敬其背后的精神，应该学会嘲笑其中的糟粕。到此为止，不会再要求您更多了。”

自我咬紧的牙关后面，轻声问出这样一个问题：“如果我拒绝呢？莫扎特先生，如果我否认您拥有肆意处置荒原狼的权力，不允许您去干涉它的命运呢？”

“既然如此，”莫扎特平静地回应道，“那我建议您再抽一根我的漂亮香烟。”他一边说，一边从马甲口袋里变出一根香烟来。他突然不再是莫扎特了，那双黑色的、充满异国情调的眼眸温柔地注视着我，是我的朋友巴勃罗，也很像那位用小雕像教过我下棋的男人，他们就像一对孪生兄弟。

“巴勃罗！”我惊讶不已地喊道，“巴勃罗，我们现在在哪里？”

巴勃罗将那根香烟递给我，并给我打了个火。

“我们啊——”他笑着说道，“在我的魔幻剧场里，如果你想学跳探戈舞，或者成为一名将军，或者与亚历山大大帝交谈，这里的一切都将在你下次造访时随你取用。不过，我不得不说，哈利，你让我感到有点儿失望。你将自己忘得一干二净；你冲破了我小剧场的幽默，把这里弄得一团糟；你用匕首捅人，令我们漂亮的图景世界染上了现实的污点。你这样做可不怎么地道。我希望你至少是因为看到赫尔敏娜跟我躺在那里，出于嫉妒才这样做的。不幸的是，你不知道应该如何处理这个角色——我还以为你能把游戏掌握得更好些呢。好吧，有待改进。”

他拿起赫尔敏娜，赫尔敏娜转眼就在他的手指间缩小成了一枚玩具小雕像，于是，他便将她收进了之前取出香烟的那个马甲口袋里。

甜美而厚重的烟气，舒服地吞吐，我感觉自己被掏空了，准备睡上一年了。

噢，我理解了一切，理解了巴勃罗，理解了莫扎特，听到了他在我身后某个地方发出的可怕笑声。我知道自己口袋里装着数以百千计的人生游戏棋子，知道它们所有的内容，震慑于其中囊括的含义。我愿再次开始游戏，再次品味其中痛苦，再次为其无稽而颤抖，再次在我内心的地狱中徘徊，还要往返多次。

我终究会将这棋子游戏玩得更好。我终究也将学会笑。巴勃罗在等我。莫扎特在等我。

（完）

三
个
圈

经典就读三个圈　导读解读样样全

三个圈
独家文学手册

译后记

众妙之门

文泽尔
（译者、作家，翻译过多部经典德语著作，
包括《黑塞童话》《城堡》等。）

导语

无论在日耳曼语言文学领域、欧美还是中国，无论在身居象牙塔尖的大儒之间，还是普通大众读者当中，自1927年《荒原狼》出版面世之日算起，近百年来，关于本书的探讨与研究几乎从未中断过，甚至随着历史大势的起伏，更有一浪盖过一浪之声势。在文化界，它为战后的嬉皮士运动提供了一份纲领，并被20世纪六十年代欧美大部分青年视为必读之书。单论销量，在任何一份与现代德语文学相关的权威榜单上它都稳居前十，德国、奥地利、瑞士几乎每间书店的架子上都能觅得它的踪迹，各种语言的译本遍布全球，总销量数以亿计，它在苏联、日本甚至泰国也是家喻户晓的世界级名著。论影响力，1946年，黑塞凭借此书获得了第二次世界大战结束后的首届诺贝尔文学奖；半个多世纪后，《明镜》周刊评选“二十世纪百大图书”、费舍尔出版社联合《法兰克福汇报》评选“德语百大”、《纽约时报》评选“全球百大名著”，《荒原狼》全都位居前列。早在出版的第二年，德国文豪托马斯·曼就在写给黑塞的信中盛赞道：“《荒原狼》令我在时隔多年之后，再次品味到了阅读的妙处。”1948年，在为美国版《德米安》撰写的导读中，托马斯·曼则将《荒原狼》与《尤利西斯》《伪币制造者》划为一类，认为其“实验性之激进”开创了一代写法之先河。

二十世纪德语文坛的闪耀群星当中，若论对中国文化的热爱之炽烈、理解之深刻，几乎无人可望黑塞项背——这种热爱与理解当然不可能凭空得来，也不可能引而不发。作为黑塞诸多作品中的里程碑式杰作，《荒原狼》对东方的致敬不仅深沉而含蓄，也是全文如万花筒般变幻莫测的核心连锁中不可或缺的一环。本文尝试以介绍《道德经》与黑塞之间建立关联的过程引绪，结合书中细节及创作年代、背景，在探索伟大作家心路历程的同时，以抽丝剥茧的方式为广大读者逐一开启《荒原狼》的“众妙之门”。

为《荒原狼》奠基

《道德经》首章有云：“道可道，非常道；名可名，非常名。……此两者同出而异名，同谓之玄，玄之又玄，众妙之门。”短短三十余字，却仿佛字字契合《荒原狼》之神髓，尤其是“众妙之门”这一提法，简直可作为全书后半段哈利·哈勒进入魔幻剧场后大段遭遇的最精妙简洁之概括。但凡同时熟读本书与老聃《道德经》的读者，很难不去联想两者之间这种跨越漫长时间与遥远空间的紧密联系，也很难不去质疑两者之间或许存在着某种超越偶然巧合的因果关系，即出生于南德小镇卡尔夫的德语作家赫尔曼·黑塞，在“五十而知天命”这一年龄节点上，或许是受到了《道德经》的启发，至少是受到了部分启发，才最终创作出《荒原狼》这部以极为克制的篇幅精心勾勒出一战后欧洲知识分子精神风貌的鸿篇巨制的。作为我国先秦时期的一部重要哲学制作，《道德经》全书仅五千余字，却仿佛包罗万象，内容涉及宇宙万物与人类个体、社会生活的诸多方面，其核心思想在于“道法自然”，套用部分现代心理学的理论，即认为人应该借由对“道”的认知与理解来达到和谐自在的“自我”调和境界；“道”的定义如段首所述，可以用言语宣讲描绘的，都并非“常道”，真正的“道”是“不可道”的、“玄之又玄”的，我们通常将之理解为大自然正常运转所呈现出的亘古不变之规律，人唯有顺应这些规律，才能自在坦然地生活：这恰恰也是《荒原狼》全书试图阐明的主旨。

想要真正理解伟大作家的伟大作品，必然要从对作家个人经历的了解开始。

1877年，赫尔曼·黑塞出生于一个不算太典型的南德基督教新教传教士家庭。他的母亲玛丽·古德特是在印度出生的符腾堡王国公民，母亲的父母是瑞士巴色会（Basler Mission）印度支部的骨干成员，因为忙于传教，将四岁的女儿送回欧洲，托亲戚抚养长大。黑塞母亲的家族在毗邻王国首都斯图加特的卡尔夫一带很有势力，祖业殷实，相比之下，父亲的家族却是实打实的“外来者”：黑塞的爷爷卡尔·黑塞是爱沙尼亚古城魏森斯坦（今派德市）的一名教区医生。当时的爱沙尼亚并非独立国家，而是俄罗斯帝国位于波罗的海地区的一处行省。魏森斯坦本身是条顿骑士团13世纪中叶建立的军事据点，慢慢发展为聚居地。由于常被周边国家占领，居住于此的民族非常多，但黑塞家族的上几辈又不是本地人，而是居住在德国北部港口吕贝克的商人，因为生意才选择定居在俄国境内，生活圈子也还是集中在讲德语的波罗的海的日耳曼人之间。

1847年，黑塞的父亲约翰内斯·黑塞出生于魏森斯坦，是地道的沙俄德裔。1873年，德意志统一之后不久，由铁血首相俾斯麦牵头，联合奥匈帝国与沙俄，建立了三皇同盟，三个帝国境内的居民流动相对宽松。同一时期，英国的经济大萧条逐渐蔓延至欧陆，由于新兴资产阶级尚未成型，经济上主要依赖中西欧贸易的爱沙尼亚一度变得很不景气，居住在魏森斯坦的不少侨民都选择迁离，时年26岁的约翰内斯·黑塞在卡尔夫市的出版协会找到了工作，便千里迢迢地前往卡尔夫就职。看到这里，诸位读者心里可能会想，黑塞父亲家的人可真能折腾，从吕贝克辗转至爱沙尼亚，又从爱沙尼亚搬回到刚统一的德国，在交通并不发达的那个年代，动辄横跨小半个欧洲，茨威格笔下哀叹痛惜的“欧洲人”理想岂不是早就实现了？如此率性自在的家族性格，也很容易令人联想起黑塞洒脱飘逸的文风，相比较于那些祖祖辈辈居住在欧洲某个小地方的人们，这种近乎游商的出身，似乎更容易培养出眼界更为高远豁达的孩子。有趣的是，这只是第一层表象，根据黑塞本人的说法，对自己世界观的形成施以最大影响的，却并非父亲这一脉，而是他的外公。拙译黑塞自传体散文《魔法师的童年时代》中，对这位赫尔曼·古德特先生有着如下的一番描述：

他是这样一位长者、尊者、位高权重之人，蓄着一大把宽宽长长的白胡子，他什么都知道，比父亲和母亲都更有力量。

非常简短，但又极为精准。“长者”，确实如此，赫尔曼·古德特生于1814年，黑塞诞生时，他就是60多岁的老人，当童年黑塞在他那间放满各式各样东方陈列品的大书房里嬉戏奔跑、探寻各种奥秘、问他许多天马行空的问题时，他已年近古稀；“尊者”，既泛指他在家庭中的整体地位，也特指他在童年黑塞心中难以企及的高度；“位高权重之人”，作为卡尔夫出版协会的主席、瑞士巴色会在世的传奇人物、德高望重的东方学者，他在符滕堡王国内享有的虚名与实权，超过平平无奇的王室枢密院成员也不足为奇——事实上，黑塞的父亲约翰内斯·黑塞就是由他一手栽培起来的，除了在出版协会内为这名爱沙尼亚出生的年轻人安排前途一片光明的职位之外，还推荐他加入了门槛极高的巴色会，撮合他跟自己的女儿结婚。对此，部分传记中甚至夸张地称约翰内斯·黑塞为“不远万里招来的上门女婿”，是“性格古怪的大儒”早就物色好的接班人。一个重要的例证即是：20年后，赫尔曼·古德特去世，“上门女婿”接了岳父的差，成了继任的出版协会主席。

既然已经提到这样一种说法，那么，不妨让我们再来梳理一下黑塞父母结婚时的具体情况：母亲玛丽·古德特，出身卡尔夫当地名门望族，比约翰内斯·黑塞年长5岁，是位丧夫的寡妇，再婚时膝下已有两个孩子；父亲约翰内斯·黑塞，初来乍到的德裔爱沙尼亚人，岳父是他的顶头上司。值得注意的是，近百年大大小小的战争一路打下来，德国青壮年男性死伤甚多，这类为丧夫女儿招婿的家长在当时的德国其实并不罕见，但黑塞父母结婚之后的感情却相当好，他们都很爱黑塞，并且在很早的时候就注意到了他的才华。1881年夏秋季时，因为巴色会的传教工作，黑塞全家陆续迁往巴塞尔，约翰内斯先行前往。8月2日，玛丽给丈夫写了一封信，这封信的内容如今经常会被黑塞研究者们引用，作为客观存在的例证，来说明家庭环境对黑塞创作带来的影响，信中有一段是这样写的：

> 这小子身上有一种生命力、一股巨大的力量、一派强健的意志，并且，相比较于他四岁的年纪而言，还有一个相当惊人的头脑。

寥寥数语之间，熟练地运用带有两段递进性质的排比手法，对童年黑塞的品性进行了颇为全面的概括。通读《荒原狼》一书，我们可以找到大量类似的排比运用，虽然形式上更为华丽，并且经常使用富于德式浪漫主义色彩的排比呼告，但其根源显然是日常书写时即习惯使用排比句的这样一种家风：要知道，在黑塞家族现存的许多信笺中，无论是父母或祖父母辈的往来家书，还是兄弟姐妹间的通信，大段的排比句俯拾即是。虽然其他同时期的德语作家如茨威格、霍夫曼斯塔尔、里尔克等人也常常使用排比句式，甚至可以认为频繁出现的排比是他们不可忽视的抒情风格之一，但这些作家却始终没有将大量的排比运用内化、发展为自身写作的一项基本特质——恰如黑塞在《荒原狼》中呈现给我们的那样。

查阅19世纪末20世纪初南德知识分子发表的报刊文章，政论性质的排比运用并不鲜见，但其中往往缺乏炽烈的感情色彩，而“尼采式排比”虽然极具感情色彩，却又过于刚烈，不够调和。从纷繁复杂的现存资料来考虑，尤其是在参考了黑塞60年创作生涯诸阶段具体而微的语境变化之后，或许可以得出如下结论：黑塞作品中独特的排比运用，实际上是出自一种瑞士巴色会式神学书写的传承。与此同时，这种传承也很容易使人联想到《道德经》中大量出现的排比、对偶、联珠手法运用。受此传承影响的远不止本书创作过程中频繁使用的排比手法，我们在前文中提到的《道德经》与东方文化对黑塞思想的强势输出，都与这条家族源流的主脉脱离不了关系。

所谓的“瑞士巴色会”，实际上是“瑞士巴塞尔福音新教传教士协会”的简写。巴塞尔这座城市，不只是作家童年时期的第二故乡，也是《荒原狼》故事的发生地点。在母亲玛丽写完上文引用的那封信件之后不久，4岁的黑塞即随她一同去了巴塞尔，直到10岁才返回卡尔夫。长达6年的学前启蒙期，这人生中语言与思维认知发展最快的阶段，他是以最无忧无虑的状态在巴色会教士们围绕身边的耳濡目染中度过的。可以说，这6年的经历对黑塞作品中的东方元素，入籍瑞士的人生选择等等，起到了决定性的、潜移默化的作用。

巴色会传教的主要目的地就是东方，尤其是印度东北部、中国的关外和华南地区。早在1847年，巴色会教士韩山文（Theodor Hamberg）和黎力基（Rudolf Lechler）即乘船抵达了香港，上至广州、佛山一带传教。他们以惊人的毅力学习当地语言，不止能讲一口流利的客家话，还能用汉字帮人写诉状，熟谙当地风俗与迷信。看似匪夷所思的高度“本土化”，正是巴色会对所辖教士们的基本要求：唯有做到比当地人更当地人，才能使当地人心悦诚服地皈依。

阅读本书的过程中，我们可以很明显地看出，《荒原狼》主角哈利·哈勒作为老派知识分子博闻强识的一面，主要是通过与印度史诗《梨俱吠陀》相关的一系列印度教术语及各种对应的梵文表达来体现的；故事进行到中段，哈利·哈勒与房东“姑妈”闲聊时，亦信手拈来地将组装收音机时的“无线”概念与古代印度人的世界观联系到了一起；进入魔幻剧场后，与印度文化相关的内容更是比比皆是。

那么，为什么是印度呢？或者说，为什么要以印度为表征来阐述东方？将黑塞人生的“奠基阶段”深挖到这里，答案实际上已经呼之欲出：赫尔曼·古德特曾在印度传教24年，终生钻研东方文化、达到普通欧洲人难以企及高度的同时，又找到了同样愿意献身于东方的接班人约翰内斯·黑塞，并且也成功地将自己的衣钵、专门出版神学相关书籍的卡尔夫出版协会主席位置传给了他。倘使没有“一战”和“二战”，没有统一不久后又分崩离析的德意志帝国，没有那终究不复存在的“昨日的世界”，被寄予厚望的外孙赫尔曼·黑塞理所当然也会成为巴色会印度支部的一员，他生命的大半时间也会奉献给东方，最后回到符滕堡王国，再为下一位“黑塞”奠基——单凭外公将自己的名字“赫尔曼”毫不犹疑地给了女儿众多孩子里拥有惊人头脑的“这小子”，我们仿佛就已经隐隐听见了家族史缓慢生长的悸动声。可惜历史并无假设，因为无法忍受教会学校的严苛要求，赫尔曼·黑塞在16岁时主动辞别了德意志帝国引以为傲的教育体系，同时也断绝了古德特家族一代接一代的象牙塔式传承。自此，世界上少了一位孤高的东方学者，却多了一名伟大作家。

《荒原狼》与“荒原狼”：不朽名著与不朽人物

《荒原狼》中的印度始终只是一鳞半爪式的表述，其核心依旧是《道德经》力陈的二元性，诚如作家本人在自传体散文集《温泉疗养客》中所提到过的那样：“老子为我们留下了大量不朽篇章，生活的二元性在中国似乎唾手可得。”黑塞小说的永恒母题，就是二元分裂给人造成的痛苦，以及这种分裂最终是如何弥合或崩溃的实战解析。细细考察这位创作颇丰的大师笔下留存传世的诸多作品，诗歌、散文、童话且不论，单是中长篇规模的小说就有15部之多，其中最著名的六部，依出版年份顺序排列为：《在轮下》《德米安》《悉达多》《荒原狼》《纳尔齐斯与歌尔德蒙》和《玻璃球游戏》，它们无一例外地对应了前述的两段式二元性母题，需要进行“阴阳调和”的人物永远成对出现，比如《德米安》中的少年辛克莱与德米安，《悉达多》中徘徊于“阿特曼”（梵文中的“自我”之意）之外的悉达多与如隐语般藏身于文字之外的佛陀本人等等。相比之下，《荒原狼》所呈现出的《道德经》式的二元性是黑塞全部作品当中最为深刻且醒目的，书中以二元对立的方式如棋子般摆放在读者们面前的人物极其之多：赫尔敏娜与哈利·哈勒，赫尔敏娜与玛丽亚，第一部分的出版者“我”与哈利·哈勒，巴勃罗先生与赫尔敏娜，魔幻剧场中的哈利·哈勒与小学同学古斯塔夫，以及镜中世界内部成对出现的各种哈利·哈勒等等，其中最核心的二元对立，当数哈利·哈勒自认为的“人”与“狼”的对立，关于这种二元性，书中有一段非常经典的论述：

在过去，我只允许自己随心所欲地发展极少数自己本身就很擅长且喜爱的知识与技能，将其糅合成一个独立自主的存在，进而勾勒出一个单独的哈利人格，过着只有一个哈利的生活。然而，这个所谓的哈利，实际上只不过是一名受过非常细致训练的诗歌、音乐和哲学专家罢了——至于我个人剩下来的其他所有部分，所有富余的、混乱不堪的大大小小能力、驱动力、愿望，我都觉得很讨厌，于是便将它们统合起来，并给它们取名为荒原狼。

自出版以来将近一百年的时间里，无数读者认为《荒原狼》难读，有很大一部分原因是因为大家没有对本书强烈的现代性表述产生足够的认知，难以接受这种过于“先锋”的写法——《荒原狼》全书的行为动机恰恰高度集中在了上面的一段话里，所有的人物都是为解决这段话中的二元性矛盾而服务的。现代性的一个重要特征就是身份的瓦解，在本书中，“身份”对应的正是哈利·哈勒的“自我”认知，这种认知向读者们呈现出来时就已经是一种不可调和的状态，它不再像过去传统的小说那样拥有一个或数个具体的形式或目的，而是类似于某种神秘的心理疗愈过程，因为矛盾在主角进场时已经存在了，所以它并不需要复杂的外部情节来推动。

哈利·哈勒的所有探索，追求的都只是一场自我和解，也正因此，我们才会在小说中读到大量恍若幻觉与梦境的内容。乍一看去十分超现实的、支离破碎的情节描绘，本质上都是主角“荒原狼”哈利·哈勒，以及藏在这一层薄薄外壳之下、知天命之年的赫尔曼·黑塞本人力图解决内心二元性矛盾的艰辛尝试。所以，某种程度上讲，《荒原狼》其实是一份记录极为详尽的患者病历，只不过形式是小说体裁而已。

在这样的一本小说中，我们的主角不再如传统意义上的小说那样，需要去解决一系列外部矛盾。他面对的始终是内部矛盾，那么自然就需要用内化的方式来解决，需要反复踏上内心之旅。以这样一种视角去读《荒原狼》，就会发现一切光怪陆离皆是合情合理。黑塞甚至还很体恤读者，专门用第一部分篇幅相对短小的《出版者序》向大家提供了一个基于传统小说模式的外部观察者视角，来为后继内容进行平滑过渡处理。熟读推理小说的读者们很容易就会发现，《出版者序》实际上是很典型的悬疑布局，行文上甚至有些像是当时十分流行的《罗杰疑案》式侦探小说，通过观察一位身上显露出各种矛盾与疑团的怪租客哈利·哈勒，逐渐铺垫、展开剧情，娓娓道出这位租客的失踪之谜，进而拿出一份或许可以揭晓所有秘密的“仅供狂人”手稿，很轻易地就调动起了读者们的探索欲望。

不得不说，假设《出版者序》结束后的内容是通过手稿来揭发一宗发生在瑞士巴塞尔的命案，本书或许会是一部颇为成功的侦探小说，但我们的黑塞先生显然没有这样去写。作为读者，我们只需要理解本书的“破解谜题”架构，是针对主角面临的二元性矛盾困境即可。早在荒原狼手稿起首的一段，哈利·哈勒就已借奥地利作家阿达尔贝特·施蒂弗特以剃刀自刎一事，明确说出了一个人在自身困境中退无可退的情况下将会选择的最终解决方案，后文亦多次提到“剃刀”这一实物线索。

在理解了阅读本书的核心思路之后，我们当然又会追问：“人”与“狼”之间的矛盾为何如此难以调和，竟会让哈利·哈勒这位文化人宁愿选择死亡？若打算真正回答清楚这个问题，势必需要把握住两个要点，这两个要点又可以归纳为两个问题：第一，主角哈利·哈勒究竟是谁？第二，书中的“人”与“狼”应该如何界定？

第一个问题，其实前面已经粗略回答过一遍，即知天命之年的赫尔曼·黑塞本人。

创作《荒原狼》时的黑塞是个什么状态呢？“一战”结束后黑塞的个人生活其实是过得比较凄惨的，虽然陆续出版了《德米安》《悉达多》等脍炙人口的作品，却因为反战而失去了一切，家庭状况只能用“混乱”来形容。他的父亲约翰内斯死于1916年，爱子马丁身患重病，第一任妻子玛丽亚·伯努利的家族精神病发作，住进了疗养院。战争结束后一年，黑塞结束了在德国战俘救济所的工作，一贫如洗，三个儿子全寄养在亲戚家，婚姻名存实亡，他自己也濒临崩溃，多次接受精神分析治疗。到了1923年，黑塞正式入籍瑞士时，他已经46岁了，书中的哈利·哈勒正是这个时期的他自己，身体和精神状况都不怎么好，酗酒、独居、租房，常常要用上当归药膏。他在蒙塔诺拉镇的著名建筑“卡木齐屋（Casa Camuzzi）”租了四个房间，其中有一间是阁楼房。这是一栋建成于1853年的带有些许新哥特风格的巴洛克式建筑，占地面积很大，内里总共有几十间房，内部的楼梯间结构、台阶、小庭院等细节跟本书中房东“姑妈”出租的那栋吉屋颇为相似。蒙塔诺拉镇位于瑞士的提契诺州，意大利语区，“卡木齐屋”因其设计师阿格斯蒂诺·卡木齐而得名。卡木齐曾为沙皇尼古拉一世工作，其设计本身亦凸显出强烈的沙俄风格。黑塞住在这里，生活方式跟笔下的哈利·哈勒如出一辙，但他的心至少有一半仍留在巴塞尔。《荒原狼》的故事也发生在记忆中的巴塞尔——其中很大一部分应该是源自黑塞1899年至1904年居住在巴塞尔近郊马丁斯弗斯塔特一带的回忆，包括古老修道院、泥泞旧街区、浴场、小餐厅和夜生活场所等，书中的描绘与现实场景大多是对应的。值得注意的还有黑塞的第一任妻子玛丽亚·伯努利，这位名噪一时的女性摄影师不仅与《荒原狼》中的舞者玛丽亚同名，她本身也是瑞士巴塞尔人，伯努利家族更是巴塞尔最知名的“天才”家族，诞生过多位数学家。

即便是完全没有读过任何黑塞作品的人，想必也对黑塞“德国浪漫派最后一位骑士”的头衔耳熟能详，给出该评价的是黑塞的一生挚友、达达主义的重要奠基人雨果·巴尔。具体到《荒原狼》这本书，雨果·巴尔也有一句精妙的评价：

> 黑塞五十岁这年，一下子就出版了两本关于他的传记。

这句话是很值得玩味的，因为雨果·巴尔为黑塞撰写的传记《赫尔曼·黑塞：他的人生与他的作品》同样在1927年由柏林费舍尔出版社出版。至于另一本黑塞“传记”，显然是指《荒原狼》这本小说。顺带一提，《荒原狼》中的部分内容也受到雨果·巴尔的达达主义艺术影响，比如魔幻剧场中的马戏表演、狩猎冒险等，尤其是结束汽车狩猎之后，一次性列举大量木门铭文的一段，完全可以视作对1916年雨果·巴尔所发表诗作《沙漠商队》（*Karawane*）的致敬（《沙漠商队》本身是十七行非常任性的音律的集合）。甚至视其为致敬也包含了某种基于客观现实的情感因素：1927年，雨果·巴尔在给出上面那句精妙评价之后不久便去世了，年仅41岁。

故此，当哈利·哈勒讲出“在我看来，玛丽亚恐怕是我有生以来第一个真正的情人。”这句话时，无论之后他与玛丽亚之间的剧情再如何发展，无论她是否在化装舞会上选择了放手，是否将哈利交还给赫尔敏娜（即黑塞本人）、还黑塞的“自我”以自由，都不再重要了。时光回溯35年，回到卡尔夫镇外的石山，偶遇罗莎·克莱斯勒，初次迷失在对爱情如梦似幻般的懵懂渴望之中时，时间、空间，甚至连记忆本身是否准确都不重要了，黑塞通过《荒原狼》这本独一无二的自传从黑塞角度还原了真实的心理境况，某种程度上讲，比雨果·巴尔基于他者视角写出的黑塞传记要真实得多，毕竟心迹除了自省之外，再无其他可供窥探的途径。

“二元性”作为一种艺术特色

探讨完关于主角身份的问题之后，我们再来聊第二个问题：书中的“人”与“狼”应该如何界定？

一旦我们清楚意识到，哈利·哈勒的困境就是黑塞本人的困境，《荒原狼》几乎瞬间就演变为作家对自我认同的深刻关切。首先，站在整个人类文明史的高度上，黑塞定义了名为“不朽者”的一类人群，其中包括歌德和莫扎特。他们都是在自身专业领域内获得非凡成就的人物，并因此成为“真正的人类”，超脱于俗世的中产阶级之外，他们高高在上，生活在另外的一重冰冷、与世隔绝的时空当中。可是，随着情节的发展，读者们不难看出，哈利·哈勒对“不朽者”的认知本身就是有着严重偏差的。书中的哈利反复多次与歌德、莫扎特接触，每次发生的事情读起来都很不严肃，其啼笑皆非的程度，大大超出哈利的预料之外，一系列带有强烈对比意味的两极反差，雄辩般地说出了黑塞真正想要告诉读者们的观点：“不朽者”应是懂得幽默的，是“会笑”的。《荒原狼》中出现的歌德和莫扎特总是在用各种方式消解自身的严肃性，其中最经典的一段莫过于全书临近结尾时，莫扎特对哈利的一通喊话：

> 嘿，我的年轻人啊，你的舌头会不会咬你，你的肺泡会不会夹你？想想你那些读者，囫囵吞枣者，可怜的暴食者；还有你那些排字员——那些排斥员，一帮杀千刀的诽叱员，磨刀霍霍专员？这些可真让人忍不住想笑。还有你这条龙，更是让人捧腹大笑，让人惊呼怪叫，让人裤子里飙尿！噢，你这颗虔诚的心哟，你挥霍印厂的黑油墨，你的灵魂痛苦又困惑，我捐你一根蜡烛来暖心窝，无非是想一笑而过。废话连篇，浮想联翩，沸反盈天，无法无天，摇尾乞怜，不耽误多少时间。愿上帝保佑你，催魔鬼来接你，为你写的破玩意儿和浪费的油墨揍你、抽你，所谓欺世盗名者，指的就是你。

读出声来，大家就会发现，这一整段疯言疯语是有多处押韵的。原文中，黑塞为了实现押韵，故意让莫扎特咬文嚼字，使用了大量在德语口语中很不常用的词汇，例如“磨刀霍霍专员”，属于非常罕用的组合词。后半段为实现夸张的连续同词尾押韵，甚至不惜采用自造词。

通过这样一大段“超级押韵”的嬉笑怒骂，黑塞成功地将莫扎特对哈利固有思维的批驳从周遭“平庸”的文字之间凸显了出来。像这样一类具有极强“炫技”性质的文学表现手法，书中各处皆有运用：哈利·哈勒创作的荒原狼诗歌，运用了四音步抑扬体这样一种要求相对严格的德文韵体；与歌德对话时，则回忆起歌德创作的古诗《暮色》，并引用《浮士德》典故来对应自身不可调和的“人”与“狼”；手稿的开头和结尾，有两段故意采用大量短句进行叙述的文字，非常醒目，让读者一看就知道情节恐怕会出现突变。黑塞在本书中的“炫技”手法千变万化，为的是强调，将一部分文字凸显出来，从而引起读者警觉。值得注意的是，如此苦心孤诣的创作手法，无一例外的都是在为“剖析二元性”这一根本上的创作目的服务。一段段如惊涛骇浪般跃出文字之海的妙笔，在造就了《荒原狼》本身作为文学作品艺术高度的同时，也是在反复暗示荒原狼身上的二元性矛盾即“人”与“狼”之间的矛盾截至目前还没有得到解决。玩弄“炫技”手法带来的突兀、激进、不协调感，恰恰又是故事必须继续往前推进的绝佳证明。

在哈利·哈勒眼中看来，“人”究竟是什么呢？回答很简单，就是所有与文明相关的部分：高高在上、阳春白雪的诗歌、音乐、哲学……就是“人”；除了这些以外统统是“狼”，划归不了人性的，都是“狼”，不做区分。

想想看吧，如此单调、粗暴的划分方式，人与狼之间又怎么可能达成互相理解、互相调和呢？

在创作《荒原狼》这一时期的黑塞看来，想要解决上述的二元性矛盾，只能依靠老子在《道德经》中所传播的思想。1922年，《悉达多》出版之后，黑塞给茨威格写了一封信，其中已经谈到了《荒原狼》这部新作的一部分创作理念，对于道家思想如何调和二元性矛盾，黑塞是这样告诉茨威格的：

> 眼下《道德经》虽在德国极为流行，但人们普遍认为其中蕴含着的思想颇显矛盾。实际上，这种普遍看法却是错误的，因为《道德经》在强调二元对立的同时，也在辩证地看待世界。

笔者曾多次前往位于斯图加特市近郊的赫尔曼·黑塞博物馆参观。相比于欧洲的其他数座黑塞博物馆，这里的实物藏品主要与黑塞1912年迁居瑞士之前的生活经历相关。藏品中有一册卡尔夫出版协会1902年印刷出品的德语版《道德经》，史陶斯译本——这是1907年时，父亲约翰内斯送给而立之年的儿子黑塞的一件礼物。

1870年，《道德经》首次进入德语世界，很快便掀起了日耳曼人研究、探讨道家文化的第一波热潮，这一波热潮一直持续到了魏玛共和国晚期，影响了德语区好几代人的世界观与价值观，并为战后六七十年代的《道德经》大热奠定了坚实的基础。汉学家顾斌直接将德国现代文学的诞生归功于道家思想的传入，因为德国首部现代小说《王伦三跳》就是阿尔弗雷德·德布林在《道德经》的启发下创作而成的。文学之外，黑格尔、叔本华、海德格尔、谢林、尼采等大哲也都深入研究过老子。德国人素来崇尚理性、重视思辨，这样一种民族特征，跟《道德经》意图传播的理念不谋而合，《道德经》在德语文化界擦出持久火花也是理所当然。史陶斯译本《道德经》译自中国西汉的《河上公章句》注本，该译本素以准确闻名，且拥有详尽的注释，力求说清原文中每个单音节汉字的含义，对黑塞更好地理解道家思想也起到了很大的帮助。

黑塞的早期作品与中后期作品之间是有着很大差别的，早期作品比较偏向于传统的德国自然主义文学风格。1906年出版的重要作品《在轮下》是当时很典型的成长小说，主要起到劝诫、教育的作用。《在轮下》中的二元性矛盾最后并没有得到解决，导致此书结局成了一桩悲剧。两相对比，20年后的《荒原狼》主角哈利·哈勒虽然总是将“自杀”一事挂在嘴边，反复提及，但最后却成功解决了自己身上的二元性矛盾，与生活达成了和解。结合黑塞正式接触道家思想的这个时间点，不难发现，从1910年的《盖特露特》开始，再到战后的《德米安》与《克林索尔的最后夏天》，接着是《悉达多》，一直到我们手中的这本《荒原狼》为止，黑塞对笔下人物二元性矛盾的处理越来越得心应手，最终实现了对这类矛盾的超越，在过程中亦成功糅合各种文体、语言、结构、考据来“炫技”，形成了自己独一无二的艺术风格。

《道德经》中又是怎么处理类似矛盾的呢?

结合“众妙之门”一段对“道”的定义，老子进一步对二元性矛盾进行了举例论证：“天下皆知美之为美，斯恶矣；皆知善之为善，斯不善矣。”这句话的意思是，假设天下人都有美的标准，丑就会显形；假设都有善的标准，恶就会显形。试想想，前文中我们已经说过，“道”本身是“玄而又玄”的、“法自然”的、不可言说的；那么，清晰具体、界限分明的“美”与“善”，是否顺应“道”所表达出来的思想呢？答案应该是显而易见的——这种泾渭分明的状态，实际上是远离“道”的，是无法调和的。推及《荒原狼》一书中哈利·哈勒的二元性理论：“人”的定义太过明确具体，“狼”当然就显形了，矛盾避无可避。

面对这种矛盾时，应该怎么解决呢？《道德经》中提供的应对方法是：“是以圣人处无为之事，行不言之教，万物作焉而不辞，生而不有，为而不恃，功成而弗居。”很容易看出，此处的“圣人”针对的恰恰是《荒原狼》中的“不朽者”，要达到这样一重境界，要做到的就是“无为”和“不言”，这就又回到了“道法自然”的本源上。再来看《荒原狼》中的解决办法，无非是顺应内心无数种不同的哈利，放下对“人”与“狼”这种强硬二元区分法的执念，进行无数次棋子游戏，无论天意如何变化，始终都要用幽默和笑去面对人生——瞧瞧，模板一般的“道法自然”，简直可以拿来作为德文版《道德经》中此段内容的注解了。

黑塞在写给罗曼·罗兰的信中明确表示，多年以来，道家思想给了他极大的智慧与慰藉，“道”对于他而言，意味着生活的全部真谛。与其他一些译本不同，史陶斯版本的“道”在德语中被音译为Tao，这也是符合“玄而又玄”思路的。可以说，黑塞的创作真正理解了“道”的妙处。《荒原狼》中随处可见的精妙语言与优美句式，不过是最上层的表象；以“道”为容器来承载故事、抚平时代夹缝之间世人们心灵上寂寥难言的病症，乃至超越其创作年代，让我们这些身处未来、身在异国的读者们也能在阅读过程中产生共鸣，这才是《荒原狼》能够作为一代经典而传世所奉行的至高美学。

结语

关于《荒原狼》一书的研究，如今已有许多“公论”，但以老子《道德经》为根基、从二元性矛盾角度来理解全文的思路上，却未见几篇考据翔实又足可令人信服的解读。中文世界常见的《荒原狼》研究，往往会将全书的解读方向与黑塞所受精神分析治疗、荣格心理学等内容结合起来。殊不知过分强调西方影响而忽视东方源流，如今已逐渐成为相关研究中的一种陈词滥调。

本导读在重视以往研究方法论的基础上，尽量让思维发散，考据之余，联系黑塞一贯无比重视的东方文化，尝试为读者们提供一种全新的视角，为这部流行近百年的经典小说带来全新的观感。

为完成本导读，笔者查阅了大量相关资料，并结合自身在德国卡尔夫、斯图加特及瑞士巴塞尔、蒙塔诺拉生活、参观的经历，给出了许多之前在中文领域鲜有论及的《荒原狼》资料，奈何时间、个人精力有限，难免挂一漏万，且限于篇幅，言不能尽述，还请读者原谅。

导　读

《荒原狼》：传统市民性与现代性困顿中的自我救赎与升华

陈　敏
（东华大学外国语学院副教授，曾赴德国波恩大学、海德堡大学访问。主要研究德国早期浪漫派，如赫尔曼·黑塞的作品。）

《荒原狼》是20世纪著名德裔瑞士作家赫尔曼·黑塞（Hermann Hesse，1877—1962）中后期创作的代表作之一。小说以刻画市民阶层精英，中年知识分子哈利·哈勒——“荒原狼”个体存在的精神危机为出发点，以治愈个体危机和重塑信仰、探索永恒价值“真实之境”为终点和创作目标。

这部小说同样被视为黑塞的自传体小说，是“本人生活经历与精神危机的写照”。在国内外的主要研究成果中，分析者探讨了哈利·哈勒内外危机的时代问题、社会问题以及黑塞的个人婚姻问题。不过，尚未有人从德国传统的市民精神文化层面对“荒原狼”的精神危机进行深入的挖掘和追溯。本文从德国市民精英阶层的没落与衰亡为切入点，分析《荒原狼》所描述的内在危机成因，指出除了社会现代性导致的内在原因之外，还有阶层根源、文化根源。本文将以“魔幻剧场”为核心，从荣格的原型理论阐释黑塞运用分析心理学方法和理论剖析内外交困之下混沌的真实内在，寻求通向自我、内化修身的方法，由内而外解决现代性危机，以期治愈危机和重塑信仰，迈向更理想的精神境界——真实之境。

1. 传统市民性与社会现代性困顿中的“荒原狼”

《荒原狼》从四个层面塑造主人公哈利·哈勒的立体形象。首先，以“出版者序”他述，叙述他人眼中的荒原狼；其次，“哈利·哈勒自传”自述哈利在某城的生活和感想。其中，穿插在自传中的《荒原狼研究——仅供狂人》宣传册论述荒原狼群体的本质与特性。最后，“魔幻剧场”展现内在心灵全息景观。这四个层面互相关联补充，结合他述与自述的方式，从人物外在形象、内在灵魂景观等，对哈利·哈勒生活图景进行了工笔细描。

小说第一部分《出版者序》展现出哈利·哈勒的外观。这是一位年近五十的学者，生长于市民阶层家庭，有体面的身份和生活，经济优渥，举止有礼和善，才华非凡，精神睿智、活跃，但隐含着哀伤、多愁善感。可以说，是市民阶层的知识分子精英代表。

小说情节主要展开地为“我姑妈的家”，一个传统的小市民家庭。小说叙述人出版者“我”是一位规矩守信的典型小市民代表。小说第二部分“哈利·哈勒自传”以及穿插在自传中的《荒原狼研究——仅供狂人》中，哈利的生活与感受均未离开市民阶级的背景。黑塞以此将哈利·哈勒的危机、矛盾与市民性紧密相连。“市民性”一词在《荒原狼》这部小说中具有重要的所指与意义。

在德国历史上，市民阶层隐含意义丰富、驳杂，往往与社会意识的历史变迁相关联。“从18世纪后期到19世纪的德国市民阶级，实际上是一个精英阶层”，是以文化为主宰的“有教养的市民阶层”（Bildungsbiirgertum）。歌德作为市民阶级的伟大代表，以“若非市民家，何处有文化”精练表达了该阶层的文化精英意识。

他们所秉持的文化传统在一定程度上体现着传统德意志精神。

对具有传统精英意识的德国知识分子来说，“有教养市民阶层”已经成为一种概念性的精神领域。托马斯·曼骄傲地认为“市民阶层”是德国孕育哲学、艺术和人道主义花朵的沃土，歌德、尼采都是这块土壤成长起来的文化巨人。《荒原狼》中，莫扎特、歌德作为不朽者，他们所创造的文化属于这一精神领域。

1.1 社会现代性的进步带来“有教养市民阶层”的绝望

现代性是一个复杂而富有争议的概念。美国学者马泰·卡林内斯库在《现代性的五副面孔》中将现代性区分为社会现代性和审美现代性，两者处于二元对立形态：“一方面社会领域中的现代性，源与工业革命，以及资本主义在西欧的胜利；另一方面是本质上属论战式的美学现代性，它们的起源可追溯到波德莱尔。”本文从社会现代性对德国传统文化精神的冲击来分析黑塞对现代文明危机的反思和破解。

19世纪与20世纪之交，工业化给德国社会带来巨大变动，出现了新的“从事经济活动的市民阶层”（Wirtschaftsburgertum）或“占有财产的市民阶层”（Besitzburgertum）。正如马泰·卡林内斯库所述，社会现代性的进步基于科学技术进步、工业革命和资本主义带来的全面经济社会变化。19世纪以来，理性崇拜、实用主义以及对金钱和实利的信奉与追逐，逐渐在中产阶级的胜利文明中成为核心价值观。这些典型以经济为主宰的市民阶层持续挤压“有教养市民阶层”的存在，冲击、碾压“有教养市民阶层”以及他们的文化精神。新阶层与旧的“有教养市民阶层”的社会价值形成矛盾。

《荒原狼》写于20世纪20年代。1914年第一次世界大战爆发至20世纪20年代，那时的德国社会笼罩着各种矛盾与民族思潮。一战结束后德国并未因此而平静，以民族主义、爱国主义为名的军国主义、纳粹主义不断叫嚣。各种社会矛盾激化之下，一场新的战争正在酝酿。在黑塞看来，这是一个技术与金钱的时代，战争与贪欲的时代。黑塞对时代以及精神世界的失望展现在小说中，“他看穿了我们的整个时代，看穿了整个忙忙碌碌的生活，看透了逐鹿钻营、虚荣无知、自尊自负而又肤浅轻浮的人的精神世界的表面活动……”

在这个社会转型期，有教养市民阶层持续萎缩、没落，这个阶层已经不再是曾经的社会中坚力量，无力去抗衡那些新的社会价值与思想。“有教养市民阶层”以及他们所代表的传统德意志市民性从整体层面上来说，完全被现实世界所击溃。黑塞对于这个阶层及其文化的衰亡充满了无力感和绝望感，正如库尔特·品图斯所述：《荒原狼》……是记载一个过时的人、过时的时代的衰亡的文献。

黑塞时代的文化在他眼中则是：“这样那样的凄惨日子，在这颗持续不断被破坏、几乎快被股份制公司给吸干的地球上，人类世界和所谓的文明文化，沉浸在其湮灭的、卑劣的、疲软无力的嘉年华游园会式的流光溢彩之中，像个令人作呕的坏家伙，动不动就咧开嘴冲着你怪笑，死死缠住你，在其自我病态中将我们逼到忍无可忍的绝境，难受程度早已登峰造极。”这个“所谓的文明文化”在一定程度上应与第一次世界大战有关。一战爆发后，德国知识分子1914年10月集体联名发表宣言《致文化世界》（*An die Kultunvelt*）发出他们的民族主义声音：“没有德意志军国主义，德意志文化早已被抹除于地球之上。……为了保卫德意志文化，德意志军国主义才出现。军队与德意志民族合一”，史称“1914观念”。那个时代的德国，文化与战争、军国主义紧密相连，对于第一次世界大战期间的德国知识分子而言，这场战争是一场文化战争。他们正告世人，德意志作为一个文化民族，作为歌德、贝多芬和康德之神圣遗产的继承者，将把这场文化战争进行到底。”

尤为嘲讽的是，这些打着康德、歌德旗帜的德国知识分子们，恰恰将他们所反对的暴力革命、战争奉为维护德国文化的必要手段，且与文化民族合一。这对终生崇拜歌德的黑塞来说，此时的文化是对歌德所引领的德意志市民精英文化的无限背叛。

《荒原狼》中，黑塞通过两种音乐类型比较时代文化与他所尊崇的真正市民文化。哈利在一家小酒馆听到流行的爵士乐，他称之为“人类社会沉沦时才会出现的音乐”，这种音乐代表了“时代的艺术、思想和表象文化”，优点是：“极度真诚，蕴藏着一种惹人喜爱又不甚张扬的黑人气质，以及一种无忧无虑、宛若小孩子一般的天真情绪。与巴赫、莫扎特以及其他真正的音乐相比，它确实是一团糟。”黑塞了解和崇敬由昔日的欧洲、昔日真正的音乐、昔日真正的文学所组成的文化，那是精神、灵魂、优美、神圣的东西。然而，在现代它似乎只不过是一个早已死亡的幽灵。他以及他的同类，这些崇尚和奉行昔日文化的人将在明天被遗忘，是被人嘲笑的精神病人、傻瓜。

哈利的精神支柱——德国传统市民精英阶层及其文化的崩溃使他失去了根。“旧的文化传统在消失，新的文化现象又让他感到格格不入，因而精神上无可归依。”于是，荒原狼深信“他扎根的土壤一定会被破坏，自己也将被人连根拔起。”面对充满战争宣言，市民精神荒芜不存的世界。他的灵魂几近死亡，内心空虚绝望。“在我们所过的这种日常生活中，……找到这种如神明降临般的轨迹是多么困难啊！……在这样一个世界里，我又怎么可能不成为一头荒原狼，怎么可能不成为一名潦倒不堪的隐士呢？”这条来自异域的荒原狼与社会、时代格格不入，深感无家可归，“我就真的是我常说的那条荒原狼，在一个陌生而不可理解的世界里迷途的动物，再也找不到属于自己的家园、空气和食粮。”他游离于大众时代文化之外，仿佛生活在异域世界。

在这个时代中，哈利·哈勒不仅深陷对外部世界的痛苦绝望中，同时，黑塞个人两度婚姻变故，几位至亲离世，身心长期受到疾病折磨。这些内外交困使他不可遏制地陷入精神危机，从而作品中充满了对人性，对自我的怀疑与否定。

时代交替时期，两种文化、两种社会意识的碰撞与交错，使人成为“最典型的人生旅客，是旅行的囚徒。他将去的地方是未知的，正如他一旦下了船，人们不知他来自何方。只有在两个都不属于他的世界之间的不毛之地，才有他的真理和他的故乡”。因为他们曾经固守的宗教信仰、道德伦理、文化习俗在这交替时期，纷纷崩塌、混乱不堪、对错无界。个体生活在其中，精神世界产生巨大的震动与痛苦。“哈勒恰恰就是被裹挟在两个时代之间的那一类人，……他们的命运就是去质疑人类生活中一切可质疑之处，并因此而饱受摧残。”这种世纪之交的矛盾性致使个体怀疑生命的意义与价值，丧失对自我清白的肯定，失去命运的安全感，以致希望以自杀求解脱。

个体内在危机还根源于现代性引起的内在发展的矛盾性，“只是因为他巨大的天赋才能与力量尚没有达到和谐圆满的境界。”黑塞以切身的存在与痛苦展示在世纪之交，这一代知识分子精英面对工业文明带来的时代巨变，他们严守的道德律令与传统文化被颠覆，安全感缺失，自我价值质疑，由此引发生存冲突与精神危机。“这是一份货真价实的时代记录，因为哈勒罹患的心理疾病并非仅属于一个人的怪癖，而是时代本身的顽疾，是哈勒所属的那一代人共有的神经症。……恰恰是那些顽强坚韧、最富灵性、最有天赋的人们，反而最容易受它侵蚀。”市民精英阶层的内心痛苦是与现实社会冲突的反映，从根源上来讲是现代性导致的严峻时代精神病。

1.2 “我姑妈的家”：中庸的传统市民家庭

哈利·哈勒偶然来到一座城市，住在传统小市民家——“我姑妈的家”。这个家及其成员“我”与“姑妈”体现出小市民家庭典型的特色：干净、周到、精确、规矩，为人善良且中庸，小事上的责任感和忠诚。

19世纪以来，德国市民阶层的概念逐渐被中性化，既保持市民阶层许多优良传统，有着良好的道德及文化修养，遵纪守法、宗教虔诚、循规蹈矩，又中庸、拘谨、狭隘，更多被贴上小市民的标签。叙述人“我”看到荒原狼，“一切似乎都令他满意，但同时又令他觉得多少有些好笑。”这儿的生活和氛围既是他的需要，又被他所厌恶。生长于市民家庭的荒原狼对这个时代的市民阶级有着十分复杂的感情，这类传统小市民家庭对他意义特殊。

首先，他憎恨市民阶层。因为“这些隶属于中产阶级的玩意儿：所谓的满足状态，所谓的健康、舒适生活，精心呵护出来的所谓乐观主义态度，平庸者、正常者、大搞平均化的家伙们得以滋生繁荣的这一大片沃土。”这种满足令他无法忍受，憎恨和厌恶它。因为这些看似健康的平凡生活是被精心培养、悉心培育出来的，隐藏着中庸、懦弱、狭隘和躲避。

众所周知，工业文明引来矛盾重重的现代性。各种各样的时代矛盾，社会冲突和文化危机层出不穷。这些灾难和危机并未局限于一国一地，甚至笼罩在整个人类世界，然而小市民们却安居一隅，以平凡人自居，以回避和美化来应对时代痼疾。如出版者“我”，重视有保障的安稳生活，“是个崇尚规律生活的中产阶级普通人，习惯于按时作息与精准的时间管理，同时也是个完全不喝酒、不吸烟的男人。”并且以自身遵纪守法，对社会家庭担当责任和义务所自豪。而那些危机与灾难不是“我”这些平庸凡人所能关心的。这种平凡小我的心态中掩盖着不敢直面灾难和危机的懦弱和自私。

如果市民阶层的某个个体不能循规蹈矩，身上具有表现独特、不符合大众庸常习俗的天性和特质，则被市民大众视为“兽性”，未成年时受到市民教育者无情压制和打击，成年之后则属于异类“怪人”。

渴望人生新意，寻找人生价值的欲望被平庸、安乐所淹没。市民阶层的局限性阻碍培养和发展个体创造性，也帮助社会弊端的存在和发展。市民阶层的局限性令哈利感到悲哀和忧郁。这个秉承“至高无上和不可能的一再追求恰恰是精神的特征”的知识分子精英，小市民阶层令他绝望、憎恨。

其次，小市民之家又是他温暖的“安乐窝”。小市民家庭体面干净，温暖有序，散发着松节油的香味和肥皂味。人与人之间宽容善良、温顺有礼。这种家庭的温馨气息、家人优良的文化和道德修养令他止不住内心的喜爱和向往。

传统市民家庭是哈利·哈勒从小生活的环境。松节油的香味，家中的布置让他想起自己的母亲和快乐的童年“我之所以总是寄居在这类地方，无疑是因为我很喜欢这种起源于自己童年时代的氛围感；我对类似于家的地方的隐秘渴望，使我一次又一次地走上这愚蠢的老路”。“我姑妈的家”引起他深藏在心底对父母的怀念，对故乡的向往。同时，这种小市民家庭所保持的诸多传统德意志市民性，散发着德意志市民文化精神令哈勒似乎梦回文化的故土。

这个传统的小市民天地，犹如与动荡不安的外界相隔离，如此稳定、安谧，“仿佛他正在付出一种难以言喻且毫无希望的努力，尝试通过真空中存在着的某种缝隙，渗透到这个渺小而平静的世界，在这里安个家，哪怕只有区区一个小时。”他仿佛是在传统市民性与现代性的碰撞夹缝中得以稍作停留，喘息片刻。显然，这一切令这个孤独、痛苦、疾病缠身的愤世嫉俗者忍不住贪欢一晌，暂时忘却当下的绝望与凄凉。因此，荒原狼对小市民阶层又爱又恨，对它的爱与生俱来，无法抗拒，对它的恨令自己痛苦凄凉。

2. “荒原狼”在绝望处救赎自我

荒原狼厌弃这个“时间和世界、金钱和权力属于小人庸人的时代”，又痛恨理想而又现实、高尚而又鄙俗的小市民哈利·哈勒自己。“所有事情上都是如此。哈利·哈勒手段巧妙地将自己伪装成了一名理想主义者、一位谴责世俗庸常之人，伪装成了伤春悲秋的隐士和怨天尤人的预言家；然而，在内心最深处，他其实依旧是个小市民。”他就这样处于充满矛盾和痛苦的绝望混沌中。

内外交困混沌的他准备放弃生命，但又“暗自期冀着能够获得启示、亲近上帝”。他的引导者赫尔敏娜、巴勃罗先后出现，逐步启发他追寻另一个世界——超越时间、隐匿内心的世界。从而使他走上自我救赎与升华的道路。

“您渴望离开眼下这个时代、这处世界、这种现实，遁入另外一种更适合您的现实中去，遁入一个没有时间存在的世界中去，不是吗？既然如此，就请您这样做吧，我亲爱的朋友，我现在邀请您这样做。您其实本来就知道，您所需要的另外一个世界，它究竟隐藏在哪里。实际上，您所寻找的正是您自己的灵魂世界。唯有在您自己的灵魂世界内部，才有您所渴望的另外一种现实。我不能给您任何在您身上本不存在的东西，我不能为您打开一座迥异于您灵魂的图景大厅。我只能给予您机会，给予您完成这一切的冲动，给予您钥匙，除此之外，我什么都无法给您。”

由此可见，黑塞认为解决危机的根本途径是走向心灵，内化修身。修身的先决条件是认识自我、接受自我。

黑塞在创作中重视通过心理学理论来阐释自我，以期达到深刻地剖析自现《荒原狼》被称为出类拔萃的心理小说。张佩芬认为弗洛伊德一系列观点和方法在“魔幻剧场”章节得到了文学形式的具体实践。君特·鲍曼在《原型治疗之路》（*Der Archetypische Heilsweg*）中写道：朗医生（荣格的学生约瑟夫·本哈尔德·朗）对于

《荒原狼》创作的影响是不会被过分夸大的。例如，我们可以很轻易地想象到，黑塞提及的“彩色深海之梦”指向了“魔幻剧场”。黑塞在与智利作家、外交官米古艾勒·塞拉诺（Miguel Senan）谈话中也认可了荣格学说对《荒原狼》的影响。本文仅仅从荣格分析心理学的角度分析黑塞“魔幻剧场”中的梦幻场景。

荣格的释梦理论启发黑塞以文字打造出一个超越时空限制的舞台，名之为“魔幻剧场”，包厢无数、镜子环绕的梦幻剧场。在这里“现在、过去和将来早已没有界限，……荒原狼在魔幻剧场中穿越了心灵和时间”。黑塞以幻境与梦境相结合的手法展现变幻莫测的心灵世界。在荣格看来，梦、幻觉和想象并不是个体对现实的歪曲反映，而是映射人类心灵的一面镜子。剧场中，镜子被用来沟通意识与无意识之域。镜子有一种古老的信念：人或物体与其影像有着神奇的联系，因此镜子可以抓住人的灵魂和生命力。镜子与心灵相通，通过它可以窥见人的心灵深处。

在进入魔幻剧场之前，巴勃罗引领哈利和赫尔敏娜“进入一处小小的圆形房间里。房间里的灯光，自天花板直直地倾泻下来——这灯光没有死角，完全是湛蓝色的，至于房间本身，则几乎是空置的，除了一张小圆桌和三张扶手椅之外，什么也没有”，他们坐下喝酸甜液体，慢慢抽烟，逐渐感到兴奋欣喜。巴勃罗掏出小圆镜，让哈利看镜中的自己。哈利此时神迷困惑，不知身在何处，疑惑于巴勃罗的喋喋不休。似乎自己的思想从他的嘴中说出，他的眼睛直视自己的灵魂。由此，巴勃罗似心理师催眠，在舒缓的氛围（喝酒、抽烟）下，开启哈利心灵世界，逐渐释放出内在“自己”（看镜子）。通过幻想和梦令哈利进入心灵，其内在“自我”在魔术剧场纷彩相呈，各种版本的心理戏剧无拘无束地上演。哈利感到已经沉浸在自我和剧场之中，好奇地走过一扇又一扇门，观看门上铭牌。它们是诱惑、允诺。

首先，黑塞借用“人格面具”和“阴影”原型意象，展现内在两性对立是潜意识过度压抑，不认同全部的自我，导致心灵世界发展不和谐、不平衡。

在剧场的分身镜前，哈利发现自己身上有一个“人”，“一个有思想、有感情、有文化的小世界”。与之并列的还有一只“狼”，“一个由欲望来驱动、兼具蛮荒野性与残酷手段的小世界，一个由未升华的原始本能所构成的黑暗世界”。这是哈利的两种本性：人性与狼性。

魔幻剧场的人狼之战在哈利眼前上演彼此被驯服的场景，令哈利深刻认识到自己身上人性和狼性两种天性之间不可调和的关系。哈利心中的人代表“人格面具”原型，狼为“阴影”原型。借用荣格原型理论的“人格面具”及“阴影”原型来解释人狼交战，可以获得一些启发。

人格面具帮助个体适应社会生活，与他人和谐相处。每个人实际上都拥有多种生活面具。它是一种展现自己、顺从社会的原型。荒原狼生长于有教养的市民家庭，他所接受的许多概念和模式源于市民阶层的固定形式和道德风尚，所以他的人格面具无法摆脱这个阶层的秩序。哈利的人格面具具有市民性特征。市民精神“究其本质，无非是在人类社会无数极端与矛盾对立体之间寻求平衡的一种尝试罢了，……停留在一处没有狂风暴雨、温和且令人满意的区域内”。因此尽管始终站在市民世界对立和反叛地带的哈利·哈勒，埋藏在其心底的渴望是把他引向小市民家庭，也从不曾在市民精神已经消失的地方居住生活。

他对待“我姑妈”家中的人员，甚至女仆都彬彬有礼，真诚倾听。希望能有片刻机会融入市民社会。他的人格面具赋予他适应社会生活各个层面的能力。他在“我姑妈”家中表现出的行为举止，令他在社会上得到才华与身份的认可。

如果放任人格面具一味发展，使人格面具膨胀到压倒其他本性自我时，则会危害到个体的精神状态。因为这样会使个体一部分自我本性隐没在无意识领域中，自然本性被扭曲。例如荒原狼从小所接受的市民教育，令禀赋异常、个性独特的荒原狼们对人的虚伪、变态的举止和习俗深恶痛绝，他们鄙视所处的市民世界，并且深感内心备受煎熬和折磨。同时也更加憎恨和否定自己，“他所呈现出来的那种悲观主义态度的根基，……从来都不会将自己排除在外。实际上，他本人永远都是第一个被瞄准的开炮对象，他本人永远都是第一个被他自己憎恶和否定的个体……”因为，哈利的人格面具压抑内心的狼性。

恰如魔幻剧场的人狼之战中，当人战胜狼，个体的自然本性彻底屈从于人格面具。此时的个体是虚伪和被压抑的，失去了生命的自然本性“狼”拥抱兔子和羊羔，从“人”手里舔食巧克力。自然本性完全被扭曲，个体彻底成为没有真实自我，虚假的“面具人”。

他的另一个本性——狼性，令他根本无法容忍市民世界的中庸、自保、缺乏进取性“人格面具”原型相对应的原型意象“阴影”原型，为人的自然属性，是人类本性方面，带有原始的动物性。这是人内心中更接近自然、非社会性的本性需要。

人狼之战中，人驯服狼的表演之后，狼与人重新搏斗。狼的“阴影”原型，是一种任性且最具动物性的情绪基础。它那些不被社会普遍道德准则所接受的部分就是世人眼中所谓的“恶”。这次狼性占据上风。人丢掉人性、道德、信仰，甚至爱“试图扮演一条真正的狼……他用手指和牙齿抓住尖声惊叫的小动物，……痛饮热气腾腾的鲜血。”阴影过度膨胀之后，人的自然属性肆意妄为，内在世界也会出现不协调的状态。

这两种本性，既圣洁美好，又凶残可恶，既有母性气质，又有父性气质。一个是人的经验的缺少精神的物质存在，另一个则是人的永恒不变的甚至与神性相同的精神本质。这两种本性并不能简单地以对错论处，它们都是个体自然本性中的一部分。如果个体能够面对和接受它们，那么内在精神世界则会和谐发展。然而，哈利的本性彼此势不两立、相互做对。心灵世界的一部分本性总是被否定，内心变得扭曲、可怕。这让哈利恐惧地逃离，不敢面对。

其次，黑塞进一步指出内在世界更加是一个充满创造性的多变多元小宇宙。

实际上，哈利的本质是成百上千个因素构成，他的生命不只在欲望和精神，或圣子与浪子这两极之间摆动，而是在千百对无以计数的极之间摆动。年老的、年轻的、少年的、学生的，严肃的、风趣的、庄重的，等等，分身镜中的“第二个哈利从他身上分裂出来，眼前出现了两个哈利，然后又有了第三个哈利、第十个哈利、第二十个哈利，转眼之间，一整面巨大的镜子里充满了各种各样的哈利”，各种不同版本的哈利们在镜中不断显现，又快速消失。他们映射出如万花筒般多变、多样的内在世界。

人物结构课上，镜子中分解出的各种“我”成为棋子，被放在棋盘上，组成集团和家庭，进行比赛、厮杀，并被不断建立新组合，每次组合使不同的“我”结成错综复杂的新关系。这些组合持续表演新戏剧，构成一个小小的世界。棋盘以及各种棋盘上的一场场戏剧，形象地演示出人类的精神世界应该是一种充满变化、不断创新、充满变动的世界。

“每个人类自我都是高度分化的小世界，一整个小型星云，一团由不计其数的形式、阶段和状态、无穷无尽的传承与可能性构筑而成的混沌体。”无数个“我”构成的内在世界是一个小宇宙、小世界。而这些个“我”是哈利的一部分，是来自同一根源的“我”。因为无论梦中的“我”有多少个，他们都是一个整体，他们与自然牢不可分。

由此，黑塞批评那些将不循规蹈矩，天性独特，不符合大众庸常习俗的特质为“兽性”的观点。反驳现代教育的模块化方式。这种现代教育对于这些异类学子，在未成年时备受教育者无情压制和打击，成年之后则属于异类“怪人”。

黑塞指出，人类的创造性、独创性源于心灵世界不断推陈出新。因此，他反对把人的心灵结构视为唯一不变的结构体系。固定的结构导致人缺乏创新，成为国家机器中的“模具”人，导致渴望人生新意，寻找人生价值的欲望被平庸、安乐所淹没。这也是市民阶层的局限性所在，它阻碍个体创造性的发展和培养，“这就是生活的艺术，您大可以继续按照自己的意愿，随心所欲地塑造独属于自己的生活游戏，生机勃勃也罢，错综复杂也罢，多姿多彩也罢；

无论如何，它都掌握在您自己的手中。您自己可以随意继续塑造您的生活游戏，使它活跃起来，使它纷乱复杂，使它丰富多彩，尽在您的掌握之中。”正是心灵的不断创新和变化才使人类的智慧之泉历久弥新，永不干涸。

《荒原狼》剖析了心灵世界的复杂性、多样性，既令人感到心灵的生机勃勃与富有创造性，又帮助人们承认人性中的阴影部分，坦然接受真实的自己，“魔幻剧场绝非单纯的天堂福地，在其漂亮的表皮下，有一整个地狱在藏匿着。”揭示真相虽然痛苦，但是能够接受不完美的、甚至阴暗的“我”更加艰难。荣格说：“世间最可怕的事情便是接受自己。”面对真实的内在世界“寻求坦率与真诚、正直，无须顾忌美”，黑塞表现出的勇气与坦率值得敬佩。

最后，在剖析自我，接受自我不完美之后，需要寻找完善自我的道路，才能不再遁入混沌的危机之中。黑塞认为通过内在修身，重塑信仰达到完善和超越自我。他将内在修身寄情于“不朽者”的引领。

通过剖析荒原狼内在本质的复杂矛盾性，黑塞揭示了个体内在世界混沌多变、善恶相生的景象。在认识和接受真实的自我之后，黑塞思考如何使内在世界达到“调和”与“和谐”。他认为个体只有重塑信仰，内化修身，才能摆脱危机，和谐圆满，达到尼采所讲的“超人”境界。于是他追寻：超越时间，隐匿内心，只存在于内在自我之中的第三世界。“‘永恒’的具象化，是超越时间、超越表象的境界。”“圣洁的天国”“具有永恒价值的世界”“神圣的实质”，黑塞称之为“真实之境”。

莫扎特、歌德、诺瓦利斯都属于这个圣洁国度。“那些创造奇迹的圣徒——他们遭受苦难，慷慨殉道，为人间成就了伟大的榜样。不仅如此，在这永恒当中容纳了每一幅描绘真实行为的图像、每一份表达真实感情的力量，纵使没有人知道它们、看到它们，没有人将它们写下来，没有人专门为后世存续它们，它们在此也是切实存在着的。永恒中没有后世不朽，只有现世共荣。”由此可见，黑塞的“真实之境”在一定意义上是以歌德为代表的德国市民精英阶层所创造的文化精神王国。如前文所述，这一文化精神在黑塞时代不断衰亡。黑塞认为只有重建这一文化精神王国，树立起治愈时代弊病的信仰和价值，让代表更高精神文化的新时代替当下的物质时代，人类才能克服当下危机，走向和谐永生。

因此，荒原狼们只有永恒，迈向“真实之境”，才能够跨越绝望与死亡，得以和谐生存。因为那里是他们信仰与价值的家乡。但是，他们必须穿越世俗人间的种种历练，只有“摸索着蹚过如此之多的污泥路，忍受如此之多的荒唐无稽才能回家！没有人能够指引我们，我们唯一的指引，就是乡愁”。

虽然在小说中，赫尔敏娜说返回家乡之路无人指引，但是在荒原狼的梦与冥想中，莫扎特、歌德这两个“不朽者”或幽默或朗朗大笑地出现在荒原狼面前，以笑和幽默作为指路之光，“那是当一个真正的人经历了人类的痛苦、恶习、错误、激情与误解之后，终于被推向永恒、遁入外太空后留下来的东西”。

“不朽者”如同荣格理论中的智慧老人原型。黑塞所塑造的智慧老人原型歌德、莫扎特等“不朽者”，以他们的精神力量指引荒原狼们克服人间历练，给予他们精神世界的信仰和人生价值，从而使遇到困顿的人们强化、修炼心灵，提升内在世界，进而解决外部世界危机。

“不朽者”所构成的“真实之境”之理想，黑塞也融在自己后来的创作中。在《东方之旅》（1932）中，它以精神盟会的形式出现，精神史上无以计数的伟大人物是其会员，其性质是一个跨越时空的精神团体，黑塞称之为“精神王国”，它引导人类精神走向光明之乡。

结束语

面对20世纪初德国的重重危机与矛盾，黑塞展现出德国有教养市民阶层之精英主义姿态：他们是为了全体的幸福，为了整个民族的精神实体。如何重构自我价值、诊治时代危机成为黑塞的重要使命。《荒原狼》为完成这一使命而生。它既是对自我的无情剖析，也在针砭时弊，是对时代心灵的刻画。

为了克服个体混沌危机，黑塞借用荣格分析心理学的方法认识自我、接受自我，并寻找超越自我、升华内在的途径。剖析实为重建，黑塞渴望建立一种能够治愈时代弊病的信仰——“真实之境”，以一个更高精神文化的新时代替代当下物质时代。

不过，黑塞对自己所设想的修身之法——“真实之境”也充满疑虑。小说中，哈利·哈勒感慨地提出：“我们称为‘文化’的东西，……莫非它实际上根本就不曾真实和鲜活过？”荒原狼是自杀还是依然活在人世的某个角落？小说并未给出答案。或许他还走在不断去学习如何“笑对人生”、完善自我的途中。黑塞以开放式的结局结束了这部小说。

黑塞创作谈

（黑塞致友人的信件）

致R. B.

1931年5月4日

……我不能让您的信石沉大海。

我对这个问题差不多是这么看的：认为人不可能按照我所主张的原则来生活，这是错误的。我并不主张一套完整、清晰的教条；我是不断成长和改变的人。因此我的书代表的不仅仅是宣布“人人都是孤独的”[1]。比如说《悉达多》，整本书表达的是爱，在我的其他作品中也可以找到类似的表达。

我所表现的对生活的信仰，不能超过我实际上所抱有的信仰。我常常激动地说，这个时代的普遍心态让我们无法拥有本真的、真正有价值的生活。我对此确信无疑。当然了，我还活着，并没有被这种充斥着谎言、贪婪、狂热和粗俗的气氛压垮。我把这种幸运归功于两个有利条件：我继承了相当一部分的自然活力，同时作为这个时代的批评者和反对者，我能够有所作为。若非如此，我是无法活下来的。但即使如此，活着也常常像是地狱。

1 出自诗作《雾中》。

我对当今的态度不大可能发生太大的变化。我不相信我们的科学或者政治、思想、信仰、娱乐；我不接受这个时代的任何一种理想。但这并不意味着我什么都不相信。我相信有一些约束人类的法则，这些法则存在了几千年，我坚信这些法则会超越我们这个时代的喧嚣。

要向别人表现如何恪守那些我视为永恒的人类理想，同时对我们这个时代的理想、目标和慰藉抱有信仰，这是不可能的。况且我根本没兴趣这么做。在我的一生中，我尝试了许多方法，去超越时间，生活在永恒的世界中（我也经常描述这些尝试，半是玩笑半是严肃）。

我常常遇到一些年轻的读者，就拿《荒原狼》来说吧，对书中所讲述的关于我们这个时代的疯狂，他们都十分严肃，可他们却注意不到并且无论如何也不相信那些在我看来极为重要的问题。仅仅摒弃战争、技术、贪婪、民族主义等现象还不够。我们必须用另外的信仰来取代这个时代的伪神。我一向如此：《荒原狼》中的莫扎特、不朽者还有魔幻剧场，同样的价值观也出现在《德米安》和《悉达多》中，只是换了名字。

我肯定，一个人可以将悉达多所说的爱的力量还有哈利对不朽者的信仰作为生活的基础。这种信仰能使生活显得可以忍受，也有助于克服时间。

我知道我没有把自己想说的真正表达出来。发现读者没有注意到我自认为显而易见的东西，我总是相当沮丧。

读完我的信，再拿起我的某一本书，看看您是否找不到过上真正的生活的信条。如果您找不到这类东西，就该把我的书扔了。但如果您有所发现，不妨就拿来当作您的出发点。

最近，有一位年轻女士请我解释《荒原狼》中魔幻剧场的含义。她看到我嘲弄自己也嘲弄一切，感到十分失望，好像我吸了鸦片、神思恍惚。我告诉她应该再读读那几页，要记住，魔幻剧场的意义和神圣性超过了我所构想的任何东西，并且是我认为最重要、最有价值的那些问题的意象和面具。不久后，她回信说现在明白了。

B. 先生，我明白您为什么有此一问，可能确实如此，我的书目前不适合您。您也许需要把我的书放到一边，尝试克服书中吸引您的那些东西。显然我不能就此给您建议。我只能再次讲述自己的经历和创作，包括所有的矛盾、曲折和混乱。我不同意我的任务是创作出在某种客观意义上公认的杰作。我必须以最纯粹、最诚实的方式创作属于自己的作品，即使最终的结果听起来仅仅是在表达痛苦，是一声哀叹。

致一位德国学生

1954年3月

亲爱的小姐：

其实您已经回答了问题，我也必须同意您的观点。如果您这位相识说得在理，那么您最好把我的书永远放下。我没有理由怀疑他心口不一；很可能我曾经在某封信或是某篇文章中反对把我的后半生和我的某句话挂钩。那位教授也许读过类似的一段话，从中得出了错误的结论。作为他所在的教会的代表，他当然有权反对我的观点并进行批驳。我承认，这些思想在某些情况下可能是危险的。我知道，这些思想有时候可能会误导一些性格软弱之人。但是，和传统学校严酷制度的影响相比，我的作品和类似著作所造成的伤害就显得微不足道了，因为这种制度已经导致了许许多多性格软弱的年轻人一蹶不振。

我写书的时候从来没有什么既定的目标或是目的。但是，在我现在寻找其中的共同点时，我意识到了一点：我的作品，从《卡门青》到《荒原狼》和克奈希特[1]，都可以说是对个性、对个人的捍卫（有时也是呼救）。每一个独特的个体都有他的遗传和可能性，他的天赋和偏好，都是一个温柔、脆弱的生灵；他当然可以有一个人为他主张。毕竟，那些强大的伟力都对他不利：国家、学校、教会、各种各样的组织、爱国者、正统派和各个阵营的天主教徒。我的书和我本人总是要面对所有这些力量，应对他们的战斗手段，这些手段有的正派，有的粗俗，有的是彻头彻尾的野蛮。我一次次地发觉，离经叛道之人要面对多少危险和敌意，也意识到他们需要多少保护、鼓励和爱。我从亲身经历中也渐渐明白，有数不清的基督徒或法西斯分子，虽然他们享受着实惠和优渥，却都感到那种正统不能带来精神上的满足。因此，我除了听到所有这些群体众口一词的谴责和攻击，还听到了成千上万的疑问和坦白，他们或多或少地都感到困惑，并从我的书中（当然还有其他人的书中）得到了些许温暖、自在和慰藉。他们并不是总把这些书当作力量和鼓励的源泉，还常常感到受了误导、迷惑不解。他们习惯了教会和国家所使用的语言，也就是正统、教义、程序的语言——从不承认任何疑问，只要求相信和顺从。有很多年轻的读者，他们为《德米安》、

1 《玻璃球游戏》的主人公。

《荒原狼》或者《纳尔齐斯与歌尔德蒙》感到兴奋，但没过多久，又欣然回归他们的教义。还有一些读者，他们读了我的书，就以我的名字为理由，宣布终止所有的社会活动和义务。但我相信，也有很多读者会在天性允许的范围内从我们的作品中获得更多的东西。这些读者使我可以为个人、灵魂、良知主张，同时他们不会把我的话当作某种形式的教义、正统、行军令，也不会抛弃社会和团结的崇高价值。这些读者明白，我无意破坏人类赖以共同生活的秩序感和共同义务，我也无意神化个人。他们感觉到，我真正主张的是一种生活形式，让爱、美和秩序盛行，团结不会使人沦为畜群中的野兽，而使人能够保留独特本性中的美、尊严和悲剧性。我意识到，我偶尔会犯错、迷失，或者过于激动，导致我的一些话让一些年轻读者感到困惑、崩溃。但是，如果您想到如今的那些力量使个人难以发展自己的个性并成为完完全全的人，当您看到大型组织，尤其是国家所推崇的那类缺乏想象力、内心怯懦、被彻底同化、纯粹服从、被收编的人时，您就更容易理解为何小小的堂吉诃德要对高大的风车宣战了。这场战斗似乎毫无希望，也毫无意义。很多人都认为这件事情荒唐可笑。然而，这场斗争必须进行；毕竟，堂吉诃德和风车都一样在理。

致托马斯·曼

1931年12月初，巴登

我在巴登收到您好意写来的信了。疗养让我疲惫不堪[1]，加上眼睛的毛病，我几乎没办法及时回信。所以还请原谅，我的答复很简短。对于您的问题，确切的回答当然不会占用太多篇幅——答复是“不”。不过我想尽量充分地解释我为什么不能接受学院的邀请，尽管这份邀请来自我所爱、所尊重之人[2]。我想得越多，事情就越复杂、越形而上。既然我必须为这个“不”字给出些理由，我就不得不诉诸过于明确和直接的表述，这种复杂的问题，在突然需要用语言来表达时，往往就会如此。

好吧，是这样的：我不能加入任何一个德国官方机构，根本原因是我对德意志联邦共和国深感不信任。这个没有原则、没有思想的国家是从真空中出现的，这种真空就是战争结束时筋疲力尽的普遍状态。带头搞“革命”的那几个人，在百分之九十九的支持下被杀死了，其实那根本就不是什么革命。法院不公，公务员冷漠，人民彻头彻尾地幼稚。我曾对1918年的革命充满热情，我本来希望能建立一个受到认真对待的德意志联邦共和国，但这个希望早就破灭了。德国从来没能创造自己的革命、发展自己的政治形式。德国会被布尔什维克化，虽然我不排斥这种前景，但德国会因此失去独特的民族潜力。还有，不幸的是，在这之前，无疑会出现一场白色恐怖的腥风血雨。我顺着这些思路想了很

1 黑塞因为坐骨神经痛，每年都会到巴登温泉疗养。

2 指黑塞退出普鲁士艺术学院一事。

久，尽管我对少数善意的共和党人非常同情，但我认为他们根本无能为力，就像乌兰得和他那些朋友在法兰克福圣保罗教堂提出的令人向往的意识形态[1]都没什么前途。即使在今天，一千个德国人里还有九百九十九人拒绝承认任何罪责。他们没有发动战争，没有输掉战争，也没有签署《凡尔赛条约》，他们认为那是背信弃义的晴天霹雳。

简而言之，我现在和1914—1918年的时候一样，对德国的普遍心态感到疏远。我觉得我看到的事情都荒谬可笑，从1914—1918年以来，我就往左走远了，而德国人只朝这个方向迈出了微不足道的一步。我现在连一份德国报纸都看不下去。

亲爱的托马斯·曼，我不指望您赞同我的信念和观点，但希望您出于对我的同情，能尊重这些想法。至于我们冬天的计划，我妻子[2]正在给您妻子写信。请代我向曼夫人和小姑娘[3]问好；我们对她们两个已经很有感情了。即使您对我的回答感到失望，也请不要对我心存芥蒂。我猜这个答复也不是意外吧。

致以我无尽的情谊和敬慕

1 Ludwig Uhland（1787—1862），德国诗人、政治家，1848—1849年德国革命期间是国民议会（设在法兰克福圣保罗教堂）代表，立场“偏左”。

2 黑塞的第三位妻子妮依·多尔宾（Ninon Dolbin，1895—1966），两人于1931年结婚，相伴终生。

3 指托马斯·曼夫妇的小女儿伊丽莎白。

致姐姐阿黛尔[1]

1927年1月21日，苏黎世

我最近总是很想念你——特别是雨果·鲍尔[2]来这儿跟我讨论问题的时候……但我一直没跟你说过。可你还是费尽心思帮鲍尔翻出了那些旧东西。亲爱的阿黛儿，我要衷心感谢你的帮忙。还有，不要因为我把身边所有的德国货币都附上就和我生气。你花费的可不少。

很不幸，鲍尔没有把我童年的诗作带过来，我会很感兴趣的。不过他把照片带来了，我特别喜欢父亲那张明亮、清晰、留着鬈发的照片，我根本不记得了。谢谢你爱的付出。

过去这几个星期，我一直发疯似的工作，没日没夜，完成了散文版的《荒原狼》[3]。现在我快要崩溃了，我突然注意到过度劳累、失眠等的影响。我也很难过，因为我将不得不失去创作的乐趣，这给我的生活注入了意义和乐趣，接下来会是一段空白了。我要等上几年才能再次遇到这种体验，其实会不会遇到也说不定。

我的妻子露特[4]给我准备了一份新年的惊喜：她突然通知我说她想离婚。我对她说我非常理解她的决定，也不会在她的道路上设置任何障碍。

---

1 Adele Hesse（1875—1949），黑塞的大姐。

2 Hugo Ball（1886—1927），德国作家，达达运动的创始人。当时鲍尔受出版商委托，在黑塞50岁生日之际为其做传。

3 1926年11月，黑塞在《新评论》杂志上发表了系列诗作《荒原狼：诗体日记》。

4 Ruth Wenger（1897—1994），黑塞的第二位妻子，两人于1924年结婚，婚后聚少离多，1927年离婚。《荒原狼》正是在这段时间写成的。

所以家里就要这么为我庆祝100岁生日了。收到露特来信的时候情况糟糕透顶，海纳[1]来了（她知道这事儿），和他说话还有相处都很困难。我当时完全不知道露特的打算，就和她说起海纳要来，我估计会吵来吵去，所以很担心住在一起的这几天。可她偏偏选择这个时候告诉我她做了决定。她已经委托了一位律师处理整件事。但是跟谁也别说。要是我说了什么露特的坏话，只有你知道就行了。

要是我知道到这个五十岁生日会这样，我准会马上通通取消，包括鲍尔的书。每隔几天就要冒出点新情况：十个出版商想利用这个机会做商业活动，作曲家想出版我的歌，画家想为我作油画、蚀刻版画，编辑想知道我生命中的重要日期，康斯坦茨市长想在7月2日举行黑塞节并请我出席，等等。这就够让人想吐的了。现在我还不得不弯腰驼背地伏在打字机前，想方设法回复所有的信件，还要处理跟露特那位律师的通信。

听了这么多牢骚，你一定觉得无聊。好啦，别把哪件事儿太当真；我自己只有在感觉特别糟糕的时候才会当真。你不用为《荒原狼》浪费时间，不管是诗还是散文，因为你看了只会难过。再见啦，阿黛尔。

（王林园　译）

1　Hans Heinrich (Heiner) Hesse（1909—2003），黑塞同第一位妻子玛利亚·伯努利（Maria Bernoulli，1869—1963）的二儿子。

欢迎您从《荒原狼》走进
读客三个圈经典文库

亲爱的读者，感谢您选择读客三个圈经典文库。

我们的封面统一使用“三个圈”的设计，读者可以凭借封面上形式各异的“三个圈”找到我们，走进经典的世界。

你想成为什么样的人?

对你来说什么是重要的?

这个世界应该是什么样子?

我们在生命中遇到的这些问题，或许可以在浩如烟海的文学经典中找到答案。

跟随读客三个圈经典文库，认识世界、塑造自我，成为更好的人!

《漫长的告别》

《西西弗神话》

《人间失格》

《人类群星闪耀时》

《鼠疫》

《小王子三部曲》

《局外人》

《月亮与六便士》

《基督山伯爵》

《罗生门》

读客三个圈经典文库

精神成长树

你想成为什么样的人？
对你来说什么是重要的？
这个世界应该是什么样子？

我们在生命中遇到的问题，每个时空的人都经历过，一些伟大的人留下一些伟大作品，流传下来，就成了经典。正是这些经典，共同塑造并丰富着人类的精神世界。

我们重新梳理了浩若烟海的文学经典，为您制作了精神成长树。跟随读客三个圈经典文库，汲取大师与巨匠淬炼的精神力量，完成你自己的精神成长！

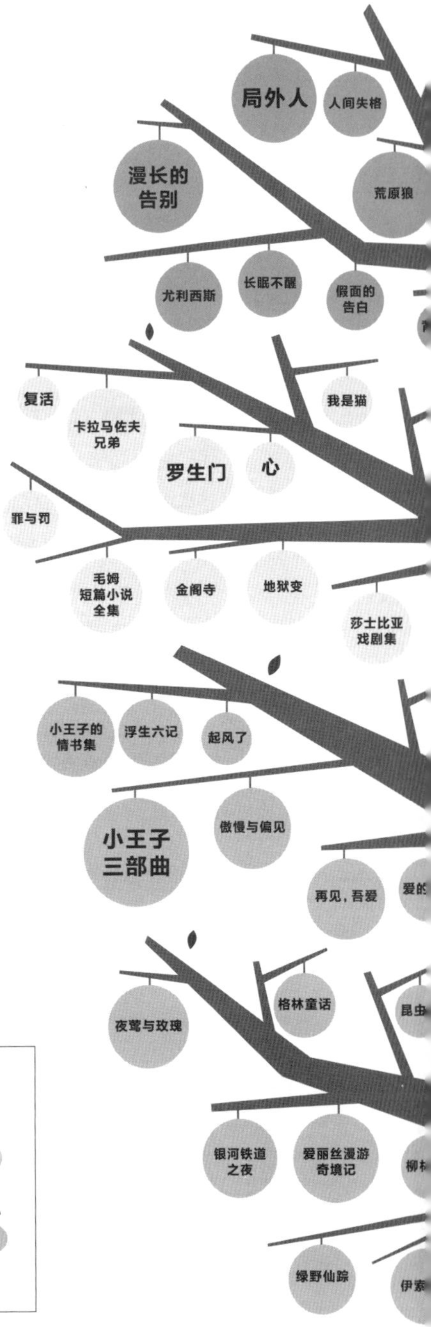

树干：

不同的精神成长主题，您可以挑选任意感兴趣的主题进行深入阅读

例如：
寻找人生意义
探索自己的内心
拥有强大意志力
理解复杂的人性
…………

枝丫上的果实：

我们为您精选的经典文学作品

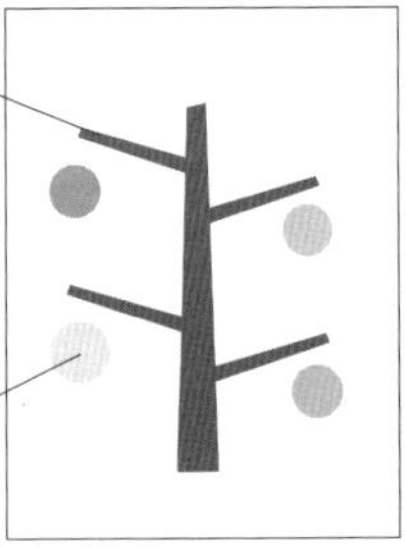

精神成长树示意图

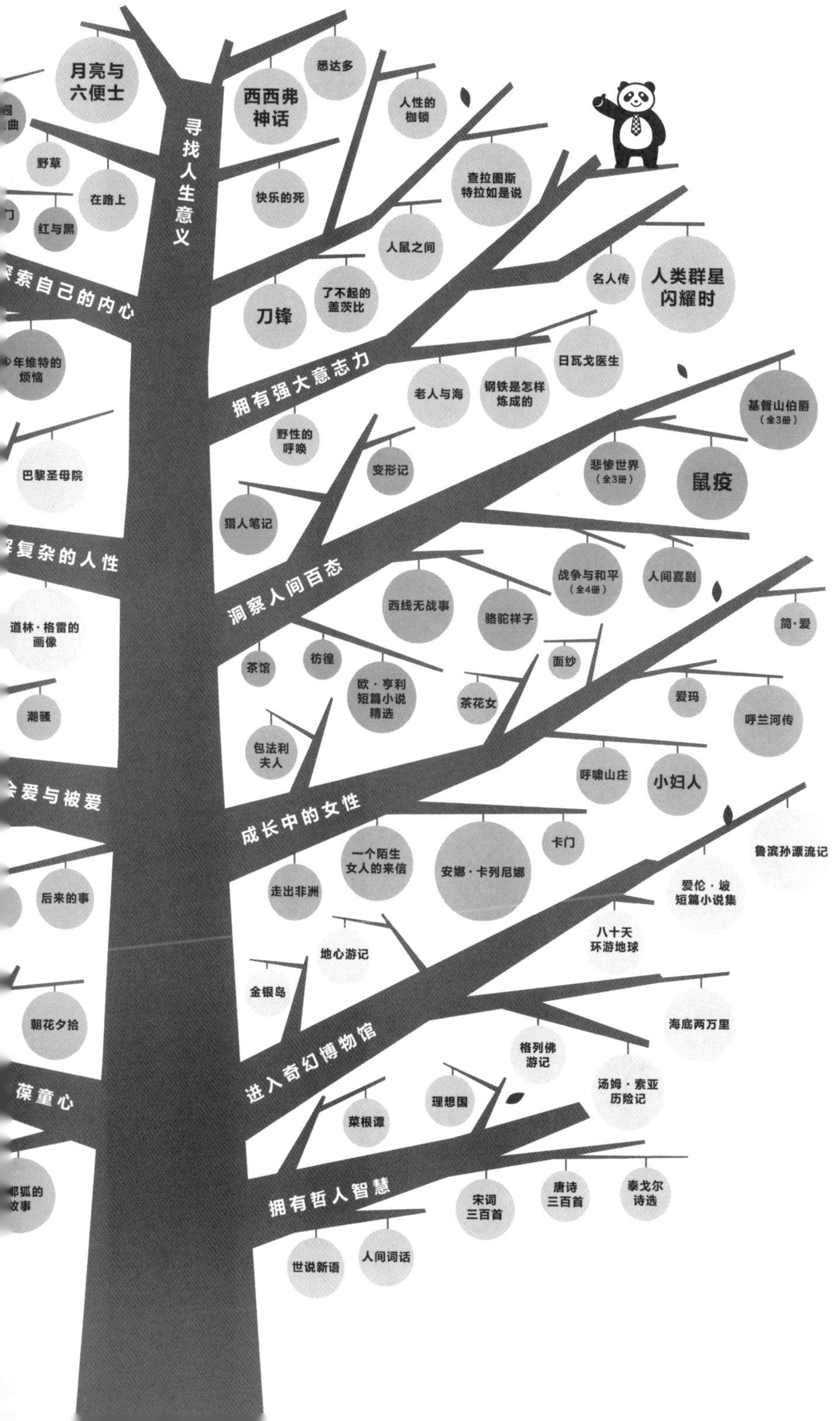
寻找人生意义
月亮与六便士
西西弗神话
悉达多
人性的枷锁
野草
在路上
快乐的死
查拉图斯特拉如是说
红与黑
人鼠之间
名人传
人类群星闪耀时
索自己的内心
刀锋
了不起的盖茨比
少年维特的烦恼
拥有强大意志力
日瓦戈医生
老人与海
钢铁是怎样炼成的
基督山伯爵（全3册）
野性的呼唤
巴黎圣母院
变形记
悲惨世界（全3册）
鼠疫
猎人笔记
复杂的人性
洞察人间百态
战争与和平（全4册）
人间喜剧
西线无战事
骆驼祥子
道林·格雷的画像
简·爱
茶馆
彷徨
面纱
欧·亨利短篇小说精选
茶花女
爱玛
呼兰河传
潮骚
包法利夫人
呼啸山庄
小妇人
爱与被爱
成长中的女性
一个陌生女人的来信
卡门
安娜·卡列尼娜
鲁滨孙漂流记
后来的事
走出非洲
爱伦·坡短篇小说集
八十天环游地球
地心游记
金银岛
朝花夕拾
海底两万里
进入奇幻博物馆
格列佛游记
理想国
汤姆·索亚历险记
葆童心
菜根谭
拥有哲人智慧
宋词三百首
唐诗三百首
泰戈尔诗选
狐的
故事
世说新语
人间词话

如果你喜欢《荒原狼》
你可能也会喜欢“洞察人间百态”书单

《鼠疫》

文库编号：080

《基督山伯爵》

文库编号：012

《西线无战事》

文库编号：162

《战争与和平》

文库编号：060

《悲惨世界》

文库编号：037

《骆驼祥子》

文库编号：159

《欧·亨利短篇小说精选》

文库编号：090

《变形记》

文库编号：102